高等學校文科教材

中國歷代文學作品選

下編　第一冊

朱東潤　主編

上　海　古　籍　出　版　社

全書由朱東潤主編。下編由趙善詒、徐震堮負編輯總責,並看過全稿;分任註釋工作的有下列諸同志:

元代部分: 詩歌、散文,馬興榮;戲曲、散曲,趙景深、李平。

明代部分: 詩歌,徐震堮、陳謙豫、楊積慶;散文,馬興榮、陳謙豫、楊積慶、郭豫適;小說,郭豫適、馬興榮;戲曲、散曲,趙景深、陸樹崙、李平。

清代部分: 詩歌,楊積慶、陳謙豫、馬興榮、郭豫適;詞,徐震堮、馬興榮、陳謙豫;散文,郝昺衡、馬興榮、陳謙豫、郭豫適、楊積慶;小說,陳謙豫、楊積慶;戲曲,趙景深、陸樹崙、李平。

近代部分: 詩歌,徐震堮、陳謙豫、馬興榮、郭豫適、楊積慶;詞,陳謙豫、郭豫適;散文,郝昺衡、郭豫適、楊積慶、馬興榮。

下編完稿於一九六三年,後因故未能及時出版。

這次出版之前,對原稿作了修改。修改工作由主編朱東潤主持,由陳謙豫協助主編工作。參加下編修改工作的有華東師範大學的陳謙豫、馬興榮、齊森華、張文澤、王建定,復旦大學的趙景深、李平、江巨榮。徐震堮看過下編的一部分修改稿。朱東潤、趙善詒、陳謙豫看過下編修改稿的全文。

下編的校勘和資料核對工作,由王壽亨擔任。

目　　録

元 代 部 分

一、詩　　歌

二、散　　文

明代部分

一、詩　　歌

二、散　　文

三、小　　説

四、戲　　曲

五、散　　曲

元代部分

一、詩　歌

劉因詩

劉因，字夢吉，號靜修，雄州容城(今河北省徐水縣)人。生於公元一二四九年(宋理宗淳祐九年)，卒於公元一二九三年(元世祖至元三十年)。至元十九年詔征爲承德郎、右贊善大夫，不久即辭歸。二十八年再征爲集賢學士，不就。卒於家。著有《靜修集》。

白　溝

【解題】　這首詩指出宋太祖曾圖謀收取幽燕，但是兒孫不能繼承遺志，對遼金一味妥協退讓，終於釀成覆滅之禍。表現了詩人在元蒙統治下的深沉感慨。

寶符藏山自可攻[1]，兒孫誰是出羣雄。幽燕不照中天月[2]，豐沛空歌海內風[3]。趙普元無四方志[4]，澶淵堪笑百年功[5]。白溝移向江淮去[6]，止罪宣和恐未公[7]。

四部叢刊本《靜修先生文集》卷十

【註釋】

[1] 寶符句：《史記·趙世家》：“簡子乃告諸子曰：‘吾藏寶符於常山上，先得者賞。’諸子馳之常山上，求，無所得。毋卹還，曰：‘已得符矣。’簡子曰：‘奏之。’毋卹曰：‘從常山上臨代，代可取也。’簡子於是知毋卹

果賢,乃廢太子伯魯,而以毋卹爲太子。"這句借指宋太祖曾圖謀收取幽燕。

[2] 幽燕句:幽燕,今北京市及山西省大同市一帶。五代石敬瑭在契丹扶植下建立晉朝時,割讓燕雲十六州給契丹,後漢、後周及宋均未能收復。

[3] 豐沛句:豐沛,地名。漢高祖劉邦爲沛(今江蘇省沛縣)之豐邑人,統一全國後曾回沛地,置酒宴父老,唱《大風歌》:"大風起兮雲飛揚,威加海內兮歸故鄉,安得猛士兮守四方。"

[4] 趙普,宋太祖、宋太宗兩朝宰相。元無,即原無。

[5] 澶淵句:澶淵,古湖泊名。又名繁淵。在今河南省濮陽縣西南。宋真宗景德元年(一〇〇四),遼蕭太后與聖宗親率大軍南下,深入宋境。宋宰相寇準力勸真宗親征,宋軍小勝後與遼議和,由宋每年輸遼銀十萬兩、絹二十萬匹,史稱"澶淵之盟"。澶淵和議維持了一百多年。

[6] 白溝句:白溝,河名,即西東流向的巨馬河。宋遼以此爲界,故亦稱界河。這句是說,宋南渡後,江淮就成了宋金國界了。

[7] 宣和,宋徽宗年號。此處指宋徽宗。公,原本作"平",誤。

觀 梅 有 感

【解題】 這首詩雖然含蓄,但明顯地流露了作者故國之思。

東風吹落戰塵沙,夢想西湖處士家[1]。只恐江南春意減,此心元不爲梅花。

四部叢刊本《靜修先生文集》卷十二

【註釋】

[1] 西湖處士,北宋詩人林逋,隱居杭州西湖之孤山,賞梅養鶴,終身不仕,也不婚娶,世稱"梅妻鶴子"。其詠梅詩傳誦於世。

趙孟頫詩

趙孟頫,字子昂,湖州(今浙江省吳興縣)人。生於公元一二五四年(宋理宗寶祐二年),卒於公元一三二二年(元英宗至治二年)。本宋宗室,入元後,被推薦入朝,官至翰林學士承旨。他以書畫著名,亦工詩文,著有《松雪齋文集》。

岳鄂王墓

【解題】 通過嘆惜岳飛的屈死,斥責南宋君臣的苟且偷安,沉痛悲憤之情,溢於言表。

鄂王墳上草離離[1],秋日荒涼石獸危[2]。南渡君臣輕社稷,中原父老望旌旗[3]。英雄已死嗟何及,天下中分遂不支[4]。莫向西湖歌此曲,水光山色不勝悲。

四部叢刊本《松雪齋文集》卷四

【註釋】

[1]鄂王,南宋民族英雄岳飛,於紹興十一年(一一四二)被害。寧宗時追封爲鄂王。離離,繁茂貌。
[2]石獸,指岳飛墳上的石馬、石象等。
[3]南渡兩句:意思説,淪陷區人民天天盼望南宋的軍隊到來,而南宋君臣卻苟且偷安,早把恢復中原置諸腦後了。
[4]遂不支,指岳飛屈死後,南宋終於滅亡。

虞　集　詩

虞集,字伯生,號道園,祖籍仁壽(今四川省仁壽縣),遷居崇仁(今江西省崇仁縣)。生於公元一二七二年(宋度宗咸淳八年),卒於公元一三四八年(元順帝至正八年)。大德初以薦授大都路儒學教授,累遷奎章閣侍書學士。與楊載、范梈、揭傒斯並稱於時。著有《道園學古錄》等。

至正改元辛巳寒食日示弟及諸子姪

【解題】　這是作者於元順帝至正元年(一三四一)寒食日(清明前一日或二日)祭掃祖墓時,寫給其弟及子姪的兩首詩中的一首。它透過對故鄉的殷切懷念,曲折地表達了興亡之感。

江山信美非吾土,飄泊棲遲近百年[1]。山舍墓田同水曲[2],不堪夢覺聽啼鵑[3]。

　　　　　　　　　秀野草堂本《元詩選》初集《道園學古錄》

【註釋】

[1]江山二句:這兩句的意思有兩層:一層是,從作這首詩的時候上推到作者父親由四川遷居江西,約已百年,故有"飄泊棲遲"的話;另一層是,作者的先祖虞允文在宋高宗紹興三十一年(一一六一),大破金兵於採石,暫時穩定了南宋局面。可是到了一二七九年,宋朝終於滅亡。"江山信美非吾土"語出王粲《登樓賦》,此處是說當時的天下已經不是宋代的疆土了。

[2]山舍句:是說祖墓在四川,而現在的廬舍墓田都在江西。同水曲,同在濱臨江岸之處。

[3]啼鵑,相傳古代蜀主望帝之魂所化,啼聲甚悲。唐宋詩詞中常用"鵑啼"來寄托國家的興亡。杜鵑啼時在春暮,這首詩作於寒食,夢覺鵑

啼,語意雙關。

輓文山丞相

【解題】 這是作者哀悼宋末民族英雄文天祥的詩,歌頌了文天祥力圖恢復宋室、至死不移的精神。詩中引用"新亭對泣"的典故,說明東晉時北方雖然淪陷,但還撐持着當日的半壁江山,如今連剩水殘山都不能保有,景況更加悽慘。在這裏流露出作者緬懷故宋的心情。這首詩用典精切,曲折地傳出文天祥的心事。

徒把金戈挽落暉[1],南冠無奈北風吹[2]。子房本爲韓仇出[3],諸葛寧知漢祚移[4]。雲暗鼎湖龍去遠[5],月明華表鶴歸遲[6]。不須更上新亭望,大不如前灑淚時[7]。

秀野草堂本《元詩選》初集《道園遺稿》

【註釋】

[1] 金戈挽落暉,《淮南子·覽冥訓》:"魯陽公與韓搆難,戰酣,日暮,援戈而撝之,日爲之反三舍。"此處以"落暉"比喻垂亡的宋朝。

[2] 南冠,楚冠,比喻囚犯。《左傳》成公九年:"晉侯觀於軍府,見鍾儀,問之曰:'南冠而縶者,誰也?'有司對曰:'鄭人所獻楚囚也。'"北風吹,岳珂《桯史·施宜生》:"紹興三十年,虜來賀正旦,宜生以翰林侍講學士爲之使。朝廷聞之,命張忠定燾以吏部尚書侍讀館之都亭。時戎盟方堅,國備大弛,而諜者傳造舟調兵之事無虛日,上意不深信。館者因以首丘風之,至天竺,微問其的,宜生顧其介(僕人)不在旁,忽廋語曰:'今日北風甚勁。'又取几間筆扣之曰:'筆來筆來。'"以上兩句意思是,文天祥雖然竭力挽救宋朝的滅亡,但大勢已去,終不能如願。

[3] 子房句:張良,字子房,家相韓五世。秦滅韓,張良謀爲韓報仇,使刺客擊秦始皇於博浪沙(在今河南省原陽縣東南),誤中副車。後佐劉邦滅秦興漢。

［4］諸葛句：諸葛亮佐蜀，曾六出祁山，謀恢復漢室。祚，皇位。杜甫《詠懷
　　古迹》：“運移漢祚終難復，志決身殲軍務勞。”

［5］雲暗句：傳說黃帝鑄鼎荆山下，鼎成，乘龍上天，後人因名其處曰鼎湖
　　（見《史記·封禪書》）。後世遂以“鼎湖龍去”言皇帝之死。此處指宋
　　端宗及帝昺之死。

［6］月明句：《蒐神後記》：“丁令威本遼東人，學道於靈虛山，後化鶴歸遼，
　　集城門華表柱。時有少年舉弓欲射之，鶴乃飛，徘徊空中而言曰：‘有
　　鳥有鳥丁令威，去家千年今始歸，城郭如故人民非。’”遲，待而不至之
　　詞。此處借喻文天祥被俘而死。鶴歸遲，謂不見其魂魄歸來。

［7］不須二句：新亭，故址在今江蘇省南京市南。《世説新語》：“過江諸人，
　　每至美日，輒相邀新亭，藉卉飲宴，周侯（周顗，晉元帝時尚書右僕射）
　　中坐而嘆曰：‘風景不殊，正自有河山之異。’皆相視流淚，惟王丞相（王
　　導，晉元帝時丞相）愀然變色曰：‘當共戮力王室，克復神州，何至作楚
　　囚相對！’”這兩句意思説，宋亡後局面比東晉渡江時還要不如。

薩都剌詩

薩都剌,字天錫,號直齋,答失蠻氏,蒙古人。其祖父因功留鎮雲、代,遂居雁門(今山西省代縣)。生於公元一二七二年(宋度宗咸淳八年),卒年不詳。累官御史,以彈劾權貴,左遷閩海廉訪知事。他的詩清麗俊逸,間有豪邁奔放之作。詞亦有名。著有《雁門集》。

上京即事

【解題】 這一組詩作於元順帝元統元年(一三三三),它以清新的筆調描繪出了祖國的北地風光和少數民族的生活。上京,上都。終元一代與大都並稱爲兩都。故址在今内蒙古自治區正藍旗東閃電河北岸。原詩五首,選兩首。

其 一

牛羊散漫落日下,野草生香乳酪甜。卷地朔風沙似雪,家家行帳下氊簾[1]。

【註釋】

[1] 行帳,帳幕。

其 二

紫塞風高弓力強[1],王孫走馬獵沙場。呼鷹腰箭歸來晚,馬上倒懸雙白狼。

光緒本《雁門集》卷六

［１］紫塞，指長城。崔豹《古今註·都邑》：“秦築長城，土色皆紫，漢塞亦然，故稱紫塞焉。”

早發黃河即事

【解題】 這首詩作於元順帝至正十年(一三五○)丞相脱脱與賈魯議論治理黃河時。詩用貧富對比的方法，譴責了富家子弟的驕奢淫泆，對人民所受的苦難，表示了深切的同情。同時也提出了治河的方法。

晨發大河上[1]，曙色滿船頭。依依樹林出，慘慘烟霧收。村墟雜雞犬，門巷出羊牛。炊烟遶茅屋，秋稻上壠丘。嘗新未及試，官租急徵求。兩河水平堤，夜有盜賊憂。長安里中兒[2]，生長不識愁。朝馳五花馬[3]，暮脱千金裘[4]。鬥雞五坊市[5]，酣歌最高樓。繡被夜中酒，玉人坐更籌。豈知農家子，力穡望有秋。裋褐常不完[6]，糲食常不周[7]。醜婦有子女，鳴機事耕疇。上以充國稅，下以祀松楸[8]。去年築河防，驅夫如驅囚[9]。人家廢耕織，嗷嗷齊東州。饑餓半欲死，驅之長河流。河源天上來，趨下性所由。古人有善備，鄙夫無良謀[10]。我歌兩河曲，庶達公與侯。凄風振枯槁，短髮涼颼颼。

光緒本《雁門集》卷十四

【註釋】

［１］大河，黃河。

［２］長安里中兒，泛指都市富家子弟。

［３］五花馬，把馬鬃剪爲五個花瓣的馬。唐開元、天寶時，凡名馬都把馬鬃

剪成花瓣形狀,故世以五花馬作爲良馬的代稱。

[4] 千金裘,價值千金的珍貴皮衣。

[5] 五坊市,泛指都市。五坊,《新唐書·百官志》:"閑廐使押五坊,以供時狩:一曰鵰坊,二曰鶻坊,三曰鷂坊,四曰鷹坊,五曰狗坊。"

[6] 裋(shù 樹)褐,粗陋之衣。《漢書·貢禹傳》:"妻子糠豆不贍,裋褐不完。"

[7] 糲食,粗劣食物。

[8] 松楸,指墓地上種的樹木。引申爲墓地的代稱。

[9] 去年二句:《元史·順帝紀》:(九年)"三月丁酉,壩河淺澀,以軍士、民夫各一萬濬之。""五月,詔修黃河金堤。"

[10] 鄙夫無良謀,《左傳》莊公十年:"肉食者鄙,未能遠謀。"

王冕詩

王冕,字元章,別號煮石山農,諸暨(今浙江省諸暨縣)人。生於公元一二八七年(元世祖至元二十四年),卒於公元一三五九年(元順帝至正十九年)。幼年家貧,牧牛自學。後屢試進士不第,即焚所爲文。晚年歸隱九里山。他工畫墨梅,亦擅竹石,兼能刻印。他的詩質直、自然,多描寫隱逸生活,部分作品也能反映一定的現實生活。著有《竹齋集》。

勁草行

【解題】 本詩借詠勁草,歌頌"漢家不降士"的氣節,表達了作者對他們的崇敬。

中原地古多勁草,節如箭竹花如稻。白露灑葉珠離離,十月霜風吹不到。萋萋不到王孫門,青青不蓋讒佞墳。游根直下土百尺,枯榮暗抱忠臣魂。我問忠臣爲何死,元是漢家不降士。白骨沉埋戰血深,翠光瀲灩腥風起。山南雨晴蝴蝶飛,山北雨冷麒麟悲[1]。寸心搖搖爲誰道,道旁可許愁人知?昨夜東風鳴羯鼓[2],髑髏起作搖頭舞。寸田尺宅且勿論,金馬銅駝淚如雨[3]!

秀野草堂本《元詩選》二集《竹齋集》

【註釋】

[1] 麒麟,墓前的石麒麟。杜甫《曲江》詩:"苑邊高塚臥麒麟。"
[2] 羯鼓,古擊樂器。又名"兩杖鼓"。南北朝時從西域傳入,盛行於唐代。此處指敵人的軍鼓。
[3] 金馬銅駝,漢未央宮前有銅馬,故稱金馬門。《晉書·索靖傳》:"靖有先識遠量,知天下將亂,指洛陽宮門銅駝,嘆曰:會見汝在荆棘中耳!"

楊 維 楨 詩

楊維楨,字廉夫,號鐵崖,別號鐵笛道人,諸暨(今浙江省諸暨縣)人。生於公元一二九六年(元成宗元貞二年),卒於公元一三七○年(明太祖洪武三年)。泰定四年(一三二七)登進士第,官至建德路總管府推官。他的詩在當時很有名,稱爲"鐵崖體"。樂府詩揭露了一些社會黑暗。竹枝詞則很有民歌風味。著有《鐵崖古樂府》、《東維子集》等。

題蘇武牧羊圖

【解題】 這是一首題畫的詩,歌頌了蘇武堅貞不渝的民族氣節。

未入麒麟閣[1],時時望帝鄉。寄書元有雁[2],食雪不離羊[3]。旄盡風霜節[4],心懸日月光[5]。李陵何以別,涕淚滿河梁[6]。

秀野草堂本《元詩選》初集《鐵崖集》

【註釋】

[1] 麒麟閣,漢宣帝甘露三年(前五十一),畫功臣十一人像於麒麟閣,第十一人爲蘇武。

[2] 寄書句:《漢書·蘇武傳》:"昭帝即位,數年,匈奴與漢和親,漢求武等,匈奴詭言武死。後,漢使復至匈奴,常惠請其守者與俱,得夜見漢使,具自陳道。教使者謂單于,言:'天子射上林中,得雁,足有係帛書,言武等在某澤中。'使者大喜,如惠語以讓單于。單于視左右而驚,謝漢使曰:'武等實在。'"元,通"原"。

[3] 食雪句:《漢書·蘇武傳》:"(衛)律知武終不可脅,白單于。單于愈益欲降之。迺幽武,置大窖中,絕不飲食。天雨雪,武臥齧雪與旃毛並咽之,數日不死。匈奴以爲神。乃徙武北海上無人處,使牧羝,羝乳乃

· 11 ·

得歸。"

[4] 旄盡,《漢書·蘇武傳》:"武既至海上,廩食不至,掘野鼠去草實而食之。杖漢節牧羊,臥起操持,節旄盡落。"

[5] 以上數句寫蘇武出使匈奴被留不屈、被迫牧羊一段生活中的鬥爭精神。

[6] 李陵二句:漢武帝天漢二年(前九九)李陵將兵五千出居延北,遇匈奴軍主力,矢盡無援,投降匈奴。漢昭帝時,匈奴與漢和親,武得歸漢,臨行,李陵置酒送別。《文選》李陵詩:"携手上河梁,遊子暮何之。"後人以爲别蘇武之詩。此兩句謂李陵生降匈奴,今見蘇武守節不移,不辱使命,仍舊秉持漢節回歸故國,試問何以爲情。

傳 舍 吏

【解題】 這是一首詠史的樂府詩,歌頌了傳舍吏兒捨身救國的英雄事跡。《史記·平原君列傳》:"秦急圍邯鄲,邯鄲急且降,平原君甚患之。邯鄲傳舍吏子李同説平原君曰:'邯鄲之民,炊骨易子而食,可謂急矣,而君之從宫以百數。婢妾被綺縠,餘粱肉,而民褐衣不完,糟糠不厭。民困兵盡,或剡木爲矛矢,而君器物鐘磬自若。使秦破趙,君安得有此? 使趙得全,君何患無有? 今君誠能令夫人以下編於士卒之間,分功而作。家之所有,盡散以饗士,士方其危苦之時,易德耳。'於是平原君從之,得敢死之士三千人,李同遂與三千人赴秦軍,秦軍爲之卻三十里。亦會楚魏救至,秦兵遂罷,邯鄲復存。李同戰死,封其父爲李侯。"

傳舍吏[1],當封侯。晉鄙救兵鄴中留[2],邯鄲急擊危綴旒[3]。傳舍吏兒當國憂[4],散君帑藏大饗士[5],編君妻妾列兵儔[6]。傳舍吏兒率死士,跣跑赤手科鏊頭[7]。救兵至,邯鄲危復瘳[8],傳舍兒死父封侯。

【註釋】

[１] 傳舍,古代供來往行人居住的旅舍。《漢書·酈食其傳》:“沛公至高陽傳舍。”註云:“傳舍者,人所止息,前人已去,後人復來,轉相傳也。”

[２] 晉鄙句:《史記·信陵君列傳》:“魏安釐王二十年,秦昭王已破趙長平軍,又進兵圍邯鄲。公子姊爲趙惠文王弟平原君夫人,數遺魏王及公子書,請救於魏。魏王使將軍晉鄙將十萬衆救趙。秦王使使者告魏王曰:‘吾攻趙,且暮且下,而諸侯敢救者,已拔趙,必移兵先擊之。’魏王恐,使人止晉鄙,留軍壁鄴,名爲救趙,實持兩端以觀望。”

[３] 綴旒,同“贅旒”。《文選·褚淵碑文》:“康國祚於綴旒,拯王維於已墜。”銑註:“康,安也。綴旒,冠上垂珠,以喻危也。”

[４] 當國憂,承擔國憂。當,擔當。

[５] 帑(tǎng 淌)藏(zàng 臟),國庫。《後漢書·桓帝紀》:“嘉禾生大司農帑藏。”

[６] 列兵儔,列入軍隊中,與士兵爲伍。

[７] 跿(tú 徒)跔(jū 拘),跳躍。科,空。科整頭,指頭不着兜整入敵。《史記·張儀列傳》:“虎賁之士,跿跔科頭,貫頤奮戟者,至不可勝計。”

[８] 瘳(chōu 抽),病愈。《孟子·滕文公上》:“厥疾不瘳。”此處引申爲“安”。

二、散　文

吳　澂　文

吳澂，字幼清，崇仁(今江西省崇仁縣)人。生於公元一二四九年(宋理宗淳祐九年)，卒於公元一三三三年(元順帝元統元年)。宋末舉進士不第。元初應召，歷任江西儒學副提舉、翰林學士等職，後辭官歸山講學，四方從學之士不下千人。爲學折衷朱(熹)陸(九淵)兩派。著有《吳文正集》等。

送何太虛北遊序

【解題】　作者以簡練的語言闡述了擴大生活領域、開拓見聞的必要性，同時也抨擊了老子蔽塞耳目的保守態度和假遊歷之名而行干謁之實的卑庸之徒，這在當時可算是一種比較進步的見解。

士可以遊乎？“不出戶，知天下”[1]，何以遊爲哉！士可以不遊乎？男子生而射六矢，示有志乎上下四方也[2]，而何可以不遊也？

夫子[3]，上智也[4]，適周而問禮[5]，在齊而聞韶[6]，自衛復歸于魯，而後雅、頌各得其所也[7]。夫子而不周、不齊、不衛也，則猶有未問之禮，未聞之韶，未得所之雅、頌也，上智且然，而況其下者乎？士何可以不遊也！然則彼謂不出戶而能知者，非歟？曰：彼老氏意也[8]。老氏之學，治身心而外天下國家者也[9]。人之一身一心，天地萬物咸備[10]，彼謂吾求之一身一心有餘也，而無事乎他求也[11]，是固老氏之學也。而吾聖人之學不如是[12]。聖人生而知也，然其所知者，降衷秉彝之善而已[13]。若夫山川風土、民情世故[14]、名物度數[15]、前言往行[16]，非博其聞見於外，雖上智亦何能悉知也？故寡聞寡見，不免孤陋之譏。取友者，一鄉未足，而之一國；一國未足，而之天下；猶以天下爲未足，而尚友古之人焉[17]。陶淵明所以欲尋聖賢遺跡於中都也[18]。然則士何可以不遊也？

而後之遊者，或異乎是。方其出而遊乎上國也，奔趨乎爵祿之府，伺候乎權勢之門，搖尾而乞憐，脅肩而取媚，以僥倖於寸進。及其既得之，而遊於四方也，豈有意於行吾志哉！豈有意於稱吾職哉！苟可以㧕攘其人[19]，盈厭吾欲，囊橐既充[20]，則陽陽而去爾[21]。是故昔之遊者爲道，後之遊者爲利。遊則同，而所以遊者不同。余於何弟太虛之遊，惡得無言乎哉！太虛以穎敏之資，刻厲之學，善書工詩，綴文研經，脩於己，不求知於人，三十餘年矣。口未嘗談爵祿，目未嘗覯權勢，一旦而忽有萬里之遊，此人之所惟而余獨知其心也[22]。世之士，操筆僅記姓名，則曰：“吾能書！”屬辭稍協聲韻[23]，則曰：“吾能詩！”言語佈置，粗如往時所謂舉子業[24]，則曰：“吾能文！”閫門稱雄，矜己自大，醯甕之雞[25]，坎井之蛙[26]，蓋不知甕外之天，井外之海爲何如，挾其所已能，自謂足以終吾身、没吾世而無憾，夫如是又焉用遊！太虛肯如是哉？書必鍾、王[27]，詩必陶、韋[28]，文不柳、韓、班、馬不止也[29]。且方窺闚聖人之經[30]，如天如海，而莫可涯[31]，詎敢以平日所見所聞自多乎[32]？此太虛今日之所以遊也。是行也，交從日以廣[33]，歷涉日以熟，識日長而志日起，跡聖賢之跡而心其心，必知士之爲士，殆不止於研經綴文工詩善書也。聞見將愈多而愈寡，愈有餘而愈不足，則天地萬物之皆備於我者，真可以不出户而知。是知也，非老氏之知也。如是而遊，光前絶後之遊矣，余將於是乎觀。

澂所逮事之祖母[34]，太虛之從祖姑也[35]，故謂余爲兄，余謂

· 15 ·

之爲弟云。

【註釋】

[1]“不出户,知天下”,見《老子》第四十七章(王弼註本)。

[2]男子二句:《禮記·内則》:“國君世子生,告于君,接以大牢。宰掌具。
三日,卜士負之,吉者宿齊,朝服寢門外,詩負之,射人以桑弧蓬矢六,
射天地四方。”

[3]夫子,孔子。

[4]上智,上等智慧。這句意思是説,孔子是上等智慧的人。實際上,孔子
自己並不認爲是上等智慧的人,他在《論語·季氏》中説“生而知之者
上也”,在《論語·述而》中則説:“我非生而知之者,好古敏以求之
者也。”

[5]適周而問禮,《史記·孔子世家》載,孔子曾至周問禮於老子。

[6]在齊而聞韶,《論語·述而》:“子在齊聞韶,三月不知肉味。”韶,虞舜時
的音樂。

[7]自衛二句:《論語·子罕》:“子曰:吾自衛反於魯,然後樂正,雅、頌各
得其所。”

[8]老氏,老子。

[9]治身心而外天下國家,即修養自己的精神、道德而以天下國家的事情
爲外務。按,老子曾幻想人類社會回復到“小國寡民”的原始狀態,實
行“無爲而治”,即以對人民不干涉作爲治理天下的手段,書中常言天
下國家,並不是不管天下國家的事情。

[10]人之一身二句:《孟子·盡心》:“孟子曰:萬物皆備於我矣。”這裏作者
借以指摘老子治身心而外天下國家之失。

[11]彼謂二句:《老子》第十三章:“吾所以有大患者,爲吾有身,及吾無身,
吾有何患。”

[12]聖人,指孔子。

[13]降衷,《尚書·湯誥》:“惟皇上帝,降衷于下民。”孔傳:“衷,善也。”秉

彝,《詩經·大雅·烝民》:"民之秉彝,好是懿德。""彝"作"常"解,即法
則、規律,引申爲本性。連上兩句意思是,孔子之所生而知之的,那是
上天給予他的好善之性而已。這是儒家的唯心思想。

[14] 世故,世事。《列子·楊朱》:"衛端木叔者,子貢之世也,藉其先貲,家
累萬金,不治世故,放意所好。"

[15] 名物,指名號和物色。《周禮·地官·大司徒》:"辨其山林、川澤、丘
陵、墳衍、原隰之名物。"鄭玄註:"名物者,十等之名與所生之物。"度
數,《周禮·春官·墓大夫》:"正其位,掌其度數。"註:"度數,爵等之
大小。"

[16] 前言往行,前人的言論與行爲。

[17] 取友者七句:語本《孟子·萬章下》:"孟子謂萬章曰:'一鄉之善士,斯
友一鄉之善士;一國之善士,斯友一國之善士;天下之善士,斯友天下
之善士。以友天下之善士爲未足,又尚論古之人。頌其詩,讀其書,不
知其人可乎? 是以論其世也,是尚友也。'"

[18] 陶淵明句:意思是陶淵明要"尚友古人",所以向中都尋找聖賢遺跡。
按陶淵明《贈羊長史》云:"愚生三季後,慨然念黃虞。得知千載外,正
賴古人書。聖賢留餘跡,事事在中都。豈忘遊心目,關河不可踰。九
域甫已一,逝將理舟輿。"中都,專指關中。

[19] 攷攘,強行索取。攷,即"奪"的本字。

[20] 囊橐(tuó 駝),口袋。有底的口袋稱囊,無底的口袋稱橐。

[21] 陽陽,安舒自得。韓愈《張中丞傳後叙》:"巡就戮時,顏色不亂,陽陽如
平常。"

[22] 恠,即怪字。

[23] 屬辭,聯綴詞句成文。

[24] 舉子業,封建時代實行科舉取士制度,學童應試前學習作應試文字,稱
舉子業。

[25] 醯(xī 希)甕之雞,即醯雞,浮在酒上的一種小蟲。《莊子·田子方》:
"(孔子請教老聃後)出以告顏回曰:'丘之於道也,其猶醯雞與? 微夫
子之發吾覆也,吾不知天地之大全也。'"

[26] 坎井之蛙,《莊子·秋水篇》:"(埳井之黽)謂東海之鱉曰:'吾樂與,跳

梁乎井幹之上,入休乎缺甃之崖,赴水則接腋持頤,蹶泥則没足滅跗,
還虷蟹與科斗,莫吾能若也。且夫擅一壑之水,而跨跱埳井之樂,此亦
至矣,夫子奚不時來入觀乎?'東海之鱉左足未入,而右膝已縶矣。"此
連上句均借指孤陋寡聞而又自以爲是的人。

[27] 鍾、王,指鍾繇、王羲之。他們都是古代傑出的書法家。

[28] 陶、韋,指陶淵明、韋應物。他們都是古代的著名詩人。

[29] 柳、韓、班、馬,指柳宗元、韓愈、班固、司馬遷。他們都是古代著名的散
文家。

[30] 窺,窺測。闖,直入。韓愈《同宿聯句》:"儒門雖大啓,姦首不敢闖。"此
處闖字,即用韓詩之義。

[31] 涯,邊際。此處作動詞用。莫可涯,猶言莫可測其邊際。

[32] 詎敢,豈敢。

[33] 交從,交遊。

[34] 逮事,及事,趕得上奉侍。

[35] 從祖姑,祖父的堂姊妹。

李 孝 光 文

李孝光,初名同祖,字季和,後更名孝光,號五峯。樂清(今浙江省樂清縣)人。生於公元一二八五年(元世祖至元二十二年),卒於公元一三五〇年(元順帝至正十年)。少博學,後隱居雁蕩山五峰下,從學者甚多。至正三年(一三四三)詔入京,官至文林郎祕書丞。著有《五峰集》。

雁 山 十 記

【解題】 雁蕩山,在浙江省樂清、平陽縣境内,分南雁、中雁、北雁三部分,是我國東南著名的風景區。宋沈括曾説:"天下奇秀,無逾此山。"李孝光的《雁山十記》主要是遊北雁記,這裏選録《觀石梁記》、《大龍湫記》兩篇。石梁,又名石梁橋,在雁山東北谷,據《廣雁蕩山志》云:"梁如籃環,矯坳屈曲,仿佛鵲橋。"大龍湫,又名大瀑布,在雁山西谷,據《廣雁蕩山志》云:"瀉下望若懸布,隨風作態,遠近斜正,變幻不一。"

觀 石 梁 記

予家距雁山五里,歲率三四至山中[1],每一至,常如遇故人萬里外。

泰定元年冬[2],予與客張子約、陳叔夏復來[3]。從兩家僮,持衾裯杖屨[4]。冬日妍燠[5],黄葉佈地。客行望見山北口立石,髼然如浮屠氏[6],腰隆起,若世之遊方僧自襆被者[7],客軺然而笑[8]。時落日正射東南山,山氣盡紫,鳥相呼如歸人,入宿石梁。石梁拔地起,上如大梯,倚屋檐端;下入空洞[9],中可容千人;地上石脚空嵌[10],類腐木根。檐端有小樹長尺許,倒掛絶壁上,葉著霜正紅,始見謂是躑躅花[11],絶可愛。梁下有寺[12],寺僧具煮茶醋酒,客主俱醉。月已没,白雲西來如流水;風吹橡栗墮瓦上^[13],轉射巖下小屋,從甋中出^[14],擊地上積葉,鏗鏜宛轉^[15],殆非世間金石音。燈下相顧,蒼然無語。夜將半,設兩榻對臥。子約沾醉^[16],比曉,猶呼其門生,不知巖下宿也。

永嘉詩人祠堂叢刻《五峯集》卷一,
並參校乾隆《廣雁蕩山志》引文

【註釋】

[1] 率(shuài 帥),大率,通常。

[2] 泰定元年,即公元一三二四年。泰定,元泰定帝年號。

[3] 張子約,生平不詳。陳叔夏,名德永,號兩峯,黃巖人。曾任和靖書院山長,著有《兩峯慚草》。

[4] 衾裯(chóu 綢),被。《詩經·召南·小星》:"抱衾與裯。"傳:"衾,被也;裯,襌被也。"

[5] 燠(yù 鬱),暖。

[6] 浮屠氏,和尚。《後漢書·楚王英傳》:"英少時好遊俠,交通賓客,晚節更喜黃老,學爲浮屠齋戒祭祀。"浮屠即佛陀的舊譯,後因稱佛教徒爲浮屠氏,亦作浮圖。

[7] 遊方僧,雲遊四方之僧人。襆被,以巾束被。自襆被,自己背着被包。

[8] 囅(chǎn 產)然,笑貌。《莊子·達生》:"桓公囅然而笑。"

[9] 空洞,即石梁洞。

[10] 空嵌,孔竅玲瓏剔透之狀。

[11] 躑躅花,《古今註》:"羊躑躅,黃花,羊食即死,見之即躑躅不前進。"按,古時杜鵑、山躑躅、羊躑躅皆省稱躑躅花。

[12] 梁下有寺,石梁下之寺即石梁寺。

[13] 橡栗,即櫟實,冬天結果,可食。

[14] 甋(líng 零),瓦溝。

[15] 鏗(kēng 硜)鏜(tāng 湯),鐘聲。這裏是指橡栗落在積葉上的聲音。

[16] 沾醉,大醉。《資治通鑑》唐僖宗中和四年:"從者皆沾醉。"胡三省註:"沾醉,言飲酒大醉,胸襟沾濕,不能自持也。"

大 龍 湫 記

　　大德七年秋八月[1]，予嘗從老先生來觀大龍湫[2]，苦雨積日夜。是日大風起西北，始見日出。湫水方大，入谷，未到五里餘，聞大聲轉出谷中[3]，從者心掉[4]。望見西北立石，作人俯勢；又如大楹[5]。行過二百步，乃見更作兩股相倚立。更進百數步，又如樹大屏風。而其顛谽谺[6]，猶蟹兩螯，時一動搖，行者兀兀不可入[7]。轉緣南山趾，稍北，回視如樹圭[8]。又折而入東崦[9]，則仰見大水從天上墮地，不掛著四壁，或盤桓久不下[10]，忽迸落如震霆[11]。東巖趾，有諾詎那庵，相去五六步，山風橫射，水飛著人。走入庵避，餘沫迸入屋猶如暴雨至。水下擣大潭[12]，轟然萬人鼓也。人相持語[13]，但見口張，不聞作聲，則相顧大笑。先生曰：“壯哉！吾行天下，未見如此瀑布也。”是後，予一歲或一至，至，常以九月。十月，則皆水縮，不能如向所見。

　　今年冬又大旱，客入，到庵外石矼上[14]，漸聞有水聲。乃緣石矼下，出亂石間，始見瀑布垂，勃勃如蒼烟[15]，乍小乍大，鳴漸壯急。水落潭上窪石[16]，石被激射，反紅如丹砂。石間無秋毫土氣，産木宜瘠，反碧滑如翠羽鳧毛[17]。潭中有斑魚廿餘頭，聞轉石聲，洋洋遠去[18]，閒暇回緩[19]，如避世士然。家僮方置大瓶石旁，仰接瀑水，水忽舞向人，又益壯一倍，不可復得瓶，乃解衣脫帽者石上，相持扼掔[20]，欲争取之，因大呼笑。西南石壁上，黃猿數十，聞聲皆自驚擾，挽崖端偃木牽連下[21]，窺人而啼。縱觀久之，行出瑞鹿院前——今爲瑞鹿寺。日已入。蒼林積葉，前行，人迷不得路，獨見明月，宛宛如故人[22]。

　　老先生謂南山公也。

永嘉詩人祠堂叢刻《五峯集》卷一

【註釋】

［１］大德七年，即公元一三〇三年。大德，元成宗年號。

［２］老先生，本文末作者説："老先生謂南山公也。"南山公即泰不華，蒙古人，父爲台州録事，因家台州。泰不華好學能詩文，舉進士，官至禮部尚書，出爲台州路達魯花赤。方國珍起兵時，被殺。

［３］轉，震動。

［４］心掉，膽落的意思。

［５］楹，柱。

［６］谽(hān 酣)谺(yá 牙)，谷中空廓的樣子。《漢書・司馬相如傳》云："巖巖深山之谾谾兮，通谷豁乎谷谺。"按，谾同"谽"。

［７］兀兀，恐懼不安的樣子。

［８］樹圭，立珪。樹，立。圭，同"珪"，玉之上尖下方者稱珪。

［９］東崦，東山。

［10］盤桓，猶徘徊。

［11］震霆，響雷。

［12］擣，擊撞。

［13］相持語，彼此握着手講話。

［14］石矼(gāng 剛)，石橋。

［15］勃勃，水氣上昇的樣子。

［16］窪(wā 洼)，低凹。

［17］翠羽鳧毛，翠鳥和野鴨的羽毛。

［18］洋洋，舒緩摇尾的樣子。《孟子・萬章》："少則洋洋焉，攸然而逝。"

［19］回緩，徘徊徐行。

［20］扼擘，同"扼腕"，用手握腕，表示激動或惋惜的情緒。擘本字，音義與牽同。《史記・鄭世家》"鄭襄公肉袒擘羊以迎"，可證。元明間多假擘作擘，即腕字，見《正韻》。

［21］偃木，橫臥的樹木。

［22］宛宛，與依依同意。

宋　史

《宋史》共四百九十六卷，修於公元一三四三至一三四五年(元順帝至正三年至至正五年)。由丞相脱脱和阿魯圖先後主持修撰。《宋史》雖然是從維護元朝的統治出發，文字又不加修飾，而且矛盾百出，錯誤極多，但它是根據宋代官修的實録、國史、會要及其他私家著述編撰的，保留了有關宋代歷史的大量記載，爲我們提供了許多原始資料。

張順張貴傳

【解題】 本篇通過敍述張順、張貴赤膽忠心、抗敵救國而英勇犧牲的事跡，説明了南宋人民對祖國的熱愛。同時對張順、張貴爲國獻身的高貴精神，作者也給予了肯定和贊揚。

張順，民兵部將也。襄陽受圍五年[1]，宋閫知其西北一水曰清泥河[2]，源於均、房[3]，即其地造輕舟百艘，以三舟聯爲一舫[4]，中一舟裝載，左右舟則虛其底而掩覆之[5]。出重賞募死士，得三千。求將，得順與張貴。俗呼順曰“矮張”，貴曰“竹園張”，俱智勇，素爲諸將所服，俾爲都統[6]。出令曰：“此行有死而已，汝輩或非本心，宜亟去，毋敗吾事。”人人感奮。

漢水方生，發舟百艘，稍進團山下。越二日，進高頭港口，結方陳[7]，各船置火槍、火砲、熾炭、巨斧、勁弩。夜漏下三刻，起矴出江[8]，以紅鐙爲識。貴先登，順殿之，乘風破浪，徑犯重圍。至磨洪灘以上，北軍舟師佈滿江面，無隙可入。衆乘鋭凡斷鐵絙攢杙數百[9]，轉戰百二十里，黎明抵襄城下。城中久絶援，聞救至，踴躍氣百倍。及收軍，獨失順。越數日，有浮屍遡流而上，被介胄[10]，執弓矢，直抵浮梁[11]，視之順也，身中四槍六箭，怒氣勃勃如生。諸軍驚以爲神，結塚斂葬[12]，立廟祀之。

張貴既抵襄,襄帥呂文煥力留共守[13]。貴恃其驍勇,欲還郢[14],乃募二士能伏水中數日不食,使持蠟書赴郢求援。北兵增守益密,水路連鎖數十里,列撒星樁[15],雖魚蝦不得度。二人遇樁即鋸斷之,竟達郢,還報,許發兵五千駐龍尾洲以助夾擊。

刻日既定,乃別文煥東下,點視所部軍,泊登舟[16],帳前一人亡去,乃有過被撻者。貴驚曰:“吾事泄矣,亟行,彼或未及知。”復不能銜枚隱跡,乃舉砲鼓噪發舟,乘夜順流斷絙破圍冒進,眾皆辟易。既出險地,夜半天黑,至小新城,大兵邀擊,以死拒戰。沿岸束荻列炬,火光燭天如白晝。至勾林灘,漸近龍尾洲,遙望軍船旗幟紛披,貴軍喜躍,舉流星火示之[17],軍船見火即前迎,及勢近欲合[18],則來舟皆北兵也。蓋郢兵前二日以風水驚疑,退屯三十里,而大兵得逃卒之報,據龍尾洲以逸待勞。貴戰已困,出於不意,殺傷殆盡,身被數十槍,力不支見執,卒不屈,死之。乃命降卒四人舁屍至襄[19],令於城下曰:“識矮張乎[20]?此是也。”守陴者皆哭[21],城中喪氣。文煥斬四卒,以貴袝葬順冢[22],立雙廟祀之。

中華書局標點本《宋史》卷四百五十

【註釋】

[1]襄陽受圍五年,元兵從宋理宗寶祐五年(一二五七)起,圍攻襄陽,至宋度宗咸淳九年(一二七三),呂文煥以襄陽降元,中間陸續經過十六年。張順及張貴救襄陽,在咸淳八年,距城破僅一年。

[2]闞,窺探。

[3]均,今湖北省均縣。房,今湖北省房縣。

[4]舫,船。《國策·楚策一》:“舫船載卒,一舫載五十人,與三月之糧。”

[5]虛其底,船底空無一物。

[6]都統,官名。宋代有諸軍都統制,節制兵馬,但非固定官職,事止即罷。

［7］陳，同“陣”。

［8］矴（dìng定），船停泊時沉落水中以穩定船身的石塊，用處如後來的錨。

［9］緪（gēng耕），粗索。攢（zǎn趲），折。杙（yì亦），木橛。

［10］介胄，盔甲。

［11］浮梁，浮橋。

［12］結冢，建立墳墓。

［13］呂文煥，宋守襄陽的主將，後以襄陽降元。

［14］郢，此處指漢水南的新郢。

［15］撒星椿，水道上錯綜密佈的椿頭。

［16］洎（jì記），及，到。

［17］流星火，即烽報。夜間，軍中用以互通信號。

［18］勢近欲合，兩軍陣勢相近，將要會師的時候。

［19］舁（yú于），抬。

［20］矮張，據前文“俗呼順曰‘矮張’，貴曰‘竹園張’”，此處當作“竹園張”。

［21］守陴者，守城的軍士。陴，城牆上的女牆。

［22］祔葬，合葬。《禮記·檀弓上》：“周公蓋祔。”孔穎達疏：“周公以來，蓋始祔葬，祔即合也，言將後喪合前喪。”

三、戲　曲

關漢卿雜劇

　　關漢卿,號巳齋叟,大都(今北京市)人,是我國古代偉大的戲劇家,元雜劇的奠基人。約生於十三世紀初,卒於十三世紀末。在元蒙貴族的暴力統治下,關漢卿不樂仕進,長期接觸社會底層,對人民的疾苦,有深切的瞭解與同情。故其雜劇多能深刻反映民族矛盾與階級矛盾,揭露當時政治的黑暗,表現人民的苦難與鬥爭,對婦女的社會地位和命運,尤爲關懷。關氏是元代劇壇前期的領袖,賈仲明弔詞中稱他爲"驅梨園領袖,總編修帥首,捻雜劇班頭",嘗"至躬踐排場,面傅粉墨,以爲我家生活,偶倡優而不辭"(《元曲選》序)。所作雜劇多達六十餘種,爲諸家之冠。現存確係關作雜劇十四種中,以《竇娥冤》、《救風塵》、《單刀會》爲最著。關劇曲詞質樸、精煉,情節生動而富於戲劇性,人物形象鮮明。

感天動地竇娥冤

　　《竇娥冤》是關漢卿的代表作,也是元雜劇中悲劇的典範。此劇寫竇娥因其父竇天章無力償還高利貸而被典押給蔡婆做童養媳,不幸成婚後不久,又做了寡婦。惡棍張驢兒爲了霸佔竇娥,企圖用藥毒死蔡婆,不料弄巧反拙,誤毒了自己的父親。州官接受了張的賄賂,竟誣竇娥以殺人之罪,判處斬決。在刑場上,竇娥悲憤地控訴了封建吏治的黑暗,對不合理的社會提出了強烈的抗議。三年後,竇天章任肅政廉訪使,奉命查核楚州案件。竇娥的鬼魂向父親申訴了冤屈,竇天章逮獲了真兇,案情繞得昭雪。這部作品深刻地揭露了封建社會政治的腐敗與官吏的貪酷兇殘,熱情謳歌了被壓迫的人民羣衆英勇堅強的反抗精神。

楔　子[1]

　　【解題】　本劇中,楔子位於全劇的開頭,起介紹劇中人物、交代竇娥被抵押前的身世的作用。秀才竇天章因欠蔡婆本利銀四十兩,無力償還,乃將女兒端雲抵與蔡婆爲童養媳;竇娥的不幸便是從這裏開始的。它説明高利貸的殘酷剥削也是造成竇娥悲劇命運的重要根源。

　　(卜兒蔡婆上[2],詩云)花有重開日,人無再少年;不須長富貴,安樂是神仙。老身蔡婆婆是也。楚州人氏[3],嫡親三口兒家屬。不幸夫主亡逝已過,止有一個孩兒,年長八歲;俺娘兒兩個,過其日月,家中頗有些錢財。這裏一個竇秀才,從去年間我借了二十兩銀子,如今本利該銀四十兩。我數次索取,那竇秀才只説貧難,没得還我。他有一個女兒,今年七歲,生得可喜,長得可愛,我有心看上他,與我家做個媳婦,就准了這四十兩銀子[4],豈不兩得其便。他説今日好日辰,親送女兒到我家來。老身且不索錢去,專在家中等候,這早晚竇秀才敢待來也[5]。(沖末扮竇天章引正旦扮端雲上[6],詩云)讀盡縹緗萬卷書[7],可憐貧殺馬相如[8];漢庭一日承恩召,不説當壚説《子虚》[9]。小生姓竇,名天章,祖貫長安京兆人也[10]。幼習儒業,飽有文章;争奈時運不通[11],功名未遂[12]。不幸渾家亡化已過[13],撇下這個女孩兒,小字端雲,從三歲上亡了他母親,如今孩兒七歲了也。小生一貧如洗,流落在這楚州居住。此間一個蔡婆婆,他家廣有錢物;小生因無盤纏,曾借了他二十兩銀子,到今本利該對還他四十兩[14]。他數次問小生索取,教我把甚麽還他? 誰想蔡婆婆常常着人來説[15],要小生女孩兒做他兒媳婦。況如今春榜動,選場開[16],正待上朝取應[17],又苦盤纏缺少。小生出於無奈,只得將女孩兒端雲送與蔡婆婆做兒媳婦去。(做嘆科[18],云)嗨! 這個那裏是做媳婦? 分明是賣與他一般。就准了他那先借的四十兩銀子,分外但得些少東西[19],勾小生應舉之費[20],便也過望了。説話之間,早來到他家門首。婆婆在家麽? (卜兒上,云)秀才,請家裏坐,老身等候多時也。(做相見科。竇天章云)小生今日一徑的將女孩兒送來與婆婆[21],怎敢説做媳婦,只與婆婆早晚使用。小生目下就要上朝進取功名去,留下女孩兒在此,只望婆婆看覷則個[22]。(卜兒云)這等[23],

你是我親家了。你本利少我四十兩銀子,兀的是借錢的文書[24],還了你;再送與你十兩銀子做盤纏。親家,你休嫌輕少。(竇天章做謝科,云)多謝了,婆婆。先少你許多銀子,都不要我還了;今又送我盤纏:此恩異日必當重報。婆婆,女孩兒早晚呆癡[25],看小生薄面,看覷女孩兒咱[26]。(卜兒云)親家,這不消你囑付,令愛到我家[27],就做親女兒一般看承他,你只管放心的去。(竇天章云)婆婆,端雲孩兒該打呵,看小生面則罵幾句[28];當罵呵,則處分幾句[29]。孩兒,你也不比在我跟前,我是你親爺,將就的你[30];你如今在這裏,早晚若頑劣呵,你只討那打罵喫。兒嚛[31]!我也是出於無奈。(做悲科,唱)

【仙呂賞花時】 我也只爲無計營生四壁貧[32],因此上割捨得親兒在兩處分。從今日遠踐洛陽塵,又不知歸期定准,則落的無語闇消魂[33]。(下)

(卜兒云)竇秀才留下他這女孩兒與我做媳婦兒,他一徑上朝應舉去了。(正旦做悲科,云)爹爹,你直下的撇了我孩兒去也[34]!(卜兒云)媳婦兒,你在我家,我是親婆,你是親媳婦,只當自家骨肉一般。你不要啼哭,跟着老身前後執料去來[35]。(同下)

【註釋】

[1] 楔子,元雜劇中所云楔子,乃是四折之外的過場戲的通稱,與小說中作爲引首的楔子不同,位置也不固定,或列劇首,或處折與折之間,亦有置於劇末的。其作用多係介紹情節與人物,加強情節的聯繫,故個別劇本中也有因劇情的需要而用兩個楔子的。楔子通常較"折"爲短,僅唱一至二支曲子,不像"折"中務用套曲。

[2] 卜兒,元雜劇中飾老婦人的角色,猶京劇之老旦。宋元人簡寫"娘"字爲"㜷",再省爲"卜"。

[3] 楚州,舊治在今江蘇省清江市,下文的山陽縣屬楚州。

[4] 准,此處作折合、抵償解。

[5] 早晚,用表時間概念,有"隨時"、"時候"、"有時"等多種含義,此處作

"時候"解,"這早晚"即"這時候"。下文"早晚使用"意謂"隨時使用";"早晚呆癡"作"有時候呆癡"解。敢待,大概的意思。

[6] 冲末、正旦,俱雜劇角色名。元雜劇角色分末、旦、净、雜四大類。末爲男角,猶京劇中的"生",内分正末、副末、冲末、外末、小末等。旦即女角之總稱,亦分正旦、副旦、貼旦、外旦、小旦、老旦、花旦、色旦、搽旦諸名目。正末、正旦係劇中男女主角。

[7] 縹(piǎo 漂)緗(xiāng 相),縹,淡青色的綢子;緗,淺黄色的綢子。古人多以之包書或作書囊,後來就用作書卷的代稱。范成大詩:"縹緗如山書掩關。"

[8] 殺,同"煞",用表程度的副詞。貧殺,即窮得很。馬相如,即司馬相如,漢景帝、武帝時著名的辭賦家,字長卿,成都人,《子虚賦》《上林賦》皆其代表作。

[9] 不説當鑪説《子虚》句:當鑪,典出卓文君慕司馬相如之才,偕同私奔後開酒店的故事。竇天章此語自比相如,言其志在功名,不在兒女私情。

[10] 祖貫,祖籍,原籍。

[11] 争奈,怎奈。争,同"怎"。

[12] 功名未遂,應科舉之試而未能考中,没能做官。

[13] 渾家,古典小説戲曲中妻子的通稱。

[14] 對還,對本對利,加倍償還。

[15] 着,同"著",有多種用法。此處"着人來説"與第三折中"着這楚州亢旱三年",俱作"教"、"使"解。第一折"因甚着這個人將你勒死",是"被"、"遭"的意思。第二折"你老人家放精神着",此"着"字係語助詞,無義。

[16] 況如今春榜動二句:科舉時代,進士考試與發榜,多在春季。這兩句意謂,進士考試即將舉行。

[17] 上朝取應,指進京應考。

[18] 科,元時演劇術語,指劇中人物的表情動作,凡劇本載有"某某科"之處,扮演者需在舞臺上演出相應的動作或表情,如"做飲酒科"、"做拿住科"、"做哭科";亦可用指舞臺效果,如"内做風科"。

[19] 分外,額外。

[20] 勾,同"够"。

[21] 一徑,直接。

[22] 看覷,此處作照顧解。則個,語助詞,近乎"者"、"着"、"咱",用表叮囑、希望,或加重語氣。

[23] 這等,這樣。

[24] 兀的,指示代詞中的近指,意即"這"。

[25] 呆癡,愚笨,不懂事。

[26] 咱,此處係語尾助詞,含請求、希望之意。

[27] 令愛,對別人女兒的客氣稱呼。

[28] 則,同"只"。後文中"則落的"、"則是"即"只落得"、"只是"。

[29] 處分,此處作數落、責備解。

[30] 將就,遷就。

[31] 㘔,語尾助詞,與"啦"、"呀"同。

[32] 四壁貧,窮得空蕩蕩的,剩下四堵牆壁。

[33] 闇(àn 暗)消魂,言離別時淒涼的心境。闇,通"黯"、"暗"。消,通"銷"。

[34] 直,此處作竟然解。下的,猶"捨得",謂忍心也。

[35] 執料,照料。去來,與"去"同。

第 一 折

【解題】 蔡婆去賽盧醫處討債,賽盧醫竟將蔡婆誘到偏僻處欲行殺害,卻被惡棍張驢兒父子無意中撞破。張驢兒等乘機搬進蔡家,妄圖霸佔竇娥,受到竇娥的嚴詞拒絕。竇娥的反抗性格,在這一折中初露鋒芒。

(凈扮賽盧醫上[1],詩云)行醫有斟酌,下藥依《本草》[2];死的醫不活,活的醫死了。自家姓盧,人道我一手好醫,都叫做賽盧醫,在這山陽縣南門開着生藥局[3]。在城有個蔡婆婆[4],我問他借了十兩銀子,本利該還他二十兩;數次來討這銀子,我又無的還他。他若不來便罷,若來呵,我自有個主意。我且在這藥鋪中坐下,看有甚麼人來。(卜兒上,云)老身蔡婆婆。我一向搬在山陽縣居住,儘也靜辦[5]。自十三年前竇天章秀才留下端雲孩兒與我做兒媳婦,改了他小名,喚做竇娥。自成親之後，不上二年，不想我這孩兒害弱症死了[6]。媳婦兒守寡，又早三個年頭[7]，服孝將除了也。我和媳婦兒説知，我往城外賽盧醫家索錢去也。（做行科，云）驀過隅頭[8]，轉過屋角，早來到他家門首。賽盧醫在家麽？（盧醫云）婆婆，家裏來。（卜兒云）我這兩個銀子長遠了[9]，你還了我罷。（盧醫云）婆婆，我家裏無銀子，你跟我莊上去取銀子還你。（卜兒云）我跟你去。（做行科）（盧醫云）來到此處，東也無人，西也無人，這裏不下手等甚麽？我隨身帶的有繩子。兀那婆婆[10]，誰喚你哩？（卜兒云）在那裏？（做勒卜兒科。孛老同副净張驢兒衝上[11]，賽盧醫慌走下，孛老救卜兒科）（張驢兒云）爹，是個婆婆，争些勒殺了[12]。（孛老云）兀那婆婆，你是那裏人氏？姓甚名誰？因甚着這個人將你勒死？（卜兒云）老身姓蔡，在城人氏，止有個寡媳婦兒，相守過日。因爲賽盧醫少我二十兩銀子，今日與他取討。誰想他賺我到無人去處[13]，要勒死我，賴這銀子。若不是遇着老的和哥哥呵，那得老身性命來。（張驢兒云）爹，你聽的他説麽？他家還有個媳婦哩。救了他性命，他少不得要謝我；不若你要這婆子，我要他媳婦兒，何等兩便？你和他説去。（孛老云）兀那婆婆，你無丈夫，我無渾家，你肯與我做個老婆，意下如何？（卜兒云）是何言語！待我回家，多備些錢鈔相謝。（張驢兒云）你敢是不肯，故意將錢鈔哄我？賽盧醫的繩子還在，我仍舊勒死了你罷。（做拿繩科）（卜兒云）哥哥，待我慢慢地尋思咱。（張驢兒云）你尋思些甚麽？你隨我老子，我便要你媳婦兒。（卜兒背云[14]）我不依他，他又勒殺我。罷罷罷，你爺兒兩個隨我到家中去來。（同下）（正旦上，云）妾身姓竇，小字端雲，祖居楚州人氏。我三歲上亡了母親，七歲上離了父親；俺父親將我嫁與蔡婆婆爲兒媳婦，改名竇娥。至十七歲與夫成親，不幸丈夫亡化，可早三年光景，我今二十歲也。這南門外有個賽盧醫，他少俺婆婆銀子，本利該二十兩，數次索取不還，今日俺婆婆親自索取去了。竇娥也[15]，你這命好苦也呵！（唱）

【仙吕點絳唇】 滿腹閒愁，數年禁受[16]，天知否？天若是知我情由，怕不待和天瘦。

【混江龍】 則問那黄昏白晝，兩般兒忘餐廢寢幾時休？大都來昨宵夢裏[17]，和着這今日心頭。催人淚的是錦爛熳花枝橫繡闥，斷人腸的是剔團圞月色挂妝樓[18]。長則是急煎煎按不住意中焦[19]，悶沉沉展不徹眉尖皺，越覺的情懷冗冗[20]，心緒悠悠。

(云)似這等憂愁，不知幾時是了也呵！(唱)

【油葫蘆】 莫不是八字兒該載着一世憂[21]，誰似我無盡頭！須知道人心不似水長流。我從三歲母親身亡後，到七歲與父分離久，嫁的個同住人，他可又拔着短籌[22]；撇的俺婆婦每都把空房守[23]，端的個有誰問[24]、有誰僽[25]？

【天下樂】 莫不是前世裏燒香不到頭[26]，今也波生招禍尤[27]？勸今人早將來世修。我將這婆侍養，我將這服孝守，我言詞須應口[28]。

(云)婆婆索錢去了，怎生這早晚不見回來[29]？(卜兒同孛老、張驢兒上)(卜兒云)你爺兒兩個且在門首等，我先進去。(張驢兒云)妳妳[30]，你先進去，就說女婿在門首哩。(卜兒見正旦科)(正旦云)妳妳回來了，你喫飯麼？(卜兒做哭科，云)孩兒也，你教我怎生說波[31]！(正旦唱)

【一半兒】 爲甚麼淚漫漫不住點兒流？莫不是爲索債與人家惹爭鬥？我這裏連忙迎接慌問候，他那裏要說緣由。(卜兒云)羞人答答的[32]，教我怎生說波！(正旦唱)則見他一半兒徘徊一半兒醜。

(云)婆婆，你爲甚麼煩惱啼哭那[33]？(卜兒云)我問賽盧醫討銀子去，他賺我到無人去處，行起兇來，要勒死我。虧了一個張老並他兒子張驢兒，救得我性命。那張老就要我招他做丈夫，因這等煩惱。(正旦云)婆婆，這個怕不中麼[34]？你再尋思咱：俺家裏又不是沒有飯喫，沒有衣穿，又不是少欠錢債，被人催逼不過；況你年紀高大，六十以外的人，怎生又招丈夫那？(卜兒云)孩兒也，你說的豈不是。但是我的性命全虧他這爺兒兩個救的，我也曾說道：待我到家，多將些錢物[35]，酬謝你救命之恩。不知他怎生知道我家裏有個媳婦兒，道我婆媳婦又沒老公[36]，他爺兒兩個又沒老婆，正是天緣天對。若不隨順，他依舊要勒

死我。那時節我就慌張了,莫説自己許了他,連你也許了他。兒也,這也是出於無奈。(正旦云)婆婆,你聽我説波。(唱)

【後庭花】 避兇神要擇好日頭,拜家堂要將香火修;梳着個霜雪般白鬏髻[37],怎將這雲霞般錦帕兜[38]?怪不的女大不中留[39]。你如今六旬左右,可不道到中年萬事休。舊恩愛一筆勾,新夫妻兩意投,枉教人笑破口。

(卜兒云)我的性命都是他爺兒兩個救的,事到如今,也顧不得別人笑話了。(正旦唱)

【青哥兒】 你雖然是得他、得他營救,須不是筍條、筍條年幼[40],剗的便巧畫蛾眉成配偶[41]?想當初你夫主遺留,替你圖謀,置下田疇,蚤晚羹粥[42],寒暑衣裘;滿望你鰥寡孤獨[43],無捱無靠,母子每到白頭。公公也,則落得乾生受[44]。

(卜兒云)孩兒也,他如今只待過門,喜事匆匆的,教我怎生回得他去?(正旦唱)

【寄生草】 你道他匆匆喜,我替你倒細細愁:愁則愁興闌刪咽不下交歡酒[45],愁則愁眼昏騰扭不上同心扣[46],愁則愁意朦朧睡不穩芙蓉褥。你待要笙歌引至畫堂前[47],我道這姻緣敢落在他人後。

(卜兒云)孩兒也,再不要説我了。他爺兒兩個都在門首等候,事已至此,不若連你也招了女婿罷。(正旦云)婆婆,你要招你自招,我並然不要女婿。(卜兒云)那個是要女婿的。爭奈他爺兒兩個自家捱過門來,教我如何是好?(張驢兒云)我們今日招過門去也。帽兒光光,今日做個新郎;袖兒窄窄,今日做個嬌客[48]。好女婿,好女婿!不枉了[49],不枉了!(同孛老入拜科)(正旦做不禮科,云)兀那廝[50],靠後!(唱)

【賺煞】 我想這婦人每休信那男兒口,婆婆也,怕沒的貞心兒自守,到今日招着個村老子[51],領着個半死囚。(張驢兒做嘴臉科[52],

云)你看我爺兒兩個這等身段,儘也選得女婿過,你不要錯過了好時辰,我和你早些兒拜堂罷。(正旦不禮科,唱)則被你坑殺人燕侶鶯儔[53]。婆婆也,你豈不知着! 俺公公撞府冲州[54],闔閭的銅斗兒家緣百事有[55],想着俺公公置就,怎忍教張驢兒情受[56]? (張驢兒做扯正旦拜科,正旦推跌科,唱)兀的不是俺没丈夫的婦女下場頭! (下)

(卜兒云)你老人家不要惱懆[57]。難道你有活命之恩,我豈不思量報你? 只是我那媳婦兒氣性最不好惹的[58],既是他不肯招你兒子,教我怎好招你老人家? 我如今拚的好酒好飯養你爺兒兩個在家,待我慢慢的勸化俺媳婦兒;待他有個回心轉意,再作區處[59]。(張驢兒云)這歪刺骨[60]! 便是黄花女兒[61],剛剛扯的一把,也不消這等使性[62],平空的推了我一交[63],我肯乾罷! 就當面賭個誓與你:我今生今世不要他做老婆,我也不算好男子! (詞云)美婦人我見過萬千向外[64],不似這小妮子生得十分慾賴[65];我救了你老性命死裏重生,怎割捨得不肯把肉身陪待? (同下)

【註釋】

[1] 净,角色名,所扮大抵粗暴勇猛的人物,如京劇之花臉。其中又分净、副净、二净及丑,多扮演男性,間或有扮女性者。賽盧醫,元劇中對庸醫及賣藥人的諷刺性的通稱,亦即綽號。春秋時名醫扁鵲係盧國人,故有"盧醫"、"盧扁"之稱。此處云"賽",實係反語。

[2] 《本草》,本名《神農本草經》爲我國古代記載中藥的書籍。

[3] 生藥局,藥材舖。

[4] 在城,本城。

[5] 静辦,清静,安静。

[6] 弱症,肺癆的別稱。

[7] 早,先。此處與後文"早來到他家門首"、"可早三年光景"均作"已經"解。

[8] 蹺,同"邁",跨越。隅頭,謂角落。

[9] 兩個銀子,銀子通常以十兩爲一個,兩個即二十兩。

[10] 兀那,猶"那"。兀,語助詞。

[11] 孛(bó 勃)老,雜劇角色名,屬"雜"類,意即老頭兒。

[12] 争些,險些,差一點。

[13] 賺,騙。

[14] 背云,旁白。

[15] 也,此處係語尾助詞,同"呀"、"喲"。

[16] 禁受,忍受。

[17] 大都來,亦作"待都來",不過、大抵之意。

[18] 剔(tī 踢),用表程度的副詞。團圞,即圓。剔團圞,意謂滴溜兒圓。

[19] 急煎煎,心情焦灼貌。

[20] 冗(rǒng 戎)冗,謂心事煩多。

[21] 八字兒,指用干支排列的生辰年月,一般用作命運的代詞。

[22] 拔着短籌,喻指短命。古人計數每用竹籌,上刻數字,數字小者亦稱
"短籌"。

[23] 婆媳,即婆媳。每,人稱代詞的詞尾,其義若"們",用表多數。

[24] 端的,究竟。

[25] 偢(chǒu 丑),理睬。

[26] 前世裏燒香不到頭,舊時迷信,謂夫妻不能偕老,係因前生燒香沒有燒
到頭的緣故。

[27] 也波,曲語中的襯字,無義。

[28] 言詞須應口,應許的諾言必須兌現。

[29] 怎生,如何。

[30] 妳(nǎi 乃),"奶"的異體字。妳妳,女人的尊稱,有時也作祖母或乳娘
的代稱。

[31] 波,語尾助詞,同"啊"、"吧"。倘用在語句中間,則爲襯字,無義。

[32] 羞人答答的,或作羞答答的,謂害羞、難爲情。

[33] 那,同"哪"。

[34] 不中(zhòng 衆),不行,使不得。

[35] 將,拿。

[36] 老公,指丈夫。

[37] 鬏(dí 狄)髻,古時婦女將頭髮盤成螺形,上加網套,用作裝飾。

[38] 錦帕兒,古代新娘的裝飾,蒙覆錦帕。

[39] 女大不中留,意謂女子到了婚齡,必須出嫁。元人諺語云:"瓜老不中留,人老不中留,女大不中留。"是謂"三不留"。

[40] 筍條,竹根生幼芽,謂之筍。此處以筍喻人的年輕。

[41] 剗(chǎn 產)的,一作"剗地",平白無故的意思。畫蛾眉,古之婦女多用黛色畫眉,略似鬉蛾觸鬚,細而長曲。漢張敞曾為其妻畫眉,後人以此隱喻夫妻恩愛。竇娥用此語諷刺蔡婆甘心再嫁。

[42] 蚤,同"早"。

[43] 鰥(guān 關)寡孤獨,古代成語:老而無妻曰鰥,老而無夫曰寡,少而無父曰孤,老而無子曰獨。這裏是偏義複詞,只作寡婦用。

[44] 乾生受,猶言枉自徒勞,白辛苦。乾,枉自,白白地。生受,喫苦、受罪之意。

[45] 闌刪,一作闌珊,零落衰頹之意。

[46] 昏騰,模糊不清,迷迷糊糊。

[47] 笙歌,指音樂。畫堂,堂舍的泛稱,即裝飾得很華麗的客堂。笙歌引至畫堂前,係古人結婚時的儀式,在樂聲中引新人到堂前參拜。

[48] 帽兒光光四句:係宋元民間諺語。光光,言新郎衣帽整潔;窄窄,猶謂漂亮時新,均贊賀之辭。

[49] 不枉了,沒有白做。

[50] 廝,對男子的賤稱,猶言"小子"。

[51] 村老子,粗俗的老頭。老子,此處作老年人的通稱。

[52] 做嘴臉,做怪樣。

[53] 坑殺人,害死人。

[54] 撞府沖州,指跑江湖,經歷過許多地方。

[55] 閜(zhèng 政)閜(chuài 揣去),掙扎。銅斗兒家緣,謂家境殷實。銅斗,係量器。家緣,即家產。

[56] 情受,繼承,承受。

[57] 惱懆,煩躁。

[58] 氣性,脾氣,性格。

[59] 區處,處理,分別處置。

[60] 歪剌(lá 拉陽平)骨,對婦女侮辱謾罵之辭,與"歪剌"皆取義於臭,猶言"臭貨",指不正經的女人,或兼"潑辣"之義。

[61] 黄花女兒,處女。

[62] 使性,發脾氣。

[63] 交,同"跤"。

[64] 向外,以上,以外。

[65] 小妮(nī 尼陰平)子,猶説"丫頭",小女孩之泛稱。憊(bèi 備)賴,潑賴,調皮。

第 二 折

【解題】 張驢兒想毒死蔡婆,以便威逼竇娥成親,不料反而毒死了自己老子;他將此案誣加在竇娥身上,要挾竇娥以順從作爲"私休"的條件,竇娥堅決不從。在公堂上,竇娥受到被張驢兒買通的貪官嚴刑拷打,卻仍然慷慨陳詞,據理力爭,最後爲了掩護年邁的蔡婆,不得不屈招。這一折除進一步刻畫竇娥的堅強之外,還揭露了封建政權是人民最兇惡的敵人。

(賽盧醫上,詩云)小子太醫出身[1],也不知道醫死多人。何嘗怕人告發,關了一日店門? 在城有個蔡家婆子,剛少的他廿兩花銀,屢屢親來索取,爭些撚斷脊筋。也是我一時智短,將他賺到荒村。撞見兩個不識姓名男子,一聲嚷道:"浪蕩乾坤,怎敢行兇撒潑,擅自勒死平民[2]!"嚇得我丟了繩索,放開腳步飛奔。雖然一夜無事,終覺失精落魂;方知人命關天關地,如何看做壁上灰塵。從今改過行業,要得滅罪修因,將以前醫死的性命,一個個都與他一卷超度的經文。小子賽盧醫的便是。只爲要賴蔡婆婆二十兩銀子,賺他到荒僻去處,正待勒死他,誰想遇見兩個漢子,救了他去。若是再來討債時節,教我怎生見他? 常言道的好:"三十六計,走爲上計。"喜得我是孤身,又無家小連累,不若收拾了細軟行李,打個包兒,悄悄的躲到別處,另做營生,豈不乾淨? (張驢兒上,云)自家張驢兒,可奈那竇娥百般的不肯隨順我[3];如今那老婆子害病,我討服毒藥,與他喫了,藥死那老婆子,這小妮子好歹做我的老婆。(做行科,云)且住,城裏人耳目廣,口舌多,倘見我討毒藥,可不嚷出事來?我前日看見南門外有個藥舖,此處冷靜,正好討藥。(做到科,叫云)太醫哥哥,我來討藥的。(賽盧醫云)你討甚麼藥?(張驢兒云)我討服毒藥。(賽盧醫云)誰敢合毒藥與你[4]?這廝好大膽也。(張驢兒云)你真個不肯與我藥麼[5]?(賽盧醫云)我不與你,你就怎地我[6]?(張驢兒做拖盧云)好呀,前日謀死蔡婆婆的,不是你來?你說我不認的你哩!我拖你見官去。(賽盧醫做慌科,云)大哥,你放我,有藥有藥。(做與藥科。張驢兒云)既然有了藥,且饒你罷。正是:"得放手時須放手,得饒人處且饒人。"(下)(賽盧醫云)可不悔氣[7]!剛剛討藥的這人,就是救那婆子的。我今日與了他這服毒藥去了,以後事發,越越要連累我[8];趁早兒關上藥舖,到涿州賣老鼠藥去也[9]。(下)(卜兒上,做病伏几科)(孛老同張驢兒上,云)老漢自到蔡婆婆家來,本望做個接脚[10],卻被他媳婦堅執不從。那婆婆一向收留俺爺兒兩個在家同住,只說好事不在忙,等慢慢裏勸轉他媳婦。誰想那婆婆又害起病來。孩兒,你可曾算我兩個的八字,紅鸞天喜幾時到命哩[11]?(張驢兒云)要看什麼天喜到命!只賭本事,做得去,自去做。(孛老云)孩兒也,蔡婆婆害病好幾日了,我與你去問病波。(做見卜兒問科,云)婆婆,你今日病體如何?(卜兒云)我身子十分不快哩。(孛老云)你可想些甚麼喫?(卜兒云)我思量些羊腑兒湯喫[12]。(孛老云)孩兒,你對竇娥説,做些羊腑兒湯與婆婆喫。(張驢兒向古門云[13])竇娥,婆婆想羊腑兒湯喫,快安排將來。(正旦持湯上,云)妾身竇娥是也。有俺婆婆不快,想羊腑湯喫,我親自安排了與婆婆喫去。婆婆也,我這寡婦人家,凡事也要避些嫌疑,怎好收留那張驢兒父子兩個?非親非眷,一家兒同住,豈不惹外人談議?婆婆也,你莫要背地裏許了他親事,連我也累做不清不潔的。我想這婦人心好難保也呵!(唱)

【南呂一枝花】 他則待一生鴛帳眠,那裏肯半夜空房睡;他本是張郎婦,又做了李郎妻。有一等婦女每相隨,並不説家克計[14],則打聽些閒是非;説一會不明白打鳳的機關[15],使了些調虛囂撈龍的見識[16]。

【梁州第七】　這一個似卓氏般當鑪滌器[17]，這一個似孟光般舉案齊眉[18]；說的來藏頭蓋脚多伶俐[19]，道着難曉，做出縱知。舊恩忘卻，新愛偏宜；墳頭上土脈猶濕，架兒上又換新衣。那裏有奔喪處哭倒長城[20]，那裏有浣紗時甘投大水[21]，那裏有上山來便化頑石[22]。可悲，可恥！婦人家直恁的無仁義[23]；多淫奔，少志氣，虧殺前人在那裏，更休説本性難移。

(云)婆婆，羊腃兒湯做成了，你喫些兒波。(張驢兒云)等我拿去。(做接嘗科，云)這裏面少些鹽醋，你去取來。(正旦下)(張驢兒放藥科)(正旦上，云)這不是鹽醋？(張驢兒云)你傾下些。(正旦唱)

【隔尾】　你説道少鹽欠醋無滋味，加料添椒纔脆美。但願娘親蚤痊濟，飲羹湯一杯，勝甘露灌體[24]，得一個身子平安倒大來喜[25]。

(孛老云)孩兒，羊腃湯有了不曾？(張驢兒云)湯有了，你拿過去。(孛老將湯云)婆婆，你喫些湯兒。(卜兒云)有累你。(做嘔科，云)我如今打嘔，不要這湯喫了，你老人家喫罷。(孛老云)這湯特做來與你喫的，便不要喫，也喫一口兒。(卜兒云)我不喫了，你老人家請喫。(孛老喫科)(正旦唱)

【賀新郎】　一個道你請喫，一個道婆先喫，這言語聽也難聽，我可是氣也不氣！想他家與咱家有甚的親和戚？怎不記舊日夫妻情意，也曾有百縱千隨[26]？婆婆也，你莫不爲黃金浮世寶，白髮故人稀[27]，因此上把舊恩情，全不比新知契[28]？則待要百年同墓穴，那裏肯千里送寒衣[29]。

(孛老云)我喫下這湯去，怎覺昏昏沉沉的起來？(做倒科)(卜兒慌科，云)你老人家放精神着，你扎挣着些兒。(做哭科，云)兀的不是死了也！(正旦唱)

・39・

【鬭蝦蟆】 空悲戚,没理會[30],人生死,是輪迴。感着這般病疾,值着這般時勢,可是風寒暑濕,或是饑飽勞役,各人證候自知[31]。人命關天關地,別人怎生替得? 壽數非干今世,相守三朝五夕,説甚一家一計[32]。又無羊酒段匹,又無花紅財禮[33];把手爲活過日,撒手如同休棄。不是竇娥忤逆,生怕傍人論議。不如聽咱勸你,認個自家悔氣,割捨的一具棺材,停置幾件布帛,收拾出了咱家門裏,送入他家墳地。這不是你那從小兒年紀指脚的夫妻[34];我其實不關親,無半點恓惶淚。休得要心如醉,意似癡,便這等嗟嗟怨怨,哭哭啼啼。

(張驢兒云)好也囉! 你把我老子藥死了,更待乾罷! (卜兒云)孩兒,這事怎了也? (正旦云)我有什麽藥在那裏? 都是他要鹽醋時,自家傾在湯兒裏的。(唱)

【隔尾】 這廝搬調咱老母收留你[35],自藥死親爺,待要諕嚇誰? (張驢兒云)我家的老子,倒説是我做兒子的藥死了,人也不信。(做叫科,云)四鄰八舍聽着:竇娥藥殺我家老子哩! (卜兒云)罷麽,你不要大驚小怪的,嚇殺我也。(張驢兒云)你可怕麽? (卜兒云)可知怕哩[36]。(張驢兒云)你要饒麽? (卜兒云)可知要饒哩。(張驢兒云)你教竇娥隨順了我,叫我三聲的親親的丈夫[37],我便饒了他。(卜兒云)孩兒也,你隨順了他罷。(正旦云)婆婆,你怎説這般言語! (唱)我一馬難將兩鞍鞴[38]。想男兒在日曾兩年匹配,卻教我改嫁別人,其實做不得。

(張驢兒云)竇娥,你藥殺了俺老子,你要官休? 要私休? (正旦云)怎生是官休? 怎生是私休? (張驢兒云)你要官休呵,拖你到官司,把你三推六問[39],你這等瘦弱身子,當不過拷打,怕你不招認藥死我老子的罪犯! 你要私休呵,你早些與我做了老婆,倒也便宜了你。(正旦云)我又不曾藥死你老子,情願和你見官去來。(張驢兒拖正旦、卜兒下)(淨扮孤引祗候上[40],詩云)我做官人勝別人,告狀來的要金銀;若是上司當刷卷[41],在家推病不出門。下官楚州太守桃杌是也。今早升廳坐衙[42],左右,喝攛廂[43]。(祗候么喝科[44])(張驢兒拖正旦、卜兒上,云)告狀告狀。(祗候云)拿過來。(做跪見。孤亦跪科,云)請起。(祗候云)相公[45],他是告狀的,怎生跪着他?(孤云)你不知道,但來告狀的,就是我衣食父母[46]。(祗候么喝科。孤云)那個是原告?那個是被告?從實說來。(張驢兒云)小人是原告張驢兒,告這媳婦兒,喚做竇娥,合毒藥下在羊肚兒湯兒裏,藥死了俺的老子。這個喚做蔡婆婆,就是俺的後母。望大人與小人做主咱。(孤云)是那一個下的毒藥?(正旦云)不干小婦人事。(卜兒云)也不干老婦人事。(張驢兒云)也不干我事。(孤云)都不是,敢是我下的毒藥來?(正旦云)我婆婆也不是他後母,他自姓張,我家姓蔡。我婆婆因爲與賽盧醫索錢,被他賺到郊外勒死;我婆婆卻得他爺兒兩個救了性命,因此我婆婆收留他爺兒兩個在家,養膳終身,報他的恩德。誰知他兩個倒起不良之心,冒認婆婆做了接腳,要逼勒小婦人做他媳婦。小婦人元是有丈夫的[47],服孝未滿,堅執不從。適值我婆婆患病,着小婦人安排羊肚兒湯兒喫。不知張驢兒那裏討得毒藥在身,接過湯來,只説少些鹽醋,支轉小婦人,闇地傾下毒藥。也是天幸,我婆婆忽然嘔吐,不要湯喫,讓與他老子喫,纔喫的幾口,便死了。與小婦人並無干涉[48],只望大人高擡明鏡[49],替小婦人做主咱。(唱)

【牧羊關】 大人你明如鏡,清似水,照妾身肝膽虛實。那羹本五味俱全,除了外百事不知。他推到嘗滋味,喫下去便昏迷。不是妾訟庭上胡支對[50],大人也,卻教我平白地説甚的?

(張驢兒云)大人詳情[51]:他自姓蔡,我自姓張,他婆婆不招俺父親接腳,他養我父子兩個在家做甚麼?這媳婦年紀兒雖小,極是個賴骨頑皮[52],不怕打的。(孤云)人是賤蟲,不打不招。左右,與我選大棍子打着。(祗候打正旦,三次噴水科[53])(正旦唱)

【罵玉郎】 這無情棍棒教我捱不的。婆婆也,須是你自做下,怨他誰! 勸普天下前婚後嫁婆娘每,都看取我這般傍州例[54]。

【感皇恩】 呀!是誰人唱叫揚疾[55],不由我不魄散魂飛。恰消停[56],纔蘇醒,又昏迷。捱千般打拷,萬種凌逼,一杖下,一道血,一層皮。

【採茶歌】 打的我肉都飛,血淋漓,腹中冤枉有誰知! 則我這小婦人毒藥來從何處也,天那! 怎麽的覆盆不照太陽暉[57]!

(孤云)你招也不招? (正旦云)委的不是小婦人下毒藥來[58]。(孤云)既然不是你,與我打那婆子。(正旦忙云)住住住,休打我婆婆,情願我招了罷。是我藥死公公來。(孤云)既然招了,着他畫了伏狀[59],將枷來枷上,下在死囚牢裏去。到來日判個斬字,押付市曹典刑[60]。(卜兒哭科,云)竇娥孩兒,這都是我送了你性命,兀的不痛殺我也! (正旦唱)

【黃鍾尾】 我做了個衛冤負屈沒頭鬼,怎肯便放了你好色荒淫漏面賊[61]! 想人心不可欺,冤枉事天地知,爭到頭,競到底,到如今待怎的;情願認藥殺公公,與了招罪。婆婆也,我若是不死呵,如何救得你! (隨祗候押下)

(張驢兒做叩頭科,云)謝青天老爺作主! 明日殺了竇娥,纔與小人的老子報的冤。(卜兒哭科,云)明日市曹中殺竇娥孩兒也,兀的不痛殺我也! (孤云)張驢兒,蔡婆婆,都取保狀,着隨衙聽候。左右,打散堂鼓,將馬來,回私宅去也。(同下)

【註釋】

[１]太醫,原係宮廷御用醫官的稱號,這裏是賽盧醫自我吹噓。

[２]平民,指百姓。

[３]可奈,怎奈。

[４]合,配製。

[５]真個,真的。

[６]怎地,怎麽樣。

[７]悔氣,同"晦氣"。

[８]越越,愈加。

[９]涿(zhuō 桌)州,故治在今河北省涿縣。

[１０]接腳,丈夫死後,再招個丈夫,被招者稱"接腳女婿",亦稱"接腳"。

[11] 紅鸞,舊時迷信説法,謂婚姻喜事係紅鸞星照命。天喜,迷信説法,凡
　　日支與月建相合,如寅月逢戌日,卯月逢亥日,均吉,謂之"天喜"。

[12] 腈,同"肚"。

[13] 古門,即"古門道",又作"鬼門道",舞臺上的上場門與下場門,以戲劇
　　多扮演古人之事得名。

[14] 説家克計,策劃持家方法。

[15] 打鳳,與下句的撈龍並指安排圈套陷害好人。撈龍或作"牢籠"。機
　　關,指設下的圈套、計策。

[16] 虛囂,詐偽、浮虛。見識,主意。

[17] 卓氏,指卓文君。

[18] 似孟光般舉案齊眉,孟光,東漢梁鴻之妻,夫妻感情融洽,相敬如賓,孟
　　光常於喫飯時把盛食具的托盤高舉齊眉,以表對丈夫的敬愛。後人多
　　以此比喻和睦夫妻。

[19] 怜悧,同"伶俐",這裏作乾淨、没牽累解。

[20] 奔喪處哭倒長城,民間傳説:秦始皇時大興徭役,孟姜女的丈夫范喜良
　　被逼遣築長城,殞葬長城之下。姜女尋求不得,哭之甚哀,城牆爲之倒
　　塌一大片,終於發現了丈夫的屍骨。

[21] 浣紗時甘投大水,春秋時伍子胥爲逃避楚平王的殺害,投奔吳國,途中
　　飢困,乞食於浣紗少女。少女出於同情給了食物,卻認爲自己與不相
　　識的男子往來的行爲是越出常軌,便投江自殺。竇娥舉這段故事雖帶
　　有濃厚的封建意識,卻也表明了自己堅貞的志氣。

[22] 上山來便化頑石,民間傳説:古代有個婦女,因丈夫久出不歸,思念甚
　　切,日日登山瞭望,冀見其夫,竟化爲石。後人就稱此石爲"望夫石"。

[23] 恁的,那樣的。

[24] 甘露,古人迷信説法,謂天下太平,上天就降甘美的露水,人服之可以
　　長生。漢武帝爲此曾在長安建神明臺,造銅人捧露盤以承接。

[25] 倒大來,亦作"到大來"、"倒大"、"大來",猶言"極"、"十分"。

[26] 百縱千隨,百依百順。

[27] 黄金浮世寶,白髮故人稀,古代諺語,均"難得"之意。此處係竇娥嘲諷
　　婆婆急於嫁人,唯恐機會錯過,棄舊迎新。

[28] 新知契,新的知心人。

[29] 千里送寒衣,關於孟姜女的又一傳說:姜女爲丈夫送寒衣,跋涉千里,到達長城始知丈夫已死。元鄭廷玉有《孟姜女送寒衣》雜劇。

[30] 理會,理解、領會。

[31] 證候,同"症候"。

[32] 一家一計,指一家人。

[33] 又無羊酒段匹二句:古代結親時,男家須向女家贈送財禮。段匹,指綢緞之類的紡織品。

[34] 指脚的夫妻,謂結髮夫妻。

[35] 搬調,搬弄、調唆。

[36] 可知,當然、的確之意,多用於答話,謂"不言而喻"。

[37] 的的親親,嫡嫡親親。

[38] 一馬難將兩鞍鞴,出自成語"好馬不鞴雙鞍,烈女不嫁兩夫",這是封建道德的貞操觀念。

[39] 三推六問,指多次審訊。推,推求。問,審問。

[40] 孤,雜劇中扮演官員的角色名稱。祇候,衙門裏的高級差役,亦有以此稱呼官員的隨從及富貴人家僕役頭目的。

[41] 刷卷,檢查、清理民刑案件,由肅政廉訪使赴所屬地方衙門稽核。

[42] 升廳坐衙,指官員開庭審案。

[43] 喝攛廂,元代司法上的一種制度。攛,謂設抛;廂,一作"箱"。官府設箱受納狀紙,告狀人投狀紙入箱,謂"攛廂"。喝,指吆喝。

[44] 么喝,同"吆喝"。

[45] 相公,此處係對官員的尊稱。

[46] 衣食父母,古代仰靠別人生活的人,常稱賜惠者爲衣食父母。這裏借演員打諢的話,諷刺封建官吏趁百姓打官司的機會,從中敲詐勒索,故視訴訟者爲"衣食父母"。

[47] 元,同"原"。

[48] 干涉,指關係、牽連。

[49] 高擡明鏡,喻斷案公允,猶明鏡高懸,能洞察一切,明辨是非。

[50] 胡支對,胡亂對答。

[51] 詳情,仔細審查事件的真相。

[52] 賴骨頑皮,頑固執拗。

[53] 噴水,封建社會中,官吏多用嚴刑逼供,當受刑者昏迷過去時,則命衙役噴水使之甦醒。

[54] 傍州例,依據例子判案,不一定按法律條文。

[55] 唱叫揚疾,大聲吵嚷。

[56] 消停,停止,停頓。

[57] 覆盆不照太陽暉,盆如翻蓋,陽光就照不進去。意謂不見光明。此處用喻官府衙門暗無天日,故被屈判的常稱爲"覆盆之冤"。

[58] 委的,一作"委實",確實之意。

[59] 伏狀,認罪的書面供詞。

[60] 市曹,一作市塵,鬧市。古代處決犯人多押至鬧市執行,用以警衆。典刑,執法行刑,此處作處死。

[61] 漏面賊,膽敢公開行兇作惡的壞人。

第 三 折

【解題】 這一折是全劇矛盾衝突的高潮。劇中,竇娥對"天"、"地"的指責,實際上是對最高統治者的詛咒。作者在這裏塑造了一個善良正直、至死不屈的婦女典型形象,表達了當時廣大人民對統治者的強烈憎恨。

(外扮監斬官上[1],云)下官監斬官是也。今日處決犯人,着做公的把住巷口[2],休放往來人閙走。(淨扮公人[3],鼓三通、鑼三下科。劊子磨旗[4]、提刀,押正旦帶枷上。劊子云)行動些[5],行動些,監斬官去法場上多時了。(正旦唱)

【正宮端正好】 没來由犯王法[6],不提防遭刑憲,叫聲屈動地驚天。頃刻間遊魂先赴森羅殿[7],怎不將天地也生埋怨。

【滾繡球】 有日月朝暮懸,有鬼神掌著生死權。天地也,只合把清濁分辨,可怎生糊突了盜跖顏淵[8]:爲善的受貧窮更命短,造惡的享富貴又壽延。天地也,做得個怕硬欺軟,卻元來也這般順水推船[9]。地也,你不分好歹何爲地? 天也,你錯勘賢愚枉做天! 哎,只落得兩淚漣漣。

(劊子云)快行動些,悞了時辰也。(正旦唱)

【倘秀才】 則被這枷紐的我左側右偏,人擁的我前合後偃,我竇娥向哥哥行有句言[10]。(劊子云)你有甚麼話説? (正旦唱)前街裏去心懷恨,後街裏去死無冤,休推辭路遠。

(劊子云)你如今到法場上面,有甚麼親眷要見的,可教他過來,見你一面也好。(正旦唱)

【叨叨令】 可憐我孤身隻影無親眷,則落的吞聲忍氣空嗟怨。(劊子云)難道你爺娘家也沒的? (正旦云)止有個爹爹,十三年前上朝取應去了,至今杳無音信。(唱)蚤已是十年多不覩爹爹面。(劊子云)你適纔要我往後街裏,是什麼主意? (正旦唱)怕則怕前街裏被我婆婆見。(劊子云)你的性命也顧不得,怕他見怎的? (正旦云)俺婆婆若見我披枷帶鎖赴法場喰刀去呵。(唱)枉將他氣殺也麼哥[11],枉將他氣殺也麼哥。告哥哥,臨危好與人行方便。

(卜兒哭上科,云)天那,兀的不是我媳婦兒! (劊子云)婆子靠後。(正旦云)既是俺婆婆來了,叫他來,待我囑付他幾句話咱。(劊子云)那婆子,近前來,你媳婦要囑付你話哩。(卜兒云)孩兒,痛殺我也! (正旦云)婆婆,那張驢兒把毒藥放在羊賮兒湯裏,實指望藥死了你,要霸佔我爲妻。不想婆婆讓與他老子喫,倒把他老子藥死了。我怕連累婆婆,屈招了藥死公公,今日赴法場典刑。婆婆,此後遇着冬時年節,月一十五,有漿不了的漿水飯,漿半碗兒與我喫[12];燒不了的紙錢,與竇娥燒一陌兒[13];則是看你死的孩兒面上。(唱)

【快活三】 念竇娥葫蘆提當罪愆[14],念竇娥身首不完全,念竇娥從前已往幹家緣[15];婆婆也,你只看竇娥少爺無娘面。

【鮑老兒】 念竇娥伏侍婆婆這幾年,遇時節將碗涼漿奠;你去那受刑法屍骸上烈些紙錢[16],只當把你亡化的孩兒薦。(卜兒哭科,云)孩兒放心,這個老身都記得。天那,兀的不痛殺我也!(正旦唱)婆婆也,再也不要啼啼哭哭,煩煩惱惱,怨氣衝天。這都是我做竇娥的没時没運,不明不闇,負屈銜冤。

(劊子做喝科,云)兀那婆子靠後,時辰到了也。(正旦跪科)(劊子開枷科)(正旦云)竇娥告監斬大人,有一事肯依竇娥,便死而無怨。(監斬官云)你有什麼事?你説。(正旦云)要一領净席[17],等我竇娥站立;又要丈二白練[18],挂在旗鎗上[19]:若是我竇娥委實冤枉,刀過處頭落,一腔熱血休半點兒沾在地下,都飛在白練上者。(監斬官云)這個就依你,打甚麼不緊[20]。(劊子做取席站科,又取白練挂旗上科)(正旦唱)

【要孩兒】 不是我竇娥罰下這等無頭願,委實的冤情不淺;若没些兒靈聖與世人傳,也不見得湛湛青天。我不要半星熱血紅塵灑,都只在八尺旗鎗素練懸。等他四下裏皆瞧見,這就是咱萇弘化碧[21],望帝啼鵑[22]。

(劊子云)你還有甚的説話,此時不對監斬大人説,幾時説那?(正旦再跪科,云)大人,如今是三伏天道,若竇娥委實冤枉,身死之後,天降三尺瑞雪,遮掩了竇娥屍首。(監斬官云)這等三伏天道,你便有衝天的怨氣,也召不得一片雪來,可不胡説!(正旦唱)

【二煞】 你道是暑氣暄,不是那下雪天;豈不聞飛霜六月因鄒衍[23]?若果有一腔怨氣噴如火,定要感的六出冰花滾似綿[24],免着我屍骸現。要什麼素車白馬[25],斷送出古陌荒阡[26]!

(正旦再跪科,云)大人,我竇娥死的委實冤枉,從今以後,着這楚州亢旱三年。(監斬官云)打嘴!那有這等説話!(正旦唱)

【一煞】 你道是天公不可期[27],人心不可憐,不知皇天也肯從人願。做甚麼三年不見甘霖降,也只爲東海曾經孝婦冤[28];如今輪到你山陽縣。這都是官吏每無心正法,使百姓有口難言。

(劊子做磨旗科,云)怎麼這一會兒天色陰了也?(内做風科,劊子云)好冷

風也!（正旦唱）

【煞尾】 浮雲爲我陰，悲風爲我旋，三椿兒誓願明題徧。（做哭科，云）婆婆也，直等待雪飛六月，亢旱三年呵，（唱）那其間纔把你個屈死的冤魂這竇娥顯。

（劊子做開刀，正旦倒科）（監斬官驚云）呀，真個下雪了，有這等異事！（劊子云）我也道平日殺人，滿地都是鮮血，這個竇娥的血都飛在那丈二白練上，並無半點落地，委實奇怪。（監斬官云）這死罪必有冤枉，早兩椿兒應驗了，不知亢旱三年的説話，准也不准？且看後來如何。左右，也不必等待雪晴，便與我擡他屍首，還了那蔡婆婆去罷。（衆應科。擡屍下）

【註釋】

[1] 外，雜劇角色名，多爲“外末”的省稱，有時也作“外旦”、“外浄”的省稱。

[2] 做公的，同“公人”。

[3] 公人，衙門中的差役。

[4] 磨旗，搖旗，揮旗。

[5] 行動些，快些走。

[6] 没來由，無緣無故。

[7] 森羅殿，迷信的説法，謂陰間閻王審案的廳堂。

[8] 糊突，即糊塗。盗跖，跖是古代傳説中反抗貴族統治的領袖，被統治階級誣之爲“盗”，故稱爲盗跖。顏淵，孔子的學生，貧而好學，古代以之爲賢人的典型。

[9] 順水推船，比喻乘便行事，此處作趨炎附勢解。

[10] 行（háng 杭），凡用於人稱代詞後面的，均起指示方位的作用，如“哥哥行”即“哥哥那裏”。

[11] 也麽哥，語助詞，無義。通常用於曲辭中疊句的結尾，如“兀的不痛殺人也麽哥”，有加強語氣的作用。

[12] 瀽（jiǎn 檢），倒，潑。

[13] 一陌兒,舊時祭奠要燒紙錢,"一陌兒"即一百張紙錢。陌,通"百"。

[14] 葫蘆提,糊裏糊塗。亦作"葫蘆題"、"葫蘆蹄"。

[15] 幹家緣,料理家務。

[16] 烈,燒。

[17] 一領,一張。

[18] 白練,白綢子。

[19] 旗鎗,此處係指旗桿頂端的金屬裝飾物。

[20] 打甚麼不緊,猶有什麼要緊,即"不要緊"。

[21] 萇弘化碧,萇弘,周之忠臣,無辜被害,流血成石,或謂化爲碧玉,不見其屍。事見《拾遺記》。

[22] 望帝啼鵑,古代民間傳說:蜀王杜宇,號望帝,爲其相鼈靈所逼,遜位後隱居山中,其魂化爲杜鵑,啼聲淒厲,百姓哀之。事見《寰宇記》。

[23] 飛霜六月因鄒衍,鄒衍,戰國時燕之忠臣,相傳他被讒下獄,曾仰天大哭,時值夏天,上蒼感動,竟然降霜。後人遂以"六月飛霜"喻冤獄。

[24] 六出冰花,指雪,蓋雪爲六瓣形晶體。

[25] 素車白馬,東漢時,范式與張劭交好,劭死,式自遠地乘白車白馬往吊。後人以"素車白馬"借指吊喪送葬。

[26] 斷送,原作葬送,此處作"送"解。

[27] 期,寄以希望。

[28] 東海曾經孝婦冤,傳說:漢東海有寡婦周青,爲侍奉婆婆矢志不嫁,婆婆遂自縊而死。其小姑告官,誣嫂以殺人之罪;問官不察,竟判處死。臨刑之際,孝婦指身邊竹竿語人曰:倘我無罪,血當沿竿往上倒流。其言果應,而東海地方乃大旱三年,後任官員查問就裏,有于公者代爲申雪,天方降雨。事本《漢書·于定國傳》。

第 四 折

【解題】　在最後一折裏,竇天章以提刑肅政廉訪使的身份出場,由竇娥的鬼魂出現訴冤,終於平反了冤獄,正義得到了伸張,邪惡受到了懲辦,這在一定程度上表現了人民的願望。但作者由於認識的局限,沒有把希望寄託在面對面的鬥爭上,這是時代給他的限制。又如道白中多處提到的"三從四德"、"十惡大罪"等,都可見到封建社會的道德觀念在作者身上留下的烙印。

(竇天章冠帶引丑張千、祇從上[1],詩云)獨立空堂思黯然,高峯月出滿林烟;非關有事人難睡,自是驚魂夜不眠。老夫竇天章是也。自離了我那端雲孩兒,可蚤十六年光景。老夫自到京師,一舉及第,官拜參知政事[2]。只因老夫廉能清正,節操堅剛,謝聖恩可憐,加老夫兩淮提刑肅政廉訪使之職[3],隨處審囚刷卷,體察濫官污吏,容老夫先斬後奏。老夫一喜一悲:喜呵,老夫身居臺省[4],職掌刑名[5],勢劍金牌[6],威權萬里;悲呵,有端雲孩兒,七歲上與了蔡婆婆爲兒媳婦,老夫自得官之後,使人往楚州問蔡婆婆家,他鄰里街坊道,自當年蔡婆婆不知搬在那裏去了,至今音信皆無。老夫爲端雲孩兒,啼哭的眼目昏花,憂愁的鬚髮斑白。今日來到這淮南地面,不知這楚州爲何三年不雨?老夫今在這州廳安歇。張千,説與那州中大小屬官,今日免參[7],明日蚤見。(張千向古門云)一應大小屬官,今日免參,明日蚤見。(竇天章云)張千,説與那六房吏典[8],但有合刷照文卷,都將來,待老夫燈下看幾宗波。(張千送文卷科。竇天章云)張千,你與我掌上燈,你每都辛苦了,自去歇息罷。我喚你便來,不喚你休來。(張千點燈同祇從下。竇天章云)我將這文卷看幾宗咱。"一起犯人竇娥,將毒藥致死公公。"我纔看頭一宗文卷,就與老夫同姓;這藥死公公的罪名,犯在十惡不赦[9],俺同姓之人也有不畏法度的。這是問結了的文書,不看他罷,我將這文卷壓在底下,別看一宗咱。(做呵欠科,云)不覺的一陣昏沉上來,皆因老夫年紀高大,鞍馬勞困之故。待我搭伏定書案[10],歇息些兒咱。(做睡科。魂旦上,唱)

【雙調新水令】 我每日哭啼啼守住望鄉臺[11],急煎煎把讎人等待,慢騰騰昏地裏走,足律律旋風中來[12]。則被這霧鎖雲埋,攛掇的鬼魂快[13]。

(魂旦望科,云)門神戶尉不放我進去[14]。我是廉訪使竇天章女孩兒,因我屈死,父親不知,特來託一夢與他咱。(唱)

【沉醉東風】 我是那提刑的女孩,須不比現世的妖怪,怎不容我到燈影前,卻攔截在門桯外[15]?(做叫科,云)我那爺爺呵!(唱)枉自有勢劍金牌,把俺這屈死三年的腐骨骸,怎脫離無邊苦海?

(做入見哭科,竇天章亦哭科,云)端雲孩兒,你在那裏來?(魂旦虛下[16])(竇天章做醒科,云)好是奇怪也!老夫纔合眼去,夢見端雲孩兒,恰便似來我跟前一般;如今在那裏?我且再看這文卷咱。(魂旦上做弄燈科)(竇天章云)奇怪,我正要看文卷,怎生這燈忽明忽滅的?張千也睡着了,我自己剔燈咱。(做剔燈,魂旦翻文卷科。竇天章)我剔的這燈明了也,再看幾宗文卷。"一起犯人竇娥藥死公公。"(做疑怪科,云)這一宗文卷,我爲頭看過[17],壓在文卷底下,怎生又在這上頭?這幾時間結了的,還壓在底下,我別看一宗文卷波。(魂旦再弄燈科。竇天章云)怎麼這燈又是半明半闇的?我再剔這燈咱。(做剔燈,魂旦又翻文卷科。竇天章云)我剔的這燈明了,我另拿一宗文卷看咱。"一起犯人竇娥藥死公公。"呸!好是奇怪!我纔將這文書分明壓在底下,剛剔了這燈,怎生又翻在面上?莫不是楚州後廳裏有鬼麼?便無鬼呵,這樁事必有冤枉。將這文卷再壓在底下,待我另看一宗,如何?(魂旦又弄燈科。竇天章云)怎生這燈又不明了?敢有鬼弄這燈?我再剔一剔去。(做剔燈科。魂旦上,做撞見科。竇天章舉劍擊桌科,云)呸!我說有鬼!兀那鬼魂,老夫是朝廷欽差帶牌走馬肅政廉訪使[18],你向前來,一劍揮之兩段。張千,虧你也睡的着,快起來,有鬼有鬼。兀的不嚇殺老夫也!(魂旦唱)

【喬牌兒】 則見他疑心兒胡亂猜,聽了我這哭聲兒轉驚駭。哎,你個竇天章直恁的威風大,且受我竇娥這一拜。

(竇天章云)兀那鬼魂,你道竇天章是你父親,"受你孩兒竇娥拜",你敢錯認了也?我的女兒叫做端雲,七歲上與了蔡婆婆爲兒媳婦。你是竇娥,名字差了,怎生是我女孩兒?(魂旦云)父親,你將我與了蔡婆婆家,改名做竇娥了也。(竇天章云)你便是端雲孩兒?我不問你別的,這藥死公公是你不是?(魂旦云)是你孩兒來。(竇天章云)嗏聲[19]!你這小妮子,老夫爲你啼哭的眼也花了,憂愁的頭也白了,你劃地犯下十惡大罪,受了典刑!我今日官居臺省,職掌刑名,來此兩淮審囚刷卷,體察

• 51 •

濫官污吏；你是我親生之女，老夫將你治不的，怎治他人？我當初將你嫁與他家呵，要你三從四德：三從者，在家從父，出嫁從夫，夫死從子；四德者，事公姑，敬夫主，和妯娌，睦街坊。今三從四德全無，劃地犯了十惡大罪。我竇家三輩無犯法之男，五世無再婚之女；到今日被你辱沒祖宗世德，又連累我的清名。你快與我細吐真情，不要虛言支對；若說的有半釐差錯，牒發你城隍祠内[20]，着你永世不得人身，罰在陰山永爲餓鬼[21]。（魂旦云）父親停嗔息怒，暫罷狼虎之威，聽你孩兒慢慢的說一徧咱。我三歲上亡了母親，七歲上離了父親，你將我送與蔡婆婆做兒媳婦。至十七歲與夫配合，纔得兩年，不幸兒夫亡化，和俺婆婆守寡。這山陽縣南門外有個賽盧醫，他少俺婆婆二十兩銀子。俺婆婆去取討，被他賺到郊外，要將婆婆勒死；不想撞見張驢兒父子兩個，救了俺婆婆性命。那張驢兒知道我家有個守寡的媳婦，便道：“你婆兒媳婦既無丈夫，不若招我父子兩個。”俺婆婆初也不肯，那張驢兒道：“你若不肯，我依舊勒死你。”俺婆婆懼怕，不得已含糊許了，只得將他父子兩個領到家中，養他過世。有張驢兒數次調戲你女孩兒，我堅執不從。那一日俺婆婆身子不快，想羊肚兒湯喫，你孩兒安排了湯。適值張驢兒父子兩個問病，道：“將湯來我嘗一嘗。”説：“湯便好，只少些鹽醋。”賺的我去取鹽醋，他就闇地裏下了毒藥，實指望藥殺俺婆婆，要強逼我成親。不想俺婆婆偶然發嘔，不要湯喫，卻讓與老張喫，隨即七竅流血藥死了。張驢兒便道：“竇娥藥死了俺老子，你要官休？要私休？”我便道：“怎生是官休？怎生是私休？”他道：“要官休，告到官司，你與俺老子償命；若私休，你便與我做老婆。”你孩兒便道：“好馬不鞴雙鞍，烈女不更二夫；我至死不與你做媳婦，我情願和你見官去。”他將你孩兒拖到官中，受盡三推六問，吊拷繃扒[22]，便打死孩兒，也不肯認。怎當州官見你孩兒不認，便要拷打俺婆婆；我怕婆婆年老，受刑不起，只得屈認了。因此押赴法場，將我典刑。你孩兒對天發下三椿誓願：第一椿，要丈二白練掛在旗鎗上，若係冤枉，刀過頭落，一腔熱血休滴在地下，都飛在白練上；第二椿，現今三伏天道，下三尺瑞雪，遮掩你孩兒屍首；第三椿，着他楚州大旱三年。果然血飛上白練，六月下雪，三年不雨：都是爲你孩兒來。（詩云）不告官司只告天，心中怨氣口難言；防他

老母遭刑憲，情願無辭認罪愆。三尺瓊花骸骨掩[23]，一腔鮮血練旗懸；豈獨霜飛鄒衍屈，今朝方表竇娥冤。(唱)

【鴈兒落】 你看這文卷曾道來不道來，則我這冤枉要忍耐如何耐？我不肯順他人，倒着我赴法場；我不肯辱祖上，倒把我殘生壞。

【得勝令】 呀，今日個搭伏定攝魂臺，一靈兒怨哀哀。父親也，你現掌着刑名事，親蒙聖主差，端詳這文冊[24]，那廝亂綱常當合敗[25]，便萬剮了喬才[26]，還道報冤讎不暢懷。

(竇天章做泣科，云)哎！我那屈死的兒，則被你痛殺我也！我且問你：這楚州三年不雨，可真個是爲你來？(魂旦云)是爲你孩兒來。(竇天章云)有這等事！到來朝我與你做主。(詩云)白頭親苦痛哀哉，屈殺了你個青春女孩，只恐怕天明了，你且回去，到來日我將文卷改正明白。(魂旦暫下)(竇天章云)呀，天色明了也。張千，我昨日看幾宗文卷，中間有一鬼魂來訴冤枉。我喚你好幾次，你再也不應，直恁的好睡那！(張千云)我小人兩個鼻子孔一夜不曾閉，並不聽見女鬼訴什麼冤狀，也不曾聽見相公呼喚。(竇天章做叱科，云)嗔！今蚤升廳坐衙，張千，喝攞廂者。(張千做么喝科，云)在衙人馬平安，擡書案[27]。(稟云)州官見。(外扮州官入參科)(張千云)該房吏典見。(丑扮吏入參見科)(竇天章問云)你這楚州一郡，三年不雨，是爲着何來？(州官云)這個是天道亢旱，楚州百姓之災，小官等不知其罪。(竇天章做怒云)你等不知罪麼！那山陽縣有用毒藥謀死公公犯婦竇娥，他問斬之時，曾發願道："若是果有冤枉，着你楚州三年不雨，寸草不生。"可有這件事來？(州官云)這罪是前陞任桃州守問成的，現有文卷。(竇天章云)這等糊突的官，也着他陞去！你是繼他任的，三年之中，可曾祭這冤婦麼？(州官云)此犯係十惡大罪，元不曾有祠，所以不曾祭得。(竇天章云)昔日漢朝有一孝婦守寡，其姑自縊身死，其姑女告孝婦殺姑，東海太守將孝婦斬了。只爲一婦含冤，致令三年不雨。後于公治獄，彷彿見孝婦抱卷哭於廳前，于公將文卷改正，親祭孝婦之墓，天乃大雨。今日你楚州大旱，豈不正與此事相類？張千，吩咐該房僉牌下山陽縣，着拘張驢兒、賽盧醫、蔡婆婆一起人犯，火速解審，毋得違悮片刻者。(張千云)理會的。(下)(丑扮解子押張驢兒、蔡婆婆同張千上，稟云)山陽縣解到審犯聽點。(竇天章云)張驢兒。(張驢兒云)有。(竇天章云)蔡婆婆。(蔡婆婆云)有。(竇天章云)怎麼賽盧醫是緊要人犯不到？(解子云)賽盧醫三年前在逃，一面着廣捕批緝拿去了[28]，待獲日解審。(竇天章云)張驢兒，那蔡婆婆是你的後母麼？(張驢兒云)母親好冒認的？委實是。(竇天章云)這藥死你父親的毒藥，卷上不見有合藥的人，是那個的毒藥？(張驢兒云)是竇娥自合就的毒藥。(竇天章云)這毒藥必有一個賣藥的醫舖，想竇娥是個少年寡婦，那裏討這藥來；張驢兒，敢是你合的毒藥麼？(張驢兒云)若是小人合的毒藥，不藥別人，倒藥死自家老子？(竇天章云)我那屈死的兒噱，這一節是緊要公案，你不自來折辯，怎得一個明白？你如今冤魂卻在那裏？(魂旦上，云)張驢兒，這藥不是你合的，是那個合的？(張驢兒做怕科，云)有鬼有鬼，撮鹽入水，太上老君，急急如律令，敕[29]！(魂旦云)張驢兒，你當日下毒藥在羊肚兒湯裏，本意藥死俺婆婆，要逼勒我做渾家。不想俺婆婆不喫，讓與你父親喫，被藥死了，你今日還敢賴哩！(唱)

【川撥棹】 猛見了你這喫敲材[30]，我只問你這毒藥從何處來？你本意待闇裏栽排[31]，要逼勒我和諧，倒把你親爺毒害，怎教咱替你耽罪責！

　　(魂旦做打張驢兒科)(張驢兒做避科，云)太上老君，急急如律令，敕！大人說這毒藥必有個賣藥的醫舖，若尋得這賣藥的人，來和小人折對[32]，死也無詞。(丑扮解子解賽盧醫上，云)山陽縣續解到犯人一名賽盧醫。(張千喝云)當面[33]。(竇天章云)你三年前要勒死蔡婆婆，賴他銀子，這事怎麼說？(賽盧醫叩頭科，云)小的要賴蔡婆婆銀子的情是有的，當被兩個漢子救了，那婆婆並不曾死。(竇天章云)這兩個漢子，你認的他叫做什麼名姓？(賽盧醫云)小的認便認的，慌忙之際，可不曾問的他名姓。(竇天章云)現有一個在階下，你去認來。(賽盧醫做下認科，云)這個是蔡婆婆。(指張驢兒云)想必這毒藥事發了。(上云)是這一個。容小的訴稟：當日要勒死蔡婆婆時，正遇見他爺兒兩個，救了那婆婆去。過得幾日,他到小的舖中,討服毒藥。小的是念佛喫齋人,不敢做昧心的事,說道:"舖中只有官料藥[34],並無什麼毒藥。"他就睜着眼道:"你昨日在郊外要勒死蔡婆婆,我拖你見官去。"小的一生最怕的是見官,只得將一服毒藥與了他去。小的見他生相是個惡的,一定拿這藥去藥死了人,久後敗露,必然連累。小的一向逃在涿州地方,賣些老鼠藥。剛剛是老鼠被藥殺了好幾個,藥死人的藥,其實再也不曾合。(魂旦唱)

【七弟兄】 你只為賴財、放乖、要當災。(帶云)這毒藥呵,(唱)原來是你賽盧醫出賣張驢兒買,沒來由填做我犯由牌[35],到今日官去衙門在。

(竇天章云)帶那蔡婆婆上來。我看你也六十外人了,家中又是有錢鈔的,如何又嫁了老張,做出這等事來? (蔡婆婆云)老婦人因為他爺兒兩個救了我的性命,收留他在家養膳過世。那張驢兒常說要將他老子接腳進來,老婦人並不曾許他。(竇天章云)這等說,你那媳婦就不該認做藥死公公了。(魂旦云)當日間官要打俺婆婆,我怕他年老受刑不起,因此嗘認做藥死公公,委實是屈招個[36]!(唱)

【梅花酒】 你道是咱不該,這招狀供寫的明白,本一點孝順的心懷,倒做了惹禍的胚胎。我只道官吏每還覆勘,怎將咱屈斬首在長街? 第一要素旗鎗鮮血灑,第二要三尺雪將死屍埋,第三要三年旱示天災:咱誓願委實大。

【收江南】 呀,這的是衙門從古向南開[37],就中無個不冤哉。痛殺我嬌姿弱體閉泉臺[38],蚤三年以外,則落的悠悠流恨似長淮。

(竇天章云)端雲兒也,你這冤枉,我已盡知,你且回去。待我將這一起人犯並原問官吏,另行定罪,改日做個水陸道場[39],超度你生天便了[40]。(魂旦拜科,唱)

【鴛鴦煞尾】 從今後把金牌勢劍從頭擺,將濫官污吏都殺壞,與天子分憂,萬民除害。(云)我可忘了一件,爹爹,俺婆婆年紀高大,無人侍養,你可收恤家中,替你孩兒盡養生送死之禮,我便九泉之下,可也瞑目。(竇天章云)好孝順的兒也。(魂旦唱)囑付你爹爹,收養我妳妳,可憐他無婦無兒,誰管顧年衰邁。再將那文卷舒開,(帶云)爹爹也,把我竇娥名下,(唱)屈死的招伏罪名兒改[41]。(下)

(竇天章云)喚那蔡婆婆上來。你可認的我麼?(蔡婆婆云)老婦人眼花了,不認的。(竇天章云)我便是竇天章。適纔的鬼魂,便是我屈死的女孩兒端雲。你這一行人,聽我下斷[42]:張驢兒毒殺親爺,姦佔寡婦,合擬凌遲[43],押付市曹中,釘上木驢[44],剮一百二十刀處死。陞任州守桃杌,並該房吏典,刑名違錯,各杖一百,永不敍用。賽盧醫不合賴錢,勒死平民;又不合修合毒藥,致傷人命,發烟障地面,永遠充軍[45]。蔡婆婆我家收養,竇娥罪改正明白。(詞云)莫道我念亡女與他滅罪消愆,也只可憐見楚州郡大旱三年[46]。昔于公曾表白東海孝婦,果然是感召得靈雨如泉。豈可便推諉道天災代有,竟不想人之意感應通天。今日個將文卷重行改正,方顯的王家法不使民冤。
　　題目[47]　　秉鑒持衡廉訪法
　　正名　　　感天動地竇娥冤

影明本臧晉叔編《元曲選》,參考隋樹森校訂本

【註釋】

[1] 丑,角色名,多扮演反面人物或小人物。雜劇中通常由男演員飾之。祇從,即祇候,見第二折註[40]。

[2] 參知政事,元制:參知政事係從二品,隸屬中書省,職位在右丞與左丞之下。

[3] 謝聖恩可憐二句:謝,謂感激。聖恩可憐,猶言皇帝的恩典提拔。加,加委。兩淮,指江北淮東道和淮西江北道。提刑肅政廉訪使,原係"提刑按察使",至元二十八年(一二九一)改,正三品,全國各道俱設有,掌糾察該道官吏善惡得失並覆查刑獄案件事。

[4] 臺省,"臺"指御史臺,廉訪使屬御史臺;"省"指尚書、中書、門下三省,

參知政事屬中書省。

[5] 刑名,對刑事案件的審判、裁決權。

[6] 勢劍,亦名"誓劍"、"尚方劍",皇帝所賜,執之可代行權,猶俗云"先斬後奏"。金牌,元制:武官中萬户佩朝廷所發的金虎符,猶印信;持之既可行權,兼表地位。

[7] 參,古時下級官吏謁見上級曰"參"。

[8] 六房,地方政府中分管日常工作的部門組織,猶後世之科室,即司功、司倉、司户、司兵、司法、司士,統稱"六房"。

[9] 十惡不赦,據《元史・刑法志》,"十惡"者:謀反、謀大逆、謀叛、惡逆、不道、大不敬、不孝、不睦、不義與内亂。犯者罪在不赦。

[10] 搭伏定,靠着、伏着的意思。

[11] 望鄉臺,舊時迷信的説法:人死之後魂歸地府,如登上望鄉臺,可遥見陽世家屬,聊解思念之情。

[12] 足律律,擬聲詞,風聲。一説,形容旋風轉動急速的樣子。

[13] 攛(cuān 㐰)掇,催促,慫恿。

[14] 門神户尉,古代迷信習俗,貼神像於大門之上,左曰"門丞",右曰"户尉",統名曰"門神",用以驅邪。

[15] 門桯(tīng 廳),門下面的石礎。古之衙門多爲半截式,並不一直到地。其下承以高的門檻,此門檻嵌於兩石桯中間。

[16] 虚下,元雜劇術語,示演員背身作下場狀。

[17] 爲頭,此處作"先前"、"起初"解。

[18] 帶牌,佩帶金牌。走馬,謂肅政廉訪使有使用官馬與驛道的特權。

[19] 噤聲,住口。

[20] 牒,公文。牒發,用公文解送。

[21] 陰山,舊時迷信,謂陰間有大石山,極冷,爲拘押有罪的鬼魂之所。

[22] 吊拷,把人吊起來拷打。綳扒,亦作"搠扒"、"絣扒",剝去衣服捆綁起來,趴伏在地以用刑。

[23] 瓊花,指雪。

[24] 端詳,仔細察看。

[25] 當合,應該。當合敗,意即到了應當敗露的時候了。

[26] 萬剮,酷刑之一種,把犯人的肉從骨頭上一片片剮下。喬才,猶言惡棍、壞蛋。

[27] 在衙人馬平安,擡書案,元人雜劇中官員陞廳理事時,衙役照例吆喝這句話,以示吉祥,屬儀式之一種。

[28] 着廣捕批緝拿,下通緝命令,發文書捉拿。

[29] 急急如律令,敕! 道教迷信的語言。"如律令",是促請對方按律令行事。道士在畫符念咒時,往往以此句結尾,即促請他所寄望的"神仙"迅速按他的命令辦事。

[30] 喫敲材,該挨打的傢伙。

[31] 栽排,安排、佈置。

[32] 折對,對質。

[33] 當面,犯人見官。雜劇演至此時,衙役須在旁吆喝"當面",並令犯人跪下。

[34] 官料藥,准許公開售賣的藥。

[35] 犯由牌,標誌犯人罪狀的牌子。

[36] 個,此處作語尾助詞,無義。

[37] 的是,確實是。

[38] 泉臺,墳墓。

[39] 水陸道場,佛教的迷信儀式,謂可超度亡魂,造福生者,後道教亦沿之。

[40] 生天,上天堂。

[41] 招伏,原作"於伏",據趙琦美《脈望館鈔校本古今雜劇》本改。

[42] 下斷,宣判。

[43] 凌遲,古之酷刑,也叫剮刑。《宋史·刑法志》:"凌遲者,先斷其支(肢)體,乃抉其吭(咽喉),當時之極法也。"

[44] 木驢,凌遲之前,將犯人放在有鐵刺的木椿上,遊街示衆,謂之"騎木驢"。

[45] 烟障,即烟瘴,深山叢林中蒸發出來的濕熱霧氣,人觸之輒病瘧。烟障地面,指我國西南邊遠地區,古代罪犯充軍之所。

[46] 可憐見,憐憫、可嘆。

[47] 題目、正名,元雜劇結構中的一個組成部分。置於戲劇末尾,通常用兩

或四句對子總結全劇内容。前半部分叫做"題目",後半部分謂之"正名"。但全劇的名稱則多取末句,如《感天動地竇娥冤》。

關大王獨赴單刀會

《單刀會》是一部假借歷史題材的雜劇。劇情叙三國鼎立時代吳蜀間激烈的利害衝突:東吳大將魯肅,爲索取荆州,伏下甲兵邀請關羽赴宴,意圖劫持。關羽明知對方不懷好意,卻憑藉超羣的膽略,單刀赴會。席間,他嚴正地駁斥了對方的無理要求,不失時機地運用巧智迫使吳軍不敢輕舉妄動,而後從容勝利返回。作品成功地塑造了一位人民喜愛的英雄形象,在舞臺上影響深遠。此劇有兩種流傳的本子,一係元刊本《關大王單刀會》,一係明鈔本《單刀會》,二者的基本情節是一致的。這裏選的,底本是明鈔本,今據題目正名改標《關大王獨赴單刀會》。

第 四 折

【解題】 這一折裏,作者寫出關羽在和魯肅會面的時候,理直氣壯地駁斥了魯肅索取荆州的無理要求。戲劇發展到高潮時,全劇戛然而止,結尾乾净而有力。

(魯肅上,云)歡來不似今朝,喜來那逢今日。小官魯子敬是也。我使黄文持書去請關公,欣喜許今日赴會,荆襄地合歸還俺江東。英雄甲士已暗藏壁衣之後,令江上相候,見舡到便來報我知道。(正末關公引周倉上,云)周倉,將到那裏也?(周云)來到大江中流也。(正云)看了這大江,是一派好水也呵!(唱)

【雙調新水令】 大江東去浪千疊[1],引着這數十人,駕着這小舟一葉。又不比九重龍鳳闕[2],可正是千丈虎狼穴,大丈夫心别[3]。我覷這單刀會似賽村社[4]。

(云)好一派江景也呵!(唱)

【駐馬聽】 水湧山疊,年少周郎何處也? 不覺的灰飛烟滅! 可憐黄蓋轉傷嗟,破曹的檣櫓一時絕[5],麈兵的江水由然熱[6],好教我情慘切!(云)這也不是江水,(唱)二十年流不盡的英雄血!

(云)卻早來到也,報伏去[7]。(卒報科,做相見科)(魯云)江下小會,酒非洞裏之長春,樂乃塵中之菲藝。猥勞君侯屈高就下[8],降尊臨卑,實乃魯肅之萬幸也!(正云)量某有何德能,着大夫置酒張筵?既請必至。(魯云)黃文,將酒來。二公子滿飲一盃。(正云)大夫飲此盃。(把盞科)(正云[9])想古今嗟這人過日月好疾也呵!(魯云)過日月是好疾也:光陰似駿馬加鞭,浮世似落花流水。(正唱)

【胡十八】 想古今立勛業,那裏也舜五人、漢三傑[10],兩朝相隔數年別。不付能見者[11],卻又早老也!開懷的飲數杯。(云)將酒來。(唱)盡心兒待醉一夜。(把盞科)

(正云)你知以德報德,以直報怨麼[12]?(魯云)既然將軍言以德報德,以直報怨;借物不還者爲之"怨"。想君侯文武全才,通練兵書,習《春秋》、《左傳》[13],濟拔顛危,匡扶社稷[14],可不謂之仁乎?待玄德如骨肉,覷曹操若仇讐,可不謂之義乎?辭曹歸漢,棄印封金[15],可不謂之禮乎?坐服于禁,水淹七軍,可不謂之智乎?且將軍仁、義、禮、智俱足,惜乎止少個"信"字,欠缺未完。再若得全個"信"字,無出君侯之右也。(正云)我怎生失信?(魯云)非將軍失信,皆因令兄玄德公失信。(正云)我哥哥怎生失信來?(魯云)想昔日玄德公敗於當陽之上,身無所歸,因魯肅之故,屯軍三江夏口。魯肅又與孔明同見我主公,即日興師拜將,破曹兵於赤壁之間。江東所費鉅萬,又折了首將黃蓋。因將軍賢昆玉無尺寸地,暫借荊州,以爲養軍之資。數年不還。今日魯肅低情曲意,暫取荊州,以爲救民之急;待倉廩豐盈,然後再獻與將軍掌領。魯肅不敢自專,君侯台鑑不錯[16]。(正云)你請我喫筵席來,那是索荊州來?(魯云)沒、沒、沒,我則這般道:孫、劉結親,以爲唇齒,兩國正好和諧。(正唱)

【慶東原】 你把我真心兒待,將筵宴設,你這般攀今攬古[17],分甚枝葉[18]?我根前使不着你"之乎者也"、"詩云子曰",早該豁口截舌[19]。有意說孫、劉,你休目下翻成吳、越[20]。

(魯云)將軍原來傲物輕信。(正云)我怎麼"傲物輕信"？(魯云)當日孔明親言："破曹之後，荊州即還江東。"魯肅親爲代保。不思舊日之恩，今日恩變爲讐；猶自說"以德報德，以直報怨"。聖人道："信近於義，言可復也[21]。"去食去兵，不可去信[22]。"大車無輗，小車無軏，其何以行之哉[23]？"今將軍全無仁義之心，枉作英雄之輩。荊州久借不還，卻不道"人無信不立"！(正云)魯子敬，你聽的這劍界麼[24]？(魯云)劍界怎麼？(正云)我這劍界，頭一遭誅了文丑，第二遭斬了蔡陽[25]。魯肅呵，莫不第三遭到你也？(魯云)沒、沒，我則這般道來。(正云)這荊州是誰的？(魯云)這荊州是俺的。(正云)你不知，聽我說。(唱)

【沉醉東風】 想着俺漢高皇圖王霸業，漢光武秉正除邪，漢獻帝將董卓誅，漢皇叔把溫侯滅[26]。俺哥哥合情受漢家基業。則你這東吳國的孫權，和俺劉家卻是甚枝葉？請你個不克己先生自說[27]。

(魯云)那裏甚麼響？(正云)這劍界二次也！(魯云)卻怎麼說？(正云)這劍按天地之靈，金火之精，陰陽之氣，日月之形；藏之則鬼道遁跡，出之則魑魅潛踪[28]；喜則戀鞘沉沉而不動，怒則躍匣錚錚而有聲。今朝席上，倘有爭鋒，恐君不信，拔劍施呈。吾當攝劍[29]，魯肅休驚。這劍果有神威不可當，廟堂之器豈尋常；今朝索取荊州事，一劍先交魯肅亡[30]。(唱)

【鴈兒落】 則爲你三寸不爛舌，惱犯我三尺無情鐵。這劍饑飡上將頭，渴飲讐人血。
【得勝令】 則是條龍向鞘中蟄[31]，虎在坐間蟄[32]。今日故友每纔相見，休着俺弟兄每相間別[33]。魯子敬聽者：你心內休喬怯[34]，暢好是隨邪[35]，吾當酒醉也[36]。

(魯云)臧宮動樂[37]。(臧宮上，云)天有五星，地攢五嶽，人有五德，樂按五音。五星者：金、木、水、火、土。五嶽者：常、恒、泰、華、嵩[38]。五德者：溫、良、恭、儉、讓。五音者：宮、商、角、徵、羽。(甲士擁上科)(魯云)埋伏了者。(正擊案，怒云)有埋伏也無埋伏？(魯云)並無埋伏。(正

云)若有埋伏,一劍揮之兩斷。(做擊案科)(魯云)你擊碎菱花[39]。(正云)我特來破鏡[40]。(唱)

【攪箏琶】 卻怎生鬧炒炒軍兵列,休把我攔當者。(云)當着我的,呵呵!(唱)我着他劍下身亡,目前流血。便有那張儀口、酈通舌[41],休那裏躲閃藏遮。好生的送我到船上者,我和你慢慢的相別。

(魯云)你去了,倒是一場伶俐[42]。(黃文云)將軍,有埋伏裏!(魯云)遲了我的也!(關平領衆將上,云)請父親上舡,孩兒每來迎接裏。(正云)魯肅,休惜殿後。(唱)

【離亭宴帶歇拍煞】 我則見紫袍銀帶公人列[43],晚天涼風冷蘆花謝,我心中喜悅。昏慘慘晚霞收,冷颼颼江風起,急颭颭帆招惹[44]。承管待,承管待。多承謝,多承謝。喚梢公慢者[45],纜解開岸邊龍,舡分開波中浪,棹攪碎江心月[46]。正歡娛有甚進退?且談笑不分明夜[47]。説與你兩件事先生記者:百忙裏趁不了老兄心[48],急且裏倒不了俺漢家節[49]!

　　題目　孫仲謀獨佔江東地
　　　　　請喬公言定三條計
　　正名　魯子敬設宴索荆州
　　　　　關大王獨赴單刀會

影舊鈔脈望館藏本,參考王季烈校刊《孤本元明雜劇》

【註釋】

[1]大江東去,宋蘇軾《念奴嬌·赤壁懷古》首句:"大江東去,浪淘盡千古風流人物。"此處亦喟嘆之意。

[2]九重龍鳳闕,封建時代帝王住的宮殿。

[3]大丈夫心別,謂豪傑心情不同於一般人。

［４］賽村社,社指"社火",係民間自行組織表演技藝的團體,每於節日進行
演出競賽,謂之"賽社"。此係關羽輕視對方本領的一種比喻,謂與東
吳在這番較量中必能取勝。

［５］檣(qiáng 牆)櫓,檣,桅桿;櫓,行舟的工具。此處聯用借指船隻。

［６］由然,同"猶然"。

［７］報伏,同"報復",回報。

［８］猥勞,猥係謙詞,猶言辱,猥勞即辱勞之意。此句意謂,有勞大駕光臨
我們這小地方。

［９］明鈔本作"正末",係"正云"之誤,今據王季烈校涵芬樓藏《孤本元明雜
劇》本改。

［10］舜五人,相傳帝舜手下有五位賢臣:禹(司空,掌平治水土)、棄(后稷,
掌教種五穀)、契(司徒,掌教育百姓)、臯陶(士官,掌刑法)、后夔(樂
正,掌制韶樂)。漢三傑,指輔佐劉邦定天下之張良、蕭何、韓信。

［11］不付能,同"不甫能",即好容易。

［12］你知二句:以德報德,以直報怨,語出《論語・憲問》篇。意謂有恩德施
於我的,當以恩德報答他;與我有仇怨的,我也該用公正的態度對待
他。魯肅引這兩句話,是指東吳曾經借荊州給劉備暫住,而西蜀現在
拒絕歸還,是忘恩負義,不符合古人行事的道德。

［13］習《春秋》、《左傳》,相傳關羽愛讀《春秋》、《左傳》,能粗通大義。

［14］匡扶,匡正扶助。社稷,指國家。社,土地的神;稷,五穀的神。二者都
是國家的根本,故通常以社稷用代國家。此處指關羽協助劉備恢復漢
王朝的統治。

［15］棄印封金,關羽在許昌得到劉備的消息後,把曹操所授"漢壽亭侯"之
印留在原處,並封存曹操所贈金銀,而後離去,以示清白。

［16］台鑑,致對方的客氣話,意同"尊裁"。台,舊時對人的敬稱。鑑,審察。
"台鑑不錯"謂"您裁奪得很對"。

［17］攬,原作覽,據涵芬樓藏本改。

［18］枝葉,枝、葉都是樹木的一部分,此處係比喻吳蜀兩國的關係,意思是
像魯肅那樣瑣細計較,對原來密切的吳蜀都很不利。後文中"枝葉"作
"關係"解,"甚枝葉",猶"有甚麼關係?"

[19] 豁口截舌,割開嘴,截斷舌頭。意謂説這些不該説的話,真當割嘴斷舌。

[20] 吴、越,春秋時,吴越世爲敵國,後人用之以喻敵對關係。

[21] 信近於義,言可復也,語見《論語・學而》篇。集註:"信,約信也;義者,事之宜也;復,踐言也。言約信而合其宜,則言必可踐矣。"

[22] 去食去兵二句:《論語・顔淵》:"足食足兵,民信之矣。子貢曰:必不得已而去,於斯三者何先? 曰:去兵。子貢曰:必不得已而去,於斯二者何先? 曰:去食。——自古皆有死,民無信不立。"意思是説,信用最重要。

[23] 大車無輗(ní 倪)三句:《論語・爲政》:"子曰:人而無信,不知其可也。大車無輗,小車無軏,其何以行之哉?"輗、軏俱駕車之工具,缺少它就不能行走。此處喻人無信用就難以在社會上生存下去。

[24] 劍界,猶劍戒,劍鳴報警之意。王惲《秋澗集・劍戒》:"僕有一劍……每臨静夜,屢聆悲鳴。比復作聲,錚然也。且聞百煉之精,或嘗試人者鳴,世傳以爲劍戒。"

[25] 頭一遭二句:文丑,袁紹所部名將。蔡陽,《三國志・魏書》作蔡揚,曹操部下的將軍。關羽殺文丑、蔡陽事,與史書記載不符,而與元代新安虞氏刊印的《全相三國志平話》相合;故事來源可能出自宋元民間藝人的"講史"。

[26] 温侯,吕布,字奉先,東漢九原人。官奮威將軍,封温侯。據史書記載爲曹操所殺。

[27] 不克己,不肯喫虧。

[28] 魑(chī 癡)魅(mèi 妹),古代傳説中害人的山林精怪。此處謂寶劍可以辟邪。

[29] 攝劍,拔劍。

[30] 先交,同"先教"。

[31] 蟄,藏。

[32] 踅(xué 學),往返盤旋。

[33] 間别,分離,阻絶。

[34] 喬怯,畏懼。

[35] 隨邪,不正經。

[36] 吾當,吾、我;當字係語助詞。"吾當"在雜劇中常用作帝王的自稱。關羽世
　　稱"關大王",故亦沿用之。

[37] 臧宮,作者在本劇中創造的人物。

[38] 常、恒,恒當作"衡"。常山即恒山,與衡、泰、華、嵩合稱"五嶽"。

[39] 菱花,古代鏡子的代稱,以銅鏡背面的裝飾圖案多用菱花之故。

[40] 破鏡,象徵決裂與分離,鏡與"子敬"的"敬"諧音,語意雙關。

[41] 張儀,戰國時魏人,相於秦,曾遊説六國連橫事秦,後封武信君。蒯通,
　　楚漢相爭時辯士,武臣用其計,降燕趙三十餘城;韓信從其策,得平齊
　　地。二人皆辯士之佼佼者。

[42] 伶俐,作乾净利落解。

[43] 紫袍銀帶,均古代官員服飾,此處用喻高級官員。公人,指官員。

[44] 急颭颭,船隻順風疾行貌。

[45] 梢公,梢,船尾,在船尾掌舵的人稱"梢公"。

[46] 棹(zhào 趙),槳。

[47] 不分明夜,不分白天和夜晚。《西廂記》第二本第四折鶯鶯埋怨老夫人
　　"俺娘無夜無明并女工",無夜無明意與此同。

[48] 趁,此處同"稱"。趁心即"稱心"。

[49] 急且裏,匆忙急迫之間。

馬致遠雜劇

馬致遠,號東籬,大都(今北京市)人,生卒年不詳,是元代劇壇前期與關漢卿、白樸並稱的重要作家。曾做過江浙省務提舉。仕途的黑暗與元蒙貴族集團推行的民族歧視政策,使他在不滿現實的同時,接受了道教思想的影響,走向消極遁世。晚年隱居。馬致遠是元貞書會的中堅人物,曾與藝人花李郎等合撰雜劇《黄粱夢》;所作雜劇今知有十五種,僅存六種,其中《破幽夢孤雁漢宫秋》最爲傑出。其他作品,多寫神仙道化,價值不高。

破幽夢孤雁漢宫秋

《漢宫秋》是一部著名的歷史悲劇,作品以長期流傳民間的王昭君故事爲題材,突破前人在處理這一題材時嗟嘆“紅顏薄命”或哀其“遠適荒漠”的窠臼,假漢元帝與王昭君的生離死別,歌頌了真摯的愛情,同時突出地表現了王昭君的民族氣節與對祖國、家鄉的深刻懷念。作者把導致悲劇的原因,歸結爲統治集團的腐敗無能和國力的衰微,聯繫馬致遠所生活的民族壓迫深重的年代,作品的創作意圖與價值,仍然是很明顯的。作品美化了漢元帝的感情,誇大了毛延壽個人的作用,表現了作者思想的局限性。

第 三 折

【解題】 作者首先刻畫了在對敵人屈服的情況下,漢元帝內心的惆悵情緒。其次描寫王昭君在番漢交界處,留下“漢家衣服”,舉一杯酒望南澆奠後,縱身投江。這些正是主題最明朗化的表現。

(番使擁旦上,奏胡樂科,旦云)妾身王昭君,自從選入宫中,被毛延壽將美人圖點破,送入冷宫。甫能得蒙恩幸,又被他獻與番王形像[1]。今擁兵來索,待不去,又怕江山有失;没奈何將妾身出塞和番。這一去,胡地風霜,怎生消受也! 自古道:"紅顏勝人多薄命,莫怨春風當自嗟。" (駕引文武內官上[2],云)今日灞橋餞送明妃,卻早來到也。(唱)

【雙調新水令】 錦貂裘生改盡漢宮妝[3],我則索看昭君畫圖模樣[4]。舊恩金勒短,新恨玉鞭長。本是對金殿鴛鴦;分飛翼,怎承望!

(云)您文武百官計議,怎生退了番兵,免明妃和番者。(唱)

【駐馬聽】 宰相每商量,大國使還朝多賜賞。早是俺夫妻悒怏,小家兒出外也搖裝[5]。尚兀自渭城衰柳助淒涼,共那灞橋流水添惆悵。偏您不斷腸,想娘娘那一天愁都撮在琵琶上。

(做下馬科)(與旦打悲科[6])(駕云)左右慢慢唱者,我與明妃餞一盃酒。(唱)

【步步嬌】 您將那一曲陽關休輕放,俺咫尺如天樣,慢慢的捧玉觴。朕本意待尊前捱些時光,且休問劣了宮商[7],您則與我半句兒俄延着唱。

(番使云)請娘娘早行,天色晚了也。(駕唱)

【落梅風】 可憐俺別離重,你好是歸去的忙。寡人心先到他李陵臺上[8],回頭兒卻繞魂夢裏想,便休題貴人多忘。

(旦云)妾這一去,再何時得見陛下? 把我漢家衣服都留下者。(詩云)正是:今日漢宮人,明朝胡地妾;忍着主衣裳,爲人作春色! (留衣服科)(駕唱)

【殿前歡】 則甚麼留下舞衣裳,被西風吹散舊時香。我委實怕宮車再過青苔巷,猛到椒房[9],那一會想菱花鏡裏妝,風流相,兜的又橫心上。看今日昭君出塞,幾時似蘇武還鄉?

(番使云)請娘娘行罷,臣等來多時了也。(駕云)罷罷罷,明妃你這一去,

休怨朕躬也。(做別科,駕云)我那裏是大漢皇帝!(唱)

【鴈兒落】 我做了別虞姬楚霸王,全不見守玉關征西將。那裏取保親的李左車,送女客的蕭丞相[10]?

(尚書云)陛下不必挂念。(駕唱)

【得勝令】 他去也不沙架海紫金梁[11],枉養着那邊庭上鐵衣郎。您也要左右人扶侍,俺可甚糟糠妻下堂[12]?您但提起刀鎗,卻早小鹿兒心頭撞[13]。今日央及煞娘娘[14],怎做的男兒當自強!

(尚書云)陛下,咱回朝去罷。(駕唱)

【川撥棹】 怕不待放絲韁,咱可甚鞭敲金鐙響。你管變理陰陽,掌握朝綱,治國安邦,展土開疆;假若俺高皇,差你個梅香,背井離鄉,臥雪眠霜,若是他不戀恁春風畫堂,我便官封你一字王[15]。

(尚書云)陛下不必苦死留他,着他去了罷。(駕唱)

【七弟兄】 說甚麼大王、不當、戀王嬙,兀良[16],怎禁他臨去也回頭望!那堪這散風雪旌節影悠揚,動關山鼓角聲悲壯。

【梅花酒】 呀!俺向着這迴野悲涼。草已添黃,兔早迎霜[17]。犬褪得毛蒼,人擁起纓鎗,馬負着行裝,車運着餱糧,打獵起圍場。他他他,傷心辭漢主;我我我,攜手上河梁。他部從入窮荒,我鑾輿返咸陽。返咸陽,過宮牆;過宮牆,遶迴廊;遶迴廊,近椒房;近椒房,月昏黃;月昏黃,夜生涼;夜生涼,泣寒螀;泣寒螀,綠紗窗;綠紗窗,不思量!

【收江南】 呀!不思量,除是鐵心腸;鐵心腸,也愁淚滴千行。美人圖今夜掛昭陽,我那裏供養,便是我高燒銀燭照紅妝。

(尚書云)陛下回鑾罷,娘娘去遠了也。(駕唱)

【鴛鴦煞】 我煞大臣行說一個推辭謊,又則怕筆尖兒那火編修講[18]。不見他花朵兒精神,怎趁那草地裏風光?唱道竚立多時,

徘徊半晌,猛聽的塞鴈南翔,呀呀的聲嘹喨,卻原來滿目牛羊,是兀那載離恨的氈車半坡裏響[19]。(下)

(番王引部落擁昭君上,云)今日漢朝不棄舊盟,將王昭君與俺番家和親。我將昭君封爲寧胡閼氏,坐我正宮。兩國息兵,多少是好。衆將士,傳下號令,大衆起行,望北而去。(做行科)(旦問云)這裏甚地面了? (番使云)這是黑龍江[20],番漢交界去處;南邊屬漢家,北邊屬我番國。(旦云)大王,借一盃酒,望南澆奠,辭了漢家,長行去罷。(做奠酒科,云)漢朝皇帝,妾身今生已矣,尚待來生也。(做跳江科)(番王驚救不及,嘆科,云)嗨! 可惜,可惜!昭君不肯入番,投江而死。罷罷罷,就葬在此江邊,號爲青塚者。我想來,人也死了,枉與漢朝結下這般讎隙,都是毛延壽那廝搬弄出來的。把都兒[21],將毛延壽拿下,解送漢朝處治。我依舊與漢朝結和,永爲甥舅,卻不是好? (詩云)則爲他丹青畫誤了昭君,背漢王暗地私奔;將美人圖又來哄我,要索取出塞和親。豈知道投江而死,空落的一見消魂。似這等姦邪逆賊,留着他終是禍根;不如送他去漢朝哈喇[22],依還的甥舅禮兩國長存。(下)

影明本臧晉叔編《元曲選》甲集上

【註釋】

[1] 形像,圖像。
[2] 駕,元雜劇中皇帝的代稱,所謂"駕頭雜劇"即扮演帝王的雜劇。
[3] 生,生硬、勉強。
[4] 則索,只得。則,同"只"。
[5] 搖裝,本作"遙裝",南北朝相沿下來的習俗:凡遇遠行,必擇一吉日先期出門,家人親友亦須餞送如儀,旋即返回,改日正式出發,或寓此行必定平安之意。
[6] 打悲,裝做悲傷的樣子。打,此處作"做"解。
[7] 宮商,指腔調。這句説,不要管荒腔走板。
[8] 李陵臺,李陵,漢武帝時勇將,因孤軍深入,戰敗無援而投降匈奴。李

陵臺在元代的上京。

[9] 椒房,《漢書·車千秋傳》顏師古註云:"椒房,殿名,皇后所居也。以椒和泥塗壁,取其温而芳也。"

[10] 保親的李左車二句:保親與送客相對成文,送客,係宋元婚禮中送親者的稱呼。李左車,謀士,曾佐韓信下燕齊二國。蕭丞相,即蕭何,漢初功臣。據史書二人俱無送親事,此處係借漢元帝口,譏諷朝中以賢臣名將自居的文武均貪生怕死之徒,只能推舉昭君和番以息邊患,並保全自己的富貴。

[11] 不沙,不是那。架海紫金梁,喻國家所倚重的文武大臣。

[12] 糟糠妻,貧賤時共患難的妻子。《後漢書·宋弘傳》記宋弘對漢光武帝劉秀語:"臣聞貧賤之知不可忘,糟糠之妻不下堂。"

[13] 小鹿兒心頭撞,言心情緊張時,心臟激烈跳動,猶小鹿撞觸心頭。

[14] 央及、央求。煞,同"索",要的意思。

[15] 一字王,遼、元之際地位尊貴的王稱,如趙王、燕王之類;若郡王,王稱前必冠以兩字,如咸安郡王,謂之二字王,其地位較一字王爲卑。漢無此名稱,劇中係借用。

[16] 兀良,襯字,無義,但有加强語氣的作用。

[17] 兔,原作"色",今據明顧曲齋刻本改。

[18] 我煞大臣行二句:火,通"伙",即夥。蓋古代皇帝言行,俱有史官筆録,故劇中漢元帝作此語。這兩句是説,我要向大臣們説一個推託的謊,又只怕那班筆頭兒的史官囉唕。

[19] 氈車,古代北方少數民族政權后妃所乘之車,以錦緣青氈作車蓋。

[20] 黑龍江,當爲黑江,龍字是衍文。題目作"沉黑江明妃青塚恨",可證。

[21] 把都兒,蒙古語"勇士"的音譯,元雜劇中多作武士、兵士和將士解。

[22] 哈喇,蒙古語,殺。

王實甫雜劇

王實甫,名德信,字實甫,大都(今北京市)人。王氏雖較關漢卿爲晚出,但也是元代劇壇最有才華的傑出作家之一。其生卒年不詳,主要活動時期約在元貞、大德間(即公元一二九五———三〇七年)。據賈仲明弔詞《凌波仙》的介紹,王實甫在當時就享有盛名,又嘗混跡青樓,多與演員、歌妓往來。所作雜劇十四種,僅存《西廂記》、《麗春堂》、《破窰記》三種及《芙蓉亭》、《販茶船》各一折;其代表作即中外馳名的《西廂記》。

崔鶯鶯待月西廂記

《西廂記》是元代愛情劇中的傑作。故事雖本元稹《鶯鶯傳》,實際上卻是從董解元《西廂記諸宮調》脫胎而來的。劇情寫書生張珙與相國小姐崔鶯鶯在普救寺一見鍾情,卻因禮教的阻隔無從親近。恰值叛將孫飛虎率兵圍寺,索取鶯鶯;張生在老夫人親口許婚後,依靠友人白馬將軍杜確的幫助,解除了危難。不料老夫人卻食言賴婚,致使張生相思成病。在紅娘的熱情幫助下,鶯鶯經歷了艱苦的思想鬥爭,終於冲破了禮教的約束,與張生自由結合。可是頑固的老夫人卻以門第爲由,強迫張生上京應試,而張生卒中狀元,實現了與鶯鶯團聚的夙望。作品在批判封建禮教與婚姻制度的同時,通過鶯鶯與張生等反抗禮教的典型形象的塑造,熱情地謳歌了青年一代追求個性解放與美好理想的戰鬥精神,從而把崔、張的愛情故事提到了一個新的高度。

《西廂記》的藝術成就也很卓越。形象生動,個性鮮明,尤以崔鶯鶯最爲成功。作者寫她內心錯綜複雜的矛盾,"對人前巧語花言,没人處便想張生,背地裏愁眉淚眼",深刻地反映了那個時代青年一代與禮教的激烈衝突,表現了靈魂覺醒的真實過程。作品體制宏偉,長達五本二十一折,與明初《西遊記》同爲元明雜劇所僅見。文詞華美生動,極具詩情畫意,諸如"碧雲天,黃花地,西風緊,北雁南飛。曉來誰染霜林醉,總是離人淚"等名句,數百年來,衆口交譽。

第三本　張君瑞害相思

第　二　折

【解題】　老夫人賴婚後,張生心情鬱憤,竟致臥病書齋。這一折寫他與鶯鶯由於紅娘的傳書寄簡,互通情愫,使張生於絶望之際重新萌發了對幸福的希望。其中極寫紅娘見義勇爲、甘冒風險的熱忱,頌揚了由紅娘所代表的勞動人民高尚的道德品質;也寫出了張生對鶯鶯的志誠。尤其是鶯鶯在封建禮教的壓抑和對紅娘的誤解下,不敢大膽地暴露自己對張生的真實感情,偏要在看過張生的簡帖後故作嗔怒,赴約時又突然賴簡,假意責備張生行止不端,這些情節具有強烈的戲劇性,在構思和人物思想性格的細緻刻畫方面,都充分地展示了作者的創作才能。

(旦上云)紅娘伏侍老夫人不得空便,偺早晚敢待來也[1]。起得早了些兒,困思上來,我再睡些兒咱。(睡科)(紅上云)奉小姐言語去看張生,因伏侍老夫人,未曾回小姐話去。不聽得聲音,敢又睡哩! 我入去看一遭。(紅唱)

【中呂】【粉蝶兒】　風靜簾閑,透紗窗麝蘭香散,啓朱扉搖響雙環。絳臺高[2],金荷小[3],銀釭猶燦[4]。比及將煖帳輕彈[5],先揭起這梅紅羅軟簾偷看[6]。

【醉春風】　則見他釵嚲玉斜橫[7],髻偏雲亂挽。日高猶自不明眸[8],暢好是懶、懶[9]。(旦做起身長嘆科)(紅唱)半晌擡身,幾回搔耳,一聲長嘆。

(紅云)我待便將簡帖兒與他[10],恐俺小姐有許多假處哩[11]。我則將這簡帖兒放在妝盒兒上,看他見了説甚麼。(旦做照鏡科,見簡看科)(紅唱)

【普天樂】　晚妝殘,烏雲嚲,輕勻了粉臉,亂挽起雲鬟。將簡帖兒拈,把妝盒兒按,拆開封皮孜孜看[12],顛來倒去不害心煩。(旦怒叫)紅娘!(紅做意云)呀!決撒了也[13]!(紅唱)俺厭的早搯皺了黛眉[14],(旦云)小賤人,不來怎麼!(紅唱)忽的波低垂了粉頸[15],氳的呵改變了朱顏[16]。

（旦云）小賤人,這東西那裏將來的？我是相國的小姐,誰敢將這簡帖兒來戲弄我？我幾曾慣看這等東西？告過夫人,打下你個小賤人下載來。（紅云）小姐使將我去,他着我將來。我不識字,知他寫着甚麼？（紅唱）

【快活三】 分明是你過犯[17],没來由把我摧殘;使別人顛倒惡心煩。你不慣,誰曾慣?

（紅云）姐姐休閙,比及你對夫人說呵,我將這簡帖兒去夫人行出首去來。（旦揪住紅科）我逗你耍來。（紅云）放手,看打下下載來。（旦云）張生近日如何？（紅背云）我則不説。（旦云）好姐姐,你說與我聽咱!（紅唱）

【朝天子】 張生近間、面顏,瘦得來實難看。不思量茶飯,怕見動彈;曉夜將佳期盼,廢寢忘飡。黄昏清旦,望東牆淹淚眼。

（旦云）唤個好太醫看他證候咱[18]。（紅云）他證候喫藥不濟。（紅唱）病患要安,則除是出幾點風流汗。

【四邊静】 怕人家調犯[19],"早共晚夫人見些破綻,你我何安[20]。"問甚麼他遭危難？嗑攧斷、得上竿,掇了梯兒看[21]。

（旦云）紅娘,不看你面呵,我將與夫人,看他有甚麼面顏見夫人？雖然我家虧他,只是兄妹之情,焉有外事。紅娘,早是你口穩哩;若別人知呵,甚麼模樣!將描筆兒過來[22],我寫將去回他,着他下次休是這般。（旦做寫科,起身科,云）紅娘,你將去説:"小姐看望先生,相待兄妹之禮[23],如此非有他意。"再一遭兒是這般呵,必告夫人知道。和你個小賤人都有説話。（旦擲書下）（紅唱）

【脱布衫】 小孩兒家口没遮攔,一迷的將言語摧殘[24]。把似你

使性子[25]，休思量秀才，做多少好人家風範[26]。(紅娘拾書科)

【小梁州】 他爲你夢裏成雙覺後單，廢寢忘飡。羅衣不奈五更寒[27]，愁無限，寂寞淚闌干[28]。

【幺】 似這等辰勾空把佳期盼[29]，我將這角門兒世不曾牢拴[30]，則願你做夫妻無危難。我向筵席頭上整扮，做一個縫了口的撮合山[31]。

(紅云)我若不去來，道我違拗他，那生又等我回話，我須索走一遭。(下)

(末上云)那詩倩紅娘將去，未見回話。我這封書去，必定成事。這早晚敢待來也。(紅上云)須索回張生話去。小姐，你性兒忒慣得嬌了；有前日的心，那得今日的心來？(紅唱)

【石榴花】 今日個晚妝樓上杏花殘，猶自怯衣單，那一片聽琴心，清露月明間。昨日個向晚，不怕春寒，幾乎險被先生饌[32]，那其間豈不胡顏[33]。爲一個不酸不醋風魔漢，隔牆兒險化望夫山。

【鬥鵪鶉】 你用心兒撥雨撩雲[34]，我好意兒與他傳書寄簡。不肯蒐自己狂爲[35]，則待要覓別人破綻。受艾焙權時忍這番[36]，暢好是奸。"張生是兄妹之禮，焉敢如此[37]！"對人前巧語花言；——没人處便想張生，——背地裏愁眉淚眼。

(紅見末科)(末起云)小娘子來了。擎天柱[38]，大事如何了也？(紅云)不濟事了，先生休傻。(末云)小生簡帖兒是一道會親的符籙，則是小娘子不用心，故意如此。(紅云)我不用心？有天哩，你那簡帖兒好聽！(紅唱)

【上小樓】 這的是先生命慳，須不是紅娘違慢。那簡帖兒倒做了你的招狀，他的勾頭[39]，我的公案。若不是覷面顏，厮顧盼[40]，擔饒輕慢[41]。(紅云)先生受罪，禮之當然。賤妾何辜？爭些兒把你娘拖犯[42]。

【幺】 從今後相會少，見面難。月暗西廂，鳳去秦樓[43]，雲斂巫山[44]。你也趄，我也趄，請先生休訕[45]，早尋個酒闌人散。

(紅云)只此再不必申訴足下肺腑，怕夫人尋，我回去也。(末云)小娘子此一遭去，更着誰與小生分剖；必索做一個道理，方可救得小生一命。(末跪下揪住紅科)(紅云)張生是讀書人，豈不知此意，其事已知矣。(紅唱)

【滿庭芳】　你休要呆裏撒姦[46]；你待要風情美滿，卻教我骨肉摧殘[47]。老夫人手執着棍兒摩娑看，粗麻綫怎透得針關。直待我挂着拐幫閒鑽懶，縫合唇送暖偷寒[48]。(紅云)待去呵，小姐性兒撮鹽入火[49]。(唱)消息兒踏着泛[50]；(紅云)待不去呵，(末跪哭云)小生這一個性命，都在小娘子身上。(紅唱)禁不得你甜話兒熱趲[51]，好教我兩下裏做人難。

(紅云)我沒來由分説！小姐回與你的書，你自看。(末接科，開讀科)呀，有這場喜事！撮土焚香，三拜禮畢。早知小姐簡至，理合遠接，接待不及，勿令見罪！小娘子，和你也歡喜[52]。(紅云)怎麽？(末云)小姐罵我都是假。書中之意，着我今夜花園裏來，和他哩，也波哩，也囉哩[53]。(紅云)你讀書我聽。(末云)是四句詩："待月西廂下，迎風户半開，隔牆花影動，疑是玉人來。"(紅云)怎見得他着你來？你解與我聽咱。(末云)"待月西廂下"，着我月上來。"迎風户半開"，他開門等我。"隔牆花影動，疑是玉人來"，着我跳過牆來。(紅云)他着你跳過牆來，你做下來。端的有此説麽？(末云)我是個猜詩謎的社家[54]，風流隋何，浪子陸賈[55]，我那裏有差的勾當。(紅云)你看我姐姐，在我行也使道兒[56]。(紅唱)

【耍孩兒】　幾曾見寄書的瞞着魚雁[57]，小則小心腸兒轉關[58]。寫着道"西廂待月"等得更闌，着你跳東牆"女"字邊"干"[59]。原來那詩句兒裏包籠着三更棗[60]，簡帖兒裏埋伏着九里山[61]。他着緊處將人慢[62]，您會雲雨鬧中取静，我寄音書忙裏偷閑。
【四煞】　紙光明玉板[63]，字香噴麝蘭，行兒邊湮透的非是春汗？

一緘情淚紅猶濕，滿紙春心墨未乾。從今後休疑難。放心波學士，穩情取金雀丫鬟[64]。

【三煞】　他人行別樣親[65]，俺根前取次看[66]，更做道孟光接了梁鴻案[67]。別人行甜言美語三冬暖，我根前惡語傷人六月寒[68]。我爲頭兒看：看你個離魂倩女[69]，怎發付擲果潘安[70]。

(末云)小生讀書人，怎跳得那花園過？(紅唱)

【二煞】　隔牆花又低，迎風戶半拴，偷香手段今番按[71]，怕牆高怎把龍門跳[72]？嫌花密難將仙桂攀。放心去，休辭憚；你若不去呵，望穿他盈盈秋水[73]，蹙損了淡淡春山[74]。

(末云)小生曾到花園，已經兩遭，不見那好處；這一遭知他又如何？(紅云)如今不比往常。

【收尾】　你雖是去兩遭[75]，我敢道不如這番。隔牆酬和都胡侃[76]，證果的是今番這一簡[77]。(紅下)

(末云)嘆萬事自有分定，誰想小姐有此一場好處。小生是猜詩謎的社家，風流隋何，浪子陸買，到那裏挖扎幫便倒地[78]。今日頦天百般的難得晚。天，你有萬物於人，何故爭此一日？疾下去波！(末念)讀書繼晷怕黃昏，不覺西沉強掩門；欲赴海棠花下約，太陽何苦又生根？(末云)呀，纔晌午也！再等一等。(又看科)今日百般的難得下去也呵。碧天萬里無雲，空勞倦客身心，恨殺魯陽貪戰[79]，不覺紅日西沉！呀，卻早倒西也，再等一等咱。無端三足烏[80]，團團光爍爍；安得后羿弓[81]，射此一輪落！謝天地！卻早日下去也！卻早發擂也[82]！呀，卻早撞鐘也！拽上書房門，到得那裏，手挽着垂楊滴溜撲跳過牆去[83]。(下)[84]

【註釋】

[１] 偌，猶言"這"，偌早晚即"這時候"。

[２] 絳臺，絳，赤色；絳臺指紅色的燭臺。

[3] 金荷,燭臺上承燭淚的銅盤。

[4] 銀釭(gāng 缸),燈燭。宋晏幾道《鷓鴣天》詞:"今宵剩把銀釭照,猶恐相逢在夢中!"

[5] 煖,同"暖"。

[6] 梅紅羅,深紅色的綾羅。

[7] 軃,斜墜。玉,指玉釵。

[8] 不明眸,不肯睜開眼。

[9] 暢好是,真是,正是。

[10] 簡帖兒,書信,後文"簡帖"同此。

[11] 假處,謂裝模作樣。此後鶯鶯嗔簡、擲書,一如紅娘所料,蓋於平日早已熟知性情。

[12] 孜孜,專心注視的樣子。

[13] 決撒,拆穿,敗露。

[14] 扢(gē 格)皺了黛眉,皺起了眉頭。

[15] 波,襯字,無義。

[16] 氲的,同"暈的"。此處含有惱怒、嗔怪之意。

[17] 過犯,過失。

[18] 證候,即症候。

[19] 調犯,說閒話、譏刺之意。

[20] 早共晚夫人見些破綻二句:故意模擬鶯鶯裝腔作勢的口吻。

[21] 嗒攧斷二句:攧斷,同"攧掇",慫恿之意。掇了梯兒看,當時流行的成語。這兩句的意思是,慫恿人家。

[22] 描筆兒,女孩家用以描圖刺綉之筆,與常人書信用筆不同,蓋後者閨中多不備,禮教之所防也。

[23] 相,原本作"可",據王季思校註本改。

[24] 小孩兒二句:沒遮攔,謂說話不顧輕重,脫口而出。一迷的,一味。

[25] 把似,與其。

[26] 風範,模樣。

[27] 奈,同"耐"。南唐李煜《浪淘沙》詞:"羅衾不耐五更寒。"

[28] 淚闌干,眼淚縱橫。闌干,縱橫散亂貌。

[29] 辰勾,水星。因離太陽的角距不超過 28°,肉眼不容易見到。此處喻盼佳期如等待看到辰星一樣困難。

[30] 世,長時間。

[31] 撮合山,媒人。

[32] 先生饌,《論語·爲政》:"有酒食,先生饌。"原意是學生應取酒食奉養老師,此處借作調侃,意謂險些被你張先生喫了。

[33] 胡顏,羞愧無顏。

[34] 撥雨撩雲,指挑動鶯鶯的感情。

[35] 蒐,檢查。

[36] 艾焙,以艾草燻灼患處。

[37] 張生是兄妹之禮二句:係紅娘倣效鶯鶯口吻。

[38] 擎天柱,張生對紅娘的稱謂,表示倚重。

[39] 勾頭,逮捕罪犯的拘票。

[40] 厮,作"相"解。

[41] 擔饒,寬恕。

[42] 争些兒,差一點。你娘,紅娘自指。此句謂差一點連累了我。

[43] 鳳去秦樓,古代傳說:秦穆公以愛女弄玉嫁蕭史,蕭史善吹簫,嘗教弄玉吹作鳳鳴,羣鳳畢集,二人乃雙雙乘之仙去。

[44] 雲歛巫山,古代傳說:楚襄王嘗遊高唐,夢與巫山神女歡會,去時謂王曰:"妾在巫山之陽,高丘之阻,旦爲朝雲,暮爲行雨,朝朝暮暮,陽臺之下。"後人常用"巫山雲雨"借指男女幽會。以上三句猶云歡會無期。

[45] 你也赸三句:赸(shàn 訕),跳躍,此處謂走開,後文聯用即大家散伙之意。訕,羞慚。休訕,即不必羞慚。

[46] 呆裏撒姦,謂外作癡呆,内懷姦詐。

[47] 卻,原本作"都",今據王季思校註本改。

[48] 直待我二句:直待我,謂簡直要我。"幇閑鑽懶"、"送暖偷寒"都是爲別人效勞出力的最費工夫口舌的事。卻還需在瘸了腿、破了嘴等極困難的條件下去完成這類任務,那是很艱巨的。這兩句話的意思是說,簡直是叫我拚了老命去爲你拉皮條。

[49] 撮鹽入火,鹽着火即爆,喻性子急躁。

[50] 消息兒踏着泛，消息，謂機關的樞紐，亦稱"泛子"或"泛"，誤踏着便中了機關。

[51] 熱趲(zǎn 贊上)，急忙地奔走。熱，副詞，形容催逼得緊。趲，快走。

[52] 和，連。

[53] 也波哩，也囉哩，"哩"、"囉"原係歌曲結尾處腔聲，此處隱指男女之事。

[54] 社家，宋元時代，掌握專門技藝的高手，常常結成團體，如"遏雲社"、"緋綠社"、"齊雲社"，或以清歌見長，或以蹴踘取勝，相聚較量。在社者或經常參與活動者均係行家。張生此處猶自詡爲猜謎的老手。

[55] 隋(亦作隨)何、陸賈，均漢初謀士，多才而善辯。

[56] 道兒，詭計。

[57] 魚雁，此處指傳書遞信的人。蓋古時有魚腹藏書、鴻雁傳書的傳說。

[58] 轉關，打埋伏，使巧。

[59] "女"字邊"干"，合之爲"奸"字。

[60] 三更棗，棗與"早"諧音，出佛教故事：禪宗五祖弘忍，欲傳法於六祖慧能，賜以粳米三粒、棗子一枚，慧能乃悟其義爲三"更""早"去。此處謂鶯鶯以詩句藏謎，暗約張生，係蹈五祖故智。

[61] 九里山，原係韓信設埋伏佈陣擊破項羽之處，此處喻鶯鶯簡帖裏打了埋伏，騙過了紅娘。

[62] 着緊處，緊要關頭。慢，怠慢。

[63] 玉板，光潔堅緻的紙，稱爲玉板箋。

[64] 穩情，十拿九穩靠得住。金雀丫鬟，指鶯鶯。

[65] 他人行，與後文中"別人行"同，謂"在別人面前"。

[66] 取次看，意思是小看了他。取次，輕忽。

[67] 見《竇娥冤》第二折註[18]。

[68] 別人行二句：三冬暖，六月寒，謂鶯鶯對張生溫言婉語，對紅娘則態度粗暴，出語傷人。

[69] 離魂倩女，《太平廣記》陳玄祐《離魂記》，敍張倩娘因戀慕王宙，不同意乃父解除婚約之行，竟使魂魄脫離軀體追趕情人，與王宙同居五年，且生二子。後來偕歸衡州，魂身繞合一。元鄭德輝《倩女離魂》雜劇即據此改寫。此處以倩女喻鶯鶯。

[70] 擲果潘安，傳説晉代潘安容貌出衆，每乘車出，路旁的婦女爲表愛慕，
　　　争以果擲之。此處喻張生。

[71] 按，實行。

[72] 龍門，舊説：黄河鯉魚倘能跳過湍急的龍門，就能成龍。後人遂以跳龍
　　　門比喻士子考試及第，飛黄騰達。此處用作雙關語，指張生倘使缺乏
　　　跳牆的勇氣，就無法和鶯鶯相見。後文"嫌花密"句意思與此相對。

[73] 秋水，指眼睛，言其眼睛清澈如同秋水。

[74] 春山，指眉毛。謂雙眉若春山之秀。

[75] 雖，原本作"須"，據王季思校註本改。

[76] 胡侃，胡調、扯淡。

[77] 證果，佛教用語，證，證實。《五燈會元》："依吾行者，定證妙果。"此謂
　　　經過實驗而有所得。

[78] 扢扎幫，形容動作迅速。

[79] 魯陽貪戰，《淮南子・覽冥》："魯陽公與韓構難，戰酣日暮，援戈而揮
　　　之，日爲之退三舍。"此處謂太陽遲遲不落。

[80] 三足烏，指太陽。古代神話，謂太陽裏有三隻脚的金色烏鴉。

[81] 后羿弓，古代神話，謂堯時天有十日，草木焦枯。堯命后羿射之，羿援
　　　弓而發九矢，射落九日，僅留其一。

[82] 發擂，擊鼓。

[83] 滴溜撲，一作"滴流撲"，跌倒、摔下的聲音。

[84] 此下弘治本原有紅娘上場説白，據別本删。

第　四　本
第　三　折

　　【解題】　在崔張的婚事肯定下來後，老夫人又提出張生必須進京
應試，中得狀元方能成親的條件。這一折寫崔張的分別。全折情意纏
綿，辭句華美，爲古代批評家所稱道。

　　（夫人、長老上，開[1]）今日送張生赴京，就十里長亭，安排下筵席。我和

長老先行,不見張生小姐來到。(旦、末、紅同上,旦云)今日送張生上朝取應去。早是離人傷感,況值那暮秋天氣,好煩惱人也呵!"悲歡聚散一杯酒,南北東西萬里程。"(旦唱)

【正宮】【端正好】 碧雲天,黃花地,西風緊,北雁南飛。曉來誰染霜林醉?總是離人淚。

【滾繡球】 恨相見得遲,怨歸去得疾。柳絲長玉驄難繫[2],恨不得倩疎林挂住斜暉。馬兒迍迍行[3],車兒快快隨,卻告了相思迴避[4],破題兒又早別離[5]。聽得道一聲"去也",鬆了金釧;遙望見十里長亭,減了玉肌。此恨誰知!

(紅云)姐姐今日不打扮? (旦云)紅娘呵,你那裏知道我的心哩! (旦唱)

【叨叨令】 見安排着車兒、馬兒,不由人熬熬煎煎的氣;有甚麼心情花兒、靨兒[6],打扮得嬌嬌滴滴的媚;准備着被兒、枕兒,則索昏昏沉沉的睡;從今後衫兒、袖兒,揾濕做重重疊疊的淚。兀的不悶殺人也麼哥,兀的不悶殺人也麼哥。久已後書兒、信兒,索與我恓恓惶惶的寄[7]。

(做到了科,見夫人了)(夫人云)張生和長老坐,小姐這壁坐,紅娘將酒來。張生,你向前來,是自家親眷,不要迴避。俺今日將鶯鶯與你,到京師休辱末了俺孩兒,挣揣一個狀元回來者[8]。(末云)小生託夫人餘蔭,憑着胸中之才,覷官如拾芥耳[9]。(潔云)夫人主張不差,張生不是落後的人。(把酒了,坐)(旦長吁了)(旦唱)

【脫布衫】 下西風黃葉紛飛,染寒烟衰草萋迷[10]。酒席上斜簽着坐地[11],蹙愁眉死臨侵地[12]。

【小梁州】 我見他閣淚汪汪不敢垂,恐怕人知。猛然見了把頭低,長吁氣,推整素羅衣。

【幺】 雖然久後成佳配,奈時間怎不悲啼[13]。意似癡,心如醉,昨宵今日,清減了小腰圍。

(夫人云)小姐把盞者！(紅遞酒了,旦把盞了)(旦唱)

【上小樓】　合歡未已,離愁相繼。想着俺前暮私情,昨夜成親,今日別離。我諗知,這幾日相思滋味,卻元來比別離情更增十倍。

【幺】　年少呵輕遠別,情薄呵易棄擲。全不想腿兒相壓,臉兒相偎,手兒相攜。你與俺崔相國做女婿,妻榮夫貴[14],但得一個並頭蓮,強似狀元及第。

　　(紅云)姐姐,不曾喫早飯,飲一口兒湯水。(旦云)紅娘呵,甚麼湯水咽得下。(唱)

【滿庭芳】　供食太急,須臾對面,頃刻別離。若不是酒席間子母每當迴避[15],有心待與他舉案齊眉。

【幺】　雖然是廝守得一時半刻,也合着俺夫妻共桌而食。眼底空留意,尋思起就裏,嵓化做望夫石[16]。

　　(夫人云)紅娘把盞者。(紅把酒科了)(旦唱)

【快活三】　將來的酒共食,嘗着似土和泥;假若便是土和泥,也有些土氣息、泥滋味。

【朝天子】　煖溶溶玉盃,白泠泠似水,多半是相思淚。眼面前茶飯怕不待要喫[17],恨塞滿愁腸胃。蝸角虛名[18]、蠅頭微利[19],拆鴛鴦在兩下裏。一個這壁,一個那壁,一遞一聲長吁氣[20]。

　　(夫人云)輛起車兒[21],俺先回去,小姐隨後和紅娘來。(下)(末辭潔科)(潔云)此一行別無話說,貧僧準備買登科錄,看做親的茶飯,少不了貧僧的。先生在意,鞍馬上保重者。"從今經懺無心禮,專聽春雷第一聲。"(下)(旦唱)

【四邊靜】　霎時間杯盤狼藉,車兒投東,馬兒向西。兩意徘徊,落日山橫翠。知他今宵宿在那裏? 有夢也難尋覓。

(旦云)張生,此一行,得官不得官,疾早便回來。(末云)小姐心兒裏艱難。小生這一去,白奪一個狀元,真乃是:"青霄有路終須到,金榜無名誓不歸。"(旦云)君行別無所贈,口占一絕,爲君送行:"棄擲今何在,當時且自親,還將舊來意,憐取眼前人。"(末云)小姐之意差矣,張珙更敢憐誰?謹賡一絕,以剖寸心:"人生長遠別,孰與最關親?不遇知音者,誰憐長歎人?"(旦唱)

【耍孩兒】 淋漓襟袖啼紅淚[22],比司馬青衫更濕[23]。伯勞東去燕西飛[24],未登程先問歸期。雖然眼底人千里,且盡生前酒一杯。未飲心先醉,眼中流淚,心内成灰。

【五煞】 到京師服水土,趁程途,節飲食,順時自保揣身體[25]。荒村雨露宜眠早,野店風霜要起遲! 鞍馬秋風裏,最難調護,最要扶持。

【四煞】 這憂愁訴與誰? 相思只自知,老天不管人憔悴。淚添九曲黃河溢[26],恨壓三峯華岳低[27]。到晚來悶把西樓倚,見了些夕陽古道,衰草長堤。

【三煞】 笑吟吟一處來,哭啼啼獨自歸。歸家若到羅幃裏,昨日個繡衾香暖留春住,今夜個翠被生寒有夢知。留戀你別無意,見據鞍上馬,閣不住淚眼愁眉。

(末云)有甚言語囑付小生咱? (旦唱)

【二煞】 你休憂文齊福不齊,我則怕你停妻再娶妻[28]。你休要"一春魚雁無消息"! 我這裏"青鸞有信頻須寄",你卻休"金榜無名誓不歸"。此一節君須記:若見了那異鄉花草,再休似此處棲遲?

(末云)再誰似小姐? 小生又生此念[29]。僕童趲早行一程兒,早尋個宿處。(末念)淚隨流水急,愁逐野雲飛。(下)(旦唱)

【一煞】 青山隔送行,疏林不做美,淡烟暮靄相遮蔽[30]。夕陽古道無人語,禾黍秋風聽馬嘶。我爲甚麼懶上車兒内,來時甚急,去後何遲!

(紅云)夫人去好一會,姐姐,咱家去!(旦唱)

【收尾】 四圍山色中,一鞭殘照裏。徧人間煩惱填胸臆,量這些大小車兒如何載得起?(旦、紅下)

《古本戲曲叢刊》影明弘治本,並參考王季思註本

【註釋】

[1]開,元雜劇術語,即開始説話的意思。

[2]玉驄,馬的代稱,原指青白色的馬。

[3]迍(tún 屯)迍,行動遲緩貌。

[4]卻,通"恰"。

[5]破題兒,開頭。唐宋文人稱詩賦起首幾句爲破題。明清小説中常有 "破題兒第一遭",有"頭一次"的含義。

[6]靨(yè 夜),原指嘴邊的酒窩,此處是指婦女妝扮面部的一種首飾。《酉 陽雜俎》:"近代妝尚靨,如射月曰'黃星靨'。"

[7]索,須。

[8]挣揣,奪取。

[9]拾芥,喻輕而易舉,言功名富貴唾手可得。芥,小草。

[10]萋迷,草茂盛貌。衰草萋迷,謂枯草徧地。

[11]酒席上斜簽着坐地,指張珙。簽,插。

[12]死臨侵地,臨侵,指憔悴無力。"死"字此處疑作程度副詞,言極憔悴 也。可與《趙禮讓肥》第二折中"黑臨侵的肌體羸"相參。

[13]奈,無奈。

[14]妻榮夫貴,此句當與上文"你與俺崔相國做女婿"聯讀。俗云:夫榮妻 貴;鶯鶯既係相國家小姐,已具身份,那麼張生無須上京博取功名,亦 可憑相國家女婿的身份取得富貴。這裏有埋怨之意。

[15]若不是句:指老夫人在場,不得與張生親近。

[16]嵒,同"險",差一點。

84

[17] 怕不待要,難道不要。

[18] 蝸角虛名,《莊子·則陽》:"有國於蝸之左角者,曰蠻氏;國於蝸之右角者,曰觸氏,爭地而戰,伏屍百萬。"此處"蝸角"作細微解;"蝸角虛名",微不足道的名譽。

[19] 蠅頭微利,漢班固《難莊篇》云,世人競爭利,如蠅之追逐肉汁,所沾無多。此處亦譏孜孜於微利之失。

[20] 一遞一聲,指鶯鶯與張生兩人不斷地吁嘆。遞,接連不斷。

[21] 輛起車兒,套上車子。

[22] 紅淚,《拾遺記》:"薛靈芸選入宮時,別父母,以玉唾壺承淚,壺即紅色。"

[23] 比司馬青衫更濕句:言別離之淒苦。白居易《琵琶行》:"江州司馬青衫濕。"

[24] 伯勞,鳴禽名,一名鵙,略大於雀,胸腹部茶色,尾及翼黑褐色。

[25] 保揣,保重。揣,量度。

[26] 九曲黃河,古之黃河,自孟津而北,分爲九道。

[27] 三峯華岳,謂華山蓮花峯、毛女峯、松檜峯。

[28] 停妻再娶妻,重婚。封建社會有停妻再娶條例,士人金榜題名後尤多再婚權貴之行,故鶯鶯出此語。

[29] 再誰似小姐二句:凌濛初曰:"徐文長評本,張生此語之後,即上馬而去。鶯鶯徘徊目送,不忍遽歸,乃有'青山隔送行'等語,情景較合。"此處照改。

[30] 靄,雲氣。

高明戲文

高明,字則誠,號東嘉,又號菜根道人。瑞安(今浙江省瑞安縣)人。元末明初著名的戲曲家。約生於公元一三○一年(元成宗大德五年),卒於公元一三七一年(明太祖洪武四年),一説卒於元至正十九年(一三五九)。嘗從元代理學家黄溍學,至正五年(一三四五)進士。先後任處州録事、福建行省都事、慶元路推官等職。任内,遇元人虐待漢人,高明曾委曲調護;與幕府論不合,則避而不治文書。元末方國珍據浙東,欲置他於幕下,力辭不就,即日解官。後即隱居寧波城東之櫟社,"以詞曲自娛"。朱元璋即位,聞其名,使使徵之,他以心疾辭,佯狂不復出。《琵琶記》爲其晚年作品。此外,戲文還有《閔子騫單衣記》,詩文有《柔克齋集》二十卷,均不傳。如皋冒氏小三吾亭輯得四十餘首,以入《永嘉詩人祠堂叢刻》。

琵琶記

《琵琶記》共四十二齣,敷衍趙五娘和蔡伯喈的故事。作者借用東漢歷史家蔡伯喈的名字,描寫了一個知識分子如何被迫上京應舉,如何被皇帝和牛丞相强行重婚和留在朝廷做官,表現他辭試不能、辭婚不能、辭官不能的痛苦。伯喈赴京以後,其妻趙五娘一人支撐門户。不幸的是,由於政治的黑暗、官吏的横行不法和嚴重的自然災害的侵襲,五娘一家三人受到饑餓的威脅。五娘以過人的毅力和獻身的精神贍養年過八旬的公婆。公婆餓死以後,她又祝髮買葬、羅裙包土,安葬了他們。然後携帶琵琶上路,進京尋找丈夫,歷盡艱苦。最後雖得到一個大團圓的結局,但本質上只能是一個深刻的社會悲劇。整個作品對封建科舉制度作了有力的控訴與批判,對元代政治的黑暗作了一定的揭露,對中國下層婦女的崇高品質作了熱情的歌頌。但作品也宣揚了封建道德,這是應予批判的思想糟粕。藝術上,它的結構別具一格,有的心理描寫較爲細膩,語言基本符合人物個性。《琵琶記》歷來被稱爲南戲中興之祖。這裏選了《糟糠自厭》一齣。

糟 糠 自 厭

【解題】 蔡伯喈上京赴考以後,趙五娘獨自擔負起全家生活的重擔。由於連年饑荒,生活極其艱難,趙五娘典盡衣服首飾,千辛萬苦糴來糧米,供奉公婆,自己卻在背地裏以皮糠充饑。《糟糠自厭》雖也歌頌了封建倫理觀念,但在實際上,觀眾看到的是封建制度下不能掌握自己命運的婦女,在極端艱苦的生活環境中自我犧牲、捨己爲人的可貴精神和她們善良、勤樸、堅忍、盡責這些傳統的美好品質。該齣對造成這場悲劇的朝廷、權臣和科舉制度提出了控訴。曲詞樸素、形象,有強烈的感情色彩,絲絲入扣地表現了趙五娘的心理活動過程,深得曲家和讀者的贊賞。

(旦上唱)【山坡羊】 亂荒荒不豐稔的年歲[1],遠迢迢不回來的夫婿。急煎煎不耐煩的二親[2],軟怯怯不濟事的孤身己[3]。衣盡典,寸絲不掛體。幾番要賣了奴身己,爭奈没主公婆教誰管取? (合)思之,虛飄飄命怎期? 難捱,實不忍災共危[4]。

【前腔】 滴溜溜難窮盡的珠淚,亂紛紛難寬解的愁緒。骨崖崖難扶持的病體[5],戰欽欽難捱過的時和歲[6]。這糠呵,我待不喫你,教奴怎忍飢? 我待喫呵,怎喫得? (介)苦,思量起來不如奴先死,圖得不知他親死時。(合前)

　　(白)奴家早上安排些飯與公婆,非不欲買些鮭菜[7],爭奈無錢可買。不想婆婆抵死埋冤,只道奴家背地喫了甚麼。不知奴家喫的卻是細米皮糠,喫時不敢教他知道,只得迴避。便埋冤殺了,也不敢分説。苦! 真實這糠怎的喫得。(喫介)(唱)

【孝順歌】 嘔得我肝腸痛,珠淚垂,喉嚨尚兀自牢嗄住[8]。糠,遭礱被舂杵,篩你簸揚你,喫盡控持[9]。悄似奴家身狼狽[10],千辛百苦皆經歷。苦人喫着苦味,兩苦相逢,可知道欲吞不去。(喫吐介)(唱)

【前腔】 糠和米,本是兩倚依,誰人簸揚你作兩處飛? 一賤與一貴,好似奴家共夫婿,終無見期。丈夫,你便是米麼,米在他方沒尋處。奴便是糠麼,怎的把糠救得人饑餒? 好似兒夫出去,怎的教奴供給得公婆甘旨[11]? (不喫放椀介)(唱)

【前腔】 思量我生無益,死又值甚的! 不如忍飢爲怨鬼。公婆老年紀,靠着奴家相依倚,只得苟活片時。片時苟活雖容易,到底日久也難相聚。謾把糠來相比,這糠尚兀自有人喫,奴家骨頭,知他埋在何處?

(外淨上探,白)媳婦,你在這裏説甚麼? (旦遮糠介)(淨覓出,打旦介)(白)公公,你看麼? 真個背後自逼邏東西喫[12],這賤人好打! (外白)你把他喫了,看是什麼物事? (淨荒喫介)(吐介)(外白)媳婦,你逼邏的是甚麼東西? (旦介)(唱)

【前腔】 這是穀中膜,米上皮,將來逼邏堪療饑。(外淨白)這是糠,你卻怎的喫得? (旦唱)嘗聞古賢書,狗彘食人食[13],公公,婆婆,須強如草根樹皮。(外淨白)這的不嗄殺了你? (旦唱)嚼雪飡氈,蘇卿尤健[14];飡松食柏,到做得神仙侶[15],縱然喫些何慮? (白)公公,婆婆,別人喫不得,奴家須是喫得。(外淨白)胡説! 偏你如何喫得? (旦唱)爹媽休疑,奴須是你孩兒的糟糠妻室[16]!

(外淨哭介,白)原來錯埋冤了人,兀的不痛殺了我! (倒介)(旦叫介)(唱)

【雁過沙】 他沉沉向迷途,空教我耳邊呼。公公,婆婆,我不能盡心相奉事,番教你爲我歸黃土。公公,婆婆,人道你死緣何故? 公公,婆婆,你怎生割捨拋棄了奴?

(白)公公,婆婆。(外醒介)(唱)

【前腔】 媳婦,你耽飢事公姑[17]。媳婦,你耽飢怎生度? 錯埋冤你也不肯辭,我如今始信有糟糠婦。媳婦,我料應下久歸陰府。媳婦,你休便爲我死的把生的受苦。(旦叫婆婆介)(唱)

【前腔】 婆婆,你還死,教奴家怎支吾[18]? 你若死,教我怎生度?

我千辛萬苦回護丈夫[19]，如今到此難回護。我只愁母死難留父，況衣衫盡解，囊篋又無。(外叫淨介)(唱)

【前腔】 婆婆，我當初不尋思，教孩兒往皇都。把媳婦閃得苦又孤，把婆婆送入黃泉路，只怨是我相耽悞。我骨頭未知埋在何處所？

(旦白)婆婆都不省人事了，且扶入裏面去。正是：青龍共白虎同行[20]，吉兇事全然未保。(並下)(末上白)福無雙至猶難信，禍不單行卻是真。自家爲甚說這兩句？爲鄰家蔡伯喈妻房，名喚做趙氏五娘子，嫁得伯喈秀才，方纔兩月，丈夫便出去赴選。自去之後，連年饑荒，家裏只有公婆兩口，年紀八十之上。甘旨之奉，虧殺這趙五娘子，把些衣服首飾之類盡皆典賣，糴些糧米做飯與公婆喫，他卻背地裏把些細米皮糠逼邐充饑。唧唧[21]，這般荒年饑歲，少什麼有三五個孩兒的人家，供膳不得爹娘。這個小娘子，真個今人中少有，古人中難得。那公婆不知道，顛倒把他埋冤；今來聽得他公婆知道[22]，卻又痛心都害了病[23]。俺如今去他家裏探取消息則個。(看介)這個來的卻是蔡小娘子，怎生恁地走得荒？(旦荒走上介，白)天有不測風雲，人有旦夕禍福。(見末介)公公，我的婆婆死了。(末介)我卻要來。(旦白)公公，我衣衫首飾盡行典賣，今日婆婆又死，教我如何區處？公公可憐見，相濟則個。(末白)不妨，婆婆衣衾棺槨之費，皆出於我，你但盡心承值[24]公公便了。(旦哭介)(唱)

【玉包肚】 千般生受[25]，教奴家如何措手？終不然把他骸骨[26]，没棺槨送在荒坵？(合)相看到此，不由人不珠淚流，正是不是冤家不聚頭。(末唱)

【前腔】 不須多憂，送婆婆是我身上有。你但小心承直公公，莫教又成不救。(合前)

(旦白)如此，謝得公公！只爲無錢送老娘。(末白)娘子放心，須知此事有商量。(合)正是：歸家不敢高聲哭，只恐人聞也斷腸。(並下)

《古本戲曲叢刊》影明陸貽典鈔校本

【註釋】

[1] 稔(rěn 荏)，指莊稼成熟。不豐稔，即荒歉年景。

[2] 不耐煩，猶言不能忍受。

[3] 身己，指自己的身體。《廣韻》："己，身也。"

[4] 實丕丕，即實實在在。

[5] 骨崖崖，瘦骨棱棱。

[6] 戰欽欽，即戰兢兢。憂懼重重、時提警戒之心的意思。

[7] 鮭(xié 鞋)菜，泛指魚菜。鮭，即魚類菜肴。

[8] 牢嗄(shà 雯)住，緊緊地卡住。

[9] 控持，猶言折磨。

[10] 悄，猶渾如、恰似、完全的意思。

[11] 甘旨，本意指美好的食物，這裏特指供養父母的食物。

[12] 逼邐，亦作辟邐、饆饠，安排、張羅的意思。

[13] 狗彘(zhì 至)食人食，語出《孟子·梁惠王》。原意説狗和豬竟喫人的
食物。這裏意思相反，指狗和豬繞喫的糟糠，人卻在喫。

[14] 嚼雪飡氈二句：蘇卿即西漢蘇子卿，名武。武出使匈奴，匈奴逼降，不
從，被關在大窖中。絶不飲食，"天雨雪，武臥齧雪，與旃毛並咽之"，得
不死。尤，猶也。

[15] 飡松食柏，即以松、柏的葉子、果實充飢。舊傳神仙不食人間煙火，《抱
朴子·仙藥篇》載，秦王子嬰的宮人避亂入山，有老人教她喫松葉松
子，遂不饑不渴，冬不寒，夏不熱，至漢成帝時仍在。《列仙傳》説，赤松
子好食柏子食，齒落更生。這裏是譬喻無糧食可喫。

[16] 糟糠妻室，指貧賤時艱苦與共的妻子，後人亦以自稱妻室。語見《後漢
書·宋弘傳》。

[17] 耽飢，忍飢。

[18] 支吾，這裏是對付、支持的意思。

[19] 回護，曲爲辯護，袒護。

[20] 青龍共白虎，古時之星宿名，星命家因以青龍爲吉星，白虎爲兇星。

[21] 唧唧，即嘖嘖，贊嘆之聲。

[22] 今來,當時的口語,猶云近來。

[23] 元本無"病"字,痛作"用",義不可解;今據明改本《陳繼儒評鼎鐫琵琶記》補正。

[24] 承值,即承直,侍奉、看護之意。

[25] 生受,道謝語,猶言難爲,有勞。

[26] 終不然,難道的意思。

四、散　曲

關　漢　卿　散　曲

　　作者介紹見前戲曲部分。

　　關漢卿除撰著雜劇外，兼寫散曲，今存套數十三篇、小令五十七支。數量雖不多，卻不乏出色的篇章。他的散曲，在藝術風格上帶有濃厚的民間文學氣息，樸素清新，形象鮮明，感情真摯，接近口語，體現了元代前期散曲的特徵。

四　塊　玉
別　　情

　　【解題】　這一支小令描寫男女的離愁別恨，用平易的語言，寫出了不平靜的心情。

　　自送別，心難捨，一點相思幾時絕。憑闌袖拂楊花雪[1]。溪又斜，山又遮，人去也！

隋樹森編《全元散曲》

　　【註釋】

[1] 楊花雪，似雪一般的楊花。

南呂一枝花
不　伏　老（節錄）

　　【解題】　這是關漢卿一篇較有名的散套，相當詳細地載述了他自己的生活、性格和愛好,對於瞭解關氏的生平、思想,具有重大的參考價值。這裏節選的〔黃鐘尾〕,風格豪放,與前面所選的表現離愁別恨的〔四塊玉·別情〕的委婉淒清迥然不同,相當鮮明地表現了關漢卿堅強不屈的反抗性格,不能簡單化地目爲風流放蕩。

【尾】 我是個蒸不爛、煮不熟、搥不匾[1]、炒不爆、響璫璫一粒銅碗豆[2]。恁子弟每,誰教你鑽入他鋤不斷、斫不下、解不開、頓不脫、慢騰騰千層錦套頭。我翫的是梁園月[3],飲的是東京酒[4];賞的是洛陽花[5],攀的是章臺柳[6]。我也會圍棋,會蹴踘[7],會打圍[8],會插科[9];會歌舞,會吹彈,會嚥作[10],會吟詩,會雙陸[11]。你便是落了我牙,歪了我嘴,瘸了我腿,折了我手,天賜與我這幾般兒歹症候[12],尚兀自不肯休[13]! 則除是閻王親自喚[14],神鬼自來勾,三魂歸地府,七魄喪冥幽,天哪! 那其間纔不向烟花路兒上走!

隋樹森編《全元散曲》

【註釋】

[1] 匾,同"扁"。

[2] 響,原作"嚮"。銅碗豆,原是青樓勾欄中對老狎客的暱稱;此處含有隱喻性格堅強的意思。

[3] 翫,習以爲常,此處作慣賞。梁園,漢時梁孝王好營宮室苑囿,嘗於大梁(今河南省開封市)築兔園以館賓客,日與遊樂其中,後世稱梁園。

[4] 東京,漢時以洛陽爲東京;五代至宋,皆以汴州(今開封市)爲東京。這裏指開封。

[5] 洛陽花,指牡丹。古人謂洛陽牡丹甲於天下,宋歐陽修曾撰《洛陽牡丹記》專誌之。

[6] 章臺柳,謂妓女。章臺,本漢時長安章臺下街名,舊時用爲妓院的代稱。據傳,唐韓翃與妓柳氏有婚姻之約,後從本官之淄青掌節度使書記,置柳氏於長安,一別三年。韓曾因思念賦詩云:"章臺柳,章臺柳,

昔日青青今在否?"後柳氏爲番將沙叱利所奪,淄青諸將中有虞候許俊,頗具俠腸,乘間劫柳氏以歸韓。事見唐許堯佐撰傳奇《柳氏傳》,載《太平廣記》。

[7] 蹴踘,古人踢毬的一種遊戲。

[8] 打圍,古代指打獵時的合圍,後泛稱打獵。

[9] 插科,插入滑稽動作或詼諧幽默語言的表演,一稱"插科打諢",雜劇演出中常用之。

[10] 嚥作,指歌唱。朱有燉《桃源景》楔子〔仙呂·賞花時〕曲:"你道我咽作的吞子忒獻鬪,你道我撇末的場中無對手。"吞子謂嗓子,獻鬪指出色。

[11] 雙陸,一種賭博。以木盤上置黑白兩色木棋子(又稱"馬")各十五枚,盤上左右各畫十二路,謂之"梁"。二人對局,擲骰按點色行走,白馬自右而左,黑馬自左而右,先出完者獲勝。或謂:若擲得雙六,必操勝券,故稱"雙陸"。

[12] 歹症候,猶云"惡疾"。

[13] 兀自,猶、還的意思。

[14] 則,此處係限量詞,與"只""衹"同義。則除是,即"只除是",猶今之"除非是"。

馬 致 遠 散 曲

作者介紹見前戲曲部分。

在前期的散曲作家中,馬致遠頗負盛名,有文場"曲狀元"之稱。雖然他的作品,多局限於抒發個人懷才不遇的悲哀,宣揚消極遁世的情緒,格調不高;但他的散曲描繪景物,意境優美;語言凝煉,流暢自然,在藝術造詣方面仍然值得重視。不僅這樣,他還是前期創作力最旺盛的作家。隋樹森《全元散曲》輯有他所撰套數十六篇,殘套七篇,小令一百十五支。

壽 陽 曲
遠 浦 歸 帆

【解題】 這一支小令,寫江村小鎮寧靜的晚景,篇幅不長而明白如畫,表達了遁世者的閑適心情。

夕陽下,酒斾閑[1]。兩三航未曾着岸。落花水香茅舍晚,斷橋頭賣魚人散。

隋樹森編《全元散曲》

【註釋】

[1] 酒斾(pèi 配),酒店的旗帘。

天 淨 沙
秋 思

【解題】 這是馬致遠小令中最著名的一支。作者以凝煉的語言,通過一幅秋郊夕照圖的描繪,準確而委婉地刻畫出旅人飄泊的心境。

前三句用九個並列的實詞，把九種不同的景物巧妙地組織在一個畫面裏，渲染出一派淒涼蕭瑟的晚秋氣氛，從而含蓄地烘託出旅人的哀愁。語言音節和諧，畫面色彩鮮明，藝術上確有獨到之處。

　　枯藤老樹昏鴉。小橋流水人家。古道西風瘦馬。夕陽西下，斷腸人在天涯[1]。

隋樹森編《全元散曲》

【註釋】

[1]斷腸人，此處指飄泊天涯、極度憂傷的旅人。

般涉調·耍孩兒
借　馬

　　【解題】 這篇套曲扣住借馬這一生活事件，運用誇張手法，把一個吝嗇鬼在別人向他借馬前後的心理活動，作了淋漓盡致、惟妙惟肖的刻畫。這是一篇成功的諷刺文學作品，語言生動活潑，描寫詼諧，它充分説明：馬致遠的才能是多方面的。

近來時買得匹蒲梢騎[1]，氣命兒般看承愛惜[2]。逐宵上草料數十番，喂飼得膘息胖肥。但有些穢污卻早忙刷洗，微有些辛勤便下騎。有那等無知輩，出言要借，對面難推。

【七煞】 懶設設牽下槽，意遲遲背後隨，氣忿忿懶把鞍來鞴。我沉吟了半晌語不語，不曉事頹人知不知。他又不是不精細，道不得“他人弓莫挽，他人馬休騎”[3]。

【六煞】 不騎啊，西棚下涼處拴，騎時節揀地皮平處騎，將青青嫩草頻頻的喂。歇時節肚帶鬆鬆放，怕坐的困尻包兒款款移[4]。勤覷着鞍和轡，牢踏着寶鐙，前口兒休提。

【五煞】 飢時節喂些草，渴時節飲些水，著皮膚休使氈氈屈[5]。

三山骨休使鞭來打[6],磚瓦上休教穩着蹄。有口話你明明的記:
飽時休走,飲了休馳。

【四煞】 抛糞時教乾處抛,尿綽時教净處尿,拴時節揀個牢固椿
橛上繫。路途上休要踏磚塊,過水處不教踐起泥。這馬知人義,
似雲長赤兔,如益德烏騅[7]。

【三煞】 有汗時休去簷下拴,渲時休教侵著顋[8],軟煮料草鍘底
細[9]。上坡時款把身來聳,下坡時休叫走得疾。休道人忒寒
碎[10];休教鞭颩著馬眼[11],休教鞭擦損毛衣。

【二煞】 不借時惡了弟兄,不借時反了面皮。馬兒行囑付叮嚀
記:鞍心馬戶將伊打,刷子去刀莫作疑[12]。則嘆的一聲長吁氣。
哀哀怨怨,切切悲悲。

【一煞】 早晨間借與他,日平西盼望你,倚門專等來家內。柔腸
寸寸因他斷,側耳頻頻聽你嘶。道一聲好去,早兩淚雙垂。

【尾】 沒道理,沒道理;忒下的[13],忒下的。恰纔説來的話君專
記:一口氣不違借與了你。

隋樹森編《全元散曲》

【註釋】

[1] 蒲梢,古大宛名馬。見《史記·樂書》。

[2] 氣命兒般,性命似的。

[3] 他人弓莫挽二句:當時的成語。

[4] 尻(kāo)包兒,指騎馬人的屁股。

[5] 著皮膚休使麄氊屈,意謂馬鞍下着皮膚的粗氊要疊放平。麄,同粗,此
　　　"麄"字常誤作"塵",茲從瞿氏鐵琴銅劍樓藏明刊《太平樂府》本。

[6] 三山骨,指馬後股上的骨骼。

[7] 似雲長赤兔二句:傳説,三國時,關羽所乘之馬名赤兔,張飛坐騎名曰
　　　烏騅,皆良馬。

[8] 渲,此處指替馬洗刷。顡,指雄性生殖器。

[9] 鍘(zhá札),切草刀,亦可解爲切草。

[10] 寒碎,寒酸、瑣碎。

[11] 颩(diū丟),揮擊。

[12] 馬户,"驢"之拆字;刷子去刀,即"吊"字。"驢吊"係罵人的話。

[13] 忒下的,下手太狠之意。

張養浩散曲

張養浩,字希孟,號雲莊,濟南(今山東省濟南市)人。生於公元一二六九年(元世祖至元六年),卒於公元一三二九年(元文宗天曆二年)。《元史》有傳。元武宗至大年間,曾拜監察御史,上疏論時政,爲權要所忌,當即罷官。仁宗即位,召爲右司都事,官至禮部尚書、參議中書省事。著有《雲莊休居自適小樂府》一卷。《全元散曲》輯錄其套數二篇,小令一百六十一首。張氏於宦途幾經風險,又能關心時政,故所作雖以"休居自適"爲題,仍不能忘懷現實,對當時社會的黑暗也能有所揭露。

朱履曲
警　世

【解題】　這支曲子是寫他自己在元蒙時代做官的痛苦體驗。由於統治者喜怒無常,人們隨時可能遭到殺身之禍,作品中反映了作者對命運的擔憂。

繞上馬齊聲兒喝道[1]。只這的便是送了人的根苗[2],直引到深坑裏恰心焦。禍來也何處躲? 天怒也怎生饒[3]! 把舊來時威風不見了。

隋樹森編《全元散曲》

【註釋】

[1] 喝道,封建時代高級官員出行時,前導吏役呵喝,以禁止行人,令其迴避,謂之喝道。韓愈詩:"不覺中丞喝道來。"《古今註》云:"兩漢京兆河南尹及執金吾司隸校尉,皆使人導引傳呼,使行者止、坐者起。"即喝道也。

〔2〕的，猶"確"。的便是，即"確便是"、"確是"。

〔3〕怎生，此處作"怎樣"。

山 坡 羊
潼 關 懷 古

【解題】　此係張養浩散曲中的代表作，從表面看，似乎是喟嘆歷代王朝的興亡，實際上卻是哀痛勞動人民在封建統治下以及在動亂中所蒙受的蹂躪之苦，一針見血地點出了封建政治與人民的對立。作品用字警闢，造意深遠，爲元散曲中所少見。

峰巒如聚，波濤如怒，山河表裏潼關路[1]。望西都[2]，意躊躕[3]。傷心秦漢經行處[4]，宮闕萬間都做了土[5]。興，百姓苦；亡，百姓苦。

隋樹森編《全元散曲》

【註釋】

〔1〕山河表裏，指潼關一帶地勢險要，外有黄河，内有華山，是爲表裏。潼關，關名，後漢建安中建，在今陝西省潼關縣北，歷代皆爲軍事要地。

〔2〕西都，指長安。

〔3〕躊躕，原指猶豫不決、徘徊不前；此處表示思潮起伏，陷入沉思。

〔4〕傷心句：謂經過秦漢故地，内心傷感。

〔5〕宮闕，宮，宮殿；闕，皇宮前的望樓。

睢景臣散曲

睢景臣，一作舜臣，字景賢，揚州(今江蘇省揚州市)人，生卒年不詳。據鍾嗣成《録鬼簿》記述：“大德七年，公自維揚來杭州，余與之識。自幼讀書，以水沃面，雙眸紅赤，不能遠視。心性聰明，酷嗜音律。”撰有雜劇《屈原投江》等三種，均不傳。後人輯有《睢景臣詞》。這裏所選《般涉調‧哨遍‧高祖還鄉》是他的代表作，收在《朝野新聲太平樂府》中。《録鬼簿》提到：“維揚諸公俱作《高祖還鄉》套數，唯公《哨遍》製作新奇，皆出其下。”足見他是很符時望的。

般涉調‧哨遍
高 祖 還 鄉

【解題】 這篇套曲,描寫了漢高祖劉邦衣錦還鄉的歷史畫面,和正史中的記載及一般文人謳歌的角度相反,作者巧妙地借助於曲中一個熟悉劉邦的鄉民的口吻,歷述了迎駕時的見聞和感嘆,生動地勾畫了那個流氓無賴發跡變泰後的傲慢神情,並以辛辣的語言,剝露了劉邦微賤時期的醜惡行徑,從而揭穿了袞袞華服下的封建帝王的本來面目。由於作者立意用散曲諷刺封建統治者,散曲的戰鬥作用得到了發揮。這篇套曲,一向被公認為元代散曲最有價值的代表作之一。作品形象鮮明、情節生動,很像一幕諷刺喜劇。

社長排門告示[1]，但有的差使無推故[2]。這差使不尋俗[3]，一壁廂納草也根[4]，一邊又要差夫，索應付。又言是車駕，都説是鑾輿，今日還鄉故。王鄉老執定瓦臺盤[5]，趙忙郎抱着酒胡蘆[6]。新刷來的頭巾，恰糨來的綢衫[7]，暢好是粧麼大户[8]。
【耍孩兒】 瞎王留引定火喬男女[9]，胡踢蹬吹笛擂鼓[10]。見一彪人馬到莊門[11]，匹頭裏幾面旗舒[12]：一面旗白胡闌套住個迎霜兔[13]，一面旗紅曲連打着個畢月烏[14]，一面旗雞學舞[15]，一面旗狗生雙翅[16]，一面旗蛇纏胡盧[17]。

【五煞】　紅漆了叉，銀錚了斧[18]。甜瓜苦瓜黃金鍍[19]。明晃晃馬鐙鎗尖上挑[20]，白雪雪鵝毛扇上鋪。這幾個喬人物，拿着些不曾見的器仗，穿着些大作怪衣服。

【四】　轅條上都是馬，套頂上不見驢。黃羅傘柄天生曲[21]。車前八個天曹判[22]，車後若干遞送夫。更幾個多嬌女[23]，一般穿着，一樣粧梳。

【三】　那大漢下的車，眾人施禮數。那大漢覷得人如無物。眾鄉老展脚舒腰拜，那大漢挪身着手扶。猛可裏擡頭覷[24]。覷多時認得，險氣破我胸脯[25]！

【二】　你須身姓劉，您妻須姓呂。把你兩家兒根脚從頭數。你本身做亭長耽幾盞酒[26]，你丈人教村學讀幾卷書。曾在俺莊東住。也曾與我餵牛切草，拽垻扶鋤[27]。

【一】　春採了桑，冬借了俺粟。零支了米麥無重數。換田契強秤了麻三秤[28]，還酒債偷量了豆幾斛[29]？有甚胡突處[29]？明標着册歷[30]，見放着文書。

【尾】　少我的錢，差發內旋撥還[31]；欠我的粟，稅糧中私准除[32]。只道劉三[33]，誰肯把你揪摔住[34]，白甚麼改了姓、更了名唤做漢高祖[35]！

隋樹森編《全元散曲》

【註釋】

[１] 社，古時地方的基層單位，或謂二十五家爲一社。社長，猶村長之類。排門告示，即挨戶通知。

[２] 但有的差使無推故，謂任何差使均不得藉故推託。

[３] 不尋俗，不尋常。

〔4〕一壁廂，一邊。納草也根，供給馬飼料。也，襯字，無義。

〔5〕鄉老，鄉里較有地位的頭面人物。

〔6〕忙郎，農民的通稱。

〔7〕糨，用米汁給洗净的衣服上漿。

〔8〕暢好是，正好是。粧麼大戶，裝充有身份的闊人。

〔9〕王留，雜劇中對一般農民的通稱。火，一伙。喬，裝模作樣，亦含丑、賤之意。

〔10〕胡踢蹬，胡亂。踢蹬，語助詞，用以加強語氣。

〔11〕一彪，一隊。周密《癸辛雜識》別集下"一彪"條："虜中謂一聚馬爲彪，或三百疋，或五百疋。"

〔12〕匹頭裏，同"劈頭裏"，猶當頭。舒，飄展。

〔13〕白胡闌套住個迎霜兔，指月旗。胡闌，"環"的複音，即圓圈。套住，在月形圈中畫白兔。古代神話謂月中有玉兔。

〔14〕紅曲連打着個畢月烏，指日旗。曲連，"圈"的複音。紅圈，日之形狀。畢月烏，傳説云日中有三足金烏。古代星曆家以七曜配二十八宿，又以各種烏獸配二十八宿，如"昴日雞"、"畢月烏"等。這裏"畢月烏"即指烏。

〔15〕雞學舞，指鳳旗。

〔16〕狗生雙翅，指飛虎旗。

〔17〕蛇纏葫蘆，指龍戲珠旗。以上五旗，均借鄉民口吻加以諷刺，用譏帝王舖張闊綽的排場。

〔18〕銀錚，鍍銀。

〔19〕甜瓜苦瓜黄金鍍，指臥瓜、立瓜等金瓜錘，儀仗器械。

〔20〕明晃晃馬鐙，即朝天鐙，儀仗器物。

〔21〕黄羅傘柄天生曲，即帝王儀仗中所用"曲蓋"。

〔22〕天曹判，天上的判官。此處喻威風凜凜的侍從人員。

〔23〕多嬌女，指宫娥。

〔24〕猛可裏，忽然間。

〔25〕險，原作"嵓"，義同。

〔26〕亭長，劉邦曾作泗上亭長。秦制，十里爲亭，十亭爲鄉。

[27] 拽埧(jù具),鄉間以兩牛並耕爲一埧,字亦作具。拉犁耙耕之意。

[28] 麻三秤,麻三十斤。鄉間以十斤爲一秤。

[29] 胡突,糊塗。

[30] 册曆,帳簿。

[31] 差發,當官差,不願應役者,可出錢雇人代替。旋,馬上、立刻。

[32] 私准除,暗地扣除。

[33] 劉三,劉邦排行不詳,此當因其兄字仲,故稱。或爲表此村民向與劉邦諗熟。

[34] 揪摔,抓。

[35] 白甚麼,作平白無故地爲甚麼解。用於此處,係質問劉邦爲甚改名漢高祖,亦嘲諷之意。

喬吉散曲

喬吉，一作喬吉甫，字夢符，號笙鶴翁、惺惺道人，太原（今山西省太原市）人。一般推斷他生於公元一二八○年（元世祖至元十七年），卒於公元一三四五年（元順帝至正五年）。《錄鬼簿》稱他"美容儀，能詞章。以威嚴自飭，人敬畏之。居杭州太乙宮前。有題西湖《梧葉兒》百篇，名公爲之序。江湖間四十年，欲刊所作，竟無成事者。至正五年，病卒於家"。曾撰雜劇十餘種，今存《兩世姻緣》等三種。喬吉是元代曲壇後期的代表人物，與張可久齊名，存小令二百零九首，套數十一套。作品内容因一生潦倒而多表現消極厭世的思想，但也多少流露出對現實的不滿情緒。在藝術風格上，他的作品清麗而質樸，雅俗兼備，不像張可久那樣過分追求文字技巧、偏重典雅。

水仙子

尋梅

【解題】 這支散曲，景中寓情，表面上是描寫梅花，實際上卻處處微露自己的失意心情。曲中運用白話，自然而精巧，是其所長。

冬前冬後幾村莊，溪北溪南兩履霜。樹頭樹底孤山上[1]。冷風來何處香？忽相逢縞袂綃裳[2]。酒醒寒驚夢，笛淒春斷腸。淡月昏黄。

隋樹森編《全元散曲》

【註釋】

[1] 孤山，此指杭州西湖之孤山，位處裏外二湖之間，又名瀛嶼，宋林逋隱居於此山北麓，舊時多梅花。

[2] 縞，白色的絹。綃，生絲織成的薄綢。此處言"縞袂綃裳"，係將梅花擬

作白衣仙女。

折 桂 令
荆 溪 即 事

【解題】 此曲寫景色之荒涼，實有指桑罵槐之意，宣洩作者對現實的不滿。

問荆溪溪上人家[1]：爲甚人家，不種梅花？老樹支門，荒蒲繞岸，苦竹圈笆。寺無僧狐狸樣瓦[2]，官無事烏鼠當衙。白水黃沙，倚徧闌干，數盡啼鴉。

隋樹森編《全元散曲》

【註釋】

[1] 荆溪，在今江蘇省宜興縣南。

[2] 寺無僧，一本作"廟不靈"。樣，應作"漾"，抛、弄之意。

張可久散曲

　　張可久,字小山,慶元路(治所在今浙江省寧波市)人。生卒年不詳,至正初已七十多歲,至正八年尚在。曾以路吏轉首領官,爲桐廬典史,暮年久居西湖。一生懷才不遇,故放情山水,多抑鬱之詞。他是元代後期著名的散曲作家,留存小令八百五十五支,套數九篇,作品數量爲元人之冠。他的創作題材,範圍較廣,然多寫景、言情、談禪、詠物、贈答之類,反映現實生活的不多。在表現方法上,比較注重格律形式的工整,多採詩詞句法入曲,故風格雖典雅蘊藉,卻失去了前期散曲清新、自然的本色。

金 字 經
春　晚

　　【解題】　這支小令,寫春歸引起的感傷,於寥寥數語中表白了心境的淒涼與對遠方情人的懷念,感情纖細,表現手法上頗近北宋的"小詞"。

　　惜花人何處,落紅春又殘[1]。倚遍危樓十二闌,彈,淚痕羅袖斑。江南岸,夕陽山外山。

隋樹森編《全元散曲》

【註釋】

[1]落紅,指凋謝的花朵。

劉致散曲

劉致,字時中,號逋齋,洪都(今江西省南昌市)人,一說石州寧鄉人。生於十三世紀末,卒年不詳。曾任永新州判、翰林待制及浙江行省都事等官職。在元代的散曲家中,劉致敢於直接以創作評議當時的現實政治,一掃曲壇吟風弄月、離愁別恨的舊習,擴大了散曲的表現範圍,所以能成爲最有成就的作家。代表作爲兩套《端正好·上高監司》。

端 正 好
上高監司(前套)

【解題】 劉致的《端正好·上高監司》共分兩套。前套由十五支曲子組成,沉痛地敍述了飢民在天災人禍的雙重迫害下,挣扎於死亡邊緣的悲慘情況,並以極大的憤慨揭示了當時貧富懸殊的階級矛盾。後套長達三十四曲,爲元曲之冠,揭露了江西鈔法的種種積弊,指責了貪官與奸商勾結,盤剝人民的不法罪行,並提出了改革的辦法。作者對人民的苦難,雖則寄予一定的同情,但對農民起義卻又採取了仇視的態度,這是由於階級局限所致。作品語言雖較樸實,卻存在平淡、粗糙的缺陷。

衆生靈遭磨障,正值着時歲飢荒。謝恩光[1],拯濟皆無恙,編做本詞兒唱。
【滾繡球】 去年時正插秧,天反常,那裏取若時雨降,旱魃生四野災傷[2]。穀不登,麥不長,因此萬民失望。一日日物價高漲,十分料鈔加三倒[3],一斗粗糧折四量[4],煞是凄涼。
【倘秀才】 殷實戶欺心不良,停塌戶瞞天不當[5]。吞象心腸歹伎倆[6]。穀中添粃屑,米内插粗糠,怎指望他兒孫久長。
【滾繡球】 甑生塵[7],老弱飢,米如珠,少壯荒。有金銀那裏每典當[8]？盡柺腹高臥斜陽[9]。剝榆樹餐，挑野菜嘗，喫黃不老勝如熊掌[10]，蕨根粉以代餱糧。鵝腸苦菜連根煮，荻筍蘆蒿帶葉哇[11]，則留下杷柳株樟。

【倘秀才】　或是搥麻柘稠調豆漿，或是煮麥麩稀和細糠，他每早合掌擎拳謝上蒼。一個個黃如經紙，一個個瘦似犲狼，填街臥巷。

【滾繡球】　偷宰了些闊角牛，盜斫了些大葉桑。遭時疫無棺活葬，賤賣了些家業田莊。嫡親兒共女，等閑參與商[12]，痛分離是何情況？乳哺兒沒人要，撇入長江。那裏取厨中剩飯盃中酒，看了些河裏孩兒岸上娘，不由我不哽咽悲傷。

【倘秀才】　私牙子船灣外港[13]行過河中宵月朗，則發跡了些無徒米麥行[14]。牙錢加倍解[15]，賣麵處兩般裝，昏鈔早先除了四兩[16]。

【滾繡球】　江鄉相，有義倉，積年係稅户掌。借貸數補答得十分停當，都侵用過將官府行唐[17]。那近日勸糶到江鄉，按户口給月糧。富户都用錢買放，無實惠盡是虛椿。充饑畫餅誠堪笑，印信憑由卻是謊[18]。快活了些社長知房[19]。

【伴讀書】　磨滅盡諸豪壯，斷送了些閑浮浪。抱子携男扶節杖，尪羸傴僂如蝦樣[20]。一絲好氣沿途創，閣淚汪汪。

【貨郎兒】　見餓莩成行街上[21]，乞出攔門鬪搶。便財主每也懷金鵠立待其亡[22]。感謝這監司主張，似汲黯開倉[23]。披星帶月熱中腸，濟與糶親臨發放，見孤孀疾病無販向，差醫煮粥分厢巷。更把贓輸錢分例米，多般兒區處的最優長。衆饑民共仰，似枯木逢春，萌芽再長。

【叨叨令】　有錢的販米穀、置田莊、添生放[24]，無錢的少過活、分骨肉、無承望；有錢的納寵妾、買人口、偏興旺，無錢的受饑餒、填溝壑、遭災障。小民好苦也麼哥！小民好苦也麼哥！便秋收鬻妻賣子家私喪。

【三煞】　這相公愛民憂國無偏黨[25]，發政施仁有激昂。恤老憐貧，視民如子，起死回生，扶弱摧強。萬萬人感恩知德，刻骨銘心，恨不得展草垂韁[26]。覆盆之下[27]，同受太陽光。

【二煞】　天生社稷真卿相，才稱朝廷作棟梁。這相公主見宏深，秉心仁恕，治政公平，蒞事慈祥。可與蕭曹比並，伊傅齊肩，周召班行[28]。紫泥宣詔[29]，花襯馬蹄忙。

【一煞】　願得早居玉筍朝班上[30]，佇看金甌姓字香[31]。入闕朝京，攀龍附鳳；和鼎調羹[32]，論道興邦。受用取貂蟬濟楚[33]。袞繡崢嶸[34]，珂珮丁當[35]。普天下萬民樂業，都知是前任繡衣郎[36]。

【尾聲】　相門出相前人獎[37]，官上加官後代昌。活被生靈恩不忘，粒我烝民德怎償[38]。父老兒童細較量，樵叟漁夫曹論講，共說東湖柳岸旁[39]，那裏清幽更舒暢，靠着雲卿蘇圃場[40]，與徐孺子流芳挹清況[41]。蓋一座祠堂人供養，立一統碑碣字數行，將德政因由都載上，使萬萬代官民見時節想。

隋樹森編《全元散曲》

【註釋】

［1］恩光，同"恩德"。此處用指高監司賑災。

［2］旱魃（bá 拔），旱神，一名旱母。《神異經》："魃所見之國大旱，赤地千里。"

［3］料鈔，元朝初年新發行的鈔票，以絲料作本，故名"料鈔"。加三倒，指鈔票貶值，舊鈔掉換新鈔時，需貼加三成。倒，掉換。

［4］折四量，由於鈔票貶值，買糧時只能打個四折。

［5］停塌，元時有"塌倉"，即堆棧。停塌戶，指囤糧戶。

［6］吞象心腸，謂貪心不足。諺語云：人心不足蛇吞象。

［7］甑(zèng 贈)，古代蒸食炊器。

［8］那裏每，猶“哪裏去”。

［9］枵(xiāo 肖)腹，因飢餓空着肚子。

［10］黃不老，野菜名。下文中“蕨”和“鵝腸苦菜”亦野生植物。

［11］咥，同“嚏”，吞咽。

［12］參與商，均星名。參星居西，商星居東，此出彼入，不能相見。此處喻骨肉分離。

［13］私牙子，私商。

［14］無徒，無賴之徒。

［15］牙錢，佣錢，經紀商人賴取牙錢過活。

［16］昏鈔，指破爛的紙幣。

［17］行唐，蒙蔽、怠慢、搪塞之意。

［18］憑由，單據。

［19］知房，舊時縣衙門，公事料理劃歸吏、戶、禮、兵、刑、工六房。此指各房管事的書辦。

［20］尫(wāng 汪)羸(léi 雷)，瘦弱。尫，同“尪”。

［21］餓莩(piǎo 漂)，餓死的人。

［22］鵠立，延頸跂望地站着。

［23］汲黯，漢之直臣，武帝時爲東海太守，有治績，召爲九卿。《史記‧汲黯傳》説他因公路過河南，時河南水旱成災，民不聊生；黯乃發河南倉粟，賑濟災民。

［24］生放，放債生利。

［25］無偏黨，不偏袒任何人。

［26］展草垂韁，均述家畜救主故事。展草，三國時李信純寵一愛犬黑龍，某日，李適醉臥草地，值草地起火。黑龍往返水池，以其皮毛沾水以浸草地，隔斷火路，竟致力盡而死。垂韁，前秦苻堅被慕容沖追逐，自馬上跌落水中，其馬跪前足，使得援韁繩登岸逃走。元孟漢卿《張孔目智勘魔合羅》雜劇第四折賓白有“想當日狗有展草之恩，馬有垂韁之報，禽獸尚然如此，何況你乎！”此處謂恨不能變犬馬以報答恩德。

［27］覆盆，見《竇娥冤》第二折註［57］。

[28] 可與蕭曹三句：蕭、曹、伊、傅、周、召均古之賢相：蕭何、曹參相漢高祖；伊尹相湯；傅説相殷高宗；周公旦、召公奭相周成王。

[29] 紫泥宣詔，古代書緘均用泥封加印，皇帝詔書用紫泥。

[30] 玉笋朝班上，笋多冒出，此猶云班行中出類拔萃之輩。唐蔣凝美風標，當時稱爲玉笋班，見《山堂肆考》。

[31] 金甌姓字香，指高監司升任中書省相職。《新唐書·崔琳傳》記唐玄宗“每命相，皆先書其名。一日，書琳等名，覆以金甌”。

[32] 和鼎調羹，言宰相處理政事，猶廚師在炊具中烹調食物，咸得其宜。

[33] 貂蟬濟楚，貂蟬，漢侍中之冠也，以貂尾爲飾；濟楚，整齊貌。此處作加官晉爵解。

[34] 衮，古天子與上公所服之捲龍衣。

[35] 珂珮，飾物。珂，馬勒上的貝飾。珮，珮玉。

[36] 繡衣郎，《漢書·百官公卿表》：“侍御史有繡衣直指，出討奸猾，治大獄。”此處指提刑按察司。

[37] 相門出相，《史記·孟嘗君列傳》：“臣聞將門必有將，相門必有相。”

[38] 粒，動詞。烝民，衆民。此句意謂使我人民有飯喫。

[39] 東湖，湖名，在今江西省南昌市東南。

[40] 雲卿蘇圃場，蘇雲卿，廣漢人。《宋史·隱逸下·蘇雲卿傳》：“紹興間，來豫章東湖，結廬獨居……披荆畚礫爲圃，藝植耘芟，灌溉培壅，皆有法度。”

[41] 徐孺子，後漢南昌人，名徐穉，爲時所重。家貧不應徵辟，世稱南州高士。

無名氏散曲

醉太平[1]

【解題】 這支小令用明快的語言寫出元蒙統治下的整個社會面貌,以及人民爲了生存,英勇地拿起武器進行革命鬥爭的原因。"哀哉可憐"一語,不是同情的聲音,而是諷刺這個充滿着罪惡的社會。

堂堂大元,奸佞專權,開河變鈔禍根源[2],惹紅巾萬千[3]。官法濫,刑法重,黎民怨。人喫人,鈔買鈔,何曾見;賊做官,官做賊,混愚賢,哀哉可憐!

影元刊本《輟耕錄》卷二十三

【註釋】

[1]《輟耕錄》云:"〔醉太平〕一闋,不知誰所造。自京師以至江南,人人能道之。古人多取里巷之歌謠者,以其有關於世教也。今此數語,切中時病,故錄之以俟採民風者焉。"

[2] 開河,指元末順帝至正十一年(一三五一),元蒙徵發民夫十五萬,戍軍二萬,派賈魯主持治河,並以重兵監視。紅巾軍首領韓山童、劉福通以白蓮教爲掩護,派遣會衆參加治河,策動起義。變鈔,指變換名目,濫發紙幣。

[3] 紅巾萬千,劉福通等在永年(今河北省永定縣)初起時僅三千人,推韓山童爲小明王,失敗後,劉福通回家鄉潁州(今安徽省阜陽縣)重新組織義軍,短期内迅速發展到十餘萬衆。

明 代 部 分

一、詩　歌

高　啓　詩

　　高啓,字季迪,長洲(今江蘇省蘇州市)人。生於公元一三三六年(元順帝至元二年),卒於公元一三七四年(明太祖洪武七年)。張士誠據蘇州,高啓寄居外家,住在吳淞江之青邱,因自號青邱子。洪武初,召修元史,授翰林院國史編修。擢户部右侍郎,不受。因曾經賦詩有所諷刺,太祖很不滿於他。罷官後,隱居青邱,以教讀爲生。知府魏觀爲移其家於郡中,朝夕相見。魏觀因爲改修府治得罪。太祖見高啓爲魏觀所作上梁文,大怒,把他腰斬於市。高啓詩文皆工,尤長於詩,兼師衆長,而自具性靈,清新俊逸,但死得太早,未能盡其所長,對後來的影響不大。有《高太史大全集》。

牧　牛　詞

　　【解題】 詩用樂府的形式寫出人牛相得之樂,而以結句轉出本意:這一種天真淳樸的農村生活是不可能長久保持的。

　　爾牛角彎環,我牛尾禿速[1],共拈短笛與長鞭,南隴東岡去相逐。日斜草遠牛行遲,牛勞牛飢惟我知。牛上唱歌牛下坐,夜歸還向牛邊臥。長年牧牛百不憂,但恐輸租賣我牛[2]!

四部叢刊本《高太史大全集》卷二

［1］禿速，或作“禿簌”，凋疏貌。牛尾細而毛少，故云。

［2］輸租，交租。

明皇秉燭夜遊圖

【解題】 這是一首題畫的詩，極意描寫唐明皇沉酣酒色，忘懷國事，終於釀成安史之亂。

花萼樓頭日初墮[1]，紫衣催上宮門鎖[2]。大家今夕燕西園[3]，高爇銀盤百枝火[4]。海棠欲睡不得成，紅妝照見殊分明[5]。滿庭紫焰作春霧，不知有月空中行。新譜霓裳試初按[6]，內使頻呼燒燭換[7]。知更宮女報銅籤[8]，歌舞休催夜方半。共言醉飲終此宵，明日且免羣臣朝。只憂風露漸欲冷，妃子衣薄愁成嬌。琵琶羯鼓相追續[9]，白日君心歡不足。此時何暇化光明，去照逃亡小家屋[10]！姑蘇臺上長夜歌[11]，江都宮裏飛螢多[12]，一般行樂未知極，烽火忽至將如何！可憐蜀道歸來客[13]，南內淒涼頭盡白[14]。孤燈不照返魂人，梧桐夜雨秋蕭瑟[15]。

四部叢刊本《高太史大全集》卷八

【註釋】

［1］花萼樓，《新唐書·讓皇帝憲傳》：“及先天後，盡以隆慶舊邸爲興慶宮，……天子於宮西、南置樓，其西署曰花萼相輝之樓，南曰勤政務本之樓。帝時時登之。聞諸王作樂，必亟召升樓，與同榻坐。”

［2］紫衣，《新唐書·車服志》：“以紫爲三品之服。”《宦者傳序》：“開元天寶中，宦官黃衣以上三千具，衣朱紫千餘人。”元薩都剌《宮詞》：“夜半宮車出建章，紫衣小隊兩三行。”紫衣蓋宮監之貴者。

［3］大家，蔡邕《獨斷》：“親近侍從官稱〔天子〕曰大家。”

［4］爇(rè 熱)，燒。

［5］海棠二句：《冷齋夜話》引《楊妃外傳》：“明皇登沉香亭，詔妃子，妃子時卯酒未醒。命力士從侍兒扶掖而至。妃子醉韻殘妝，釵亂鬢亂，不能再拜。明皇笑曰：‘是豈妃子醉耶？海棠睡未足耳。’”

［6］霓裳，《太真外傳》：“《霓裳羽衣曲》者，是玄宗登三鄉驛望女几山所作也。故劉禹錫詩有云：‘伏覩玄宗皇帝望女几山詩，小臣斐然有感：開元天子萬事足，惟惜當時光景促，三鄉驛上望仙山，歸作《霓裳羽衣曲》。仙心從此在瑤池，三清八景相追隨，天上忽乘白雲去，世間空有《秋風詞》。’又《逸史》云：‘羅公遠天寶初侍玄宗八月十五日夜宮中玩月，曰：“陛下能從臣月中遊乎？”乃取一枝桂，向空擲之，化爲一橋，其色如銀。請上同登。約行數十里，遂至大城闕。公遠曰：“此月宮也。”有仙女數百，素練寬衣，舞於廣庭。上前問曰：“此何曲也？”曰：“《霓裳羽衣》也。”上密記其聲調。遂回橋，卻顧，隨步而滅。且諭伶官，象其聲調，作《霓裳羽衣曲》。’以二説不同，乃備録於此。”

［7］內使，宮內供使令的人。

［8］知更句：《陳書·世祖紀》：“每雞人伺漏，傳更籤於殿中。乃敕送者必投籤於階石之上，令鏘然有聲云。”知更宮女是管報告更漏的宮女。

［9］琵琶羯鼓句：《太真外傳》：“上嘗夢十仙子，乃製《紫雲迴》。並夢龍女，又製《凌波曲》。二曲既成，遂賜宜春院及梨園弟子並諸王。時新豐初進女伶謝阿蠻，善舞。上與妃子鍾念，因而授焉。就按於清元小殿，寧王吹玉笛，上羯鼓，妃琵琶，馬仙期方響，李龜年觱篥，張野狐箜篌，賀懷智拍，自旦至午，歡洽異常。”羯鼓，本龜兹、高昌、疏勒、天竺部之樂器。狀如漆桶，下承以牙牀，以兩杖擊之。

［10］此時二句：聶夷中《詠田家》詩：“我願君王心，化作光明燭。不照綺羅筵，只照逃亡屋！”作者反用聶詩，説唐明皇這時候一心在追歡取樂，哪有工夫想到老百姓呢？

［11］姑蘇臺，《述異記》：“吳王夫差築姑蘇之臺，三年乃成。周旋詰曲，橫亘五里。崇飾土木，殫耗人力。宮妓千人。上別立春宵宮，爲長夜

之飲。”

[12] 江都句:《隋書·煬帝紀》:“上於景華宮徵求螢火,得數斛。夜出遊山放之,光徧巖谷。”按此事在大業十二年五月,是年七月始幸江都宮。但唐宋詩人多以放螢爲江都事。《唐詩鼓吹》李商隱《隋宮》詩註引《廣陵志》:“揚州有煬帝放螢苑。”

[13] 蜀道歸來,肅宗至德二年九月,收復西京,十一月,明皇自成都還。

[14] 南內,指興慶宮,以其在蓬萊宮之南,故名。明皇自蜀歸,居於此。

[15] 孤燈二句:返魂人,指楊妃。用白居易《長恨歌》“夕殿螢飛思悄然,孤燈挑盡未成眠”及“臨邛道士鴻都客,能以精誠致魂魄”事。梧桐夜雨,亦用白詩“芙蓉如面柳如眉,對此如何不淚垂!春風桃李花開日,秋雨梧桐葉落時”。

登金陵雨花臺望大江

【解題】 此詩首段寫景;中間懷古,當南北分裂時,割據東南者皆以金陵形勝之地,建都於此,恃長江天塹以爲固,往往不旋踵而覆亡;最後以明太祖統一南北,四海一家,不必再以長江爲天塹作結,語似頌揚,其實正是譏刺建都金陵之非。

大江來從萬山中,山勢盡與江流東。鍾山如龍獨西上,欲破巨浪乘長風[1]。江山相雄不相讓,形勢爭誇天下壯。秦皇空此瘞黃金,佳氣蔥蔥至今王[2]。我懷鬱塞何由開?酒酣走上城南臺[3]。坐覺蒼茫萬古意,遠自荒煙落日之中來!石頭城下濤聲怒[4],武騎千羣誰敢渡?黃旗入洛竟何祥[5]?鐵鎖橫江未爲固[6]。前三國,後六朝[7],草生宮闕何蕭蕭!英雄乘時務割據,幾度戰血流寒潮。我今幸逢聖人起南國[8],禍亂初平事休息。從今四海永爲家[9],不用長江限南北。

【註釋】

[1] 鍾山二句：鍾山，一名紫金山，在今江蘇省南京市中山門外。詩言沿江山勢，都是向東的，獨鍾山由東向西，似與江流相對抗。破巨浪乘長風，借用《南史·宗愨傳》"願乘長風破萬里浪"語。

[2] 秦皇二句：《太平御覽》卷一百七十引《金陵圖》云："昔楚威王見此有王氣，因埋金以鎮之，故曰金陵。秦併天下，望氣者言江東有天子氣，鑿地斷連岡，因改金陵爲秣陵。"據此，埋金以鎮壓王氣者，乃楚王，非秦皇。又《丹陽記》："秦始皇埋金玉雜寶以厭天子氣，故曰金陵。"與《金陵圖》所云不同。《後漢書·光武帝紀論》："後望氣者蘇伯阿爲王莽使至南陽，遙望見春陵郭，唶曰：'氣佳哉！鬱鬱蔥蔥然！'"這兩句説，金陵形勝之地，秦皇雖然想用鎮壓之法以破其地氣，而龍蟠虎踞，至今猶是佳氣蔥蔥，王者所宅。王讀作旺。

[3] 城南臺，指雨花臺。在今南京市南聚寶山上。相傳梁武帝時雲光法師講經於此。凡講經，天雨花如雪片，故名。地據岡阜最高處，遙望大江，俯瞰城市，歷歷在目。

[4] 石頭城，故址在今南京市清涼山。本楚金陵城，孫權重築改名。六朝時，江流迫近山麓，城負山面江，南臨秦淮河口，當交通要衝。

[5] 黃旗入洛，《三國志·吳志·孫皓傳》註引《江表傳》曰："初丹陽刁玄使蜀，得司馬徽與劉廙論運命歷數事。玄詐增其文，以誑國人曰：'黃旗紫蓋，見於東南，終有天下者，荊揚之君乎？'又得中國降人，言壽春下有童謠曰：'吳天子當上。'皓聞之，喜曰：'此天命也。'既載其母、妻子及後宮數千人，從牛渚陸道西上，云青蓋入洛陽，以順天命。行遇大雪，道塗陷壞，兵士被甲持仗，百人共引一車，寒凍殆死。兵人不堪，皆曰：'若遇敵，便當倒戈耳。'皓聞之，乃還。"祥，吉凶的先兆。孫皓以爲青蓋入洛是吳滅晉之兆，而其後皓降晉，舉家西遷入洛，故云"竟何祥"也。

[6] 鐵鎖橫江，《晉書·王濬傳》："吳人於江險磧要害之處，並以鐵鎖橫截之。又作鐵錐長丈餘，暗置江中，以逆距船。先是羊祜獲吳間諜，具知情狀。濬乃作大筏數十，亦方百餘步，縛草爲人，被甲持杖。令善水者

以筏先行。筏遇鐵錐，錐輒箸筏去。又作火炬，長十餘丈，大數十圍，灌以麻油，在船前。遇鎖，然炬燒之，須臾，融液斷絶。"

[7] 六朝，吴、東晋、宋、齊、梁、陳皆都於建業，稱爲六朝。詩中和三國對舉，三國專指吴，六朝專指南北朝之南朝。

[8] 聖人起南國，朱元璋，鍾離(今安徽省鳳陽縣東)人，從郭子興起兵於濠州，故云。

[9] 從今四海永爲家，用劉禹錫《西塞山懷古》語："從今四海爲家日，故壘蕭蕭蘆荻秋。"

于 謙 詩

于謙,字廷益,錢塘(今浙江省杭州市)人。生於公元一三九八年(明太祖洪武三十一年),卒於公元一四五七年(明英宗天順元年)。永樂進士,官至兵部尚書。瓦剌(蒙古一部落)入侵,英宗被俘,他擁立景帝,反對南遷,並親自督戰,擊敗瓦剌軍,使當時局勢轉危爲安。英宗復位後,他以"謀逆罪"被誣殺。萬曆間昭雪,謚忠肅。其詩作多愛國憂民和表述自己的堅貞情操。遺著有《于肅愍公集》。

詠 煤 炭

【解題】 這首詩借物詠志。詩中句句贊頌煤炭,實際是句句抒寫自己爲國家鞠躬盡瘁、死而後已的懷抱。

鑿開混沌得烏金[1],藏蓄陽和意最深[2]。爝火燃回春浩浩[3],洪爐照破夜沉沉。鼎彝元賴生成力[4],鐵石猶存死後心[5]。但願蒼生俱飽暖,不辭辛苦出山林。

《于肅愍公集》

【註釋】

[1]混沌,古代傳説,天地未分之前,"混沌如一雞子"。後來多以"混沌"二字指自然界。烏金,指煤炭。

[2]陽和,原指和暖的陽光,這裏指煤炭的熱力。

[3]這句是説,煤炭燃燒起來就像火炬,使人感到無限溫暖,猶如大地回春。爝(jué 爵)火,小火把。

[4]鼎彝句:鼎,古代的食具。彝(yí 夷),古代的飲具。"鼎彝"原是古代飲食器的名稱,後來專指帝王宗廟的祭器。按前一種意思,這句是説人們的生活要靠煤火的力量。按後一種意思,是把"鼎彝"引申解釋爲

"國本"(封建時代,把帝王的宗廟看得很神聖,認爲是國家的根本),這句就寓有作者以天下爲己任之意。兩説均可通。

[5]鐵石句:古人認爲,鐵石在地下埋藏久了就變爲煤炭。這句是説,鐵石被地氣消融後又變成煤炭,依然要爲人們造福。

入　塞

【解題】　這首詩把出征隊伍凱旋歸來的雄武氣概和親人攔街相迎的話語神情,寫得嚴肅、熱烈,使人如見如聞,反映了當時人民對瓦剌軍入侵的痛恨與對和平生活的渴望心情。

將軍歸來氣如虎,十萬貔貅争鼓舞[1]。凱歌馳入玉關門,邑屋參差認鄉土[2]。弟兄親戚遠相迎,擁道攔街不得行。喜極成悲還墮淚,共言此會是更生[3]。將軍令嚴不得住,羽書催人京城去[4]。朝廷受賞卻還家,父子夫妻保相聚。人生從軍可奈何,歲歲防邊辛苦多。不須更奏胡笳曲[5],請君聽我入塞歌。

《于肅愍公集》

【註釋】

[1]貔(pí皮)貅(xiū休),猛獸名,古代用以比喻勇猛的軍隊。

[2]這兩句是説,戰士們唱着凱歌,騎着馬,奔進了邊關,看到那些參差不齊的經過戰火的房屋,還能辨認出那裏是自己的故鄉。

[3]更生,重新獲得生命。

[4]羽書,古時徵調軍隊的文書,上插鳥羽,表示緊急,必須速遞。

[5]胡笳,古時胡人用的一種樂器,行軍時常在馬上吹奏。此處借指軍樂。

李夢陽詩

李夢陽,字獻吉,號空同子,慶陽(今甘肅省慶陽縣)人,後徙河南扶溝。生於公元一四七三年(明憲宗成化九年),卒於公元一五三○年(明世宗嘉靖九年)。弘治進士,官户部郎中。爲尚書韓文草疏劾宦官劉瑾,事洩,下獄,幾死。瑾死,遷江西提學副使。夢陽當臺閣體風行的時候,深厭其平庸熟爛,倡言"文必秦漢,詩必盛唐"。與何景明、徐禎卿、邊貢、康海、王九思、王廷相號七子,譽之者推爲杜甫以後一人。惟模擬過甚,爲後人所譏,謂其"牽率模擬,剽賊於聲句字之間,如嬰兒之學語,如桐子之洛誦"。然夢陽受才雄驚,頗有意於杜甫的縱橫變化,七言古近體詩,陵跨一時,在當時起了轉移風氣的一定作用;而竭力模古,尺寸不失,對後來的不良影響也很大。有《空同集》。

石將軍戰場歌

【解題】 這首詩敍明英宗正統十四年(一四四九)也先進逼京城,石亨把他擊退的一場戰事。原作聲調激昂,描寫生動,當時頗爲傳誦。但敍次無法,時有敗筆。錢謙益《列朝詩集》附錄此詩,舉其疵病所在,備加詆諆。茲用沈德潛《明詩別裁》改本,於註釋內註明原文,並附錢氏評語。

清風店南逢父老[1],告我己巳年間事[2]。店北猶存古戰場,遺鏃尚帶勤王字[3]。憶昔蒙塵實慘怛[4],反覆勢如風雨至[5]。紫荊關頭晝吹角[6],殺氣軍聲滿幽朔。胡兒飲馬彰義門[7],烽火夜照燕山雲。內有于尚書[8],外有石將軍[9]。石家官軍若雷電,天清野曠來酣戰。朝廷既失紫荊關,吾民豈保清風店! 牽爺負子無處逃,哭聲震天風怒號。兒女牀頭伏鼓角,野人屋上看旌旄[10]。將軍此時挺戈出,殺敵不異草與蒿。追北歸來血洗刀[11]，白日不動蒼天高。萬里煙塵一劍掃，父子英雄古來少[12]。單于痛哭倒馬關[13]，羯奴半死飛狐道[14]。處處懽聲噪鼓旗，家家牛酒犒王師。應追漢室嫖姚將，還憶唐家郭子儀[15]。沉吟此事六十春，此地經過淚滿巾。黃雲落日古骨白，砂礫慘澹愁行人。行人來折戰場柳，下馬坐望居庸口[16]。卻憶千官迎駕初[17]，千乘萬騎下皇都。乾坤得見中興主，殺伐重開載造圖[18]。姓名應勒雲臺上，如此戰功天下無[19]！嗚呼戰功今已無[20]，安得再生此輩西備胡！

刻本《明詩別裁集》

【註釋】

[1] 清風店，在今河北省易縣。石亨追破伯顏帖木兒(也先弟)於此。

[2] 已巳，明英宗正統十四年(一四四九)。

[3] 勤王，朝廷危急的時候，救援王室的兵叫勤王兵。《宋史·文天祥傳》："德祐初，江上報急，詔天下勤王。"

[4] 憶昔句：《明史·英宗紀》："正統十四年七月，也先寇大同，下詔親征。八月辛酉，次土木堡。壬戌，師潰，死者數十萬。英國公張輔等皆死。帝北狩。"天子出走曰蒙塵，此處指英宗被也先所擄。

[5] 反覆句：謂瓦剌兵乘勝入侵，勢如風雨。

[6] 紫荊關，在今河北省易縣西北約四十公里的紫荊嶺上。是年十月，也先挾英宗陷紫荊關，向北京進攻。

[7] 彰義門，《明史·地理志》作彰儀門，京城九門之一。

[8] 于尚書，于謙，字廷益，錢塘人。時爲兵部左侍郎。也先入寇，英宗被擄，謙力排南遷之議，遷兵部尚書。也先逼京師，謙身自督戰，擊退之，論功加少保。也先見中國有備，遂議和，送歸英宗。後爲徐有貞、石亨讒死。弘治初，贈太傅，諡肅愍，後改諡忠肅。

[9] 石將軍，名亨，渭南人，爲寬河衛指揮僉事。正統十四年，以功進都督同知。其秋，也先大舉兵入寇，戰敗，單騎奔還。郕王監國，尚書于謙

· 123 ·

薦之,召掌五軍大營,進右都督。不久,封武清伯。也先逼京師,命偕都督陶瑾等九將分兵紮營九門外。德勝門當敵衝,特以命亨。于謙以尚書督軍。敵兵攻彰義門,都督高禮等卻之。轉之德勝門外,亨用謙令,伏兵誘擊,死者甚衆。既而圍孫鏜西直門外,以亨救引退。相持五日,敵人收兵而退。論功以石亨爲最多,進爵爲侯。後亨日益驕縱,下亨詔獄,以謀叛律論斬,死於獄中。

[10] 兒女二句:謂孩子們聞鼓角聲而伏不敢動,鄉間的人攀登屋上窺探戰事的情況。

[11] 追北,猶逐北,追逐敗逃的敵人。北,敗走。

[12] 父子英雄,《明史·石亨傳》:"其從子彪,魁梧似之。驍勇敢戰,善用斧。也先逼京師,既退,追擊餘寇,頗有斬獲,進署指揮僉事。"此下原有"天生李晟爲社稷,周之方叔今元老"兩句,錢氏評:"敍事殊乏警策。以李晟、方叔比石亨父子,擬人非其倫矣。"《明詩別裁》刪去。

[13] 倒馬關,在今河北省唐縣西北約五十公里。明代與居庸、紫荆合稱三關。石亨追破伯顏帖木兒於此。

[14] 飛狐道,飛狐口,在今河北省淶源縣北、蔚縣南。兩崖峭立,一線微通,蜿蜒百餘里,古代爲河北平原與北方邊郡之間的交通要道。

[15] 應追二句:"應追"原作"休誇"。錢氏評:"既云方叔、李晟,又舉嫖姚、子儀,何其贅也?"漢武帝時,霍去病爲嫖姚校尉,前後六擊匈奴,拜驃騎將軍,封冠軍侯(嫖姚,《史記》作剽姚,《漢書》作票姚)。郭子儀破安禄山,再造唐室。故以爲比。

[16] 居庸口,居庸關,在今北京市昌平縣西北,爲長城重要隘口,控軍都山隘道中樞。關城跨兩山間,明洪武元年(一三六八)建。

[17] 卻憶句:英宗被擄後,皇太后命郕王祁鈺(英宗弟)監國。九月即皇帝位,尊英宗爲太上皇。也先既敗,仍挾英宗以誘和,同時寇掠邊境。于謙力排衆議,令邊將堅守要塞,寇來即擊,不許議和。也先計窮,景泰元年(一四五〇)八月,送英宗還北京。

[18] 載造,同"再造",謂國家遭破敗之後,重新締造。《新唐書·郭子儀傳》:"子儀破安慶緒,收東都,入朝,帝勞之曰:'國家再造,卿之力也。'"圖,版圖,地圖。

[19] 姓名二句：原作"梟雄不數雲臺士，楊石齊名天下無"。錢氏評："初云內于外石，至此忽舉楊石，何其突兀，不相照應！"東漢明帝永平中，追念前世功臣，圖鄧禹等二十八將於雲臺。

[20] 嗚呼句："戰功"原作"楊石"。《明詩別裁》改上句"楊石戰功"爲"如此戰功"，自勝原作，但此句以"戰功"易"楊石"，從語意上來說，"楊石今已無"可通，而"戰功今已無"卻不可通。楊指楊洪，以總兵鎮宣府，也先逼京師，詔洪將兵二萬入衛，及至，寇已退。敕洪與孫鏜范廣等追擊餘寇，至霸州，破之。以功進封侯爵。

林良畫兩角鷹歌

【解題】　這是一首題畫的詩。前半寫林良畫鷹之妙；後半寫宋徽宗亦善畫鷹，但他耽於逸樂，不恤國事，終至身爲俘虜。作者借此發出議論，以諷刺當時封建帝王的玩物喪志。今王云云，表面上作頌揚語，骨子裏是譏諷。詩不知作於何時，但呂紀生於成化十三年，弘治中雖已供奉內廷，年未三十，詩云"白首金爐邊"，至少已在正德末年或嘉靖初年。武宗是一個有名的逸遊無度的浪子皇帝，詩可能是世宗初即位時，借武宗的往事作爲諷諫的。

百餘年來畫禽鳥，後有呂紀前邊昭[1]。二子工似不工意，吮筆決眥分毫毛[2]。林良寫鳥秖用墨[3]，開縑半掃風雲黑。水禽陸禽各臻妙，挂出滿堂皆動色。空山古林江怒濤，兩鷹突出霜崖高。整骨刷羽意勢動，四壁六月生秋飇[4]。一鷹下視睛不轉，已知兩眼無秋毫[5]。一鷹掉頭復欲下，漸覺振翮風蕭蕭。匹綃雖慘淡，殺氣不可滅[6]。戴角森森爪拳鐵[7]，迥如愁胡眥欲裂[8]。朔風吹沙秋草黃，安得臂爾騎駟驪[9]！草間妖鳥盡擊死，萬里晴空灑毛血。我聞宋徽宗，亦善貌此鷹[10]，後來失天子，餓死五國城[11]。乃知圖畫小人藝，工意工似皆虛名。校獵馳騁亦末事，外作禽荒古有經[12]。今王恭默罷遊宴，講經日御文華殿[13]。南海西湖馳道荒,獵師虞長皆貧賤[14]。呂紀白首金爐邊,日暮還家無酒錢。從來上智不貴物,淫巧豈敢陳王前! 良乎,良乎,寧使爾畫不直錢,無令後世好畫兼好畋[15]。

刻本《明詩別裁集》

【註釋】

[1] 呂紀,字廷振,號東愚,鄞(今浙江省寧波市)人。弘治中,供奉内廷。官錦衣衛指揮。擅長花鳥。爲明代院體畫花鳥代表作家之一。邊昭,邊景昭,字文進,沙縣(今福建省沙縣)人。善畫翎毛花果。永樂中,召至京師,授武英殿待詔。所作師法南宋。一圖之中,能繪各種禽鳥鳴躍翻飛於花木竹石之間,妍麗生動,爲明代院體花鳥畫高手。

[2] 吮(shǔn楯)筆句:吮筆,猶言含毫。決,張開;眥,目眶。分毫毛,言其畫筆的工細。

[3] 林良,字以善,南海(今廣東省廣州市)人。英宗時,供奉内廷。官工部營繕所丞,直仁智殿。改錦衣衛指揮(一作百户)。擅花果翎毛,着色精簡。尤喜放筆爲水墨禽鳥,神采飛動,名盛於時。此詩起處八句,化用杜甫《韋諷録事宅觀曹將軍畫馬圖》起處四句。而“二子工似不工意”二句,亦即《丹青行》的“幹惟畫肉不畫骨”之意。“挂出滿堂皆動色”句,用《戲爲雙松圖歌》之“滿堂動色嗟神妙”。

[4] 飇,大風。

[5] 已知句:謂從它注目下視的神氣,可以知道没有一點點東西能逃過它的鋭利的目光。

[6] 匹絹二句:謂畫絹雖舊,但畫鷹的英鋭之氣,絲毫不减。

[7] 戴角,角鷹是鷲的一種。頭部後面的羽毛,長而有白緣,作冠狀,故名。森森,陰沉可怕之貌。

[8] 愁胡,杜甫《畫鷹》詩:“側目似愁胡。”仇兆鰲註引孫楚《鷹賦》:“深目蛾眉,狀如愁胡。”謂眼碧如胡人。

[9] 駟驖,《詩經·秦風·駟驖》傳:“驖,驪。”孔穎達正義:“驪,黑色。驖者,言其色黑如鐵。”駟,四馬。一車四馬皆黑色,叫駟驖。此下二句用

杜甫《畫鷹》詩："何當擊凡鳥,毛血灑平蕪。"

[10] 我聞句:宋徽宗善畫,尤工花鳥。

[11] 五國城,遼時有剖阿里、盆奴里、奧里米、越里篤、越里吉等五國歸附,設節度使領之,五國分居諸城,稱爲五國城。其中之一,即今黑龍江省依蘭縣,稱爲五國頭城,宋徽宗被金人所俘,囚死於此。

[12] 校獵二句:校獵,即圍獵。《漢書·司馬相如傳》:"天子校獵。"註:"校獵者,以木相貫穿,總爲闌校,遮止禽獸而獵取之。"禽荒,耽於畋獵。《尚書·五子之歌》:"訓有之:內作色荒,外作禽荒,甘酒嗜音,峻宇雕牆,有一于此,未或不亡。"經,常道。

[13] 講經句:宋代起有經筵之制,專爲皇帝講解經傳史鑑,自大學士、翰林侍讀學士、侍講學士等皆得充任講官,定期入侍,輪流講讀。元明仍之。

[14] 虞長,虞人之長。掌管山澤苑囿的官叫虞人。

[15] 結處六句,反用杜甫《丹青行》末四句之意。

何 景 明 詩

何景明，字仲默，號大復山人，信陽（今河南省信陽市）人。生於公元一四八三年（明憲宗成化十九年），卒於公元一五二一年（明武宗正德十六年）。弘治十五年進士，官至陝西提學副使。景明與李夢陽同倡復古之說，謂"文靡於隋，韓力振之，然古文之法亡於韓；詩溺於陶，謝力振之，然古詩之法亦亡於謝"。自謂不讀唐以後書，其歌行近體，取法李杜及初、盛唐諸人，而古體必取法漢魏。當時言詩者稱爲李何，爲"弘正七子"之冠。其後頗厭夢陽模擬太甚，議論與之出入，以"捨筏登岸"爲喻，勸以自闢途徑，往復爭論不已。景明才不及夢陽之雄，而詩格秀朗，刻畫之跡較少，故受後人之譏彈，亦不如夢陽之甚。有《大復集》。

歲 晏 行

【解題】 此詩寫人民困於賦稅徭役，無以爲生。正德間，連年河決。詩中所言築堤，不知指何年事。考《明史·河渠一》："明年（正德五年）九月，河復衝黃陵岡，入賈魯河，汜溢橫流，直抵豐沛。……工部侍郎崔巖奉命修理黃河，濬祥符董盆口、滎澤孫家渡，又濬賈魯河及亳州故河各數十里，且築長垣諸縣決口及曹縣外堤、梁靖決口，功未就而驟雨，堤潰。"詩或作於是年。

舊歲已晏新歲逼，山城雪飛北風烈。徭夫河邊行且哭[1]，沙寒水冰凍傷骨。長官叫號吏馳突，府帖連催築河卒[2]。一年徵求不少蠲[3]，貧家賣男富賣田。白金縱有非地產，一兩已值千銅錢[4]。往時人家有儲粟，今歲人家飯不足。飢鶴翻飛不畏人，老鴉鳴噪日近屋。生男長成娶比鄰，生女落地思嫁人。官家私家各有務，百歲豈止療一身[5]？近聞狐兔亦徵及[6]，列網持矰徧山域。野人知田不知獵，蓬矢桑弓射不得。嗟吁今昔豈異情？昔時新年歌滿城,明朝亦是新年到,北舍東鄰聞哭聲。

刻本《大復集》卷十一

【註釋】

[1] 徭,古代人民替公家服勞役的一種制度。徭夫,替公家從事勞役的人。

[2] 府帖,府裏下來的文書。

[3] 徵求,指租稅。蠲(juān捐),除免。

[4] 白金二句:明英宗時起,田賦改徵白銀,米麥一石,折收銀二錢五分,貧家交稅,多用銅錢兌取白銀,然後上繳。

[5] 官家二句:官家私家,語意並不平列,側重在私家。意謂不要以爲只是官家有公事,私家也有私家的事,養男嫁女,負擔很重,豈止養活一身而已。上文生男生女二句,即是"百歲豈止療一生"的註脚。

[6] 近聞句:明代中葉以後,朝廷對人民的掠奪,無所不至,皇帝的一切飲食、服御、玩好之物,無不取之於民。狐兔之徵,大約是用來充實苑囿的。

答望之

【解題】 此詩寫政亂民困,兼寓同傷漂泊之感。望之,孟洋字。洋,信陽人,弘治十八年進士,官至南京大理寺卿,亦能詩,有《有涯集》。朱彝尊《靜志居詩話》:"孟大理望之,仲默外弟也。"

念汝書難達,登樓望欲迷。天寒一雁至[1],日暮萬行啼。饑饉饒羣盜,徵求及寡妻[2]。江湖更搖落,何處可安棲!

刻本《大復集》卷十七

【註釋】

[1] 天寒句:以寫景承上登樓望遠,兼以一雁暗寓來書,點出題中答字

之意。

[2]饑饉二句：《爾雅·釋天》：“穀不熟爲饑,蔬不熟爲饉。”泛指災荒。杜甫《又呈吳郎》：“已訴徵求貧到骨,更思戎馬淚沾巾。”徵求,聚歛蒐括的意思。當時苛捐重稅,雖孤苦婦人也不能免。

鰣 魚

【解題】 此詩五六兩句寫封建帝王不惜爲了個人的口體之養而勞民傷財,三四兩句寫賜宦官而不薦寢廟,用意深刻,惟末聯以自己受賜無望作結,不免減損全詩的諷刺價值。

五月鰣魚已至燕,荔枝盧橘未能先[1]。賜鮮徧及中璫第[2],薦熟誰開寢廟筵[3]。白日風塵馳驛騎,炎天冰雪護江船[4]。銀鱗細骨堪憐汝,玉筋金盤敢望傳[5]!

刻本《大復集》卷二十六

【註釋】

[1]五月二句：鰣魚産海洋中,産卵期方泝河而上,南方江河中多有之,以江蘇省鎮江市之金山、浙江省之桐廬縣等處所産爲最有名。江南鰣魚上市後,五月已經運到北京,帝王之需求與地方官吏之趨奉,已在一句中説盡。盧橘,《文選》註説是枇杷。《本草綱目》李時珍註以爲金橘。詩中與鰣魚荔枝並舉,似仍從《文選》註作爲枇杷。先,駕乎其上。唐玄宗時涪州貢荔枝,德宗時山南貢枇杷,二者都是遠方的土産,所以用來和鰣魚相比。

[2]賜鮮句：鮮,時鮮。中璫,宦官。宦官執事宮中,故稱中人、中官。璫,冠飾。《漢官儀》：“中常侍,秦官也。漢興,或用士人,銀璫左貂。光武以後,專任宦者,右貂金璫。”後因以貂璫稱宦官。《後漢書·朱穆傳》註：“璫以金爲之,當冠前,附以金貂也。”

[3]薦熟句：無牲而祭曰薦,見《穀梁傳》桓公八年註。因之凡以時鮮之物

獻於宗廟皆曰薦。寢廟,即宗廟。《禮記·月令》註:"凡廟,前曰廟,後曰寢。"疏:"廟是接神之處,其處尊,故在前。寢,衣冠所藏之處,對廟爲卑,故在後。但廟制有東西廂,有序牆,寢制唯室而已。"序牆,即東西牆。

[4] 白日二句:鰣魚味鮮易壞,必須護之以冰,飛速遞送。上句言陸運,下句言水運。

[5] 銀鱗二句:憐,愛。玉筯金盤,皇帝用以賜予臣下。杜甫《野人送朱櫻》詩:"金盤玉筯無消息,此日嘗新任轉蓬。"亦言用以賜櫻桃於羣臣。傳,頒賜。

李攀龍詩

李攀龍，字于鱗，號滄溟，歷城(今山東省濟南市郊)人。生於公元一五一四年(明武宗正德九年)，卒於公元一五七〇年(明穆宗隆慶四年)。嘉靖二十三年進士，官至河南按察使。攀龍與王世貞同爲後七子領袖。其詩，樂府古體模擬漢魏，生吞活剥；七言近體專學盛唐，幾於具體，但專從格調韻味着眼，題材頗狹隘，當時聲名雖盛，受到後人的譏彈亦最甚。有《滄溟集》。

初春元美席上贈謝茂秦得關字

【解題】 這是一首宴席上贈人的詩。元美，王世貞字。謝茂秦，名榛，自號四溟山人，臨清(今山東省臨清縣)人，布衣，亦後七子之一。七人中謝榛年最高，初結社的時候，謝實爲主盟，後來論詩意見不合，李攀龍貽書與之絶交，世貞也左袒攀龍，把他排斥在七子之外。這首詩作於初締交時，所以對謝稱譽備至。詩中盛讚謝榛意氣之高，交遊之廣，可見明代中葉以後詩壇風氣的一斑，事實上也暴露了一般山人墨客的面目。關字是即席分韻所得的字。

鳳城楊柳又堪攀[1]，謝朓西園未擬還[2]。客久高吟生白髮，春來歸夢滿青山[3]。明時抱病風塵下[4]，短褐論交天地間[5]。聞道鹿門妻子在，祇今詞賦且燕關[6]。

明隆慶刻本《滄溟集》卷七

【註釋】

[1]鳳城，指京城。杜甫《夜》詩："銀漢遥應接鳳城。"仇註："趙曰：'秦穆公女吹簫，鳳降其城，因號丹鳳城。其後言京城曰鳳城。'"
[2]謝朓句：謝朓，字玄暉，南朝齊詩人。此處借指謝榛。曹植《公讌》詩："清夜遊西園，飛蓋相追隨。"後用以泛指貴公子宴遊的地方。

[3]客久二句：謂謝榛久客京師，不免有思鄉之感。

[4]明時句：寫謝榛的不求利達。謂生當清明之世，正是可以進取的時候，卻抱病風塵之下，高臥不起。

[5]短褐句：褐，粗布衣。這一句寫謝榛的聲氣之廣，雖是一個布衣之士，而交徧天下。

[6]聞道二句：鹿門，山名，在今湖北省襄樊市東南。漢末龐德公携妻子登山，採藥不返。這兩句是説，謝榛雖暫遊京師，終究要歸隱故山的。

輓王中丞

【解題】 王忬，字民應，太倉(今江蘇省太倉縣)人，是王世貞的父親。以右副都御史代楊博爲薊遼總督，進右都御史，故稱中丞。嘉靖三十八年二月，把都兒辛愛數部屯會州，挾朶顔爲嚮導，將引兵西入，而聲言向東。忬信以爲真，遽引兵而東。敵人乃乘間由潘家口入，渡灤河而西，大掠遵化、遷安、薊州、玉田，駐内地五日，京師大震。御史王漸、方輅劾忬，刑部論忬戍邊。嚴嵩素與王忬不合，忬子世貞又以口語失歡於嵩子世蕃，楊繼盛之死，世貞又爲他經理喪事。嵩父子大恨，因改論忬斬。明中葉以後，邊防廢弛，王忬在當時還算是一個比較留心軍備的人。灤河之役，雖然失機應受處分，但其死卻由於嚴嵩的陷害，所以輓詩着重寫他的忠勇與冤死。

其一

司馬臺前列柏高[1]，風雲猶自夾旌旄。屬鏤不是君王意，莫作胥山萬里濤[2]！

【註釋】

[1]司馬臺句：《漢書·朱博傳》：“御史府中列柏，常有野烏數千棲宿其上。”後世因稱御史臺爲柏臺。《周禮》夏官大司馬掌軍政，後稱兵部尚

· 133 ·

書爲大司馬，侍郎爲少司馬。王忬以右副都御史兵部侍郎爲薊遼總督，明代總督巡撫皆帶都御史銜，故稱臺。

[2]屬鏤二句：《史記‧伍子胥列傳》言太宰嚭讒子胥於吳王，吳王乃使使賜伍子胥屬(zhǔ主)鏤之劍，曰：“子以此死。”子胥自剄死，吳王取其屍，盛以鴟夷，浮之江中。吳人爲立祠江上，命曰胥山。後世傳説子胥死而爲潮神，以發洩其鬱怒不平之氣。這兩句謂忬之死由於嚴嵩的構陷，並非出於世宗的本意。

其　二

幕府高臨碣石開[1]，薊門丹旐重徘徊[2]。沙場入夜多風雨，人見親提鐵騎來[3]。

明隆慶刻本《滄溟集》卷十三

【註釋】

[1]幕府句：《史記‧李牧傳》索隱引崔浩云：“古者出征爲將帥，軍還則罷，理無常處，以幕帟爲府署，故曰幕府。”碣石，山名。或謂在今河北省昌黎縣北，或謂在臨榆縣東海中。此句説薊遼總督治所所在。

[2]薊門句：唐置薊州，治漁陽(今天津市薊縣)，明省縣入州。屬順天府。黃瑜《雙槐歲鈔》：“京都十景，其一曰‘薊門煙樹’。”丹旐，喪柩前面的銘旌。潘岳《寡婦賦》：“龍輀儼其星駕兮，飛旐翩以啓路。”

[3]沙場二句：謂王忬的不忘報國，死了之後，有人夜間還看見他親提鐵騎，馳騁於沙場風雨之中。

王 世 貞 詩

王世貞,字元美,號鳳洲,又號弇州山人,太倉(今江蘇省太倉縣)人。生於公元一五二六年(明世宗嘉靖五年),卒於公元一五九〇年(明神宗萬曆十八年)。嘉靖進士,官至南京刑部尚書。世貞早年與李攀龍同爲後七子領袖,攀龍早卒,世貞獨主詩壇者二十年。其論詩必大曆以上,論文必西漢,於同時唐宋派古文家唐順之、王慎中、歸有光皆表示不滿。但對復古派模倣剿襲之病,亦知之甚切。至其晚年,見解頗有改變,作歸太僕(有光)贊,至云:"千載有公,繼韓、歐陽,余豈易趨? 久而自傷。"病亟時,還在讀東坡集。世貞於詩,才力雄,學殖富,實在非同時諸人所及,而著述既富,洗鍊未至,如黃河一瀉千里,不免泥沙俱下。著有《弇州山人四部稿》、《弇山堂別集》。

登 太 白 樓

【解題】《嘉慶一統志》:"李白酒樓在濟寧州南城上,唐李白客任城縣,縣令賀知章觴之於此。今樓與當時碑刻俱存。"唐任城縣屬河南道兗州,即今山東省濟寧市。按李白《任城縣廳壁記》:"帝擇明德,以賀公宰之。"賀公名失傳,後人以賀知章當之,非也。唐宋以下關於李白酒樓的題詠很多,這一首詩空中落筆,頗能寫出李白的胸襟氣魄。

昔聞李供奉[1],長嘯獨登樓。此地一垂顧,高名百代留[2]。白雲海色曙,明月天門秋[3]。欲覓重來者,潺湲濟水流[4]。

刻本《明詩別裁集》

【註釋】

[1] 李供奉,《新唐書·文藝傳中·李白》:"知章見其文,嘆曰:'子謫仙人也。'言於玄宗,召見金鑾殿,論當世事,奏頌一篇。帝賜食,親爲調羹。有詔供奉翰林。"後因稱李白爲供奉。

[2] 此地二句:言此樓自經李白一登之後,遂揚名千古。

[3] 天門,此處只作天空解。

[4] 欲覓二句:言但見濟水日夜潺湲,更没有一個像李白這樣的人來登此樓了。覓,《弇州山人稿》誤作"竟",據《明詩别裁》改。

袁江流鈐山岡當廬江小吏行

【解題】 這首詩是爲嚴嵩而作的。明世宗是一個剛愎自用的人,嚴嵩以揣摩逢迎得到他的信任,當政二十年,以子世蕃及趙文華等爲爪牙,招權納賄,結黨營私,侵吞軍餉,操縱國事。凡内外文武官員與他意見不合的都遭殺害。晚年漸漸失去世宗的信任,御史鄒應龍、林潤等乘機彈劾世蕃。世蕃誅死,嚴嵩革職,家財籍没,不久病死。世貞父王忬爲薊遼總督,失機,嚴嵩及世蕃以私怨致之於死。世貞作此詩,亦所以洩私憤。嚴嵩,江西分宜人,故以袁江流鈐山岡名篇。《廬江小吏行》,即《孔雀東南飛》。當,猶代。曹子建有《當來日大難》、《當牆欲高行》等,皆用舊曲。此詩蓋擬《孔雀東南飛》之體,而嬉笑怒駡,酣暢淋漓,雖曰擬古,與亦步亦趨者不同。惟用事間有不知所出者,姑存疑以俟續考。

湯湯袁江流[1],巀嵲鈐山岡[2],鈐山自言高,袁江自言長。不知何星宿,獨火或貪狼[3],降生小家子,爲災復爲祥[4]。瘦若鸛雀立,步則鶴昂藏[5]。朱蛇戢其冠,光彩爛縱横;孔雀雖有毒,不能掩文章[6]。十五齒邑校[7],二十薦鄉書[8],三十拜太史[9],竑竑事編摩。五十天官卿,藻鏡在留都[10]。六十登亞輔[11],少保秩三孤[12]。七十進師臣[13],獨秉密勿謨[14]。八十加殊禮,内殿敕肩輿[15]。任子左司空[16],孽孫執金吾[17],諸兒勝拜跪,一一賜銀緋[18]。甲第連青雲[19],冠蓋羅道途。儤直不復下[20],中禁起周廬[21],涼堂及便房,事事皆相宜。文絲織隱囊[22],細錦爲牀帷。尚方鑄精鏐[23],胡盌杯茈籬[24]。雕盤盛玉膳,黄票封大禧[25]。五尺鳳頭尖[26],時時遣問遺。黄絨團蟒紗,織作自留司[27]。匹匹壓紗銀，百兩頗有餘。煎作百和香[28]，染爲混元衣[29]。温涼四時藥，手自劑刀圭[30]。日月報薄蝕，朝賀當暑祁，但臥不必出[31]，稱敕撰直詞[32]。御史噤莫聲，緹騎勿何誰[33]。相公有密啓，爲復未開封，九重不斯須，婕妤貼當胸。密詔下相公，但稱嚴少師，或字呼惟中[34]。縣官與相公，兩心共一心。相公別有心，縣官不可尋[35]。相公與司空，兩心同一心。司空別有心，相公不得尋[36]。昔逐諸城翟，黃冠歸田里[37]。後詾貴溪夏，朝衣向東市[38]。戈矛生謦咳，齏粉成睊眦[39]。朝疏論相公，笞榜夕以至。寗忤縣官生，不忤相公死。相公猶自可，司空立殺爾。凌晨直門開[40]，九卿前白事[41]。不復問詔書，但取相公旨。相公前報言："但當語兒子，兒子大智慧，能識天下體[42]。"九卿不能答，次且出門去[43]，不敢歸其曹[44]，共過城西邸[45]。司空令傳語，偶醉未可起。去者歸其曹，留者當至末[46]。九卿面如土，九卿足如枳[47]。爲復且忍饑，以次前白事。司空有得色，相公直盧喜[48]；司空稍囁嚅[49]，相公直盧恚[50]。不復問相公，但取司空旨。縣官有密詔，急取相公對。相公不能對，急復呼兒子[51]。兒子大智慧，能識天下體，一疏天怒迴，再疏天顏喜。九邊十二鎮[52]，諸王三十國[53]，中外美達官，大小員數百，各各黃金鑄，一一千金直[54]。南海明月珠，于闐夜光玉[55]。貓睛鴉鶻石，酒黃祖珸綠，紅紫青軯輞，大者如拳蕨[56]。薔薇古剌水[57]，伽南及阿速，瑞腦真龍涎[58]，十里爲芬馥。古法書名畫[59]，何止千百軸，玉躞標金題[60]，煌煌照箱簏。妖姬回鶻隊[61]，隊隊皆殊色。銀牀金絲帳，玉枕象牙席。杏衫平頭奴[62]，絲縢雙蹵踘[63]，酒闌呼不見，潛入他房宿。生埋馮子都[64]，爛熬秦宮肉[65]：生者百叢花，歿者一叢棘[66]。近即龍牀底[67]，遠至陰山後，凡我民膏脂，無非相公有。義兒數百人，監司迫卿寺，以至大節鎮，侯家並戚里[68]。逶迤洙泗步[69]，粲粲西京手[70]，老者相公兒，少者司空子。謂當操鈞柄,天地俱長久[71]。御史上彈章,天眼忽一開。詔捕少司空,究覈諸贓罪。三木囊赭衣,炎方禦魑魅。金吾一孫戍,餘者許歸侍,意猶念相公,續廩存晚計[72]。舳艫三十艘[73],滿載金珠行,相公船頭坐,誰敢問譏征[74]。嘯傲鄘隄間,足誇富家翁[75]。司空不之戍,還復稱司空。廣徵諸山村,起第象紫宮。募卒爲家衛,日夜聲洶洶[76]。從奴蹋邑門[77],子弟郡國雄[78]。不論有反狀,訛言所流騰,宗社萬不憂,黔首或震驚[79]。御史再發之,天威不爲恆。御史乘飛置,捕司空至京[80]。司空辭相公,再拜泣且絮[81]:"今當長相別,兒不負阿父。"相公心自言:"阿父甯負汝?不識一丁字,束髮辟三府[82],月請尚書奉[83],冠服亞汝父[84]。汝父身不保,安能相救取!"重懇監行客[85],少入別諸姬。"歸者吾而配,不歸而鬼妻。"諸姬心自言:"司空何太癡!歸者吾而配,不歸人人妻[86]。"還撫諸兒郎:"阿爺生別離。金銀空饒積,高與鈐山齊,不得鑄爺身,及身身始知[87]。"兒郎心自言:"阿爺何太癡!有金兒當死,無金兒自支[88]。"監行兩指揮,各攜鐵鋃鐺[89],程程視溲寢[90],步步相扶將。有酒強爲歌,無酒夜傍徨。秋官奏書上[91],頃刻飛騎傳,一依叛臣法,斫死大道邊[92]。有屍不得收,縱施羣烏鳶。家貲巨千萬,少府司農錢[93]。上寶入尚方,中寶發助邊[94]。不得稱相公,没入優老田[95]。片瓦不蓋頭,一絲不著肩。諸孫呼踐更[96],夕受亭長鞭[97]。僮奴半充戍,餘者他州縣。夜半一啓門,諸姬鳥獸竄。里中輕薄子,媒妁在兩腕[98]。相公逼饑寒,時一仰天嘆:"我死不負國,奈何坐兒叛?"傍人爲大笑:"嗒汝一何愚[99]!汝云不負國,國負汝老奴?誰令汝生兒?誰令汝縱臾[100]?誰納庶僚賄?誰胶諸邊儲[101]?誰僇直諫臣[102]?誰爲開佞諛?誰仆國梁柱[103]?誰翦國爪牙[104]?土木求神仙,誰獨稱先驅[105]?六十登亞輔,少保秩三孤;七十進師臣,獨秉廊廟謨;八十加殊禮,内殿敕肩輿。任子左司空,孼孫執金吾,諸兒勝拜跪,一一賜金緋。甲第連青雲,冠蓋羅道途。以此稱無負,不如一婁豬[106],食君圈中料[107],爲君充庖厨。以此稱無負,不如一羖羘[108],食君田中草,爲君禦霜雪[109]。以此稱無負,不如轎中鶻[110],雖飽則掣去[111],毛羽前嚙決[112]。以此稱無負,不如鼠在廁,雖有小損傷,所共多污穢。"相公寂無言,次且復傍徨,頰老不能赤,淚老不能眶[113]。生當長掩面,何以見穹蒼?死當長掩面,何以見高皇[114]?殮用六尺席,殯用七尺棺,黃腸安在哉?珠襦久還官[115]。狐兔未稱尊,一邱不得安[116]。爲子能負父,爲臣能負君,遺臭污金石[117],所得皆浮雲[118]。

刻本《明詩紀事》

【註釋】

[1]湯(shāng 商)湯,大水急流貌。袁江,在江西省南部,源出武功山北麓,東流到清江縣入贛江。分宜縣城瀕袁江北岸。

[2]巀(jié 截)嶭(niè 聶),高峻貌。鈐山,在分宜縣南,位於袁江南岸。

[3]獨火、貪狼,皆兇星名。

[4]災、祥,《左傳》僖公十六年:"是何祥也?吉凶焉在?"杜註:"祥,吉凶之先見者。"統言之,災亦謂之祥,析言之,則凶爲災,吉爲祥。

[5]瘦若二句:《明史·嚴嵩傳》:"嚴嵩,字惟中,分宜人,長身戍削。"

[6]朱蛇四句:謂嚴嵩心術雖極陰險,其文采自足觀。戢,斂藏。朱蛇不知何物。《錄異記》:"雞冠蛇,頭如雄雞,身長丈餘,圍可數寸,中人必死。"朱蛇疑即此類。

[7]齒邑校,入縣學爲生員。齒,列名。

[8]鄉書,周制,三年大比,鄉老及鄉大夫獻賢能之書於王。見《周禮·地官·鄉大夫》。後世因稱鄉試中式爲登賢書,亦曰鄉書。傅維鱗《明書·嚴嵩傳》:"二十二舉於鄉。"

[9]三十拜太史,明清兩代,修史屬之翰林院,故翰林亦稱太史。《明書·嚴嵩傳》:"二十六進士高第,改翰林院庶吉士,授編修。"

［10］五十二句：《周禮》天官冢宰掌邦治。唐武后光宅元年改吏部爲天官，後世因通稱吏部爲天官。藻鏡，品藻鑑別。吏部掌銓衡人才，故以藻鏡稱吏部。江總《讓尚書僕射表》："藻鏡官方，品才人物。"嘉靖七年，嚴嵩奉使祭告顯陵，還遷吏部左侍郎，進南京禮部尚書，改吏部，年正五十。明成祖遷都北京，以南京爲留都。

［11］六十句：亞輔，次相。《明史・嚴嵩傳》："二十一年八月，拜武英殿大學士，入直文淵閣，仍掌禮部事。時嵩年六十餘矣。"

［12］少保，《明史・嚴嵩傳》："嵩乃奏慶雲見，請受羣臣朝賀。又爲《慶雲賦》、《大禮告成頌》，奏之。帝悦，命付史館，尋加太子太保。從幸承天，賞賜與輔臣垺。……累進吏部尚書，謹身殿大學士，少傅兼太子太師。"又"時讚老病罷，壁死，乃復用夏言，帝爲加嵩少師以慰之。"秩，品秩。孤，《尚書・周官》："少師、少傅、少保曰三孤。"孔傳："此三官名曰三孤。孤，特也。言卑於公，尊於卿，特置此三官。"

［13］師臣，凡太師、太傅、太保、少師、少傅、少保等都是天子師保之官，故稱師臣。

［14］獨秉密勿謨，密勿的本義是黽勉，後用作機密的意思。《三國志・魏志・杜恕傳》："與聞政事密勿大臣。"這句是説嚴嵩獨掌朝政。《明史・嚴嵩傳》："翟鑾資序在嵩上，帝待之不如嵩。嵩諷言官論之，鑾得罪去。吏部尚書許讚、禮部尚書張壁同入閣，皆不預聞票擬事，政事一歸嵩。"

［15］八十二句：《明史・嚴嵩傳》："嵩年八十，聽以肩輿入禁苑。"

［16］任子左司空，子以父蔭得官者稱任子。《明史・嚴嵩傳》："世蕃尋遷工部左侍郎。"周官大司空掌邦事，後世以稱工部。

［17］孼孫執金吾，庶子旁出謂之孼，孼孫猶言諸孫。嚴嵩孫鴻、鵠皆官錦衣衛。錦衣衛是明代的禁軍，掌侍衛儀仗，後專主巡察緝捕，故以比漢之執金吾。《漢書・百官公卿表》："中尉，秦官，掌徼循京師，有兩丞、候、司馬、千人。武帝太初元年更名執金吾。"

［18］諸兒二句：謂凡幼兒能知拜跪者，皆賜以銀印緋袍。勝（shēng聲），能。

［19］甲第，大宅。《史記・武帝紀》："賜列侯甲第。"集解："有甲乙第次，故

曰第。"

[20] 儤（bào 豹）直，官吏連日值宿曰儤直，這裏指宰相在禁中值宿辦公。

[21] 中禁，宮中。天子所居，門閤有禁，非侍御者不得入，故曰禁中。周廬，《文選·西都賦》李周翰註："設卒周衛以值宿也。"《明史·嚴嵩傳》："帝嘗以嵩直廬隘，撤小殿材爲营室，植花木其中，朝夕賜御膳法酒。"

[22] 隱囊，《顏氏家訓·勉學》："坐棋子方褥，憑斑絲隱囊。"趙曦明註："如今之靠枕。"

[23] 尚方，漢少府屬官有尚方令、丞，掌作御刀劍及玩好雜物。鏐（liú 留），黃金之美者，據《爾雅·釋器》註，即紫磨金。

[24] 胡，同"瑚"，盛黍稷之器。《左傳》哀公十一年："胡簋之事，則嘗學之矣。"註："胡簋，禮器名，夏曰胡。"或謂胡，大也，胡盎連讀。笊籬，當作笊（zhǎo 爪）籬。《六書故》："今人織竹如勺，以漉米，謂之爪籬，俗有笊籬字。"以上兩句說，食器皆以精金製成，出自尚方。

[25] 黃票封大禧，未詳。

[26] 五尺鳳頭尖，未詳。

[27] 黃絨二句：《續通志·器服略》："獨錦衣衛堂上官，大紅蟒衣。亦以賜宰輔及虜酋。"《明史·興服志》："閣臣賜蟒，始於弘治劉健、李東陽。"明代在南京、杭州、蘇州三處，各置提督織造太監一人，專掌織造各項衣料及制帛、誥敕、綵繒之類，以供御用及宮廷祭祀頒賞之需。留司，指南京織造局，明代自成祖後，稱南京爲留都。

[28] 百和香，用多種香料製成的香。杜甫《即事》："雷聲忽送千峯雨，花氣渾如百和香。"

[29] 混元衣，道服的一種。明世宗奉道教，常戴香葉冠。曾刻沉水香冠五賜夏言等，言不奉詔；嵩因召見的機會，戴上所賜的沉水香冠，籠以輕紗。世宗因之愈加信任嚴嵩。混元衣當指此類事。

[30] 劑，和藥。刀圭，量藥之器。庾信《至老子廟應詔》："量藥用刀圭。"《池北偶談》："《署里雜存》云：'買得古錯刀三枚，形似今之剃刀，其上一圈，如圭璧之形。中一孔，即貫索之處也。蓋服食家舉刀取藥，僅滿其上之圭，言其少耳。'"

[31] 日月三句：古時以爲天變皆由於人事，凡日蝕月蝕，宰輔都要入朝引罪。這三句説，嚴嵩特爲世宗所信任，逢日月蝕或當朝賀而遇嚴寒大暑皆可不必入朝。

[32] 直詞，指奉敕所撰制誥之類，以在直所撰，故稱直詞。亦指青詞，即道家所用醮薦詞文，世宗好道，嚴嵩尤善青詞，以此得寵任。

[33] 緹騎，本執金吾出入導從的士卒，執金吾掌擒奸執猾，後因稱逮捕人犯的官役爲緹騎。明代以稱東西廠及錦衣衛的吏士。何誰，猶誰何，呵問之詞。

[34] 相公以下七句：言嚴嵩密啓可以直達天子，而世宗對嵩也加以殊禮，凡密詔皆不呼名。九重，宫中。《楚辭·九辯》：“君之門兮九重。”婕好，宫中女官號。

[35] 縣官四句：縣官，指天子。《史記·絳侯世家》索隱：“所以謂國家爲縣官者，夏官王畿内縣，即國都也。王者官天下，故曰縣官也。”相公，指嚴嵩。謂世宗完全信任嚴嵩，而嚴嵩別有用心，世宗卻不知道。

[36] 相公四句：司空，指嚴世蕃。謂嚴嵩完全信託他的兒子，而世蕃另有私圖，嚴嵩也不知道。

[37] 昔逐二句：諸城翟，翟鑾，字仲鳴，其先諸城人。嘉靖二十一年，夏言罷，鑾爲首輔。嚴嵩初入，鑾以資地居其上，權遠出嵩下，而嵩終惡鑾，不能容。會鑾子汝儉、汝孝與其師崔奇勳、所親焦清同舉二十三年進士，嵩遂屬給事中王交、王堯日劾其有弊。帝怒，勒鑾父子、奇勳、清爲民（見《明史·翟鑾傳》）。黄冠，農夫之服。《禮記·郊特牲》：“野夫黄冠，黄冠，草服也。”孫希旦集解：“黄冠乃簟笠之屬，其色黄也。”

[38] 後詒二句：詒，通“紿”，欺騙。貴溪夏，夏言，字公謹，貴溪人。世宗時爲首輔十八年，與嚴嵩交惡。嘉靖二十一年，落職閒住，嵩遂代言入閣。久之，復尚書大學士。二十四年，盡復少師諸官階。言至，直陵嵩出其上，凡所批答，略不顧嵩，嵩噤不敢吐一語。所引用私人，言斥逐之，亦不敢救。未幾，因陝西總督曾銑請復河套，言倚銑可辦，密疏薦之，帝令言擬旨優獎之者再。銑喜，益銳意出師。後帝忽降旨詰責，語甚厲。嵩揣知帝意，遂力言河套不可復，騰疏攻言。二十七年正月，盡奪言官階。嵩復代仇鸞草奏訐言納銑金交關爲奸利。遂下

銑詔獄,坐銑交結近侍律斬。遣官校逮言。其年十月,竟棄言市(見《明史‧夏言傳》)。東市,《漢書‧鼂錯傳》:"錯衣朝衣,斬東市。"

[39] 戈矛二句:皆倒裝句,即謦咳生戈矛,睚眦成齏粉。謦(qǐng 請)咳,咳嗽。引申爲言笑。睚(yá 厓)眦(zì 字),怒視。引申爲小怨小忿。此兩句謂言笑之間,忽動殺機,睚眦小怨,立成齏粉。

[40] 直門,《三輔黃圖》:"西出南頭第二門曰直城門,亦曰直門。"

[41] 九卿,明時以六部尚書、都察院都御史、通政司使、大理寺卿爲九卿。

[42] 但當語兒子三句:《明史‧嚴世蕃傳》:"(世蕃)剽悍陰賊,席父寵,招權利無厭。然頗通國典,曉暢時務。嘗謂天下才,唯己與陸炳、楊博爲三。炳死,益自負。嵩老昏,且旦夕直西內,諸司白事,輒曰:'以質東樓。'東樓,世蕃別號也。"

[43] 次且,同"趑趄",猶跼蹐。

[44] 曹,職官治事分科謂之曹。這裏指官署。

[45] 邸,王侯府第。此指世蕃所居。

[46] 司空四句:《明史‧嚴世蕃傳》:"朝事一委世蕃,九卿以下,浹日不得見,或停至暮而遣之。"未,未時。

[47] 足如枳,謂足如針刺。《山海經‧西山經》:"浮山多盼木,枳葉而無傷。"郭璞註:"枳,刺針也。"

[48] 直廬,宰相入直內廷時辦公的地方。參看註[21]。

[49] 囁(niè 聶)嚅(rú 如),欲言復止,説話猶豫。

[50] 恚(huì 惠),怒。以上四句説,嚴嵩完全以兒子的喜怒爲喜怒。如果嚴世蕃面有喜色,這件事一定合嚴嵩的意;如果嚴世蕃有點答應不出,嚴嵩在內廷知道了,也一定發怒。

[51] 縣官有密詔四句:《明史‧嚴嵩傳》:"嵩雖警敏,能先意揣帝旨,然帝所下手詔,語多不可曉,惟世蕃一覽瞭然,答語無不中。"

[52] 九邊,《明史‧兵志》:"初設遼東、宣府、大同、延綏四鎮,繼設寧夏、甘肅、薊州三鎮,而太原總兵治偏頭,三邊制府駐固原,亦稱二鎮,是爲九邊。"十二鎮,明代於昌平、保定、山西、陝西、四川、雲南、廣西、湖廣、廣東、浙江、福建、山東,各設鎮守總兵官一人(見《明史‧職官志》)。

[53] 諸王三十國,嘉靖時藩國,太祖子始封者十六:秦、晉、周、楚、魯、蜀、

代、肅、遼、慶、甯、岷、韓、瀋、唐、伊。太祖姪一：靖江。成祖子一：
趙。仁宗子四：鄭、襄、荆、淮。英宗子四：德、崇、吉、徽。憲宗子三：
益、衡、榮。世宗子一：景。凡三十國。其以枝子分封者不計。

[54] 以上六句言諸王襲爵、百官授缺，無不納賄於嵩。《明書·嚴嵩傳》：
"於藩國請卹乞封，所挾受賄，積資且巨萬。……御史葉經疏稱，交城
王諸孫輔國將軍表柟謀襲爵，永壽王庶子惟熼與嫡長孫懷熺争國封，
嵩俱納其重賄。"又曰："(世蕃)性尤強記，於中外官職饒瘠險易，亡不
闇熟，其責賄多寡，毫髮不能匿。"

[55] 南海二句：鄒陽《獄中上書自明》："臣聞明月之珠，夜光之璧，以暗投
人於道，衆莫不按劍相眄。"于闐，西域國名，產美玉。

[56] 貓睛四句：貓睛石亦名貓兒眼，祖珥緑亦作祖母緑，與鴉鶻石、軼䩞並
寶石名。拳蕨，謂蕨芽。黄庭堅詩："蕨芽已作小兒拳。"

[57] 薔薇古刺水，波斯出的香水。

[58] 伽南二句：伽南、阿速、瑞腦、龍涎，皆香名。

[59] 古法書名畫，《明書·嚴嵩傳》："而宗憲自是益傾江南庫藏爲世蕃餽。
所需古法書名畫種種，宗憲皆爲索之富人巨家，豪敚巧獵，靡所不及。
而它撫臣監司相習成風，不以爲諱。其所欲鼎彝尊罍之類，或發塚剽
攻。它寶玩多起大獄而後得之。世蕃猶汲汲無已。"

[60] 玉躞標金題：米芾《書史》："隋唐藏書，皆金題玉躞。"註："躞，軸心，以
玉爲之。"《通雅》："按梁虞和《論書表》：'金題玉躞織成帶。'註：'金
題，押頭也，猶今書面籤題也；玉躞，言帶頭小楔，或以牙玉爲之。'"二
説不同，似後説爲長。

[61] 回鶻(hú 斛)，即回紇，維吾爾族的古稱。隊，舞隊。

[62] 杏衫，樂府《西洲曲》："單衫杏子紅，雙鬢鴉雛色。"平頭奴，《河中之水
歌》："平頭奴子擎履箱。"平頭是一種頭巾的式樣。《唐書·車服志》：
"隋文官有平頭小樣巾。"

[63] 縢，行縢，即綁腿布。蹴踘，亦作踢鞠，古代的一種游戲，也叫打毬。
《漢書·霍去病傳》註："鞠，以皮爲之，實以毛，蹴蹋而戲。"《唐音癸
籤》："唐變古蹴鞠戲爲蹴毬。其法，植兩修竹，高數丈，絡網於上爲
門，以度毬。毬工分左右朋，以角勝負。"

[64] 馮子都，《漢書・霍光傳》：“初光愛幸監奴馮子都，常與計事。及顯寡居，與子都亂。”監奴，總管家務的奴僕。顯，霍光之妻。

[65] 秦宮，《後漢書・梁冀傳》：“冀愛監奴秦宮，官至太倉令，得出入壽所。壽見宮，輒屏御者，託以言事，因與私焉。”壽，梁冀妻孫壽。屏，斥退。御者，左右伺候的人。

[66] 以上六句寫嚴嵩家中的糜爛，寵奴與姬妾相私通，幸而不發覺，則如花叢之蝶，恣其淫亂。一朝事洩，則生理爛煮，葬身於荆棘叢中。

[67] 龍牀，天子的御榻。

[68] 義兒四句：《明史・嚴嵩傳》：“士大夫輻輳附嵩，時稱文選郎中萬寀、職方郎中方祥等，爲嵩文武管家。尚書吳鵬、歐陽必進、高燿、許論輩，皆惴惴事嵩。”《明史・趙文華傳》：“（趙文華）累官至通政使，性傾狡。未第時，在國學，嚴嵩爲祭酒，才之。後仕於朝，而嵩日貴幸，遂相與結爲父子。”

[69] 逶迤，同委蛇，委曲自得之貌。洙、泗，古代魯國的兩條河。《禮記・檀弓》：“吾與女事夫子於洙、泗之間。”夫子指孔子。此下四句言朝廷上的一班士大夫都是儒衣儒行的文學之士，卻甘心做嚴氏父子的乾兒義子。

[70] 粲粲，鮮明富麗之貌。《詩經・小雅・大東》：“西人之子，粲粲衣服。”西京，指西漢，以文學得名。柳宗元《西漢文類序》：“文之近古而尤壯麗，莫若漢之西京。”手，作手，手筆。

[71] 謂當二句：操，執。鈞柄，朝廷大權。兩句結上啓下，謂嚴嵩父子這樣的氣勢熏天，以爲可以永遠執掌朝政，與天地同長久。

[72] 御史以下十句：《明史・嚴嵩傳》：“（御史鄒應龍）抗疏極論嵩父子不法，曰：‘臣言不實，乞斬臣首以謝嵩、世蕃。’帝降旨慰嵩，而以嵩溺愛世蕃，負眷倚，令致仕，馳驛歸，有司歲給米百石。下世蕃於理。嵩爲世蕃請罪，且求解，帝不聽。法司奏論世蕃及其子錦衣鵠、鴻，客羅龍文，戍邊遠。詔從之，特宥鴻爲民，使侍嵩。”彈章，檢舉罪狀的奏章。覈（hē核），考驗確鑿。三木，加於頭頸和手足的刑具。囊，裹，着。赭衣，罪人的衣服。炎方，南方邊遠之地。戍（shù 庶），充軍。廩，公家給食，即《明史》所云“有司歲給米百石”。

[73] 舳艫，舳，船尾；艫，船頭。後概稱大船爲舳艫。

[74] 譏征，譏，查問；征，收税。《孟子·梁惠王》："關市譏而不征。"趙岐註："關以譏難非常，不征税也。"

[75] 嘯傲二句：謂嚴嵩致仕歸家，依然聲勢煊赫，積財無數，過着奢豪的生活。郿隖，《後漢書·董卓傳》："乃結壘於長安城東以自居。又築塢於郿，高厚七丈，號曰萬歲塢。積穀爲三十年儲。自云，事成雄據天下，不成，守此足以畢老。"

[76] 司空不之戍六句：《明書·嚴嵩傳》："而世蕃之自戍所私歸，益廣拓宅舍。又用金多，爲盜窺，乃召募伎勇材力之士合數百人，日夜擊刁斗自衛。郡邑頗疑其跡。"紫宫，本星座名。《晉書·天文志》："紫宫垣十五星，在北斗北。一曰紫微，大帝之座也，天子之常居也。"後亦稱皇宫爲紫宫。

[77] 從奴蹋（tà 榻）邑門，言嚴家的奴僕倚勢橫行，蔑視州縣官。蹋，踐踏。

[78] 子弟郡國雄，嚴家子弟橫行霸道，稱雄郡國。

[79] 不論有反狀四句：意思説，不管有没有謀反的實據，而流言所至，雖不能動摇國本，也使百姓驚恐。反狀，謀反的事實。訛（é 俄）言，謡言。宗社，宗廟社稷。萬不憂，萬萬不必憂。黔首，百姓。《史記·秦始皇本紀》："更名民曰黔首。"

[80] 御史再發之四句：《明史·嚴嵩傳》："其明年，南京御史林潤奏：'江洋巨盗，多入逃軍羅龍文、嚴世蕃家。龍文居深山，乘軒衣蟒，有負險不臣之志。世蕃得罪後，與龍文日誹謗時政。其治第役衆四千。道路皆言兩人通倭，變且不測。'詔下潤逮捕，下法司論斬，皆伏誅。"恆，常。不爲恆，不能老是像往常一般寬大，即天威不測之意。置，驛車。飛置，猶疾置，特别加快的驛車。《漢書·劉屈氂傳》："是時上避暑甘泉宫，丞相長史乘疾置以聞。"

[81] 絮，絮語。

[82] 束髮，成童之稱。辟，召。三府，三公。漢制，三公得辟置僚屬。束髮辟三府，是説嚴世蕃年少時即以父蔭得高官。

[83] 奉，同"俸"。

[84] 冠服亞汝父，言其官職僅次於嵩。

[85] 監行客，押解罪犯的差官。

[86] 歸者六句：而，同“爾”。配，匹配。這六句説，假使能有一朝活着回來，我還是你們的丈夫，要是不回來，你們便是寡婦了。諸姬心自言：你活着回來，我們是你的姬妾，要是不回來，任何人都可以改嫁，誰來爲你守寡呢？

[87] 不得二句：言空有這麽多金銀，也救不了我的命。現在親身經受了，纔懂得這道理。

[88] 有金二句：謂有了錢反而害自己，没有錢也能過日子。

[89] 鋃鐺，鎖鍊。

[90] 程程視溲寢，意思説，一路上大小便以至睡覺，都要受到監視。溲，大小便。

[91] 秋官，《周禮·秋官司寇》：“乃立秋官司寇，使帥其屬而掌邦禁，以佐王刑邦國。”鄭玄註：“禁，所以防姦者也。刑，正人之法。”後世因稱刑部爲秋官。爰書，罪犯供詞的記録。

[92] 矺，借作磔(zhé 哲)，車裂。此處作殺解。

[93] 家貲巨千萬二句：萬萬謂之巨萬，巨千萬，極言其多。少府，漢官，掌山海地澤之税，以奉養天子，爲天子之私府。司農，漢官，掌錢穀，後世以稱户部。兩句言家資無數，都被朝廷没收。《明史·嚴世蕃傳》：“籍其家，黃金可三萬餘兩，白金二百萬餘兩，他珍寶服玩所直又數百萬。”《明書·嚴世蕃傳》亦有詳細記載。

[94] 上寶二句：上寶，上等的寶物。尚方，見註[23]，此處指宮中。助邊，充邊防軍餉。

[95] 優老田，優待老臣，賜他養老的田地。

[96] 踐更，出錢僱人代當官差。更，輪流當差。《漢書·昭帝紀》註：“更有三品，有卒更，有踐更，有過更。古者正卒無常人，皆當迭爲之，一月一更，是爲卒更也。貧者欲得顧更錢者，次直者(輪到當值的)出錢顧之，月二千，是爲踐更也。”

[97] 亭長，秦漢時，十里一亭，有亭長，管追捕盜賊。這裏指地方保長之類。

[98] 媒妁(shuò 碩)，媒人。在兩腕，就在手邊。或指牽了就走。

[99] 喢(zhǎi 窄)，呼叱聲。

[100] 縱臾，慫恿。

[101] 朘(juān 捐)，剝削。邊儲，邊防的儲備。

[102] 僇，同"戮"。《明史·嚴嵩傳》："前後劾嵩、世蕃者，謝瑜、葉經、童漢臣、趙錦、王宗茂、何惟柏、王曄、陳垲、厲汝進、沈錬、徐學詩、楊繼盛、周鈇、吳時來、張翀、董傳策，皆被譴。經、錬用他過置之死，繼盛附張經疏尾殺之。"

[103] 梁柱，謂國家的大臣，指夏言，詳前註[38]。

[104] 爪牙，謂將帥，指曾銑、張經。曾銑見註[38]。張經總督江南、江北、浙江、山東、福建、湖廣諸軍事，屢敗倭寇，以與嵩黨趙文華、胡宗憲不協，嵩誣以養寇不戰，冒趙、胡功，論斬。

[105] 土木二句：土木，謂大興營建。《明史·陶仲文傳》："授神霄保國宣教高士，尋封神霄保國弘烈宣教振法通真忠孝秉一真人。明年八月，欲令太子監國，專事靜攝。太僕卿楊最疏諫，杖死。廷臣震懾。大臣爭詔媚取容，神仙禱祀日巫。以仲文子世同爲太常丞，子壻吳濬、從孫良輔，爲太常博士。帝有疾，既而瘳，喜仲文祈禱功，特授少保、禮部尚書。久之，加少傅，仍兼少保。仲文起筦庫，不二歲，登三孤，恩寵出(邵)元節上。乃請建雷壇於鄉縣，祝聖壽。……自是中外争獻符瑞。……其後夏言以不冠香葉冠，積他釁至死，而嚴嵩以虔奉焚修，蒙異眷者二十年。"

[106] 婁豬，《左傳》定公十四年："既定爾婁豬。"註："婁豬，求子豬。"按謂母豬。

[107] 圈，豬欄。

[108] 羖(gǔ 古)䍺(lì 歷)，羊。《北史·齊本紀中》："先是童謠曰：'一束藁，兩頭然，河邊羖䍺飛上天。'藁然兩頭，於文爲高，河邊羖䍺爲水邊羊。"

[109] 禦霜雪，羊毛可以禦寒。

[110] 韝，臂衣。鶻(hú 斛)，隼，一種獵鷹。獵人打獵時多臂鷹而出。

[111] 雖飽則掣(chè 撤)去，《後漢書·呂布傳》："譬如養鷹，飢即爲用，飽則颺去。"掣去，疾飛而去。

[112] 毛羽，毛指獸類，羽指鳥類。決，用牙齒來咬斷。此句是說，獵鷹還能

· 148 ·

爲人逐捕雉兔之屬。

[113] 眶,作動詞用,滿眶的意思。

[114] 高皇,高皇帝。謂明太祖。

[115] 黄腸二句:《漢書·霍光傳》:"(光薨。賜)梓宮、便房、黄腸題凑各一具,樅木外臧椁十五具。"註:"蘇林曰:'以柏木黄心致累棺外,故曰黄腸。'"又曰:"太后被珠襦,盛服坐武帳中。"註:"晉灼曰:'貫珠以爲襦。'"

[116] 狐兔二句:狐兔,以比嚴嵩父子,言其一朝失勢,連葬身之地都没有。《明史·嚴嵩傳》:"又二年(世蕃伏誅後二年),嵩老病,寄食墓舍以死。"

[117] 遺臭污金石,言嚴氏父子遺臭萬年,玷污史册。金謂鐘鼎彝器之屬,石謂碑碣石刻之屬,二者皆所以紀功德,垂久遠。

[118] 所得皆浮雲,言其生前所得權勢富貴,都如浮雲過眼,一場虛空而已。

戚 繼 光 詩

戚繼光,字元敬,號南塘,登州(今山東省蓬萊縣)人。明代抗倭名將,軍事家,也是一位愛國詩人。生於公元一五二八年(明世宗嘉靖七年),卒於公元一五八七年(明神宗萬曆十五年)。他出身將門,初任登州衛指揮僉事,調浙江、福建、廣東等地抗擊倭寇,戰功卓著。後又調至北方,鎮守薊州十六年,寇不敢犯。他的詩慷慨高昂。著有《練兵實紀》、《武備新書》、《止止堂集》等。

登 捨 身 臺

【解題】 這首詩借登捨身臺之事,表達自己一向捨身爲國的思想;同時,對不顧國家安危、只圖歌舞享樂的權貴們進行了斥責。

向來曾作捨身歌,今日登臨意若何? 指點封疆餘獨感[1],蕭疏鬢髮爲誰皤[2]! 劍分胡餅從人後[3],手掬流泉已自多。回首朱門歌舞地[4],尊前列鼎問調和[5]。

《明戚武毅公止止堂集》

【註釋】

[1] 封疆,這裏指邊界。

[2] 蕭疏,稀疏。皤(pó 婆),白。

[3] 胡餅,燒餅,這裏指乾糧。此句意謂軍中分胡餅時,我應當讓人先喫,自己在後。

[4] 朱門,朱紅的大門。原指富貴人家,這裏借指權貴們的府第。

[5] 尊,酒器。列鼎,謂列鼎而食。《漢書·主父偃傳》顏師古註引張晏曰:"五鼎食,牛羊豕魚麋也;諸侯五,卿大夫三。"這裏指權貴府第的豪侈生活。調和,指菜肴的味道調和得好不好。

馬 上 作

【解題】 這首作於馬上的短詩,概括地抒寫了作者的平生行跡,表現了長期從軍以保衞國家的壯志豪情。

南北驅馳報主情,江花邊月笑平生[1]。一年三百六十日,多是橫戈馬上行[2]。

《明戚武毅公止止堂集》

【註釋】

[1]南北二句:驅馳,策馬疾馳。作者曾先後在南方福建、廣東一帶和北方薊州一帶鎮守,故稱"南北驅馳"。主,指君主。江花,指南方江邊的花。邊月,指北方邊地的月。

[2]橫戈,意謂持着武器。

陳子龍詩

陳子龍，字臥子，號大樽，松江華亭(今上海市松江縣)人。生於公元一六〇八年(明神宗萬曆三十六年)，卒於公元一六四七年(清世祖順治四年)。崇禎十年進士，選紹興推官，升兵科給事中。福王時，見朝政腐敗，告歸終養。清兵破南京後，子龍在松江起兵，推吳易爲主，兵敗，避匿山中，結太湖兵抗清，事洩，被執，乘間投水死。崇禎間，太倉張溥起"復社"，子龍亦與同里夏允彝起"幾社"，與之相應，俱爲東林黨後勁。其文學主張繼承七子傳統，詩宗法漢魏六朝盛唐。早期作品，辭采濃郁，尤好擬古樂府，但内容比較貧乏。後期多感時撫事之作，風格俊上，悲壯蒼涼，爲明末重要作家。亦工詞。其詩文詞經後人輯爲《陳忠裕公全集》。

小 車 行

【解題】 崇禎十年，子龍中進士，殿試在三甲，就選得惠州司李。是年六月，兩畿大旱，山東蝗蟲爲災，流亡徧野。這首詩是作者出京赴任時途中目擊飢民流離之狀而作的。

小車班班黃塵晚[1]，夫爲推，婦爲輓[2]。出門茫然何所之？青青者榆療我飢[3]，願得樂土共哺糜[4]。風吹黃蒿，望見垣堵，中有主人當飼汝[5]。叩門無人室無釜[6]，躑躅空巷淚如雨。

嘉慶簳山草堂版《陳忠裕公全集》卷五

【註釋】

[1] 班班，車行之聲。

[2] 輓，同"挽"，拉車子。《左傳》襄公十四年："或輓之，或推之。"註："前牽曰輓。"

[3] 青青者句：言荒年無食，只好以樹葉充飢。

· 152 ·

[4]願得樂土句：希望找到一個好地方，大家有一口稀粥喝。與上文的"出
門茫然何所之"相應。

[5]中有主人句：這是飢民的猜想之詞。汝，飢民自謂。以上三句意謂，遠
望黄蒿中露出牆垣，自己安慰説，這裏有住家，會施捨給你一點喫的
東西。

[6]叩門句：寫屋主人也已經逃荒去了。

易　水　歌

【解題】 全集此詩後註云："案此詩似專詠古。或云爲左蘿石奉
使求成而作。"案或説似可信。清兵入關後，朝議遣使通好，止其南下，
而難其人，右僉都御史左懋第請行，至北京被留。明年，南京失守。懋
第與從行兵部司務陳用極、游擊王一斌、都司張良佐、劉統、王廷佐，俱
以拒降被害。左懋第，字蘿石，萊陽人。詩借荊軻入秦之事，哀悼左懋
第的出使無成。末語"異日還逢博浪沙"，言他日必有爲明朝復仇者，
以致其抗清的決心。

趙北燕南之古道，水流湯湯沙皓皓[1]。送君迢遙西入秦，天
風蕭條吹白草。車騎衣冠滿路旁，驪駒一唱心茫茫[2]。手持玉
觴不能飲，羽聲颯沓飛清霜[3]。白虹照天光未滅[4]，七尺屏風袖
將絶[5]。督亢圖中不殺人[6]，咸陽殿上空流血。可憐六合歸一
家，美人鐘鼓如雲霞[7]。慶卿成塵漸離死[8]，異日還逢博
浪沙[9]！

嘉慶簳山草堂版《陳忠裕公全集》卷十二

【註釋】

[1]趙北二句：《史記·刺客列傳》荊軻赴秦，"太子及賓客知其事者，皆白
衣冠以送之，至易水之上。"易水在今河北省西部，源出易縣，流入拒馬
河。故云趙北燕南。湯(shāng 商)湯，大水急流貌。

［2］驪駒,送別之歌。《漢書·王式傳》:"歌驪駒。"註:"服虔曰:'逸詩篇名也,見《大戴禮》,客欲去,歌之。'文頴曰:'其辭云:驪駒在門,僕夫具存。驪駒在路,僕夫整駕也。'"

［3］羽聲,五音之一。《史記·刺客列傳》:"高漸離擊筑,荊軻和而歌,爲變徵之聲,士皆垂淚涕泣。又前而歌曰:'風蕭蕭兮易水寒,壯士一去兮不復還!'復爲羽聲忼慨,士皆瞋目,髮盡上指冠。"颯(sà 薩)沓(tà 榻),盛大貌。

［4］白虹,《漢書·鄒陽傳》:"昔荊軻慕燕丹之義,白虹貫日,太子畏之。"註:"應劭曰:'燕太子丹質於秦,始皇遇之無禮。丹亡去,厚養荊軻,令西刺秦王,精誠感天,白虹爲之貫日也。'"

［5］七尺句:《燕丹子》敍荊軻左手把秦王袖,右手揕其胸。秦王説:今天的事情,一切聽你的,但求讓我聽一曲琴再死。於是召姬人鼓琴,琴聲曰:"羅縠單衣,可掣而絶,八尺屏風,可超而越,鹿盧之劍,可負而拔。"秦王聽從琴聲負劍拔之,奮袖超屏風而走。詩作七尺屏風,恐誤記。

［6］督亢句:督亢,地名,在今河北省涿縣東,是燕國的富饒之區。太子丹派荊軻入秦,以獻督亢之地及秦亡將樊於期之頭爲名,藏匕首於地圖中,謀刺秦王。

［7］可憐二句:《史記·秦始皇本紀》:"秦每破諸侯,寫放其宫室,作之咸陽北阪上,南臨渭,自雍門以東至涇渭,殿屋、複道、周閣相屬,所得諸侯美人鐘鼓以充入之。"六合,上下四方。如雲霞,極言其多。

［8］慶卿,即荊軻。《史記·刺客列傳》:"荊軻者,衛人。其先乃齊人,徙於衛,衛人謂之慶卿。"漸(jiān 尖)離,高漸離,燕人,善擊筑,與荊軻爲友。燕亡,漸離改换姓名,爲人傭作。秦始皇召他入宫,把他眼睛熏瞎了,叫他擊筑。從來稍稍和他親近。他把鉛放在筑裏,舉筑擊始皇,不中,被殺。這裏指左懋第和他的同僚的被殺。

［9］博浪沙,《史記·留侯世家》:"留侯張良者,其先韓人也。秦滅韓,良悉以家財求客刺秦王,爲韓報仇。得力士,爲鐵椎重百二十斤,擊秦皇帝博浪沙中,誤中副車。"異日,他日,可指過去,亦可指將來,此處指將來,作總有一天解。

張 煌 言 詩

張煌言,字玄著,號蒼水,鄞縣(今浙江省寧波市)人。生於公元一六二〇年(明光宗泰昌元年),卒於公元一六六四年(清聖祖康熙三年)。順治二年乙酉(一六四五),起兵抗清,奉魯王監國。官至兵部尚書,兼東閣大學士。順治十六年己亥(一六五九),與鄭成功合師,大舉入江,圍南京。後別率一軍至蕪湖,以制上游。大江南北,紛紛響應,共下四府、三州、二十四縣。終因鄭成功兵敗,孤軍難支而退。時歸路已阻,無法出海,乃改裝夜行,經皖、浙山地二千餘里,復至海上,重新結聚力量,繼續抗清。至康熙三年甲辰(一六六四),鄭成功死,見大勢已去,遂解散部曲,居於南田懸嶴島(今浙江省象山縣南),伺機再起。不久被俘犧牲,葬於杭州南屏山荔子峯下。著有《張蒼水集》。其詩文多反映親身經歷之戰鬥生活,情緒慷慨激昂。

被 執 過 故 里

【解題】　此詩爲康熙三年(一六六四)七月,作者被清軍俘獲後,押經寧波時所作。詩中首先以蘇武仗節歸漢、管寧避亂回里的事蹟作比,嘆惜自己生不逢辰,明亡家破,四海飄零,有愧於前賢。其次述説歸來所見:城郭依然,人事已改,不勝滄桑之感。最後則進一步表露自己誓志"成仁"的決心。

蘇卿仗漢節,十九歲華遷[1];管寧客遼東,亦閲十九年[2];還朝千古事,歸國一身全。予獨生不辰[3],家國兩荒煙。飄零近廿載[4],仰止媿前賢[5]。豈意避秦人,翻作楚囚憐[6]!蒙頭來故里[7],城郭尚依然;彷彿丁令威,魂歸華表巔[8]。有靦此面目[9],難爲父老言。知者哀其辱,愚者笑其顛;或有賢達士,謂此勝錦旋[10]。人生七尺軀,百歲寧復延!所貴一寸丹[11],可踰金石堅。

求仁而得仁，抑又何怨焉[12]！

中華書局排印本《張蒼水集》第三編《采薇吟》

【註釋】

[1] 蘇卿二句：指漢蘇武出使匈奴事。蘇武，西漢杜陵(今陝西省興平縣境內)人。字子卿。武帝時，以中郎將使匈奴。匈奴單于迫令投降，不屈，被幽禁在大窖中，後又徙居北海上，使牧羝，羝乳乃得歸。武仗漢節牧羊，終不爲屈，前後堅持十九年之久，昭帝時，始被釋回國(見《漢書·蘇武傳》)。

[2] 管寧(一五七——二四一)，三國魏朱虛(今山東省臨朐縣)人。字幼安。東漢末，避亂居遼東，亂後始歸。文帝拜爲大中大夫，明帝拜爲光祿勳，皆辭不就。

[3] 生不辰，生不逢時。

[4] 飄零句：張煌言自順治乙酉(一六四五)奉魯王(朱以海)監國至越，至康熙三年甲辰(一六六四)被俘，與清軍輾轉鬥爭，前後恰值十九年。

[5] 仰止，敬仰的意思。《詩經·小雅·車舝》："高山仰止。"疏："古人有高顯之德如山者，則慕而仰之。"止，語末助詞，古與"之"字通。

[6] 避秦，避亂。語本陶潛《桃花源記》。秦政暴虐，因以避秦比喻避亂。此處是指解散餘部，隱居懸嶴的事。楚囚，《左傳》成公九年："晉侯觀於軍府，見鍾儀，問之曰：'南冠而縶者誰也？'有司對曰：'鄭人所獻楚囚也！'"後世因以楚囚比喻被俘的人。此處指被清軍俘獲。

[7] 蒙頭，遮住頭；羞愧得沒臉見人的意思。

[8] 彷彿二句：丁令威，《搜神後記》："丁令威本遼東人，學道於靈虛山，後化鶴歸遼，集城門華表柱。時有少年舉弓欲射之，鶴乃飛，徘徊空中而曰：'有鳥有鳥丁令威，去家千年今始歸；城郭如故人民非，何不學仙塚纍纍？'遂高上冲天。"華表，古代設在宮殿、城垣、墳墓前的石柱。以上四句，言其被俘後重入故鄉，心中極爲羞愧。而家鄉城郭依然，人事已非，不禁引起故國滄桑之感。

[9] 靦(tiǎn 腆)，面有愧色。《詩經·小雅·何人斯》："有靦面目。"

[10] 錦旋,即衣錦還鄉之省文。沈冰壺《張公蒼水傳》:"十九日,公至寧波,方巾葛衣,乘肩輿而入,觀者嘖嘖嘆息,同於晝錦。入提督府,顧盼謂人曰:'此沈相國(沈一貫)第也!我昔曾會文於此。今忽忽二十年後,不勝丁令威化鶴歸來之慟耳!'"

[11] 丹,丹心,忠心。

[12] 求仁二句:語見《論語·述而》:"求仁而得仁,又何怨?"此處是說其所希求的正是殺身成仁,以死報國,今死得其所,何怨之有?

甲辰八月辭故里

【解題】 清康熙三年甲辰(一六六四)八月初,張煌言被轉解至杭州。此詩即離別故鄉前所寫。詩中表示自己以于謙、岳飛等人爲榜樣,寧死不屈。雖以身殉國,但鬥志永遠不滅。

國亡家破欲何之? 西子湖頭有我師;日月雙懸于氏墓[1],乾坤半壁岳家祠[2]。慚將赤手分三席[3],敢爲丹心借一枝[4]。他日素車東浙路[5],怒濤豈必屬鴟夷[6]!

中華書局排印本《張蒼水集》第三編《采薇吟》

【註釋】

[1] 日月雙懸,是說于謙抵抗瓦剌侵略的功績,永垂不朽,可與日月爭光。于謙,見前詩歌部分作者介紹。于氏墓,指謙的墳墓,在杭州西湖旁三台山下。

[2] 乾坤半壁,是說岳飛的抗金鬥爭,支撐住南宋的偏安局面。岳飛(一一〇三———一四一),字鵬舉,宋湯陰(今河南省湯陰縣)人。宣和間,以敢戰士應募,隨宗澤守開封,屢破金軍。官至太尉,授少保,爲河南北諸路招討使。大破金兵於朱仙鎮,指日渡河北上。時秦檜力主和議,下令退兵,召還臨安(今浙江省杭州市),解除兵權。不久被誣謀反,下獄。紹興十一年(一一四一)十二月二十九日,與子岳雲及部將

張憲同時被害。岳家祠,指岳飛的祠墓,在杭州西湖棲霞嶺下。

[3]赤手,空手。席,坐次。此句是説,自己恢復明室的功業未成,不敢希
望與于謙、岳飛同立祠於西子湖畔鼎足而三。

[4]敢,一本作"擬"。枝,枝棲,棲息的地方。此句補足前句意,説自己憑
這顆丹心,在于謙、岳飛的祠墓前,借取一席葬身之地。

[5]素車,靈車、喪車。此處借喻波濤洶湧,如同張着帷蓋的素車一般。枚
乘《七發》形容廣陵的潮水:"其少進也,浩浩澄(āi 哀)澄,如素車白馬
帷蓋之張。"東浙,浙江東部地區。此句是説,自己抗清之志不滅,死後
亦當形成錢塘江中的怒潮。

[6]鴟(chī 蚩)夷,一作鴟鴟,皮製的袋。《國語·吴語》:"(申胥)遂自殺。
將死,曰:'而懸吾目於東門,以見越之入,吴國之亡也。'王愠曰:'孤
不使大夫得有見也!'乃使取申胥之屍,盛以鴟夷,而投之於江。"《録異
記》:"夫差殺伍子胥,煮之於鑊,乃以鴟夷橐投之於江。子胥恚(huì
會)恨,驅水爲濤,以溺殺人。"此句緊聯上句,是説自己同伍子胥一樣,
將於死後化爲怒濤,永遠不會泯滅。

夏完淳詩

夏完淳，字存古，松江華亭(今上海市松江縣)人。生於公元一六三一年(明思宗崇禎四年)，卒於公元一六四七年(清世祖順治四年)。與父允彝，師陳子龍，並有聲名。明亡後，從父、師起兵抗清；事敗以後，允彝與子龍先後死難。夏完淳復入吳易軍中參與軍事。易敗，流亡於江漢之間，繼續進行抗清活動。順治四年(一六四七)夏間，因上表謝魯王遙授中書舍人，爲人告發，被捕。解送南京後，不屈死，年僅十七。著有《夏内史集》及《玉樊堂詞》。

即　　事

【解題】　這組詩是夏完淳於公元一六四六年加入吳易軍中以後所作。此時南京已陷落，作者身在義軍之中，面對着旌旗號角；不禁觸起了無限憤慨之情，因此即事命篇，寫下自己誓志恢復的決心。詩意慷慨悲涼。

其　　一

復楚情何極，亡秦氣未平[1]。雄風清角勁，落日大旗明。縞素酬家國[2]，戈船決死生[3]。胡笳千古恨，一片月臨城。

【註釋】

[1] 復楚二句：是借用楚、秦隱射明、清。秦始皇滅楚以後，楚人時時力圖恢復，當時曾流傳着這樣兩句話：“楚雖三户，亡秦必楚。”(見《史記·項羽本紀》)此處意思是說，想要恢復明王朝的心情非常急切，而消滅敵人的志氣也絲毫没有平息。極，盡。

[2] 縞(gǎo 稿)素句：《史記·高祖本紀》：“發使告諸侯曰：‘天下共立義

帝,北面事之。今項羽放殺義帝於江南,大逆無道,寡人親爲發喪。'諸
侯皆縞素。"此處用以表明誓志恢復的決心。縞素,白色生絹,指喪服。

［３］戈船,戰船。《漢書・武帝紀》:"歸義越侯嚴,爲戈船將軍,出零陵,下
離水。"註:"臣瓚曰:'伍子胥書,有戈船,以載干戈,因謂之戈船也。'"

其　　二

戰苦難酬國[1],仇深敢憶家[2]! 一身存漢臘[3],滿目盡胡
沙[4]。落月翻旗影,清霜冷劍花。六軍渾散盡[5],半夜起悲笳。

【註釋】

［１］戰苦句:意思是説,強敵當前,形勢艱苦,復仇雪恨,實非易事。

［２］敢,此處作豈敢、不敢解。

［３］一身句:《後漢書・陳寵傳》:"及莽篡位,召咸(陳寵祖父)以爲掌寇大
夫,謝病不肯應。時三子參、豐、欽皆在位,乃悉令解官,父子相與歸鄉
里,閉門不出入,猶用漢家祖臘。人間其故,咸曰:'我先人豈知王氏
臘乎?'"此處用以表示要畢身忠於明王朝。臘,古代歲終時的一種
祭祀。

［４］胡沙,李白《永王東巡歌》:"三山北虜亂如麻,四海南奔似永嘉。但用
東山謝安石,爲君談笑静胡沙。"此處借指清軍。

［５］渾,全。杜甫《春望》:"白頭搔更短,渾欲不勝簪。"

其　　三

一旅同仇誼[1],三秋故主懷[2]。將星沉左輔[3],卿月隱中
台[4]。東閣塵賓幕[5],西征愧賦才[6]。月明笳鼓切,今夜爲
誰哀?

中華書局排印本《夏完淳集》卷四

[1] 一旅,《左傳》哀公元年:"有田一成,有衆一旅,能布其德,而兆其謀,以收夏衆。"註:"五百人爲旅。"此處指吳易所率領的這支義軍,爲了抗清,大家結成了同仇敵愾的情誼。

[2] 三秋句: 公元一六四四年,明思宗自殺,作者入吳易軍爲一六四六年,前後正三年,故稱三秋。意思是説,三年來一直在懷念着明王朝。

[3] 將星,古代的一種迷信説法,認爲帝王將相,都是上應天星。《隋書·天文志》:"將軍十二星,在婁北,主武兵。中央大星,天之大將也。"左輔,漢以左馮翊爲左輔,右扶風爲右輔,並京兆合稱三輔。此句指一六四五年清兵攻陷揚州後,史可法的死難。時史可法以東閣大學士兼兵部尚書督師揚州,地在南京之東,借稱左輔。

[4] 卿月,《隋書·天文志》:"月爲太陰之精,以之配日,女主之象也。以之比德刑罰之義,列之朝廷諸大臣之類。"此處比喻賢臣。中台,星名,三台之一。古代以三台喻三公之位,中台謂司徒。此處指政府。此句是指馬士英、阮大鋮等奸佞當權,敗壞朝政,賢良之士盡皆隱避。

[5] 東閣句:《漢書·公孫弘傳》:"(弘)數年至宰相封侯,於是起客館,開東閣,以延賢人,與參謀議。"此處意思是説,自己能力差,不堪勝任吳易的軍事參議。塵,沾污。

[6] 西征句:《晉書·潘岳傳》:"未幾,選爲長安令,作《西征賦》,述所經人物山水,文清旨詣。"此處亦爲作者自謙之辭,意思是説,慚愧自己没有像潘岳一般的才能。

別　雲　間

【解題】　上海市松江,古稱雲間,即作者的家鄉。這首詩是夏完淳被清廷逮捕後,在解往南京前臨別松江時所作。原收在他臨難前的詩集《南冠草》中。作者一面抱着此去誓死不屈的決心;一面又對行將永别的故鄉,流露出無限的依戀和深切的慨嘆。

三年羈旅客[1]，今日又南冠[2]。無限河山淚，誰言天地寬[3]？已知泉路近[4]，欲別故鄉難。毅魄歸來日[5]，靈旗空際看[6]。

中華書局排印本《夏完淳集》卷四

【註釋】

[1] 三年句：指作者自參加抗清活動到寫此詩時，遠離家鄉已有三個年頭。

[2] 南冠，被囚禁的人。參見前張煌言詩《被執過故里》註[6]。

[3] 誰言句：意思是說天地之大竟無容身之處。孟郊《贈崔純亮》：“出門即有礙，誰謂天地寬。”

[4] 泉路，黃泉路，指死亡。

[5] 毅魄，堅強不屈的魂魄。

[6] 靈旗，古代出兵征伐時所用的一種旗幟。《漢書·禮樂志》：“招搖靈旗。”註：“畫招搖（星名）於旗，以征伐，故稱靈旗。”以上兩句是說，自己死後成了鬼魂，也還要歸來從空中看後繼者率領部隊起義。

二、散　文

宋　濂　文

宋濂,字景濂,號潛溪,浦江(今浙江省義烏縣西北)人。生於公元一三一〇年(元武宗至大三年),卒於公元一三八一年(明太祖洪武十四年)。元末召爲翰林編修,不受。明初主修《元史》,官至學士承旨知制誥。宋濂學識淵博,散文簡潔,在當時頗有名。著有《宋學士文集》。

送東陽馬生序

【解題】 本篇以簡潔樸實的語言,敍述作者年輕時求學的勤苦經歷和當時太學生學習的優越條件。通過兩者對比,力圖啓發人們認識專心求學,刻苦自勵的重要。

余幼時即嗜學,家貧,無從致書以觀,每假借於藏書之家,手自筆錄,計日以還[1]。天大寒,硯冰堅,手指不可屈伸,弗之怠。錄畢,走送之,不敢稍逾約。以是人多以書假余,余因得遍觀羣書。既加冠[2],益慕聖賢之道,又患無碩師、名人與遊[3],嘗趨百里外,從鄉之先達執經叩問[4]。先達德隆望尊,門人弟子填其室,未嘗稍降辭色[5]。余立侍左右,援疑質理[6],俯身傾耳以請;或遇其叱咄,色愈恭,禮愈至,不敢出一言以復;俟其欣悅,則又請焉。故余雖愚,卒獲有所聞。

當余之從師也,負篋曳屣行深山巨谷中,窮冬烈風,大雪深數尺,足膚皸裂而不知;至舍,四肢僵勁不能動,媵人持湯沃灌[7],以衾擁覆,久而乃和。寓逆旅,主人日再食,無鮮肥滋味之享。同舍生皆被綺繡，戴珠纓寶飾之帽，腰白玉之環，左佩刀，右佩容臭[8]，煜然若神人；余則縕袍敝衣處其間[9]，略無慕豔意。以中有足樂者，不知口體之奉不若人也。蓋余之勤且艱若此。今雖耄老[10]，未有所成，猶幸預君子之列，而承天子之寵光，綴公卿之後[11]，日侍坐備顧問，四海亦謬稱其氏名，況才之過於余者乎？

今諸生學於太學[12]，縣官日有廩稍之供[13]，父母歲有裘葛之遺，無凍餒之患矣；坐大廈之下而誦詩書，無奔走之勞矣；有司業、博士爲之師[14]，未有問而不告，求而不得者也；凡所宜有之書，皆集於此，不必若余之手錄，假諸人而後見也。其業有不精，德有不成者，非天質之卑，則心不若余之專耳，豈他人之過哉！

東陽馬生君則，在太學已二年，流輩甚稱其賢。余朝京師，生以鄉人子謁余，譔長書以爲贄[15]，辭甚暢達，與之論辯，言和而色夷。自謂少時用心於學甚勞，是可謂善學者矣！其將歸見其親也，余故道爲學之難以告之。謂余勉鄉人以學者，余之志也；詆我夸際遇之盛而驕鄉人者[16]，豈知余者哉！

四部備要本《宋文憲公全集》卷三十二

【註釋】

[１]計日以還，照約定日期送還。

[２]加冠，古代男子年二十行加冠禮，謂之成人。

[３]碩師，大師、名師。

[４]先達，有德行學問而顯達的先輩。《南史·褚玠傳》："玠早有令譽，先達多以才器許之。"

[５]未嘗稍降辭色，言辭態度很嚴肅。降，謙抑。辭色，言辭和臉色。《晉書·祖逖傳》："仍將本流徙部曲百餘家渡江，中流擊楫而誓曰：'祖逖不能清中原而復濟者，有如大江！'辭色壯烈，衆皆慨嘆。"

[6] 援疑質理，提出疑難，詢問義理。

[7] 媵人，指婢僕。

[8] 容臭，香囊。

[9] 縕袍，以亂麻爲絮的袍子。《論語・子罕》：“衣敝縕袍，與衣狐貉者立，而不恥者，其由也與？”朱熹註：“縕，枲著也；袍，衣有著者也。蓋衣之賤者。”

[10] 耄老，年老。《禮記・曲禮上》：“八十、九十曰耄。”

[11] 綴，連綴。這裏指追隨。

[12] 太學，當時的全國最高學府。

[13] 縣官句：謂公家每天供給食糧。縣官，指朝廷，公家。廩稍，即廩食。

[14] 司業，太學副長官。博士，太學教官。

[15] 讓長書以爲贄，寫很長的信作爲進見之禮。

[16] 際遇，遭遇。《宋史・何執中傳》：“昔張士遜亦以舊學際遇，用太傅致仕。”

秦 士 録(節録)

【解題】 這是一篇人物特寫，它着力描繪鄧弼這個身懷絕技、勇猛無敵、而又博學多才的人物，同時也寫出鄧弼懷才不遇的憤慨。人物形象生動，使人如聞其聲，如見其人。

鄧弼，字伯翊，秦人也。身長七尺，雙目有紫棱[1]，開合閃閃如電。能以力雄人，鄰牛方鬥不可擘[2]，拳其脊，折仆地；市門石鼓，十人舁[3]，弗能舉，兩手持之行。然好使酒，怒視人，人見輒避，曰：“狂生不可近，近則必得奇辱。”

一日，獨飲娼樓，蕭、馮兩書生過其下，急牽入共飲；兩生素賤其人，力拒之。弼怒曰：“君終不我從[4]，必殺君，亡命走山澤耳；不能忍君苦也[5]。”兩生不得已，從之。弼自據中筵，指左右，揖兩生坐。呼酒歌嘯以爲樂。酒酣，解衣箕踞[6]，拔刀置案上，鏗然鳴。兩生雅聞其酒狂[7]，欲起走，弼止之曰：“勿走也！弼亦粗知書，君何至相視如涕唾？今日非速君飲，欲少吐胸中不平氣耳。四庫書從君問[8]，即不能答，當血是刃。"兩生曰："有是哉？"遽摘七經數十義扣之[9]；弼歷舉傳疏[10]，不遺一言。復詢歷代史；上下三千年纏纏如貫珠[11]。弼笑曰："君等伏乎未也？"兩生相顧慘沮[12]，不敢再有問。弼索酒，被髮跳叫曰[13]："吾今日壓倒老生矣！古者學在養氣，今人一服儒衣，反奄奄欲絕，徒欲馳騁文墨，兒撫一世豪傑[14]，此何可哉？此何可哉？君等休矣。"兩生素負多才藝，聞弼言大愧，下樓，足不得成步。歸詢其所與遊，亦未嘗見其挾册呻吟也[15]。

泰定末[16]，德王執法西御史臺[17]，弼造書數千言袖謁之。閽卒不爲通，弼曰："若不知關中有鄧伯翔耶？"連擊踣數人，聲聞於王；王令隸人捽入，欲鞭之。弼盛氣曰："公奈何不禮壯士？……"……王曰："爾自號壯士，解持矛鼓譟前登堅城乎？"曰："能。""百萬軍中，可刺大將乎？"曰："能。""突圍潰陣，得保首領乎？"曰："能。"王顧左右曰："姑試之。"問所須，曰："鐵鎧良馬各一，雌雄劍二。"王即命給與。陰戒善槊者五十人，馳馬出東門外，然後遣弼往。王自臨觀，空一府隨之。暨弼至，衆槊并進；弼虎吼而奔，人馬辟易五十步，面目無色。已而烟塵漲天，但見雙劍飛舞雲霧中，連砍馬首墜地，血淰淰滴[18]。王撫髀驩曰："誠壯士！誠壯士！"命勺酒勞弼，弼立飲不拜。由是狂名振一時，至比之王鐵槍云。

王上章薦諸天子。會承相與王有隙，格其事不下。弼環視四體，嘆曰："天生一具銅筋鐵肋，不使立勳萬里外，乃槁死三尺蒿下，命也，亦時也！尚何言！"遂入王屋山爲道士[19]。後十年終。

史官曰："弼死未二十年，天下大亂，中原數千里，人影殆絕；玄鳥來降失家[20]，競棲林木間。使弼在，必當有以自見。惜哉，弼鬼不靈則已；若有靈，吾知其怒髮上衝也。"

四部備要本《宋文憲公全集》卷三十八

【註釋】

[1] 目有紫棱,指眼光鋭利有神。

[2] 擘(bò 檗),分開。

[3] 舁(yú 于),抬。

[4] 不我從,不從我的倒裝句。

[5] 忍君苦,忍受你們的氣惱。

[6] 箕踞,兩腿伸直岔開,形如畚箕。是傲慢無禮的姿態。

[7] 雅,素來、向來。

[8] 四庫,經、史、子、集四部的代稱。唐玄宗開元年間收羅圖集,分藏長
       安、洛陽兩地,"以甲、乙、丙、丁爲次,列經、史、子、集四庫"(《新唐書·
       藝文志》)。後因稱四部爲四庫。

[9] 七經,《小學紺珠》以《易》、《書》、《詩》、《周禮》、《儀禮》、《禮記》、《春秋》
       爲七經。

[10] 傳疏,註釋經文的叫"傳",解釋傳文的叫"疏"。

[11] 纚纚如貫珠,連接不斷如串珠。纚纚,連縣不斷,此處是形容談吐滔滔
       不絶。

[12] 慘沮,沮喪失色。

[13] 被髮,披散頭髮。

[14] 兒撫一世豪傑,把一世豪傑當小兒來撫摩、玩弄。

[15] 挾册呻吟,拿着書籍吟咏、誦讀。

[16] 泰定,元泰定帝年號(一三二四———一三二八)。

[17] 德王,按《元史·諸王表》載有安德王、宣德王、懿德王、保德郡王等,此
       處德王不知爲誰。西御史臺,陝西道御史府。

[18] 血涔涔滴,血不斷流下。

[19] 王屋山,在山西省陽城縣西南。

[20] 玄鳥,燕子。

劉 基 文

劉基,字伯溫,青田(今浙江省青田縣)人。生於公元一三一一年(元武宗至大四年),卒於公元一三七五年(明太祖洪武八年)。元末進士,曾任江西高安縣丞、江浙儒學副提舉等職。後棄官歸隱。元至正二十年(一三六○)後,協助朱元璋建立明王朝,爲開國功臣之一。官至御史中丞兼太史令,封誠意伯。他是元末明初著名詩文家之一,有些作品反映了當時社會的動亂和人民的疾苦,客觀上揭露了封建統治的腐朽。他的詩歌以古樸、雄放見長,散文富有形象性。著有《誠意伯文集》。

賣 柑 者 言

【解題】 這是一篇富有諷刺性的作品。它通過賣柑者之口,着重指出那些坐高堂、騎大馬、飲美酒、食佳肴、神氣十足的將軍、大臣們,實際都是一些不懂用兵、不會治世、"金玉其外,敗絮其中"的朽物,尖銳地揭露了當時的社會現實,表現了作者滿腔憤世之情。語言犀利,生動有力。文章採取設辭問答形式,有助於深化題旨。結尾自問,有畫龍點睛之妙。

杭有賣果者,善藏柑,涉寒暑不潰[1]。出之燁然,玉質而金色[2]。置於市,賈十倍,人爭鬻之[3]。予貿得其一[4],剖之,如有煙撲口鼻,視其中,乾若敗絮。予怪而問之曰[5]:"若所市於人者,將以實籩豆[6],奉祭祀,供賓客乎?將衒外以惑愚瞽也[7]?甚矣哉爲欺也。"

賣者笑曰:"吾業是有年矣,吾賴是以食吾軀[8]。吾售之,人取之,未嘗有言,而獨不足子所乎?世之爲欺者不寡矣,而獨我也乎?吾子未之思也。今夫佩虎符、坐皋比者,洸洸乎干城之具也[9],果能授孫吳之略耶[10]?峨大冠、拖長紳者,昂昂乎廟堂之器也[11]，果能建伊皋之業耶[12]？盜起而不知禦[13]，民困而不知救，吏姦而不知禁，法斁而不知理，坐糜廩粟而不知恥[14]。觀其坐高堂，騎大馬，醉醇醴而飫肥鮮者[15]，孰不巍巍乎可畏，赫赫乎可象也[16]？又何往而不金玉其外，敗絮其中也哉！今子是之不察，而以察吾柑！"

予默默無以應。退而思其言，類東方生滑稽之流[17]。豈其憤世疾邪者耶？而託於柑以諷耶[18]？

【註釋】

［1］杭有賣果三句：杭，指浙江杭州。柑，果名，形似橘而大，橙黃色。涉，經歷。潰，腐爛。

［2］出之二句：燁（yè 葉）然，光彩照耀的樣子。玉質而金色，質地像玉一樣潤澤，顏色像金子一樣輝煌。

［3］賈十倍二句：賈，通"價"，價格。鬻（yù 育），賣。亦可解作買，這裏應是購買的意思。

［4］貿（mào 冒），買賣，此處是買的意思。

［5］恠，"怪"的異體字。

［6］若所二句：若，你。市，賣。籩（biān 邊）豆，古代禮器。籩用竹製，盛果脯等；豆用木製，也有用銅或陶製的，盛齏醬等；供祭祀和宴會之用。

［7］衒（xuàn 渲），同"炫"，炫耀。愚瞽，傻子、瞎子。也，別本作"乎"。

［8］吾業是二句：意謂我做這一種職業已多年了，也靠它維持生活。食（sì 飼），供養。軀，身體。

［9］今夫二句：虎符，虎形的兵符。皋比（pí 皮），虎皮。洸（guāng 光）洸，威武的樣子。干城之具，喻指捍衛國家的將才。《詩經·周南·兔罝》："糾糾武夫，公侯干城。"具，才，此指人材。

［10］孫吳，指我國古代著名的軍事家孫武、吳起。

［11］峨大冠二句：峨（é 俄），高。扡，同"拖"，下垂。紳（shēn 伸），古代士大

169

夫束在腰間並垂下一部分作爲裝飾的大帶子。廟堂之器,喻指朝廷大臣之材。

[12] 伊皋,伊,指伊尹,商湯的大臣。皋,指皋陶(yáo 搖),相傳是舜時掌管刑法的大臣。

[13] 禦,抵擋。

[14] 法斁二句:斁(dù 妒),敗壞。坐糜廩粟,坐着消耗國家倉庫裏的糧食。

[15] 醇醴,美酒。飫(yù 欲),飽食。

[16] 孰不二句:巍巍,高不可及的樣子。赫赫,氣勢壯盛的樣子。象,效法。

[17] 東方生,即東方朔,漢武帝時人,詼諧滑(gǔ 骨)稽,善諷諫(見《史記·滑稽列傳》)。

[18] 託,假借。

方 孝 孺 文

方孝孺,字希直,一字希古,寧海(今浙江省象山縣)人。生於公元一三五七年(元順帝至正十七年),卒於公元一四○二年(明惠帝建文四年)。少從宋濂學,以文章、理學著名於當時。洪武間,除漢中府**教授**。蜀獻王聘爲世子師,名其學舍曰:正學。建文時,爲侍講學士。燕王朱棣(成祖)引兵入金陵,稱帝,命他起草登極詔書,不從,被磔於市。後世學者稱正學先生。著有《遜志齋集》。

越　　巫

【解題】　這是一篇諷刺好誕者的雜文。作者在這篇《越巫》和下面一篇《吳士》的後面,附有這樣一段説明:"右《越巫》、《吳士》二篇,余見世人之好誕者死於誕、好夸者死於夸,而終身不自知其非者衆矣,豈不惑哉! 遊吳越間,客談二事類之,書以爲世戒。"

　　越巫[1],自詭善驅鬼物[2]。人病,立壇場[3],鳴角振鈴[4],跳擲叫呼,爲胡旋舞[5],禳之[6]。病幸已[7],饌酒食[8],持其貲去。死則諉以它故[9],終不自信其術之妄。恆夸人曰:"我善治鬼,鬼莫敢我抗。"惡少年慍其誕[10],瞷其夜歸[11],分五六人,梭道旁木上,相去各里所,候巫過,下砂石擊之。巫以爲真鬼也,即旋其角,且角且走。心大駭,首岑岑加重[12],行不知足所在。稍前,駭頗定,木間砂亂下如初,又旋而角,角不能成音,走愈急,復至前,復如初,手慄氣懾[13],不能角;角墜,振其鈴,既而鈴墜,惟大叫以行。行,聞履聲,及葉鳴、谷響,亦皆以爲鬼,號求救於人甚哀。夜半,抵家,大哭叩門。其妻問故,舌縮不能言[14],惟指床曰:"亟扶我寢[15],我遇鬼,今死矣!"扶至床,膽裂死[16],膚色如藍;巫至死不知其非鬼。

四部叢刊本《遜志齋集》卷六

[1] 越巫,越地的巫。在舊時代,迷信盛行,人們稱以降神驅鬼爲職業的人爲巫(古代稱女巫爲巫,男巫爲覡)。

[2] 自詭,自己詐稱。

[3] 壇場,築土而高曰壇,除地曰場。《漢書・高帝紀》:"漢王齋戒設壇場,拜韓信爲大將軍。"此處指巫作法事的地方。

[4] 鳴角振鈴,吹角搖鈴。角,指巫做法事吹的海螺。

[5] 胡旋舞,一種旋轉的舞。《唐書・音樂志》:"(康國)舞,急轉如風,俗謂之胡旋。"《樂府雜錄》:"胡旋舞,俱於小圓毯子上舞,縱橫騰踏,兩足終不離於毯子上,其妙如此也。"這裏則是描述越巫狂亂跳躍,故作驅鬼的姿態。

[6] 禳(rǎng 壤),祈求免除災禍。

[7] 病幸已,病幸而好了。已,止。

[8] 饌,喫喝。《論語・爲政》:"有酒食,先生饌。"

[9] 諉以它故,拿其它原因來推託。諉,託。

[10] 慍,憤恨。誕,欺妄。

[11] 瞯(jiàn 諫),視。這裏有窺伺之意。

[12] 岑岑,麻木脹悶。《漢書・外戚傳》有"我頭岑岑也,藥中得無有毒"之語。

[13] 手慄氣懾,手在顫抖,氣也不敢出。慄,顫抖恐懼的樣子。懾,恐懼不敢出氣。

[14] 舌縮,舌根斂縮僵硬。

[15] 亟,急。

[16] 膽,原作"床",誤。

吳　　士

【解題】　本文對誇誇其談的人作了尖銳的諷刺。

吳士好夸言。自高其能,謂舉世莫及。尤善談兵[1],談必推孫吳[2]。遇元季亂,張士誠稱王姑蘇[3],與國朝爭雄[4]。兵未決。士謁士誠曰:"吾觀今天下形勢莫便於姑蘇,粟帛莫富於姑蘇,甲兵莫利於姑蘇;然而不霸者,將劣也。今大王之將,皆任賤丈夫,戰而不知兵,此鼠鬭耳[5]。王果能將吾[6],中原可得,於勝小敵何有![7]"士誠以爲然,俾爲將[8],聽自募兵[9],戒司粟吏勿與較贏縮[10]。

士嘗遊錢塘,與無賴儒人交,遂募兵於錢塘,無賴士皆起從之,得官者數十人,月靡粟萬計[11]。日相與講擊刺坐作之法[12],暇則斬牲、具酒燕飲[13]。其所募士,實未嘗能將兵也[14]。

李曹公破錢塘[15],士及麾下,遁去不敢少格[16]。蒐得[17],縛至轅門誅之。垂死猶曰:"吾善孫吳法。"

四部叢刊本《遜志齋集》卷六

【註釋】

[1] 善,多。《詩經・載馳》:"女子善懷。"鄭玄箋:"善,猶多也。"談兵,談論兵事。

[2] 孫吳,孫武、吳起。孫武,春秋末年齊國人,善用兵,是我國古代有名的軍事家和軍事理論家。著有《孫子》十三篇(《漢書・藝文志》稱《孫子兵法》八十二篇)。吳起,衛國人,戰國初年有名的政治家、軍事家。著有兵法書《吳起》,今佚。傳世《吳子》,出於後人偽託。因孫武、吳起,都精於兵法,所以後世談論兵法的人,往往並舉孫吳。

[3] 張士誠(一三二一——一三六七),元末泰州白駒場人,鹽販出身。一三五三年與弟士德、士信率鹽民起義,攻克泰州、興化、高郵。次年稱誠王,國號周。又渡江攻克常熟、湖州、松江等地。一三五六年定都平江(今江蘇省蘇州市)。次年爲朱元璋所敗,降元。後又繼續擴佔土地,疆域南至浙江紹興,北至山東濟寧,西至安徽北部,東至海邊。一三六三年秋,自稱吳王。後又屢爲朱元璋所敗。一三六七年秋,平江

城破,被俘至金陵(今江蘇省南京市),自縊死。

[4] 國朝,本朝,這裏指明朝。爭雄,爭勝。

[5] 鼠鬬,如鼠相鬬。

[6] 將(jiàng 醬)吾,以我爲將。

[7] 何有,有何難。《論語·里仁》:"能以禮讓爲國乎何有。"

[8] 俾爲將,使(他)爲將領。

[9] 募兵,招募士兵。

[10] 贏縮,贏,有餘;縮,不足。這句是説,命令主管糧食的官吏不要與他計較多少。贏,一作嬴。

[11] 靡,浪費。

[12] 擊刺坐作,指兵士練武的動作。

[13] 斬,殺。具,備。燕,通"宴"。

[14] 將(jiàng 醬)兵,帶領軍隊。

[15] 李曹公,即李文忠。文忠,字思本,盱眙人,明太祖(朱元璋)姊子。洪武間,官至大都督府左都督,封曹國公。卒後,追封岐陽王,謚武靖。

[16] 格,通"挌",搏鬬。

[17] 覔,"搜"的異體字。

174

馬 中 錫 文

馬中錫,字天禄,故城(今河北省故城縣)人。生卒年不詳。明憲宗成化十一年(一四七五)進士,授刑科給事中。正德年間,官至兵部侍郎。因反對太監劉瑾,被貶官、下獄,劉瑾伏誅以後,出任大同巡撫。正德六年(一五一一),劉六、劉七等起義,馬中錫奉命統率禁兵前往鎮壓。但後來他鑒於起義部隊力量的強大,又有感於事變本身,是由酷吏、太監所激起,遂主張"招安",並親往劉營,勸劉等"就撫"。但當權者卻發強兵,懸賞格求捕劉等,決意進行鎮壓。劉六等見朝廷不可信任,遂堅持鬥爭,惟兵至故城,戒毋犯馬中錫家。謗遂大起,朝廷即以"縱賊"罪下中錫於獄,瘐死。後數年,巡按御史盧雍追訟其冤,朝廷方復馬中錫官,賜祭予廕(事見《明史》卷一八七《馬中錫傳》)。著有《東田集》。

中 山 狼 傳

【解題】 本文着重批判了中山狼的忘恩負義,當遭到危險時,它裝出一副可憐相,花言巧語地迷惑人,以騙取人們的同情和庇護;一旦事過境遷,它就翻臉不認人,甚至要把救命恩人喫掉。這樣,作品在客觀上也就告訴了人們:狼的本性不變,對於喫人的狼,必須堅決消滅它。東郭先生對中山狼濫施仁慈,講究什麼"兼愛",結果自己差點喪命,可見這種"仁陷於愚"的行爲是十分錯誤的。作品藝術上有一定的成就,狡猾殘忍的中山狼,迂腐軟弱的東郭先生,都有較高的典型性;就是着墨不多的杖藜老人,他的沉着、堅定,也給人很深的印象。

鄭振鐸推測此文是根據宋代謝良所作增補而成。過去有人認爲此文是馬中錫寫來諷刺李夢陽對康海的忘恩負義(見《玉劍尊聞》、《池北偶談》、《茶香室三鈔》)。我們認爲,這篇作品是以前人的創作爲藍本的,至於最初的作者或馬中錫本人創作時,主觀上是否確有所指,雖不可知,但實際上這篇作品本身卻具有廣泛的概括性。所以,如果把它的思想意義和社會價值僅僅歸結爲反映康、李之間的私人恩怨,是不正確的。

趙簡子大獵於中山[1]，虞人導前[2]，鷹犬羅後[3]，駭禽鷙獸應弦而倒者不可勝數[4]。有狼當道，人立而啼。簡子垂手登車[5]，援烏號之弓[6]，挾肅慎之矢[7]，一發飲羽[8]，狼失聲而逋[9]。簡子怒，驅車逐之，驚塵蔽天，足音鳴雷，十里之外[10]，不辨人馬。

時，墨者東郭先生[11]，將北適中山以干仕[12]，策蹇驢[13]，囊圖書，夙行失道[14]，望塵驚悸。狼奄至[15]，引首顧曰："先生豈有志於濟物哉？昔毛寶放龜而得渡[16]，隨侯救蛇而獲珠[17]，龜蛇固弗靈於狼也。今日之事，何不使我得早處囊中以苟延殘喘乎？異時倘得脫穎而出[18]，先生之恩，生死而肉骨也[19]，敢不努力以效龜蛇之誠！"先生曰："嘻，私汝狼以犯世卿[20]，忤權貴，禍且不測，敢望報乎？然墨之道，兼愛爲本，吾終當有以活汝，脱有禍[21]，固所不辭也！"乃出圖書，空囊橐，徐徐焉實狼其中[22]，前虞跋胡，後恐疐尾[23]，三納之而未克，徘徊容與[24]，追者益近。狼請曰："事急矣！先生果將揖遜救焚溺，而鳴鑾避寇盜耶[25]？惟先生速圖！"乃跼蹐四足[26]，引繩而束縛之，下首至尾[27]，曲脊掩胡，蝟縮蠖屈[28]，蛇盤龜息，以聽命先生。先生如其指，内狼於囊[29]，遂括囊口，肩舉驢上，引避道左[30]，以待趙人之過。

已而簡子至，求狼弗得，盛怒，拔劍斬轅端示先生，罵曰："敢諱狼方向者[31]，有如此轅！"先生伏躓就地[32]，匍匐以進[33]，跽而言曰[34]："鄙人不慧，將有志於世，奔走遐方[35]，自迷正途，又安能發狼蹤，以指示夫子之鷹犬也！然嘗聞之，大道以多歧亡羊[36]。夫羊，一童子可制之，如是其馴也，尚以多歧而亡；狼非羊比，而中山之歧，可以亡羊者何限？乃區區循大道以求之[37]，不幾於守株緣木乎[38]？況田獵，虞人之所事也，君請問諸皮冠[39]。行道之人何罪哉？且鄙人雖愚，獨不知夫狼乎？性貪而狠，黨豺爲虐[40]，君能除之，固當窺左足以效微勞[41]，又肯諱之而不言哉！"簡子默然，回車就道。先生亦驅驢，兼程而進。

良久，羽旄之影漸沒[42]，車馬之音不聞，狼度簡子之去已遠[43]，而作聲囊中曰："先生可留意矣。出我囊，解我縛，拔矢我臂，我將逝矣[44]！"先生舉手出狼，狼咆哮謂先生曰："適爲虞人逐，其來甚遠，幸先生生我[45]。我餒甚，餒不得食，亦終必亡而已。與其饑死道路[46]，爲羣獸食，毋寧斃於虞人，以俎豆於貴家[47]。先生既墨者，摩頂放踵[48]，思一利天下，又何吝一軀啖我而全微命乎[49]？"遂鼓吻奮爪以向先生。先生倉卒以手搏之，且搏且卻，引蔽驢後，便旋而走，狼終不得有加於先生[50]，先生亦極力拒，彼此俱倦，隔驢喘息。先生曰："狼負我！狼負我！"狼曰："吾非固欲負汝，天生汝輩，固需吾輩食也！"相持既久，日晷漸移[51]，先生竊念天色向晚，狼復羣至，吾死矣夫！因紿狼曰[52]："民俗，事疑必詢三老，第行矣[53]，求三老而問之，苟謂我當食即食，不可即已。"狼大喜，即與偕行。

踰時[54]，道無人行，狼饞甚，望老木僵立路側，謂先生曰："可問是老！"先生曰："草木無知，叩焉何益[55]？"狼曰："第問之，彼當有言矣！"先生不得已，揖老木，具述始末，問曰："若然，狼當食我邪？"木中轟轟有聲，謂先生曰："我杏也。往年老圃種我時，費一核耳，踰年華[56]，再踰而實，三年拱把[57]，十年合抱，至於今二十年矣！老圃食我，老圃之妻子食我，外至賓客，下至奴僕皆食我。又復鬻實於市，以規利於我[58]。其有功於老圃甚巨。今老矣，不能斂華就實[59]，賈老圃怒[60]，伐我條枚，芟我枝葉，且將售我工師之肆取直焉[61]。噫！樗朽之材[62]，桑榆之景[63]，求免於斧鉞之誅而不可得，汝何德於狼，乃覬免乎[64]？是固當食汝。"言下，狼復鼓吻奮爪以向先生。先生曰："狼爽盟矣[65]，矢詢三老[66]，今值一杏，何遽見迫邪？"復與偕行。

狼愈急，望見老牸[67]，曝日敗垣中，謂先生曰："可問是老！"
先生曰："騳者草木無知[68]，謬言害事，今牛，禽獸耳，更何問焉？"
狼曰："第問之，不問，將咥汝[69]！"先生不得已，揖老牸，再述始末
以問。牛皺眉瞪眼，舐鼻張口，向先生曰："老杏之言不謬矣！老
牸繭栗少年時[70]，筋力頗健，老農貿一刀以易我，使我貳犟牛、事
南畝[71]。既壯，犟牛日以老憊，凡事我都之[72]。彼將馳驅，我伏
田車[73]，擇便途以急奔趨。彼將躬耕，我脫輻衡[74]，走郊坰以闢
榛荊[75]。老農視我猶左右手。衣食仰我而給，婚姻仰我而畢，賦
稅仰我而輸[76]，倉庾仰我而實[77]。我亦自諒，可得帷席之敝如
馬狗也[78]。往年家儲無擔石[79]，今麥秋多十斛矣；往年窮居無
顧藉[80]，今掉臂行村社矣；往年塵卮甖[81]，涸唇吻，盛酒瓦盆，半
生未接，今醞黍稷，據樽罍[82]，驕妻妾矣；往年衣短褐，侶木
石[83]，手不知揖，心不知學，今持《兔園冊》[84]，戴笠子，腰韋
帶[85]，衣寬博矣。一絲一粟，皆我力也。顧欺我老弱，逐我郊野，
酸風射眸[86]，寒日弔影，瘦骨如山[87]，老淚如雨，涎垂而不可收，
足攣而不可舉，皮毛俱亡，瘡痍未瘥。老農之妻妒且悍，朝夕進
說曰：'牛之一身，無廢物也。肉可脯，皮可鞟[88]，骨角可切磋爲
器。'指大兒曰：'汝受業庖丁之門有年矣，胡不礪刃硎以待[89]？'
跡是觀之[90]，是將不利於我，我不知死所矣！夫我有功，彼無情
乃若是，行將蒙禍；汝何德於狼，覬幸免乎？"言下，狼又鼓吻奮爪
以向先生。先生曰："毋欲速！"

遙望老子杖藜而來[91]，鬚眉皓然，衣冠閒雅，蓋有道者也。
先生且喜且愕，舍狼而前，拜跪啼泣，致辭曰："乞丈人一言而
生。"丈人問故，先生曰："是狼爲虞人所窘，求救於我，我實生之。
今反欲咥我，力求不免，我又當死之，欲少延於片時，誓定是於三
老[92]。初逢老杏，強我問之，草木無知，幾殺我。次逢老牸，強我
問之，禽獸無知，又幾殺我。今逢丈人，豈天之未喪斯文也[93]。

敢乞一言而生。"因頓首杖下,俯伏聽命。丈人聞之,欷歔再三。以杖叩狼曰:"汝誤矣! 夫人有恩而背之,不祥莫大焉。儒謂受人恩而不忍背者,其爲子必孝,又謂虎狼之父子[94]。今汝背恩如是,則併父子亦無矣!"乃厲聲曰:"狼,速去! 不然將杖殺汝!"狼曰:"丈人知其一未知其二,請愬之[95],願丈人垂聽。初,先生救我時,束縛我足,閉我囊中,壓以詩書,我鞠躬不敢息[96],又蔓辭以説簡子[97],其意蓋將死我於囊,而獨竊其利也。是安可不咥?"丈人顧先生曰:"果如是,是羿亦有罪焉[98]!"先生不平,具狀其囊狼憐惜之意。狼亦巧辯不已以求勝。丈人曰:"是皆不足以執信也。試再囊之,我觀其狀,果困苦否。"狼欣然從之。信足先生[99],先生復縛置囊中,肩舉驢上,而狼未之知也。丈人附耳謂先生曰:"有匕首否?"先生曰:"有!"於是出匕。丈人目先生,使引匕刺狼。先生曰:"不害狼乎?"丈人笑曰:"禽獸負恩如是,而猶不忍殺。子固仁者,然愚亦甚矣! 從井以救人,解衣以活友[100],於彼計則得,其如就死地何? 先生其此類乎? 仁陷於愚,固君子之所不與也[101]。"言已大笑,先生亦笑。遂舉手助先生操刃,共殪狼[102],棄道上而去。

商務版《叢書集成》本《東田文集》卷三

【註釋】

[1] 趙簡子,名鞅。春秋時晉國的大夫。中山,地名,今河北省定縣一帶。

[2] 虞人,古代主管山澤苑囿田獵的官。《孟子‧滕文公》下:"昔齊景公田,招虞人以旌。"註:"虞人,守苑囿之吏也。"

[3] 羅,原作"罹",誤,據《涵芬樓古今文鈔》卷五十九《傳狀類》所收《中山狼傳》校改。

[4] 鷙獸,猛獸。鳥之兇猛者稱鷙。又凡性之兇猛者也可稱鷙。

[5] 垂手登車,從容上車。垂手,手下垂,形容安閒從容。"垂"原作"唾"。

· 179 ·

［６］烏號，古良弓名。《淮南子・原道》：“射者扞(張)烏號之弓。”高誘註：“桑柘其材堅勁，烏峙其上，及其將飛，枝必撓下，勁能復巢，烏隨之。烏不敢飛，號呼其上。伐其枝以爲弓，因曰烏號之弓也。”一説：黄帝得道，乘龍而上，其臣援弓射龍，欲下黄帝不能也。烏，於也，號，呼也。於是抱弓而號，因名其弓爲烏號。

［７］肅慎之矢，古之良箭。肅慎，古代國名，原稱息慎、稷慎，周代始稱肅慎，其地域傳説不一，約在吉林省寧安縣以北直至沿混同江南北岸一帶。周武王時，肅慎曾進貢該地出産的名箭。按：援烏號之弓、挾肅慎之矢，意謂趙簡子使用的都是上等的弓箭。

［８］飲羽，形容箭射入極深，連箭尾羽毛都不見了。飲，吞没。

［９］失聲，狼中箭痛極，忍不住發出叫聲。逌，逃跑。

［１０］十里之外，《涵芬樓古今文鈔》本作“十步之外”。

［１１］墨者東郭先生，信仰墨子學説的東郭先生。墨子，春秋時人，創“兼愛”“非攻”之説。東郭，姓。

［１２］適，往。干，求。干仕，謀求官職。

［１３］策蹇(jiǎn 檢)驢，騎着跛足的驢子。策，原爲馬鞭；騎者必執鞭，故亦可作騎解。蹇，跛足。

［１４］夙行，清晨趕路。失道，迷路。

［１５］奄至，突然來到。

［１６］毛寶放龜而得渡，毛寶，東晉時陽武人，字碩貞，官至豫州刺史。《蒐神記》云：寶嘗得一白龜，放於江中。後守邾城時，爲石季龍戰敗，諸人投江逃命，均溺死，惟寶披甲投水，覺水下有物浮之前進，登岸後視之，乃前所放白龜也。

［１７］隋侯救蛇而獲珠，《淮南子・覽冥訓》：“譬如隋侯之珠，和氏之璧，得之者富，失之者貧。”高誘註：“隋侯，漢東之國，姬姓諸侯也。隋侯見大蛇傷斷，以藥傅(敷)之。後蛇於江中銜大珠以報之，因曰隋侯之珠。蓋明月珠也。”

［１８］穎，錐子尖。脱穎而出，猶穎脱而出。《史記・平原君列傳》記戰國時毛遂曾説：“使遂早得處囊中，乃穎脱而出。”意謂將來顯露頭角，正如口袋裏的錐子的尖端露出頭來。此處意謂如能脱離災禍，日後重新

出頭。

[19] 生死而肉骨，意謂使死者復生，枯骨長肉。此係中山狼對東郭先生表面上感恩圖報之辭。此處"生"、"肉"作動詞解。

[20] 私汝狼以犯世卿，爲着包庇你這狼而干犯着大貴族。世卿，指趙簡子。春秋時，各國大都由一個或幾個大貴族掌握政權，世代傳襲，故稱世卿。

[21] 脱有禍，設使有禍。脱，或然之辭。《世説·賞譽》："脱時過止，寒温而已。"意謂即使有時過之，也只是問候寒暄，不與之深談。

[22] 空囊橐(tuó 陀)二句：空出口袋，慢慢地把狼裝進袋裏去。橐，原爲無底的袋，然常囊橐連稱。實，此處作裝入解。

[23] 前虞二句：意謂往前怕踐壓狼頷下的垂肉，往後又怕阻礙狼的尾巴。《詩經·豳風·狼跋》："狼跋其胡，載疐(zhì 志)其尾。"毛傳："跋，躐；疐，跲(jiá 頰)也。老狼有胡，進則躐其胡，退則跲其尾，進退有難。"胡，老狼頷下的垂肉。疐，跲，躓也，此處作踐壓阻礙解。

[24] 容與，從容不迫。此處徘徊容與，謂躊躇不決、動作遲鈍。

[25] 先生二句：揖遜救焚溺，在救火、救溺時還打躬作揖地講究禮貌。鳴鸞避寇盜，逃避强盜時，卻像平時那樣駕着車，響起叮叮噹噹的鈴聲。此兩句比喻人遇事不分緩急、迂闊害事。鸞，通"鑾"，古代車駕上的鈴，古籍多寫作"鸞"。《説文》鑾字下云："人君乘車四馬鑣，八鑾鈴，像鸞鳥之聲，和則敬也。"段註："爲鈴繫於馬銜之兩邊，聲中五音，似鸞鳥，故曰鑾。"

[26] 跼蹐，蜷縮。

[27] 下首至尾，把頭彎下來凑到尾巴上。

[28] 蝟縮蠖(huò 貨)屈，像刺蝟似地縮起來，像尺蠖蟲爬行時那樣地彎曲起來。

[29] 内，同"納"。《孟子·萬章》："若己推而内之溝中。"

[30] 引避道左，躲避在路旁。引避，退避。《後漢書·章帝紀》：帝嘗敕侍御史司空曰："方春所過，無得有所伐殺，車可以引避，引避之。"

[31] 諱，此處作隱瞞解。

[32] 伏躓就地，伏倒在地上。躓，倒下。

· 181 ·

[33]匍匐,伏地而行。

[34]跽,跪。

[35]遐方,遠方。

[36]大道以多歧亡羊,大路多歧途,故羊易走失。《列子·説符第八》:"楊子(指楊朱)之鄰人亡羊,既率其黨,又請楊子之豎追之。楊子曰:'嘻!亡一羊,何追者之衆?'鄰人曰:'多歧路。'既反,問:'獲羊乎?'曰:'亡之矣!'曰:'奚亡之?'曰:'歧路之中又有歧焉。吾不知所之,所以反也。'"

[37]區區,僅僅。

[38]幾,近。守株,守株待兔。《韓非子·五蠹》:"宋人有耕田者,田中有株,兔走觸株,折頸而死。因釋其耒而守株,冀復得兔。兔不可復得,而身爲宋國笑。"緣木,緣木求魚。《孟子·梁惠王》:"以若所爲,求若所欲,猶緣木而求魚也。"守株待兔、緣木求魚,比喻脱離實際的主觀主義的行事,必勞而無獲。

[39]皮冠,古代田獵時所戴的帽子。古時國君出獵,欲招虞人,則以此爲符信。此處皮冠,係於狩獵官的代稱。問諸皮冠,問之於狩獵官。

[40]黨豺爲虐,跟豺爲一夥相助作惡。黨,朋黨。屈原《離騷》:"惟夫黨人之偷樂兮",王逸註:"黨,朋也。"豺,形似狼犬而體瘦,與狼均爲貪殘之獸,故豺狼常連稱。

[41]窺左足,略舉足。《漢書·息夫躬傳》:"京師雖有武蠭精兵,未有能窺左足而先應者也。"註:"蘇林曰:'窺,音跬(kuǐ 傀)。'師古曰:'跬,半步也,言一舉足也。'"

[42]羽旄,古代旗上裝飾。此處借指趙簡子一行人。

[43]度,料,估計。

[44]逝,去。"將逝"兩字原缺,據《涵芬樓古今文鈔》補。

[45]生我,救活我。

[46]"路"字原缺,據《涵芬樓古今文鈔》補。

[47]俎(zǔ 祖)豆於貴家,供貴族作祭祀時的祭品。俎、豆皆爲古代舉行祭禮時的容器,俎爲薦牲之具,豆爲盛醬濡物的器具。

[48]摩頂放踵,《孟子·盡心》上:"墨子兼愛,摩頂放踵,利天下爲之。"註:

"摩突其頂,下至於踵,以利天下,已樂爲之也。"意謂爲了貫徹兼愛精神,求有利於天下,自己就是從頭到脚全身都受到折磨、傷害,也毫不顧惜。放,至。

[49] 又何吝一軀啖我而全微命乎,你又何必吝惜你的身體不給我喫,讓我能够保全這小性命? 軀原作"驅",誤。

[50] 有加於先生,佔先生的上風。

[51] 日晷(guǐ 鬼),日影。

[52] 紿(dài 代),誑騙。

[53] 第行,只管走。第,但,只管。《史記·陳丞相世家》:"陛下第出僞游雲夢。"

[54] 踰時,逾時,過一會兒。踰,通"逾",越。《詩經·鄭風·將仲子》:"無踰我里。"

[55] 叩焉何益? 問之何益?

[56] 踰年華,隔年開花。開花謂之華。

[57] 拱把,《孟子·告子》:"拱把之桐梓。"朱註:"拱,兩手所圍也;把,一手所握也。"

[58] 規利於我,從我身上謀求財利。規,謀求。

[59] 不能斂華就實,不能在花謝後結果。

[60] 賈(gǔ 古)老圃怒,引得老圃發怒。賈,有自取之義,《左傳》桓十年:"吾焉用此,其以賈害也。"註:"賈,買也。"此處賈作引得解。

[61] 工師之肆,工匠的舖子。直,同值,價錢。

[62] 樗(shū 書)朽之材,無用的樹木。樗,落葉喬木,高數丈,質鬆,味臭,又稱臭椿。

[63] 桑榆之景,晚年。日落之時,其光尚留於桑榆之上,故借以喻晚年。《後漢書·馮異傳》:"始雖垂翅回谿(地名),終能奮翼黽池(地名),可謂失之東隅,收之桑榆。"註:"桑榆,謂晚也。"

[64] 覬(jì 計),覬覦,非分的希望。《左傳》桓二年:"是以民服事其上,而下無覬覦。"覬免,妄想寬免。

[65] 爽盟,背約。

[66] 矢,誓。《詩經·鄘風·柏舟》:"之死矢靡它。"

[67] 老牸(zì 字),老母牛。牸,母牛,也可爲母獸之通稱。

[68] 鄉(xiàng 向)者,剛纔,上次。鄉,曩,或作"鄉",義同。《吕氏春秋·觀表》:"鄉者右宰穀臣之觴吾子也甚懽。"

[69] 咥(dié 喋),咬。

[70] 繭栗,初長成的牛角。以其小而形似繭、栗,故稱。繭栗少年時,意謂老母牛當初剛長角時。

[71] 貳羣牛、事南畝,跟别的牛在一起從事耕地。貳,有"副"義,如副車稱貳車。《禮記·少儀》:"乘貳車"註:"貳車、佐車皆副車也。"此處貳羣牛、事南畝,有只是作羣牛的輔助、幫同耕作的意思。南畝,田畝。《詩經·豳風·七月》:"饁彼南畝。"胡承珙《毛詩後箋》:"馮氏《名物疏》曰:'古之治田者,大抵因地勢水勢而爲之,其在南者謂之南畝。'"後人每泛稱田畝爲南畝。

[72] 我都之,"都"有總其事之義。意謂小牛初來時輔助耕地,及後則凡事都任之也。

[73] 伏田車,駕着田獵的車。伏,猶服,駕。田車,古代田獵所用的車。《詩經·小雅·吉日》:"田車既好,四牡孔阜。"疏:"田獵之車既善好,四牡之馬甚盛。"

[74] 輻,車輪中直木。衡,車轅横木。此處輻衡泛指車輛。脱輻衡,謂卸去車杠。耕田用以拖犁,故不用車杠。

[75] 郊坰(jiōng 扃),郊野。榛、荆,皆木名,此處泛指野草雜樹。闢榛荆,意謂開荒地。

[76] 輸,送,繳納。

[77] 倉庾(yǔ 雨),穀倉。庾,倉之無屋者。《史記·文帝紀》:"發倉庾以振貧民。"集解引胡廣曰:"在邑曰倉,在野曰庾。"

[78] 帷席,帷蓋,帷帳和薦子。《禮記·檀弓》:"敝帷不棄,爲埋馬也;敝蓋不棄,爲埋狗也。"《漢書·陳湯傳》:"夫犬馬有勞於人,尚加帷蓋之報,況國之功臣者哉。"師古註即引《禮記》。此處係老母牛自忖,意謂死後可以像狗馬一樣,得一帷薦掩埋屍體。

[79] 擔(dān 丹)石,少量糧食。一石爲石,兩石爲擔。

[80] 無顧藉,没有人照顧、倚靠。

［81］卮（zhī 支），酒器。罍，盛漿容器，形腹大口小。此處卮罍連稱，作酒器解。塵卮罍，意謂無酒可喝，故酒器上有積塵。

［82］據樽罍，拿着酒器。樽罍，酒器。

［83］侶木石，與木石爲伴。意謂没有社交往來。

［84］《兔園册》，也稱兔園策，古代村塾所用淺陋的課本。歐陽修《五代史·劉岳傳》：“馮道世本田家，狀貌質野，朝士多笑其陋。道且入朝，兵部侍郎任贊與岳在其後。道行數反顧，贊問岳：‘道反顧何爲？’岳曰：‘遺《兔園册》爾！’《兔園册》者，鄉校俚儒教田夫牧子之所誦也，故岳舉以誚道。道聞之大怒。”《郡齋讀書志》云：“《兔園策》十卷，唐虞世南撰，奉王命纂古今事爲四十八門，皆偶麗之語。至五代時行於民間，村野以授學童，故有遺下《兔園策》之誚。”《宋史·藝文志》及《困學紀聞》則皆謂《兔園册府》係唐杜嗣先所撰。此處持《兔園册》，意謂老農學習文化知識。又，“持《兔園册》”，《涵芬樓古今文鈔》作“侍兔園”。按：兔園，西漢梁孝王所築之園名。《西京雜記》：“梁孝王好營宮室苑囿之樂，作曜華之宮，築兔園。”侍兔園，意謂陪伴顯貴者遊樂，與官僚文士往來。“持兔園册”與“侍兔園”，以老農的情況推論，前者義似較近。

［85］腰韋帶，圍着軟皮帶。韋帶，熟皮帶，質柔軟。

［86］酸風射眸，冷風刺痛眼睛。李賀《金銅仙人辭漢歌》：“東關酸風射眸子。”

［87］寒日二句：借用宋襲開《瘦馬圖》“今日有誰憐駿骨，夕陽沙岸影如山”句意。

［88］鞟（kuò 廓），同“鞹”，去毛的皮。

［89］硎（xíng 刑），磨刀石。

［90］跡是觀之，從這些跡象來看。

［91］杖藜，猶策杖。藜，植物名，莖高數尺，待其老時，可以爲杖。

［92］誓定是於三老，講好以三位老者的意見爲準。

［93］豈天之未喪斯文也，莫非天不絶我這書生的命？斯文，讀書人。《論語·子罕》：“天之將喪斯文也，後死者不得與於斯文也。”孔疏：“文王既没，故孔子自謂後死。言天將喪此文者，本不當使我知之；今使我知之，未欲喪也。”按，斯文原指禮樂教化，後亦用爲儒士的代稱。

［94］虎狼之父子，意謂即使是虎狼，也還知道有父子的情分。按，"之"恐係"知"之誤。

［95］愬，同"訴"。

［96］鞠躬不敢息，弓着身體不敢出氣兒。

［97］蔓辭，節外生枝的話，無謂的廢話。

［98］是羿句：《孟子·離婁下》："逢蒙(羿之家衆)學射於羿，盡羿之道。思天下惟羿爲愈己，於是殺羿。孟子曰：'是亦羿有罪焉。'"孟子意謂后羿不辨人之好壞，盡傳其藝於人，以至死於壞人之手，他自己也有過失。此處"是羿亦有罪焉"即借用這句成語，説狼雖負恩，東郭先生自己也是有過錯的。

［99］信足先生，把腳伸向東郭先生。信，古與"伸"通。《易·繫辭》："屈信相感。"屈信猶屈伸。

［100］從井二句：從井句典出《論語·雍也》："宰我問曰：'仁者雖告之曰，井有仁焉，其從之也？'子曰：'何爲其然也！君子可逝也，不可陷也。'"孔子意思是説：君子可以想辦法去救出在井裏的人，但不能自己也跟着跳下井去，因爲那樣只能同歸於盡。解衣句典出《列士傳》：戰國時燕國人左伯桃與羊角哀爲友，同往楚國，途遇雨雪，衣薄糧少，二人估計不能都活着到楚國，左伯桃謂羊角哀曰："吾所學不如子，子往矣！"乃併衣糧與羊角哀，自避入空樹中，凍餒而死。羊角哀至楚國，爲上卿。後啓樹發左伯桃屍，備禮改葬。左伯桃墓近荆將軍陵，託夢告羊角哀曰："我日夜被荆將軍所伐。"哀云："我向地下看之。"遂自刎死。後世因稱友誼之篤者曰羊左。按，此處兩句並未全用原義，主要是諷刺東郭先生的"仁陷於愚"。

［101］仁陷於愚二句：謂講究仁義而到了愚蠢的地步，也是君子所不贊同的。

［102］殪(yì意)，殺。

唐 順 之 文

唐順之,字應德,一字義修,毗陵(今江蘇省常州市)人。生於公元一五〇七年(明武宗正德二年),卒於公元一五六〇年(明世宗嘉靖三十九年)。嘉靖八年進士,官翰林院編修。後罷官入陽羨山讀書十餘年,復召用,率兵巡視淮、揚。曾親自泛海,屢敗侵犯沿海地區的倭寇,以功升右僉都御史。明代弘治中,前七子李、何等人提出了"文必秦漢"的口號,此唱彼和,推波助瀾,形成了一個聲勢浩大的文學復古運動。摹擬之風,泛濫一時。嘉靖初,王慎中、唐順之、茅坤等人起來反對復古派的文學理論,並明確提出自己的文學見解,主張效法唐宋散文,因之被稱為"唐宋派"。唐順之對復古派的文風深惡痛絕,批評尖銳,儘管他自己的文學主張也有嚴重的弱點,但在與復古主義的鬥爭中,是有進步意義的。著作有《荊川先生文集》。

答茅鹿門知縣二

【解題】 作者在這封信中對復古派作了尖銳的嘲諷,指出他們的文章"番來覆去,不過是這幾句婆子舌頭語";句模字擬,剽竊古人,"如貧人借富人之衣,莊農作大賈之飾",徒有形貌,而無"本色","是以精光枵焉,而其言遂不久湮廢"。這就一針見血地刺中了復古派的要害,他們文章的弱點正在於缺乏思想和藝術的光輝。作者主張寫文章要直抒胸臆,如寫家書,才能有"真精神與千古不可磨滅之見"。這些見解,在理論上雖有不够精確之處,但對復古派的批判是有積極作用的。全文緊扣中心論點,層層闡述,感情自然真摯,語言通俗形象。

熟觀鹿門之文[1],及鹿門與人論文之書,門庭路徑,與鄙意殊有契合[2];雖中間小小異同,異日當自融釋,不待喋喋也[3]。

至如鹿門所疑於我本是欲工文字之人,而不語人以求工文字者,此則有説[4]。鹿門所見於吾者,殆故吾也,而未嘗見夫槁形灰心之吾乎[5]? 吾豈欺鹿門者哉! 其不語人以求工文字者,非謂一切抹摋,以文字絶不足爲也,蓋謂學者先務,有源委本末之別耳[6]。文莫猶人,躬行未得[7],此一段公案,姑不敢論,只就文章家論之。雖其繩墨布置,奇正轉摺[8],自有專門師法,至於中一段精神命脈骨髓[9],則非洗滌心源,獨立物表,具今古隻眼者,不足以與此[10]。今有兩人,其一人心地超然,所謂具千古隻眼人也,即使未嘗操筆呻吟[11],學爲文章,但直據胸臆[12],信手寫出,如寫家書,雖或疎鹵,然絶無烟火酸餡習氣[13],便是宇宙間一樣絶好文字;其一人猶然塵中人也,雖其專專學爲文章[14],其於所謂繩墨布置,則盡是矣,然番來覆去,不過是這幾句婆子舌頭語,索其所謂真精神與千古不可磨滅之見,絶無有也,則文雖工而不免爲下格。此文章本色也。即如以詩爲諭,陶彭澤未嘗較聲律,雕句文[15],但信手寫出,便是宇宙間第一等好詩。何則?其本色高也。自有詩以來,其較聲律、雕句文、用心最苦而立説最嚴者,無如沈約[16],苦卻一生精力,使人讀其詩,秖見其綑縛齷齪,滿卷累牘[17],竟不曾道出一兩句好話。何則?其本色卑也。本色卑,文不能工也,而況非其本色者哉[18]!

且夫兩漢而下,文之不如古者,豈其所謂繩墨轉折之精之不盡如哉?秦、漢以前,儒家者有儒家本色,至如老、莊家有老、莊本色,縱橫家有縱橫本色,名家、墨家、陰陽家皆有本色[19],雖其爲術也駁[20],而莫不皆有一段千古不可磨滅之見。是以老家必不肯勦儒家之説[21],縱橫必不肯借墨家之談,各自其本色而鳴之爲言。其所言者,其本色也。是以精光注焉,而其言遂不泯於世[22]。唐、宋而下,文人莫不語性命,談治道,滿紙炫然[23],一切自託於儒家。然非其涵養畜聚之素[24],非真有一段千古不可磨滅之見,而影響勦説,蓋頭竊尾[25],如貧人借富人之衣,莊農作大賈之飾[26],極力裝倣,醜態盡露。是以精光枵焉[27],而其言遂不久湮廢。然則秦、漢而上,雖其老、墨、名、法、雜家之説而猶傳,今諸子之書是也;唐、宋而下,雖其一切語性命、談治道之說而亦不傳,歐陽永叔所見唐四庫書目百不存一焉者是也[28]。後之文人,欲以立言爲不朽計者,可以知所用心矣。

然則吾之不語人以求工文字者,乃其語人以求工文字者也,鹿門其可以信我矣。雖然,吾槁形而灰心焉久矣,而又敢與知文乎!今復縱言至此,吾過矣!吾過矣!此後鹿門更見我之文,其謂我之求工於文者耶,非求工於文者耶?鹿門當自知我矣,一笑。

鹿門東歸後,正欲待使節西上時得一面晤,傾倒十年衷曲[29];乃乘夜過此,不已急乎?僕三年積下二十餘篇文字債,許諾在前,不可負約,欲待秋冬間病體稍蘇,一切塗抹,更不計較工拙[30],只是了債。此後便得燒卻毛穎,碎卻端溪,兀然作一不識字人矣[31]。而鹿門之文方將日進,而與古人爲徒未艾也[32]。異日吾倘得而觀之,老耄尚能識其用意處否耶[33]?並附一笑。

四部叢刊影明萬曆本《荊川先生文集》卷七

【註釋】

[1] 鹿門,即茅坤。茅坤(一五一二──一六○一),字順甫,別號鹿門,歸安(今浙江省吳興縣)人。嘉靖十七年進士,官至大名兵備副使。爲反對明七子"文必秦漢"的論點,貫徹"唐宋派"的文學主張,曾編選《唐宋八大家文鈔》,影響極廣。自己著有《白華樓藏稿》十一卷,《續稿》十五卷,《吟稿》八卷,《玉芝山房稿》二十二卷。

[2] 門庭兩句:意指茅坤在文學上的主張、思路,與自己極爲符合。

[3] 異日兩句:融釋,融解消釋,即趨向一致。喋(dié 蝶)喋,多言。

[4] 有說,有說明的必要。

[5] 鹿門所見三句:槁形灰心,《莊子·齊物論》:"南郭子綦隱机而坐,仰天而噓,荅焉似喪其耦。顏成子游立侍乎前,曰:'何居乎,形固可使如槁

木,而心固可使如死灰乎？今之隱機者,非昔之隱機者也。'子綦曰:'偃,不亦善乎,而問之也,今者吾喪我,汝知之乎？……'"大意是説,一天,顏成子游看到南郭子綦靠桌而坐,仰面呼吸的樣子,就像精神已經脱離了他的軀體。便問他道:"你怎麽會使軀體像一根枯木,使心靈像一堆死灰呢？今天靠桌而坐的你,不像過去靠桌而坐的你啊。"子綦回答道:"你問得好。今天我已經忘掉了自己(意即精神的新我,已經忘掉了軀體的舊我),你知道嗎?"作者此處是説,鹿門所見到的我,是當年"欲工文字"的舊我,而不是今天的主張寫文章要重在"真精神"的新我。

[6] 蓋謂二句:先務,先着手之處。源,本。委,末。

[7] 文莫猶人二句:《論語·述而》:"子曰:文莫吾猶人也,躬行君子,則吾未之有得。"大意説,文章,我没有什麽勝過别人;實行君子之道,我也没有什麽成就。作者這裏引孔子謙遜之辭以示自謙。

[8] 繩墨,木匠畫直綫的工具,人們往往用以比喻規矩或法度。奇正,古代兵法的術語。《孫子·勢》:"戰勢不過奇正,奇正之變,不可勝窮也。"以上兩句是説,文章要按照一定的准則,安排奇正轉折。

[9] 精神、命脈、骨髓,這裏是用作比喻,即指下面所説的文章中的"真精神與千古不可磨滅之見"。

[10] 則非四句:洗滌心源,洗净心底的陳舊觀念。獨立物表,超然於事物表象之上。具今古隻眼,具有不同於古今一般人的獨到見解。此,指精神、命脈、骨髓。

[11] 操筆呻吟,即握筆吟哦,指作文時聚精會神地構思的情況。

[12] 胸臆,這裏指思想感情。

[13] 雖或二句:疎鹵(lǔ魯),疎陋粗糙。烟火,指人間烟火氣,道家稱辟穀修道爲不食烟火食,所以把烟火氣看成是俗氣。酸餡習氣,據《調謔編》稱,蘇軾贈僧惠通詩云:"氣含蔬筍到公無?"還常對人説:"頗解蔬筍語否？爲無酸餡氣也。"這裏指迂腐氣或寒酸氣。

[14] 專專,下一"專"字加重語氣。

[15] 即如三句:諭,例子。陶彭澤,即陶淵明,因他曾爲彭澤令,故有此稱。較聲律,追求聲律。雕句文,雕琢文句。

[16] 沈約,南北朝梁代著名文學家、詩律學家。字休文,吳興武康人。歷仕宋、齊二代,後助梁武帝爲帝,官至尚書令,封建昌縣侯。他精通音韻,曾把同時人周顒發現的平、上、去、入四聲用於詩的格律,提出多種音律上的毛病,認爲作詩者必須避免。講究聲韻,對嚴整的格律詩的産生有積極作用。問題是沈約等人的詩歌理論和創作實踐,僅僅留意於形式,而忽視了思想内容,助長了形式主義之風。

[17] 祇見二句:綑縛齷齪,這裏指文章束縛太多,必然拘泥、侷促。齷齪,即侷促。牘(dú 獨),古代寫字用的木片。

[18] 這句是説,何況不是他自己的本來面目呢!

[19] 名家,戰國時期的一個學派,一稱"辯者",講求名和實的關係,主要代表人物有惠施、公孫龍等。陰陽家,研究陰陽五行數術的學派,代表人物爲戰國時期的鄒衍。

[20] 駁,原指馬毛色不純,這裏是混雜的意思。

[21] 老家,指老莊一派哲學家。勦(chāo 鈔),通"鈔"。勦説,即竊取别人的言論爲己説。《禮記·曲禮上》:"毋勦説,毋雷同。"

[22] 是以二句:精光,指真精神與千古不可磨滅之見。注,注入。泯,滅。

[23] 文人三句:性命,中國古代哲學家研究人、物之性及其相互關係的學問,如有的認爲人、物之性都是天生的,人性是天命或天理在人身上的體現。《禮記·中庸》就説"天命之謂性"。有的則認爲人生性命皆"初稟自然之氣"(《論衡·初稟》)。這裏泛指宋、明理學。炫(xuàn 眩)然,光彩炫目。

[24] 這句是説,然而並不是他們平時真有很深的修養和研究。

[25] 蓋頭竊尾,意謂抄襲别人的真知灼見而略加變化,便當作自己的創見。

[26] 賈(gǔ 古),商人。

[27] 枵(xiāo 蕭),中心空虛的樹根,引申爲空虛。

[28] 這句話的意思見於歐陽修的《新唐書·藝文志序》:"自漢以來,史官列其名氏篇第,以爲六藝九種七略,至唐始分爲四類,曰經、史、子、集。而藏書之盛,莫盛於開元,其著録者五萬三千九百一十五卷,而唐之學者自爲之書者,又二萬八千四百六十九卷。嗚呼!可謂盛矣!……然凋零磨滅……今著於篇,有其名而無其書者十蓋五六也,可不惜哉!"

[29] 傾倒,傾訴。衷曲,衷腸。

[30] 一切二句：一切,這裏有“權且”的意思。塗抹,這是作者的自謙之詞,猶言亂寫。工拙,好壞。

[31] 此後三句：毛穎,毛筆。韓愈曾作《毛穎傳》。端溪,原爲廣東省端溪縣的溪水名,因溪中所産之石,可作硯臺,世稱“端硯”。這裏以端溪指代硯臺。兀然,渾然無知的樣子。

[32] 未艾,未止。

[33] 耄(mào 冒),老。《禮記·曲禮上》：“八十、九十曰耄。”

歸 有 光 文

歸有光,字熙甫,號震川,崑山(今江蘇省崑山縣)人。生於公元一五〇六年(明武宗正德元年),卒於公元一五七一年(明穆宗隆慶五年)。因屢試不第,遷居安亭江上,讀書講學,遠近從學者甚多。六十歲時(嘉靖四十四年)中進士,授浙江長興縣令,官至南京太僕寺丞。有光是明代後期的散文家。他反對風靡一時的後七子的復古主義,其散文簡潔平淡,對清代桐城派影響較大。著有《震川文集》。

見 村 樓 記

【解題】 本文寫見村樓的環境、來歷,文字簡潔生動,但也流露出一種消極感傷的情懷。而最後對李延實的勉勵,也未脫封建說教,這些都是應當加以指出的。

崑山治城之隍[1],或云即古婁江[2],然婁江已湮[3],以隍為江,未必然也。吳淞江自太湖西來[4],北向,若將趨入縣城。未二十里,若抱若折,遂東南入於海。江之將南折也,背折而為新洋江。新洋江東數里,有地名羅巷村,亡友李中丞先世居於此[5],因自號為羅村云。

中丞遊宦二十餘年,幼子延實,產於江右南昌之官廨[6]。其後,每遷官輒隨,歷東兗、汴、楚之境[7],自岱岳、嵩山、匡廬、衡山、瀟湘、洞庭之渚[8],延實無不識也。獨於羅巷村者,生平猶昧之。中丞既謝世[9],延實卜居縣城之東南門內金潼港。有樓翼然出於城闉之上[10],前俯隍水,遙望三面,皆吳淞江之野,塘浦縱橫,田塍如畫,而村墟遠近映帶,延實日焚香灑掃讀書其中,而名其樓曰見村。

余間過之,延實為具飯,念昔與中丞遊,時時至其故宅所謂南樓者,相與飲酒論文,忽忽二紀,不意遂已隔世,今獨對其幼子飯,悲悵者久之。城外有橋,余常與中丞出郭,造故人方思曾[11],時其不在,相與憑檻,常至暮,悵然而返。今兩人者皆亡,而延實之樓,即方氏之故廬,余能無感乎!中丞自幼攜策入城,往來省墓及歲時出郊嬉遊,經行術徑[12],皆可指也。孔子少不知父葬處,有輓父之母知而告之[13],余可以爲輓父之母乎?

延實既能不忘其先人,依然水木之思[14],肅然桑梓之懷[15],愴然霜露之感矣[16]。自古大臣子孫蚤孤而自樹者,史傳中多其人,延實在勉之而已。

四部備要本《震川先生集》卷十五

【註釋】

[1]隍,沒有水的護城壕。有水稱池。

[2]婁江,又名下江,亦稱劉河,俗作瀏河。源出太湖,流至崑山縣後入長江。

[3]湮,沒。

[4]吳淞江,又名蘇州河。源出太湖,流至上海後,合黃浦江入海。

[5]李中丞,名憲卿,字廉甫,官至都察院左副都御史,故稱中丞。

[6]江右,舊稱今江西省爲江右。魏禧《日録雜説》云:"江東稱江左,江西稱江右,蓋自江北視之,江東在左,江西在右耳。"李憲卿曾爲江西布政司左參議,延實生於江西,故云。

[7]東兗、汴、楚,指今山東、河南、湖北等省。

[8]岱岳、嵩山、匡廬、衡山、瀟湘、洞庭,指今山東省的泰山,河南省的嵩山,江西省的廬山,湖南省的衡山、瀟江、湘江、洞庭湖。

[9]謝世,逝世。

[10]城闉(yīn 因),城門。《詩經·鄭風·出其東門》:"出其闉闍。"陳奐傳疏:"闉即城門也。"

[11]方思曾,名元儒,後更名欽儒。官至侍御,以忤權貴罷歸。

[12] 術徑,道路。術,左思《蜀都賦》:"亦有甲第,當衢向術。"註云:"術,道也。"

[13] 孔子二句:《禮記・檀弓上》:"孔子少孤,不知其墓,殯於五父之衢,人之見者,皆以爲葬也。其慎也,蓋殯也,問於郰(zōu 鄒)曼父之母,然後得合葬於防。"《史記・孔子世家》:"丘生而叔梁紇死,葬於防山,防山在魯東,由是孔子疑其父墓處,母諱之也……母死,乃殯五父之衢,蓋其慎也,郰人輓父之母,誨孔子父墓,然後往合葬於防焉。"

[14] 水木之思,想到本源。《左傳》昭公九年:"王使詹桓伯辭於晉曰……我在伯父,猶衣服之有冠冕,木水之有本原。"

[15] 桑梓,故鄉。《詩經・小雅・小弁》:"維桑與梓,必恭敬止。"朱註:"桑梓,二木。古者五畝之宅,樹之牆下,以遺子孫。"後世遂以爲故鄉之稱。

[16] 愴然句:《禮記・祭義》:"霜露既降,君子履之,必有悽愴之心。"以上數句言延實能不忘先人,不忘根源,不忘故鄉,不忘祭祀、悼念。

項 脊 軒 志

【解題】 這是一篇抒情散文。歷敍項脊軒的環境及其前後的變化;作者親人生前對自己的關切,以及自己對她們死後的懷念。文章簡潔生動,項脊軒如在目前,人物的聲容笑貌也躍然紙上。

項脊軒[1],舊南閣子也。室僅方丈,可容一人居。百年老屋,塵泥滲漉[2],雨澤下注,每移案,顧視無可置者。又北向,不能得日,日過午已昏。余稍爲修葺[3],使不上漏;前闢四窗,垣牆周庭,以當南日,日影反照,室始洞然[4]。又雜植蘭桂竹木於庭,舊時欄楯[5],亦遂增勝。積書滿架,偃仰嘯歌,冥然兀坐[6],萬籟有聲。而庭階寂寂,小鳥時來啄食,人至不去。三五之夜[7],明月半牆,桂影斑駁,風移影動,珊珊可愛。

然予居於此,多可喜,亦多可悲。先是庭中通南北爲一;迨諸父異爨[8],內外多置小門牆,往往而是。東犬西吠,客踰庖而宴[9]，雞棲於廳。庭中始爲籬，已爲牆，凡再變矣。家有老嫗，嘗居於此。嫗，先大母婢也[10]，乳二世，先妣撫之甚厚[11]。室西連於中閨，先妣嘗一至。嫗每謂予曰："某所而母立於茲[12]。"嫗又曰："汝姊在吾懷，呱呱而泣；娘以指叩門扉曰：'兒寒乎？欲食乎？'吾從板外相爲應答……"語未畢，余泣，嫗亦泣。余自束髮[13]，讀書軒中。一日，大母過余曰："吾兒，久不見若影[14]，何竟日默默在此，大類女郎也？"比去，以手闔門，自語曰："吾家讀書久不效，兒之成，則可待乎！"頃之，持一象笏至[15]，曰："此吾祖太常公宣德間執此以朝[16]，他日汝當用之！"瞻顧遺跡，如在昨日，令人長號不自禁。

軒東，故嘗爲廚；人往，從軒前過。余扃牖而居[17]，久之，能以足音辨人。軒凡四遭火，得不焚，殆有神護者。

項脊生曰："蜀清守丹穴，利甲天下，其後秦皇帝築女懷清臺[18]。劉玄德與曹操爭天下，諸葛孔明起隴中[19]，方二人之昧昧於一隅也[20]，世何足以知之？余區區處敗屋中，方揚眉瞬目，謂有奇景；人知之者，其謂與坎井之蛙何異[21]？"

余既爲此志，後五年，吾妻來歸。時至軒中，從余問古事，或憑几學書。吾妻歸寧[22]，述諸小妹語曰："聞姊家有閣子，且何謂閣子也？"其後六年，吾妻死，室壞不修。其後二年，余久臥病無聊，乃使人復葺南閣子，其制稍異於前。然自後余多在外，不常居。

庭有枇杷樹，吾妻死之年所手植也，今已亭亭如蓋矣[23]。

四部備要本《震川先生集》卷十七

【註釋】

[１]項脊軒，作者遠祖歸隆道，宋朝人，曾居住太倉縣之項脊涇，作者故以項脊名軒。

［2］滲漉(lù 鹿)，水由孔隙漏下。

［3］修葺(qì 氣)，修補。

［4］洞然，明亮。

［5］欄楯(shǔn 吮)，欄杆。

［6］冥然，靜默貌。

［7］三五之夜，陰曆十五日夜。

［8］諸父異爨(cuàn 竄)，伯叔父分居分食。

［9］客踰庖而宴，客人越過廚房而赴宴。

［10］大母，祖母。《漢書·文三王傳》："李太后，親平王之大母也。"註："大母，祖母也。"

［11］先妣，已死的母親。《禮記·曲禮》："生曰父、曰母、曰妻，死曰考、曰妣、曰嬪。"

［12］而，你。《左傳》昭公二十年："余知而無罪也。"

［13］束髮，古人以十五歲爲成童之年，把頭髮束起來盤到頂上。

［14］若，你。《史記·項羽本紀》："吾翁即若翁。"

［15］象笏，又稱象簡、手版。古時大臣朝見君主時執此物。

［16］太常公，指夏昶。昶字仲昭，崑山人。永樂(明成祖年號)進士，歷官太常寺卿。宣德，明宣宗年號。

［17］扃(jiǒng 炯)牖(yǒu 友)，關窗。

［18］蜀清三句：《史記·貨殖列傳》："巴蜀寡婦清，其先得丹穴，而擅其利數世，家亦不訾。清，寡婦也，能守其業，用財自衛，不見侵犯。秦皇帝以爲貞婦而客之，爲築女懷清臺。"

［19］隴中，當作隆中。

［20］昧昧，不明。《楚辭·九章·懷沙》："日昧昧其將暮。"此處作名望未顯解。

［21］坎井之蛙，比喻見聞短淺之人。參閱吳澄《送何太虛北遊序》註［26］。

［22］歸寧，已婚女子回家省視父母。《詩經·周南·葛覃》："歸寧父母。"

［23］蓋，傘。

宗　臣　文

宗臣，字子相，興化（今江蘇省興化縣）人。生於公元一五二五年（明世宗嘉靖四年），卒於公元一五六〇年（嘉靖三十九年）。嘉靖二十九年（一五五〇）進士，官至福建提學副使。詩文主張復古，與李攀龍、王世貞、謝榛、梁有譽、徐中行、吳國倫齊名，稱"後七子"。著有《宗子相集》。

報劉一丈書

【解題】　明嘉靖間（一五四二———一五六二），嚴嵩父子專權，"事無大小，惟嵩主張；一或少遲，顯禍立見"。嵩子世蕃，更是私擅爵賞，廣致賂遺。一般士大夫則阿諛逢迎，干謁求進，奔走於嚴氏之門。作者通過給一位姓劉行一的父執的書信，極爲生動地諷刺了當時上層社會的這種污濁與醜惡。筆鋒犀利，語言簡潔流暢，在復古派的散文中是不可多得的。但本文結尾流露出一種"人生有命，富貴在天"的宿命論思想，是應當批判的。

數千里外，得長者時賜一書，以慰長想，即亦甚幸矣。何至更辱饋遺[1]，則不才益將何以報焉[2]，書中情意甚殷[3]，即長者之不忘老父，知老父之念長者深也。

至以"上下相孚，才德稱位"語不才[4]，則不才有深感焉。夫才德不稱，固自知之矣。至於不孚之病，則尤不才爲甚。

且今世之所謂孚者何哉？日夕策馬候權者之門[5]，門者故不入[6]，則甘言媚詞作婦人狀[7]，袖金以私之。即門者持刺入[8]，而主者又不即出見。立廄中僕馬之間[9]，惡氣襲衣裾，即飢寒毒熱不可忍，不去也。抵暮，則前所受贈金者出，報客曰："相公倦，謝客矣。客請明日來。"即明日又不敢不來。夜披衣坐，聞雞鳴即起盥櫛[10]，走馬抵門。門者怒曰："爲誰？"則曰："昨日之客來。"則又怒曰:"何客之勤也？豈有相公此時出見客乎？"
客心恥之,強忍而與言曰:"亡奈何矣[11],姑容我入!"門者又得所
贈金,則起而入之,又立向所立廄中。幸主者出,南面召見,則驚
走匍匐階下[12]。主者曰:"進。"則再拜,故遲不起。起則上所上
壽金[13]。主者故不受,則固請;主者故固不受,則又固請。然後
命吏納之。則又再拜,又故遲不起,起則五六揖始出。出揖門者
曰:"官人幸顧我[14],他日來,幸亡阻我也。"門者答揖,大喜,奔
出。馬上遇所交識,即揚鞭語曰:"適自相公家來,相公厚我厚
我!"且虛言狀。即所交識,亦心畏相公厚之矣。相公又稍稍語
人曰:"某也賢,某也賢!"聞者亦心計交贊之。此世所謂上下相
孚也。長者謂僕能之乎?

　　前所謂權門者,自歲時伏臘一刺之外[15],即經年不往也。間
道經其門,則亦掩耳閉目,躍馬疾走過之,若有所追逐者。斯則
僕之褊哉[16],以此常不見悅於長吏,僕則愈益不顧也。每大言
曰:"人生有命,吾惟守分爾矣[17]!"長者聞之,得無厭其為
迁乎[18]?

　　鄉園多故[19],不能不動客子之愁。至於長者之抱才而困,則
又令我愴然有感[20]。天之與先生者甚厚,亡論長者不欲輕棄之,
即天意亦不欲長者之輕棄之也[21],幸寧心哉[22]!

明刻本《宗子相集》卷二十

【註釋】

[1] 饋(kuì 愧)遺(wèi 畏),贈送禮物。
[2] 不才,猶言不肖,自謙之辭。
[3] 殷,盛、厚。
[4] 上下相孚二句:意思是說,上下之間相互信任、投合,才能和品德都適
　　　合其職位。孚,信。稱(chèng 秤),符合。

［5］策，馬鞭；以鞭捶馬。《論語·雍也》：“策其馬曰：‘非敢後也，馬不進也！’”策馬，猶云馳馬。權者，此處指當時權臣嚴嵩、嚴世蕃父子。

［6］故不入，故意不進去通報。

［7］甘言媚詞，奉承諂媚的話。

［8］刺，名帖。《後漢書·禰衡傳》：“陰懷一刺。”

［9］廄(jiù 救)，馬房。

［10］盥櫛，洗臉梳頭。盥(guàn 灌)，洗手。櫛(zhì 質)，梳髮。

［11］亡，同“無”。無奈何，沒有辦法。

［12］匍匐，伏地而行。

［13］壽金，謂獻給主者的禮金。以金帛奉獻於人曰壽。《史記·刺客列傳》：“嚴仲子奉黃金百鎰，前爲聶政母壽。”

［14］官人，尊稱門者。幸，希望。顧，照顧，看得起。此句猶言“幸官人顧我”。

［15］伏臘，夏伏冬臘，古代兩祭名。秦漢以後，以夏至後第三個庚日起，連續三旬爲伏日，一稱三伏；又以冬至後第三個戌日致祭百神爲臘祭。《漢書·楊惲傳》：“田家作苦，歲時伏臘，烹羊炰羔，斗酒自勞。”此處猶言過時過節。

［16］褊(biǎn 扁)，狹隘。

［17］守分(fèn 份)，謹守本分。

［18］迂，拘執而不通人情。

［19］故，事故。

［20］愴然，悲痛貌。

［21］亡論二句：意思是説，劉的才德稟賦很好，不用説是你自己不願輕易抛棄它，就是老天也不希望你輕易抛棄它。

［22］寧心，安心。

李　贄　文

李贄,字卓吾,别號宏甫、温陵居士等,泉州晉江(今福建省泉州市)人。生於公元一五二七年(明世宗嘉靖六年),卒於公元一六〇二年(明神宗萬曆三十年)。二十六歲中舉,三十歲被選爲河南輝縣教諭,歷官至雲南姚安府知府。五十四歲辭官。晚年著書講學,以"異端"自居,對當時的假道學、程朱理學和封建傳統作了某些抨擊,引起了當權者的不滿。於是以"敢倡亂道,惑世誣民"(《明實録》卷三六九)的罪名被捕,死於獄中。李贄是泰州學派後期的代表人物,哲學觀點没有擺脱王守仁思想和禪學的影響。他曾指責《六經》、《論語》、《孟子》,並非"萬世之至論",主張不必"咸以孔子之是非爲是非"。這種思想反映在文學上,則認爲"天下之至文",皆"出於童心",反對"假人言假言"、"事假事、文假文"。又以"變"的觀點,反對貴古賤今之説,提高小説、戲曲的地位。這些主張,對以後公安派的文學理論有直接影響。李贄的思想在當時雖有一定的進步意義,但他對封建傳統和假道學的某些抨擊,以及他以"童心"解釋文學現象的説法,都必須以階級觀點批判地看待。李贄的文章長於分析,犀利、潑辣。主要著作有《焚書》、《續焚書》、《藏書》、《續藏書》等。

又與焦弱侯

【解題】　這封信表現了李贄對正統程、朱道學的批判精神,並在一定程度上揭露了當時假道學的"展轉反覆,以欺世獲利,名爲山人而心同商賈,口談道德而志在穿窬"的虛僞、醜惡靈魂。文筆犀利,富有諷刺性。焦弱侯(一五四〇———一六〇二),名竑,字弱侯,號漪園,又號澹園。明江寧(今江蘇省南京市)人,官至翰林院修撰。竑博極羣書,和李贄交往最密。認爲佛經所説,最得孔、孟"盡性至命"的精義;漢宋諸儒經註反成糟粕。企圖引佛入儒,調和兩家思想。著有《澹然集》、《焦弱侯問答》、《玉堂叢話》、《國朝經籍志》等。

鄭子玄者[1]，丘長孺父子之文會友也[2]。文雖不如其父子，而質實有恥[3]，不肯講學，亦可喜，故喜之。蓋彼全不曾親見顏、曾、思、孟[4]，又不曾親見周、程、張、朱[5]，但見今之講周、程、張、朱者，以爲周、程、張、朱實實如是爾也，故恥而不肯講。不講雖是過[6]，然使學者恥而不講，以爲周、程、張、朱卒如是而止，則今之講周、程、張、朱者可誅也[7]。彼以爲周、程、張、朱者皆口談道德而心存高官，志在巨富；既已得高官巨富矣，仍講道德，説仁義自若也；又從而曉曉然語人曰[8]："我欲厲俗而風世[9]。"彼謂敗俗傷世者，莫甚於講周、程、張、朱者也，是以益不信。不信故不講。然則不講亦未爲過矣。

黃生過此，聞其自京師往長蘆抽豐[10]，復跟長蘆長官別赴新任。至九江[11]，遇一顯者[12]，乃舍舊從新，隨轉而北，衝風冒寒，不顧年老生死。既到麻城[13]，見我言曰："我欲遊嵩、少[14]，彼顯者亦欲遊嵩、少，拉我同行，是以至此。然顯者俟我於城中[15]，勢不能一宿[16]。回日當復道此[17]，道此則多聚三五日而別，兹卒卒誠難割捨云[18]。"其言如此，其情何如？我揣其中實爲林汝寧好一口食難割捨耳[19]。然林汝寧向者三任，彼無一任不往，往必滿載而歸，兹尚未厭足[20]，如餓狗思想隔日屎，乃敢欺我以爲遊嵩、少。夫以遊嵩、少藏林汝寧之抽豐來嘛我[21]；又恐林汝寧之疑其爲再尋己也，復以捨不得李卓老，當再來訪李卓老，以嘛林汝寧：名利兩得，身行俱全。我與林汝寧幾皆在其術中而不悟矣，可不謂巧乎！今之道學[22]，何以異此！

由此觀之，今之所謂聖人者[23]，其與今之所謂山人者一也[24]，特有幸不幸之異耳。幸而能詩，則自稱曰山人；不幸而不能詩，則辭卻山人而以聖人名。幸而能講良知[25]，則自稱曰聖人；不幸而不能講良知，則謝卻聖人而以山人稱。展轉反覆，以欺世獲利，名爲山人而心同商賈[26]，口談道德而志在穿窬[27]。

夫名山人而心商賈，既已可鄙矣，乃反掩抽豐而顯嵩、少，謂人可得而欺焉，尤可鄙也！今之講道德性命者，皆遊嵩、少者也；今之患得患失，志於高官重祿，好田宅[28]，美風水[29]，以爲子孫蔭者[30]，皆其託名於林汝寧，以爲舍不得李卓老者也。然則鄭子玄之不肯講學，信乎其不足怪矣。

　　且商賈亦何可鄙之有？挾數萬之貲，經風濤之險，受辱於關吏，忍訽於市易，辛勤萬狀，所挾者重，所得者末。然必交結於卿大夫之門，然後可以收其利而遠其害，安能傲然而坐於公卿大夫之上哉[31]！今山人者，名之爲商賈，則其實不持一文；稱之爲山人，則非公卿之門不履[32]，故可賤耳。雖然，我寧無有是乎？然安知我無商賈之行之心，而釋迦其衣以欺世而盜名也耶[33]？有則幸爲我加誅，我不護痛也。雖然，若其患得而又患失，買田宅，求風水等事，決知免矣。

中華書局排印本《焚書》卷二

【註釋】

[1] 鄭子玄，生平不詳。

[2] 文會，科舉時代士人定期會文的集會。

[3] 質實有恥，質樸、篤實，有羞恥之心。

[4] 顏、曾、思、孟，指顏回、曾參、子思、孟軻。顏回，字子淵，亦稱顏淵，春秋時魯人，孔子弟子，早卒，孔子稱其賢，後世稱爲復聖。曾子，名參，字子輿，春秋時魯人，孔子弟子，以其學傳子思，後世稱爲宗聖。子思，孔子孫，名伋，字子思，受學於曾子，後世稱爲述聖。孟子，名軻，字子輿，戰國時鄒人，受業於子思的門人，後世稱爲亞聖。

[5] 周、程、張、朱，周指道州營道(今湖南省道縣)濂溪的周敦頤，程指洛陽的程顥、程頤兄弟，張指陝西的張載，朱指福建的朱熹，他們是宋代理學(也稱"性理學"、"道學")的四個主要學派的代表人物。

[6] 過，過分。

[7] 誅，殺。

[8] 嘵(xiāo 囂)嘵然，怒而爭辯之聲。

[9] 厲俗而風(fèng 諷)世，猶言勸化世俗。厲，勸勉。風，教化。

[10] 長蘆，古縣名，在今河北省滄州市西。抽豐，舊指利用各種借口向在任官吏騙取餽贈。

[11] 九江，即今江西省九江市。

[12] 顯者，有地位、聲望的人。

[13] 麻城，縣名。在湖北省東北邊境，鄰接河南、安徽兩省。

[14] 嵩，嵩山，在今河南省鄭州市西南。少，少室，嵩山的西峯。

[15] 俟，等待。

[16] 勢，情勢。

[17] 當復道此，當再路過此地。

[18] 卒(cù 猝)卒，倉猝，急促。卒，同“猝”。

[19] 林汝寧，汝寧，府名，在今河南省境內。汝寧知府姓林，其名字和生平不詳。

[20] 厭足，滿足。厭，通“饜”。

[21] 嗛(qiè 愜)，通“慊”，快意、滿足。此處似作“欺騙”解，疑是“賺”字之誤。

[22] 道學，宋儒哲學思想。以繼承孔孟“道統”，宣揚“性命義理”之學爲主。故又稱“性理學”、“理學”。《宋史》有《道學傳》，列載周敦頤、程顥、程頤、張載、朱熹等二十餘人。後世遂有“道學”這一名稱。

[23] 聖人，舊指道德修養很高的人。

[24] 山人，舊指隱士。

[25] 良知，儒家唯心的看法，以爲人有本然的知能，叫良知良能。《孟子·盡心上》：“人之所不學而能者，其良能也；所不慮而知者，其良知也。”明王守仁本此説，倡良知之學，以“知善知惡是良知”爲本體，以“致良知”爲工夫。

[26] 商賈(gǔ古)，舊時商人的統稱。《周禮·天官·太宰》：“六曰商賈，阜通貨賄。”鄭玄註：“行曰商，處曰賈。”

[27] 穿窬(yú 俞)，指盜賊的行爲。《論語·陽貨》：“其猶穿窬之盜也與！”朱

熹集註："穿,穿壁;窬,踰牆。"窬,通"踰"。

[28] 田宅,田園住宅。

[29] 風水,郭璞《葬書》："葬者乘生氣也,經曰,氣乘風則散,界水則止,古人聚之使不散,行之使有止,故謂之風水。"俗因稱葬地的形勢爲風水,稱堪輿家爲風水先生。

[30] 蔭,庇護。

[31] 傲然,高傲的樣子。

[32] 履,踏,登。

[33] 而釋迦其衣句:釋迦,釋迦牟尼的簡稱。後泛指佛教。此句的大意是,穿着佛家的衣服,借此欺世盜名。

賈　誼

【解題】　這是作者讀史的一篇評論文章。全文論點明確,議論風生,贊美了賈誼,也兼評了董仲舒,而對班固與劉向則有褒有貶。特別還借題發揮,抨擊了當時一些欺世盜名的"穿窬之人"。至於作者對"三表五餌"的評價,是應分析、批判的。

班固贊曰[1]："劉向稱'賈誼言三代與秦治亂之意[2],其論甚美,通達國體[3],雖古之伊、管未能遠過也[4]。使時見用,功化必盛[5],爲庸臣所害[6],甚可悼痛!'追觀孝文玄默躬行[7],以移風俗[8],誼之所陳略施行矣。及欲改定制度,以漢爲土德[9],色上黃,數用五[10],及欲試屬國[11],施五餌三表以繫單于[12],其術固以疏矣[13]。誼亦天年早終,雖不至公卿,未爲不遇也。凡所著述五十八篇[14],掇其切要於事者著於傳云。"

李卓吾曰:班氏文儒耳[15],只宜依司馬氏例以成一代之史[16],不宜自立論也。立論則不免攙雜別項經史聞見[17],反成穢物矣[18]。班氏文才甚美,其於孝武以前人物[19],盡依司馬氏之舊,又甚有見,但不宜更添論贊於後也。何也? 論贊須具曠古隻眼[20]，非區區有文才者所能措也[21]。劉向亦文儒也，然筋骨勝，肝腸勝，人品不同[22]，故見識亦不同，是儒而自文者也。雖不能超於文之外，然與固遠矣。

漢之儒者咸以董仲舒爲稱首[23]，今觀仲舒不計功謀利之云[24]，似矣。而以明災異下獄論死[25]，何也？夫欲明災異，是欲計利而避害也。今既不肯計功謀利矣，而欲明災異者何也？既欲明災異以求免於害，而又謂仁人不計利[26]，謂越無一仁又何也[27]？所言自相矛盾矣。且夫天下曷嘗有不計功謀利之人哉！若不是真實知其有利益於我，可以成吾之大功，則烏用正義明道爲耶？其視賈誼之通達國體，真實切用何如耶？

班氏何知，知有舊時所聞耳，而欲以貶誼，豈不可笑！董氏章句之儒也[28]，其腐固宜。雖然，董氏特腐耳[29]，非詐也，直至今日，則爲穿窬之盜矣[30]。其未得富貴也，養吾之聲名以要朝廷之富貴[31]，凡可以欺世盜名者，無所不至。其既得富貴也，復以朝廷之富貴養吾之聲名，凡所以臨難苟免者，無所不爲。豈非真穿窬之人哉！是又仲舒之罪人，班固之罪人，而亦敢於隨聲雷同以議賈生[32]。故余因讀賈、鼂二子經世論策[33]，痛班氏之溺於聞見，敢於論議，遂爲歌曰：駟不及舌[34]，慎莫作孽[35]！通達國體，劉向自別。三表五餌，非疎匪拙[36]。彼何人斯？千里之絕[37]。漢廷諸子，誼實度越[38]。利不可謀，何其迂闊[39]！何以用之？皤鬚鶴髮[40]。從容廟廊[41]，冠冕珮玦[42]。世儒拱手，不知何說[43]。

中華書局排印本《焚書》卷五

【註釋】

[1] 班固(三二——九二)，東漢史學家、文學家。字孟堅，安陵(今陝西省咸陽市)人。曾爲蘭臺令史，後轉遷爲郎，典校秘書。奉詔修成《漢

書》,開創了斷代爲史的體例。後人輯其所著辭賦雜文爲《班蘭臺集》。贊,文體名。一般用於歌頌和贊美,多數有韻。古人寫作文史,間附贊語,用以總結全篇大意。史贊則爲對所記人物、史實的評價,包括贊美和批評,多用散文。

[2] 劉向(約前七七——前六),西漢經學家、文學家。本名更生,字子政,沛(今江蘇省沛縣)人。曾任諫議大夫。成帝時,任光禄大夫,終中壘校尉。曾校閱羣書,著成《別録》。所作《九嘆》等辭賦三十三篇,大部分已佚。另編有《洪範五行傳》、《新序》、《説苑》、《列女傳》等書。賈誼(前二〇一——前一六九),西漢政論家、辭賦家。雒陽(今河南省洛陽市)人。年二十餘爲博士,官至大中大夫。後爲長沙王太傅、梁懷王太傅。他的政論文《陳政事疏》、《論積貯疏》、《治安策》、《過秦論》等頗有名。賦作有《鵩鳥賦》、《弔屈原賦》等。後人輯爲《賈長沙集》。另有《新書》十卷。三代,指夏、商、周。

[3] 國體,國家體制。

[4] 伊、管,伊尹、管仲。伊尹,名伊,尹是官名,生卒年不詳,商代初年政治家,曾幫助湯攻滅夏桀。管仲,春秋初期政治家,名夷吾,字仲,潁上(今安徽省潁上縣)人,曾幫助齊桓公稱霸於諸侯。

[5] 功化,功業和教化。

[6] 庸臣,愚昧無能之臣。

[7] 孝文,即漢文帝劉恆。玄默躬行,深思默想、身體力行。

[8] 移,改變。

[9] 土德,古代陰陽五行家以金、木、水、火、土五行之性爲五德,認爲歷史上的改朝換代是由於五德的相生相剋所造成的。當時相傳,周爲火德,滅火者爲水,故秦爲水德,漢繼秦則爲土德。按五德相承之説,自秦始皇即開始利用以欺騙人民。

[10] 色上黃二句:照五行之説,漢爲土德。土色黃,故以黃色爲最高貴的顏色;又因土居五行之五,故官吏印章的字數都用五計。上,猶尚,貴。

[11] 屬國,指當時的各少數民族政權。

[12] 五餌三表,據《漢書・賈誼傳》顏師古註稱:“《賈誼書》謂愛人之狀,好人之技,仁道也;信爲大操,常義也;愛好有實,已諾可期,十死一生,彼

將必至：此三表也。賜之盛服車乘以壞其目；賜之盛食珍味以壞其口；賜之音樂婦人以壞其耳；賜之高堂邃宇府庫奴婢以壞其腹；於來降者，上以召幸之，相娛樂，親酌而手食之，以壞其心：此五餌也。"按這是對付匈奴的策略和手段。繫，縛，拴。單(chán 蟬)于，漢時匈奴對其君主的稱號。

[13] 疏，疏闊，謂迂闊不切事宜。

[14] 五十八篇，指賈誼所著《新書》五十八篇(十卷)。

[15] 班氏，指班固。

[16] 司馬氏，指司馬遷。

[17] 經史，經書和史書。

[18] 穢物，污穢雜亂的東西。

[19] 孝武，即漢武帝劉徹。

[20] 曠古，空前。隻眼，特殊的眼光，獨到的見解。

[21] 措，辦。

[22] 筋骨勝三句：意謂劉向雖是文儒，但文章、品格有不同於一般文儒的地方。

[23] 董仲舒(前一八〇——前一一五)，西漢唯心主義哲學家。廣川(今河北省衡水縣)人。曾任膠西王相。向漢武帝建議"罷黜百家，獨尊儒術"，開此後兩千餘年儒學正宗的局面。以儒家宗法思想爲中心，雜以陰陽五行之説，把神權、君權、父權、夫權貫串在一起，建成爲封建統治和等級制度服務的封建神學體系。體系的核心是所謂"天人感應"説。他鼓吹"道之大原出於天，天不變，道亦不變"，強調封建倫理制度的永恆性和絕對性。著有《春秋繁露》等。

[24] 計功謀利，計較功名，謀取貨利。

[25] 明災異句：災異，古代陰陽家以爲天人交感，人事不善(如帝王的政令失常等)，天帝就用災害和變異加以警戒。董仲舒曾因講論災異的事，觸犯漢武帝，被撤職下獄，當死，不久獲釋放。

[26] 仁人，仁德之人。

[27] 越無一仁句：據《漢書・董仲舒傳》説，董仲舒爲江都相時，一天江都易王和董仲舒談論，認爲越王勾踐與大夫泄庸、種、范蠡三人謀伐吳，遂

滅了吳國。他稱贊大夫泄庸等三人是越國的"三仁"。董仲舒不同意易王的看法,他舉柳下惠的例子説明仁人連謀伐别國的話都不願意聽,何況越國是用欺詐的手段伐吳的呢? 因此,他認爲越國"本無一仁"。

[28] 章句之儒,分析古書章節句讀的文士。《漢書·夏侯勝傳》:"章句小儒,破碎大道。"按漢人讀書之法有二:一曰訓詁舉大義,通儒以徧讀羣書者;一曰章句義理,經生博士抱一經以登利祿之途者。後者就是指的章句之儒。

[29] 特,但。

[30] 穿窬,指盜賊的行爲。見前《又與焦弱侯》註[27]。

[31] 要(yāo 邀),求。

[32] 雷同,人云亦云。《禮記·曲禮上》:"毋雷同。"鄭玄註:"雷之發聲,物無不同時應者,人之言當各由己,不當然也。"

[33] 賈、鼂,賈誼、鼂錯。鼂錯,生年不詳,卒於公元前一五四年。潁川(今河南省禹縣)人,西漢政論家。文帝時,曾爲太子家令,得太子(即景帝)信任,號"智囊"。景帝即位,任爲御史大夫。公元前一五四年,景帝採用他的建議,削奪諸侯王國部分封地,於是吳、楚等七國以誅鼂錯爲借口,發動叛亂,鼂錯遂爲景帝所殺。

[34] 駟不及舌,《論語·顏淵》:"子貢曰:'惜乎! 夫子之説君子也,駟不及舌。'"《説苑·談叢》:"口者,關也;舌者,機也;出言不當,駟馬不能追也。"意謂説話要慎重,話一出口,不能追回,即俗語"一言既出,駟馬難追"的意思。

[35] 作孽,造成罪孽。

[36] 非疎匪拙,既不疎闊,也不愚拙。匪,非。

[37] 千里,千里馬,比喻英俊之才。絶,少有,特異。

[38] 漢廷諸子二句:意謂在漢廷之中,賈誼的才能確實是勝過所有諸人的。度越,超過,駕乎其上。

[39] 迂闊,拘泥、迂遠而脱離實際。

[40] 皤(pó 婆)鬚鶴髮,指白鬚白髮的老人。皤,素白之色。鶴,通"翯(hè 郝)",白。

[41] 從(cōng 匆)容,舒緩不急迫。廟廊,指朝廷。

[42] 冠冕珮玦,戴着貴冠,佩着玉佩。冠,此處作動詞用。珮,同"佩"。冕,
古時大夫以上所戴的帽子。玦,形似環而有缺口。

[43] 不知何説,不知是什麽道理。説,緣故,道理。

袁 宏 道 文

袁宏道,字中郎,號石公,公安(今湖北省公安縣)人。生於公元一五六八年(明穆宗隆慶二年),卒於公元一六一〇年(神宗萬曆三十八年)。萬曆二十年進士,曾任吳縣(今江蘇省蘇州市)知縣,官至吏部郎中。與其兄宗道、弟中道都是晚明反復古主義運動的"公安派"的代表人物,時稱"三袁"。他們力矯前、後七子所倡導的"文必秦漢,詩必盛唐"的流弊,主張文學作品要"獨抒性靈,不拘格套"。其作品語言清新明快,然內容多描寫封建士大夫階級的閒適生活,部分篇章反映了民間疾苦,對當時政治現實有所批判。著有《袁中郎全集》。

徐 文 長 傳

【解題】 徐文長是明代一個具有多方面藝術才能的作家,在詩文、戲曲、書法、繪畫等方面,都有一定的成就和影響。本文對徐文長的生平、遭遇和文藝上的成就,作了扼要、明快的敍述與評價。

余一夕坐陶太史樓,隨意抽架上書,得《闕編》詩一帙,惡楮毛書[1],烟煤敗黑,微有字形,稍就燈間讀之。讀未數首,不覺驚躍,急呼周望[2],《闕編》何人作者? 今耶? 古耶? 周望曰:"此余鄉徐文長先生書也。"兩人躍起,燈影下,讀復叫,叫復讀。僮僕睡者皆驚起。蓋不佞生三十年[3],而始知海內有文長先生。噫,是何相識之晚也。因以所聞於越人士者,略爲次第,爲徐文長傳。

徐渭,字文長,爲山陰諸生[4],聲名藉甚[5]。薛公蕙校越時[6],奇其才,有國士之目[7]。然數奇[8],屢試輒蹶[9]。中丞胡公宗憲聞之[10],客諸幕。文長每見,則葛衣烏巾,縱譚天下事[11],胡公大喜。是時,公督數邊兵[12],威振東南,介冑之士,膝語蛇行,不敢舉頭,而文長以部下一諸生傲之,議者方之劉真長、杜少陵云[13]。會得白鹿,屬文長作表,表上,永陵喜[14]。公以是益奇之,一切疏記,皆出其手。

文長自負才略,好奇計,談兵多中,視一世士,無可當意者,然竟不偶。文長既已不得志於有司,遂乃放浪麴糵[15],恣情山水,走齊、魯、燕、趙之地,窮覽朔漠。其所見山崩海立,沙起雲行,風鳴樹偃,幽谷大都,人物魚鳥,一切可驚可愕之狀,一一皆達之於詩。其胸中又有勃然不可磨滅之氣,英雄失路,托足無門之悲,故其爲詩,如嗔,如笑,如水鳴峽,如種出土,如寡婦之夜哭,羈人之寒起。雖其體格時有卑者,然匠心獨出,有王者氣,非彼巾幗而事人者所敢望也。文有卓識,氣沉而法嚴,不以模擬損才,不以議論傷格,韓、曾之流亞也[16]。文長既雅不與時調合,當時所謂騷壇主盟者[17],文長皆叱而奴之,故其名不出於越,悲夫!喜作書,筆意奔放如其詩,蒼勁中姿媚躍出,歐陽公所謂"妖韶女老自有餘態"者也[18]。間以其餘,旁溢爲花鳥,皆超逸有致。卒以疑,殺其繼室,下獄論死。張太史元汴力解[19],乃得出。晚年憤益深,佯狂益甚。顯者至門,或拒不納;時攜錢至酒肆,呼下隸與飲;或自持斧擊破其頭,血流被面,頭骨皆折,揉之有聲;或以利錐錐其兩耳,深入寸餘,竟不得死。

周望言:"晚歲詩文益奇,無刻本,集藏於家。"余同年有官越者,托以抄録,今未至。余所見者,《徐文長集》、《闕編》二種而已,然文長竟以不得志於時,抱憤而卒。

石公曰:"先生數奇不已,遂爲狂疾,狂疾不已,遂爲圄圉[20]。古今文人,牢騷困苦未有若先生者也。雖然,胡公間世豪傑,永陵英主:幕中禮數異等[21],是胡公知有先生矣;表上[22],人主悅,是人主知有先生矣。獨身未貴耳。先生詩文崛起,一掃近代蕪穢之習,百世而下,自有定論。胡爲不遇哉! 梅客生嘗寄余書曰[23]:'文長吾老友,病奇於人,人奇於詩。'余謂文長,無之而不奇者也[24]。無之而不奇,斯無之而不奇也,悲夫!"

崇禎刻本《鍾伯敬增定袁中郎全集》卷四

【註釋】

[1] 惡楮,壞紙。楮,紙。

[2] 周望,陶望齡字周望,號石簀,會稽人。萬曆中進士,授編修,不久即告歸家居。

[3] 不佞,猶不才。自稱的謙詞。《國策·趙策二》:"不佞寢疾,不能趨走。"

[4] 山陰,今浙江省紹興縣。

[5] 聲名藉甚,《漢書·陸賈傳》:"賈以此遊漢廷公卿間,名聲籍甚。"王先謙補註引周壽昌云:"蓋籍即藉用白茅之藉,言聲名得所藉而益盛也。甚與盛意同。"

[6] 薛公蕙,薛蕙字君采,亳州人。官至吏部考功司郎中。學者稱西原先生。校越,主越中考試。

[7] 國士,舊稱一國傑出的人物爲國士。《史記·淮陰侯列傳》:"至如信者,國士無雙。"

[8] 數奇(ㄐ雞),命運不好。《漢書·李廣傳》:"以爲李廣數奇,毋令當單于。"顏師古註云:"言廣命隻,不耦合也。"

[9] 蹶,挫。《史記·孫武吳起傳》:"兵法,百里而趣利者蹶上將。"

[10] 中丞胡公宗憲,浙江巡撫胡宗憲。中丞,明代以副、僉使御史任巡撫,故稱巡撫爲中丞。

[11] 譚,同談。

[12] 公督句:嘉靖三十二年,朝議以倭寇猖獗,設總督大臣,總督江南、江北、浙江、山東、福建、湖廣諸軍,以張經爲之,張經得罪死,周琉、楊宜繼之。三十五年楊宜落職,以胡宗憲繼任。故云"督數邊兵"。

[13] 劉真長、杜少陵,真長名惔,東晉人。簡文帝爲相,與王濛同爲談客,待以上賓禮。少陵即唐代詩人杜甫。嚴武再鎮劍南,表甫爲參謀。武以

· 213 ·

世舊,待甫甚善,親至其家,甫見之或時不巾。方,比也。二人皆爲幕僚,皆不屈於勢位,故以相比。

[14] 永陵喜,陶望齡《徐文長傳》云:"表進,上大嘉悦其文,旬月間遍誦人口。"永陵,明世宗之陵。按,宋元明人皆以陵名稱已故的皇帝。

[15] 麴糵(niè 臬),酒。《禮記·月令》:"乃命大酋,秫稻必齊,麴糵必時。"註云:"古者獲稻而漬米麴,至春而爲酒。"因謂酒爲麴糵。

[16] 韓、曾,韓愈、曾鞏。

[17] 騷壇,文壇。

[18] 歐陽公句:歐陽修《水谷夜行寄子美聖俞》:"作詩三十年,視我猶後輩。文詞愈清新,心意雖老大,譬如妖韶女,老自有餘態。"

[19] 張元汴,浙江山陰人。字子蓋,別號陽和,隆慶(明穆宗年號)進士,官至翰林侍讀。

[20] 囹(líng 林)圄(yǔ 羽),同囹圄,牢獄。

[21] 禮數異等,胡宗憲聘請徐文長時,文長再三推辭,最後提出要保持賓客地位,得到了胡宗憲的同意,故此在胡幕中,文長始終是受特殊優待的。

[22] 表,指前面所説的《獻白鹿表》。

[23] 梅客生,名國禎,麻城人,萬曆進士,官至兵部右侍郎。

[24] 奇,此句與下句之"奇"字皆爲奇怪之奇。末句之"奇"爲數奇之奇。

虎 丘 記

【解題】 本文記明代蘇州虎丘山中秋月夜遊人雲集的情景。作者生動地描繪了虎丘的月夜景色和遊人聚飲鬭歌的場面。

虎丘去城可七八里[1]。其山無高巖邃壑,獨以近城故,簫鼓樓船,無日無之。凡月之夜,花之晨,雪之夕,遊人往來,紛錯如織,而中秋爲尤勝。

每至是日,傾城闔户,連臂而至。衣冠士女,下迨蔀屋[2],莫不靚妝麗服[3],重茵累席[4],置酒交衢間[5],從千人石上至山門[6]，櫛比如鱗[7]。檀板丘積[8]，樽罍雲瀉[9]，遠而望之，如雁落平沙，霞鋪江上，雷輥電霍[10]，無得而狀。

布席之初，唱者千百，聲若聚蚊，不可辨視。分曹部署[11]，競以歌喉相鬥；雅俗既陳，妍媸自別。未幾而搖手頓足者[12]，得數十人而已。已而明月浮空，石光如練，一切瓦釜[13]，寂然停聲，屬而和者，才三四輩。一簫，一寸管，一人緩板而歌，竹肉相發[14]，清聲亮徹，聽者魂銷。比至夜深，月影橫斜，荇藻凌亂[15]，則簫板亦不復用；一夫登場，四座屏息，音若細髮，響徹雲際，每度一字，幾盡一刻，飛鳥爲之徘徊，壯士聽而下淚矣。

劍泉深不可測[16]，飛巖如削。千頃雲得天池諸山作案[17]，巒壑競秀，最可觴客。但過午則日光射人，不堪久坐耳。文昌閣亦佳，晚樹尤可觀。面北爲平遠堂舊址，空曠無際，僅虞山一點在望[18]。堂廢已久，余與江進之謀所以復之[19]，欲祠韋蘇州、白樂天諸公於其中[20]；而病尋作，余既乞歸，恐進之之興亦闌矣。山川興廢，信有時哉。

吏吳兩載[21]，登虎丘者六。最後與江進之、方子公同登，遲月生公石上[22]。歌者聞令來，皆避匿去。余因謂進之曰：“甚矣，烏紗之橫[23]，皂隸之俗哉[24]！他日去官，有不聽曲此石上者，如月[25]！”今余幸得解官稱吳客矣。虎丘之月，不知尚識余言否耶[26]？

崇禎刻本《鍾伯敬增定袁中郎全集》卷八

【註釋】

[1] 虎丘，山名，在今江蘇省蘇州市，是江南名勝之一。相傳春秋時吳王闔閭葬此，三日而虎踞其上，因稱之爲虎丘。

[2] 下迨蔀(pǒu 剖)屋，下至貧民。迨，及，至。蔀，《易經·豐》：“豐其蔀。”註云：“蔀，覆曖，障光明之物也。”後人遂以“蔀屋”指貧家昏暗的

房屋。此處則指貧民。

[3] 靚(jìng 敬)妝,塗脂抹粉。

[4] 重茵累席,遊客皆席地而坐,以重褥作墊。茵,墊褥。

[5] 交衢,通衢。

[6] 千人石,虎丘山半,有大石,石面平坦,面積甚大,傳説梁時高僧生公於
　　　 此説法,有千人列聽,故稱千人石。

[7] 櫛比如鱗,形容"重茵累席,置酒交衢間者"之多,如魚鱗相次。櫛比,
　　　 言其密。

[8] 檀板,用檀木製的歌板。

[9] 樽罍(léi 雷),皆盛酒器。

[10] 雷輥(gǔn 滾)電霍,雷鳴電閃。輥,車輪轉動聲。

[11] 分曹部署,分部安排。

[12] 搖手頓足,形容唱曲子的人按節而歌。

[13] 瓦釜,喻粗俗的歌調。《楚辭・卜居》:"黄鍾毀棄,瓦釜雷鳴。"

[14] 竹肉,指管樂與歌喉。《晉書・孟嘉傳》:"絲不如竹,竹不如肉。"

[15] 荇(xìng 杏)藻,水草。此處喻月下的樹影。蘇軾《記承天寺夜遊》:"庭
　　　 下如積水空明,水中藻荇交橫,蓋竹柏影也。"

[16] 劍泉,又稱劍池,在千人石下。兩側崖高百尺,池水終年不涸。

[17] 千頃句:意謂千頃雲得天池等山作爲几案。千頃雲,山名,在虎丘山
　　　 上。天池,山名,又稱華山,在蘇州閶門外三十里。

[18] 虞山,在江蘇省常熟縣西北。

[19] 江進之,名盈科,桃源(今湖南省桃源縣)人,萬曆進士,曾任長洲縣知
　　　 縣,著有《雪濤閣集》。

[20] 韋蘇州、白樂天,即唐詩人韋應物、白居易。

[21] 吏吳,在吳縣(蘇州)做官。

[22] 遲月句:意謂坐在生公石上待月出。遲,等候。生公石,即生公講壇,
　　　 在千人石北面。

[23] 烏紗,即烏紗帽。自唐朝起始定爲官服。此處指官吏。

[24] 皂隸,衙門中的差役。

[25] 如月,以月爲證。

216

[26] 識(zhì 志)，記憶。

五　　泄

【解題】 五泄在浙江省諸暨縣西六十里的五泄山上，是浙江著名風景區之一。本文是袁宏道遊五泄後所寫的一篇遊記，對五泄的景物和遊者活動的情況，都作了生動、細致的描繪。

一

越人盛稱五泄，然皆聞而知之，陶周望雖極言五泄之好[1]，其實不曾親見，與我等也。發郡城凡二日至諸暨縣[2]，縣去五泄尚七十餘里，次日始行，一路多頑山，無卷石可入目者[3]。余私念：看山數百里外，敝舟羸馬，艱辛萬狀，今諸山態貌若此，何以償此路債？周望亦謂乃弟：“余輩誇張五泄太過，若爾，當奈中郎笑話何？”獨靜虛以爲不然[4]。頃之，至青口，兩山夾天如綫，山石玲瓏峭削，若疊若鏤。數里一壁，潭水滑滑流壁下[5]。一壁上有古木一株，上人云是沉香樹，一年一花，猿猱所不到。其他非奇壁，則皆穠花異草，幔山而生，紅白青綠，燦爛如錦。映山紅有高七八尺者，與他山絶異，因相顧大叫曰：“奇哉！得此足償路債，不怕袁郎輕薄也。”王靜虛曰：“未也，爾輩遇小小丘壑，便爾張皇如是，明日見五泄，當不狂死耶？”靜虛曾習定五泄三年[6]，以是知之極詳。余與公望聞之，喜甚，皆跳吼沙石上。緩步十餘里，始至五泄僧房。靜虛曰：“牛羊下矣[7]，五泄留供來日朝餐。”因散步前山，沿溪而行，兩山一溪，比青口天尤狹，而奇峭率相類。山形或如鑪、如鐘鼓、如屏障劍戟，皆拔地而生，溪旁天竹成林[8]。行數里，遇一白鬚人云：前山有虎。同行者皆心動，尋舊路而歸。

二

　　五泄水石俱奇絕，別後三日，夢中猶作飛濤聲，但恨無青蓮之詩[9]、子瞻之文[10]，描寫其高古潰薄之勢爲缺典耳[11]。石壁青削似綠芙蕖，高百餘仭，周迴若城，石色如水浣淨，插地而生，不容寸土。飛瀑從巖顛挂下，雷奔海立，聲聞數里，大若十圍之玉，宇宙間一大奇觀也。因憶會稽賦有所謂[12]“五泄爭奇于雁蕩”者，果爾，雁蕩之奇，當復如何哉。暮歸，各得一詩，余詩先成，石簣次之，静虛、公望、子公又次之[13]。所目既奇，詩亦變幻恍惚，牛鬼蛇神[14]，不知是何等語。時夜已午，魈呼虎號之聲如在床几間[15]，彼此諦觀，鬚眉毛髮，種種皆豎，俱若鬼矣。

三

　　一二三四等泄，俱在山腰，五級而下，飛濤走雪與第五泄率相類。山路甚險巇[16]，余等從山巔下觀之，時，新雨後，苔柔石滑，不堪置足，一手拽樹枝，一手執杖，踏人肩作磴，半日始得那一步[17]，艱苦萬狀。山僧云：自此往富陽便是平地[18]，不復下嶺。五泄或作五雪，亦佳。

崇禎刻本《鍾伯敬增定袁中郎全集》卷九

【註釋】

[１] 陶周望，陶望齡。詳《徐文長傳》註[２]。

[２] 諸暨，今浙江省諸暨縣。

[３] 卷石，同“拳石”。

[４] 静虛，王静虛。

[５] 滑(gǔ骨)滑，泉涌貌。《易林》：“涌泉滑滑。”

[６] 習定，養静。

[7] 牛羊下矣,天晚牛羊下山歸家。此處即借指天晚。《詩經·王風·君子于役》:"日之夕矣,羊牛下來。"

[8] 天竹,亦稱南天竹,常緑灌木,春夏開白色小花,實赤色。

[9] 青蓮,李白。李白自號青蓮居士,人稱李青蓮。

[10] 子瞻,蘇軾字子瞻。

[11] 潰薄,湧出。左思《吳都賦》:"潰薄沸騰。"

[12] 會稽賦,指王十朋《會稽風俗賦》。

[13] 公望,陶公望。子公,方子公。

[14] 牛鬼蛇神,喻怪誕。杜牧《李賀詩序》:"鯨呿鼇擲,牛鬼蛇神,不足爲其虚荒幻誕也。"

[15] 魈(xiāo 消),亦作"獟",舊謂山中怪物。

[16] 險巇(xī 希),亦作"險戲"、"險嶬"。《文選·廣絶交論》:"世路險巇,一至於此。"註:"險巇,猶顛危也。"

[17] 那,通"挪",移動。

[18] 富陽,今浙江省富陽縣。

鍾惺文

鍾惺,字伯敬,竟陵(今湖北省天門縣)人。生於公元一五七四年(明神宗萬曆二年),卒於公元一六二四年(明熹宗天啓四年)。萬曆進士,官至福建提學僉事。與譚元同爲竟陵派創始者。他提倡抒寫性靈,同時又企圖以幽深峭拔的風格來矯正公安派的浮淺之弊,這在反對前後七子的擬古主義方面起了一定的作用,但由於過度追求形式,使其大部分作品流於冷僻苦澀。著有《隱秀軒文集》。

浣花溪記

【解題】　本篇是作者遊覽成都浣花溪杜工部祠後寫的一篇遊記。文中細膩生動地描繪了浣花溪的景色;同時對詩人杜甫在窮愁奔走中猶能擇勝而居的安詳胸懷表示贊賞。

出成都南門,左爲萬里橋[1],西折纖秀長曲,所見如連環、如玦[2]、如帶、如規、如鈎,色如鑒、如琅玕[3]、如綠沈瓜[4],窈然深碧、縈迴城下者,皆浣花溪委也。然必至草堂,而後浣花有專名,則以少陵浣花居在焉耳。

行三四里爲青羊宮[5],溪時遠時近,竹柏蒼然,隔岸陰森者盡溪,平望如薺,水木清華,神膚洞達[6]。自宮以西,流匯而橋者三,相距各不半里。舁夫云通灌縣[7],或所云“江從灌口來”是也[8]。

人家住溪左,則溪蔽不時見,稍斷則復見溪,如是者數處,縛柴編竹,頗有次第。橋盡,一亭樹道左,署曰“緣江路”。過此則武侯祠,祠前跨溪爲板橋一,覆以水檻,乃覿“浣花溪”題牓。過橋,一小洲橫斜插水間如梭,溪周之,非橋不通,置亭其上,題曰“百花潭水”。由此亭還度橋,過梵安寺[9],始爲杜工部祠[10]。像頗清古,不必求肖,想當爾爾。石刻像一,附以本傳,何仁仲別駕署華陽時所爲也[11]。碑皆不堪讀。

鍾子曰:杜老二居,浣花清遠,東屯險奧[12],各不相襲。嚴公不死[13],浣溪可老,患難之於朋友大矣哉!然天遣此翁增夔門一段奇耳[14]。窮愁奔走,猶能擇勝,胸中暇整[15],可以應世,如孔子微服主司城貞子時也[16]。時萬曆辛亥十月十七日,出城欲雨,頃之霽。使客遊者[17],多由監司郡邑招飲[18],冠蓋稠濁[19],磬折喧溢[20],迫暮趣歸[21]。是日清晨,偶然獨往。楚人鍾惺記。

中國文學珍本叢書本《鍾伯敬合集》下冊辰集

【註釋】

[1]萬里橋,在四川省成都市南。杜甫《狂夫》詩:"萬里橋西一草堂,百花潭水即滄浪。"

[2]玦(jué 決),似環而有缺口的玉佩。

[3]琅玕,美石名。有五色,青者可以入藥。詩人多以青琅玕比竹。杜甫《鄭駙馬宅宴洞中》詩:"留客夏簟青琅玕。"此處則以竹色比溪水。

[4]綠沈瓜,一種深綠色的瓜。《南史·任昉傳》:"(任昉卒)武帝聞問,方食西苑綠沈瓜,投之於盤,悲不自勝。"

[5]青羊宮,道觀名。在今四川省成都市西南,浣花溪附近。相傳老子乘青羊至其地,故名。

[6]神膚洞達,神清氣爽,通達肌膚。

[7]灌縣,今四川省灌縣。古爲灌口鎮。

[8]江,錦江。發源於郫縣,流經成都市南,入岷江。"江從灌口來"是杜甫《野望因過常少仙》詩中之句。

[9]梵安寺,在四川省成都市南,與杜甫草堂相連,故俗稱"草堂寺"。

[10]杜工部祠,在浣花溪上。宋呂大防建。

[11]別駕,官名。漢置別駕從事史,爲刺史的佐吏。魏晉以後,諸州均置別駕從事一人,總理衆務,隋唐沿置不改。宋代諸州置通判,類似別駕之

職,後世因稱通判爲別駕。署,署理,舊時稱代理或暫任爲署。華陽,今四川省華陽縣。

[12] 東屯,夔州(今重慶市奉節縣)東瀼溪。杜甫初依嚴武,居成都之浣花草堂。唐代宗永泰元年(七六五)嚴武卒,杜甫從成都遷居雲安,次年至夔州。秋寓西閣。次年春遷居赤甲,再遷瀼西,秋後遷東屯。

[13] 嚴公,嚴武。官劍南節度使,與杜甫友好。

[14] 夔門,夔門峽,爲瞿塘峽西口。

[15] 暇整,安詳不煩亂。

[16] 如孔子句:《史記·孔子世家》:"孔子去曹適宋,與弟子習禮大樹下,宋司馬桓魋欲殺孔子,拔其樹,孔子去,弟子曰:'可以速矣。'孔子曰:'天生德於予,桓魋其如予何?'孔子適鄭,與弟子相失,孔子獨立郭東門。鄭人或謂子貢曰:'東門有人,其顙似堯,其項類皋陶,其肩類子產,然自要以下,不及禹三寸,纍纍若喪家之狗。'子貢以實告孔子,孔子欣然笑曰:'形狀末也,而似喪家之狗,然哉! 然哉!'孔子遂至陳,主於司城貞子家。"司城貞子,陳國大夫。

[17] 使客,朝廷所派使臣。

[18] 監司,監察州郡之官。郡邑,指地方官。

[19] 稠濁,繁亂。

[20] 磬折,彎腰似磬,敬禮之貌。磬,古樂器,以石板爲之,略似人字形。

[21] 趣(cù 促),急速。

艾南英文

艾南英,字千子,東鄉(今江西省東鄉縣)人。生於公元一五八三年(明神宗萬曆十一年),卒於公元一六四六年(清世祖順治三年)。天啓四年(一六二四)中舉,因對策中有譏刺魏忠賢語,罰停三科。思宗即位,詔許會試,未第。清兵渡江後,江西郡縣盡失,南英乃入福建。唐王召見,陳《十可憂疏》,授兵部主事,尋改御史。

南英曾組織帶有政治性的文學集社,號豫章社。倡導效法唐宋派歸有光的散文,反對文學復古運動。著有《天傭子集》。

自　叙

【解題】　這篇序是作者試卷集的自序,作於萬曆四十七年(一六一九)。它具體生動地敍述了明代歲考、鄉試的情況和考生所受的折磨。指出在科舉制度下,有才能的人往往被擯斥、埋沒,而庸腐無能者,倒可以飛黃騰達,同時也揭露了考場的種種黑暗和考官的空疏鄙陋。作者以其曲盡形容之筆,表達了自己憤憤不平的感情,而封建科舉制度的真面貌,也於此可見一斑。

予年十有七以童子試受知於平湖李養白先生[1],其明年春爲萬曆庚子[2],始籍東鄉縣學[3],迄萬曆己未[4],爲諸生者二十年,試於鄉闈者七年[5],儳於二十人中者十有四年[6]。所受知邑令長凡二人,所受知郡太守凡三人,所受知督學使者凡六人。於是先後應試之文積若干卷,既刪其不足存者,而其可存者,不獨慮其亡佚散亂,無以自考。又重其皆出於勤苦憂患驚怖束縛之中,而且以存知己之感也。乃取而壽之梓[7],而序其所以梓之之意。

曰:嗟乎,備嘗諸生之苦,未有如予者也。舊制,諸生於郡縣有司按季課程[8]，名季考；及所部御史入境取其士什之一而校之[9]，名觀風。二者既非諸生黜陟進取之所係[10]，而予又以嬾慢成癖，輒不及與試。獨督學使者於諸生爲職掌其歲考[11]，則諸生之黜陟係焉，非患病及内外艱[12]，無不與試者。其科考則三歲大比[13]，縣升其秀以達於郡，郡升其秀以達於督學，督學又升其秀以試於鄉闈。不及是者，又有遺才大收以盡其長[14]，非是塗也[15]，雖孔孟無由而進[16]，故予先後試卷，盡出是二者。試之日，街鼓三號，雖冰霜凍結，諸生露立門外，督學衣緋坐堂上[17]，燈燭輝煌，圍爐輕煖自如。諸生解衣露足，左手執筆硯，右手持布襪，聽郡縣有司唱名，以次立甬道，至督學前。每諸生一名，蒐檢軍士二名，上窮髮際，下至膝踵，袒腹赤踝，爲漏數箭而後畢[18]，雖壯者，無不齒震凍慄，腰以下，大都寒沍僵裂[19]，不知爲體膚所在。遇天暑酷烈，督學輕綺蔭涼[20]，飲茗揮箑自如[21]。諸生什佰爲羣，擁立塵坌中[22]，法既不敢執扇，又衣大布厚衣，比至就席[23]，數百人夾坐，烝薰腥雜[24]，汗淫浹背[25]，勺漿不入口[26]，雖設有供茶吏，然率不敢飲，飲必朱鈐其牘[27]，疑以爲弊，文雖工，降一等，蓋受困於寒暑者如此。既就席，命題[28]。題一以教官宣讀[29]，便短視者[30]；一書牌上，吏執而下巡，便重聽者[31]。近廢宣讀，獨以牌書某學某題[32]，一日數學[33]，則數吏執牌而下。而予以短視，不能見咫尺，必屏氣囁嚅詢傍舍生[34]，問所目[35]。而督學又望視臺上，東西立瞭高軍四名，諸生無敢仰視四顧、麗立伸欠[36]、倚語側席者[37]。有則又朱鈐其牘，以越規論[38]，文雖工，降一等。用是腰脊拘困，雖溲溺不得自由[39]，蓋所以繫其手足便利者又如此。所置坐席，取給工吏，吏大半侵漁所費[40]，倉卒取辦臨時，規制狹迫，不能舒左右肱[41]，又薄脆疎縫，據坐稍重，即恐折仆[42]，而同號諸生常十餘人，慮有更號[43]，率十餘坐以竹聯之。手足稍動，則諸坐皆動，竟日無甯時，字爲跛踦[44]。而自閩中一二督學,重懷挾之禁[45],諸生併不得執硯。硯又取給工吏,率皆青刓頑石,滑不受墨,雖一事足以困其手力。不幸坐漏痕承簷所在[46],霖雨傾注,以衣覆卷,疾書而畢事。蓋受困於胥吏之不謹者又如此。此閱卷,大率督學以一人閱數千人之文。文有平奇虛實,煩簡濃淡之異,而主司之好尚亦如之[47],取必於一流之材,則雖宿學不能無恐[48],而予常有天幸然。高下既定,督學復衣緋坐堂上,郡縣有司候視門外,教官立墀下,諸生俛行以次至几案前[49],跽而受教,噤不敢發聲。視所試優劣,分從甬道西角門以出。當是時,其面目不可以語妻孥。蓋所爲拘牽文法以困折其氣者又如此。嗟乎,備嘗諸生之苦,未有如予者也。

至入鄉闈,所爲蒐檢防禁,囚首垢面,夜露晝暴,暑暍風沙之苦[50],無異於小試[51]。獨起居飲食稍稍自便,而房司非一手,又皆簿書獄訟之餘[52],非若督學之靜專屏營,以文爲職。而予七試七挫,改絃易轍,智盡能索。始則爲秦漢子史之文,而闈中目之爲野;改而從震澤、毘陵成弘先正之體[53],而闈中又目之爲老;近則雖以公、穀、孝經、韓、歐、蘇、曾大家之句[54],而房司亦不知其爲何語。每一試已,則登賢書者雖空疎庸腐稚拙鄙陋[55],猶得與郡縣有司分庭抗禮。而予以積學二十餘年,制藝自鶴灘、守溪下至弘、正、嘉、隆大家[56],無所不究;書自六籍子史[57],濂、洛、關、閩[58],百家衆説,陰陽、兵、律[59],山經、地志[60],浮屠、老子之文章[61],無所不習,而顧不得與空疎庸腐稚拙鄙陋者爲伍。每一念至,欲棄舉業不事,杜門著書,考古今治亂興衰之故,以自見於世,而又念不能爲逸民以終老。嗟乎,備嘗諸生之苦,未有如予者也。

古之君子有所成就,則必追原其勌歷勤苦之狀以自警[62]。上至古昔聖人,昌言交拜[63],必述其艱難創造之由。故曰:逸能思初,安能惟始。故予雖事無所就,試卷亦鄙劣瑣陋不足以存,然皆出於勤苦憂患驚怖束縛之中,而況數先生者,又皆今世名人鉅公,而予以一日之藝,附弟子之列,語有之:知己重於感恩。今有人於此,衣我以文繡[64],食我以稻粱,樂我以臺池鼓鍾[65],然使其讀予文而不知其原本聖賢,備見古今與道德性命之所在,予終不以彼易此。且予淹困諸生,既無以報知己,而一二君子,溘先逝者[66],又無以對先師於地下。以其出於勤苦憂患驚怖束縛之中,而又以存知己之感,此試卷之所爲刻也。若數科闈中所試,則世皆以成敗論人,不欲塵世人之耳目[67],又類好自表見,形主司短長[68],故藏而匿之,然終不能忘其姓名。駒兒五歲能讀書[69],將封識而使掌之。曰:此某司理、某令尹爲房考時所擯也[70]。既以陰誌其姓名,而且使駒兒讀而鑒,鑒而爲詭遇以逢時[71],無如父之拙也。

康熙刻本《天傭子集》卷二

【註釋】

[1] 童子試,明清兩代初級入學考試之稱,包括縣試、府試和院試三個階段,錄取入學者爲生員,稱秀才。平湖,今浙江省平湖縣。

[2] 萬曆庚子,明神宗萬曆二十八年(一六〇〇)。

[3] 始籍東鄉縣學,始入東鄉縣學,即考取爲東鄉縣學生員。籍,入學籍。東鄉,今江西省東鄉縣。

[4] 萬曆己未,即公元一六一九年。

[5] 鄉闈,即鄉試。明代每三年一次在各省舉行的考試稱鄉試。闈,考場之意。這句說,考過七次鄉試。

[6] 餼於句:指補廩至今已十四年。按,明初每月給生員廩米六斗,後又增廣名額,於是額内者爲廩膳生員,簡稱廩生,增額者爲增廣生員,簡稱增生,凡初入學者謂之附學,簡稱附生。廩膳、增廣以歲科兩試等第高者補充之。廩膳有定額,宣德元年定爲在京府學六十人,在外府學四

十人,州三十人,縣二十人。

[7] 壽之梓,刻印成書使其流傳久遠之意。梓,雕板。

[8] 按季課程,每三個月考試一次,考核學習進程。

[9] 所部御史,明代以都御史或副、僉都御史巡撫各省,故稱巡撫爲所部御史。校,考查。

[10] 黜陟,升降。《尚書・舜典》:"三考黜陟幽明。"孔安國傳:"黜退其幽者,升進其明者。"

[11] 歲考,明制,提學官在任,三歲兩試諸生,先以六等試諸生優劣,謂之歲考。一等前列者,視廩膳生有缺,依次充補,其次補增廣生。一二等皆給賞,三等如常,四等朴責,五等則廩增遞降一等,附生降爲青衣,六等黜革。

[12] 内外艱,父母喪。艱,親喪。母喪稱内艱或母艱,父喪稱外艱或父艱。

[13] 科考,提學官選拔優等生員參加鄉試之考試。三歲大比,《周禮・地官・鄉大夫》:"三年則大比,考其德行道藝而興賢者、能者。"科考是鄉試的準備,三年一行,所以説"三歲大比"。

[14] 遺才大收,凡因故未參加考試者,可以參加一次補考,補考稱"録遺"與"大收"。

[15] 塗,同"途"。

[16] 孔孟,孔丘、孟軻。

[17] 衣緋,穿紅色官服。

[18] 爲漏數箭,謂歷時數刻。我國古代以漏壺計時,壺中盛水,底穿一孔,壺中立箭,箭上刻度數,壺中水以漏漸減,箭上所刻亦以次顯露,即可知時。

[19] 寒沍(hù 户),寒凍。

[20] 督學輕綺,督學穿着綢衣。輕綺,細薄的綾綢。

[21] 篷(jié 捷),扇。

[22] 塵坌(bèn 笨),塵埃。坌,塵。

[23] 比,及。

[24] 烝薰,指熱氣。

[25] 汗淫浹背,汗流浹背。淫,侵淫。

[26] 勺漿,滴水。

[27] 朱鈐其牘,用紅色的印記蓋在考卷上。鈐,印記,鈐記。牘,卷。

[28] 命題,出題目。

[29] 教官,宋以後各級儒學的教授、學正、教諭、訓導等統稱教官或校官、學官。府學稱教授,州學稱學正,縣學稱教諭或訓導。

[30] 短視,近視。

[31] 重聽,聽覺不靈。《漢書‧黃霸傳》:"許丞廉吏,雖老,尚能拜起送迎,正頗重聽,何傷?"正,即使。

[32] 某學,某縣學。

[33] 一日數學,明代歲考時,某督學所屬府縣在學生員均同一試場考試,而各府、縣學試題不同,故云一日數學。

[34] 囁嚅,竊竊私語。東方朔《七諫‧怨世》:"改前聖之法度兮,喜囁嚅而妄作。"王逸註:"囁嚅,小語謀私貌也。"

[35] 問所目,意思是問出何題目。

[36] 麗立,並立。麗,偶。

[37] 倚語,偏過身來和別人講話。

[38] 越規,犯規。越,踰。

[39] 溲溺,小便。

[40] 侵漁所費,吞沒了置辦坐席的費用。

[41] 舒,伸。

[42] 折仆,坐席斷折使人前跌於地。

[43] 更號,調換坐位。

[44] 跛倚,偏斜。《禮記‧禮器》:"有司跛倚以臨祭,其爲不敬大矣。"孫希旦集解云:"立而偏任一足曰跛,依物爲倚。"按:踦,倚也。此處作字體偏斜不整解。

[45] 重懷挾之禁,嚴厲禁止挾帶。

[46] 不幸坐漏痕承霤所在,意思是不幸坐在漏雨的地方或屋霤下。

[47] 主司,主試官。

[48] 宿學,積學之士。《史記‧老莊申韓列傳》:"雖當世宿學,不能自解免也。"

[49] 俛行,低頭而行。俛,同"俯"。

[50] 暑暍(hē 喝),暑熱。

[51] 小試,科歲考。

[52] 而房司二句:房司,房官。鄉會試卷皆按考生所習經,分房校閱。視各經卷數多少不等,分爲若干房,每房由一人負責校閱試卷,擇優以薦於主考官,決定去取。房官由主考於教官、推官、知縣中聘任,故云皆簿書獄訟之餘。

[53] 改而從句:謂改而學王鏊、唐順之等成化、弘治時先賢之文。王鏊,字守溪,吳縣(今江蘇省蘇州市)人,成化(明憲宗年號)間鄉會試皆第一,著有《震澤集》等,成化、弘治(明孝宗年號)間被譽爲"時文正宗"。唐順之,字應德,號荆川,武進(今江蘇省常州市,舊爲毘陵郡治)人,嘉靖(明世宗年號)中會試第一,古文時文均爲明中葉一大宗,著有《荆川集》。震澤,太湖舊稱。先正,先賢。

[54] 公、穀,指《公羊傳》、《穀梁傳》。韓、歐、蘇、曾,指韓愈、歐陽修、蘇洵、蘇軾、蘇轍、曾鞏。

[55] 登賢書,鄉試中式。《周禮·地官》:"鄉老及鄉大夫羣吏,獻賢能之書於王,王再拜受之,登於天府,内史貳之。"後世乃稱鄉試中式爲登賢書。

[56] 制藝,八股文。亦稱爲"時文"。鶴灘,錢福號鶴灘,與王守溪齊名,有"錢王"之稱。弘、正、嘉、隆,指弘治、正德、嘉靖、隆慶。

[57] 六籍子史,六經及子書、史書。

[58] 濂、洛、關、閩,指宋代理學家周敦頤、程顥、程頤、張載、朱熹。周敦頤,字茂叔,道州營道(今湖南省道縣)濂溪人,知南康軍(今江西省南康縣),時稱濂溪先生,著有《通書》等,爲宋理學之宗。程顥、程頤,洛陽人。顥字伯淳,舉進士,歷官上元(今江蘇省南京市)簿、晉城(今山西省晉城縣)令,以道學稱,號明道先生;頤字正叔,著《易傳》、《春秋傳》,學者出其門最多,號伊川先生。張載,字子厚,郿縣(今陝西省郿縣)橫渠鎮人。嘉祐(宋仁宗年號)間舉進士,熙寧(宋神宗年號)時爲崇政殿校書,尋屏居關中南山與諸生講學,號橫渠先生。著《易說》等。朱熹,字元晦,婺源(今江西省婺源縣)人,僑居建州(今福建省建甌縣),紹興

(宋高宗年號)進士,官至寶文閣待制。宋代理學至熹而集其大成。晚年講學於建陽之考亭。言理學者合稱爲濂、洛、關、閩。

[59] 陰陽、兵、律,指陰陽家學説及兵書、律曆。

[60] 山經、地志,地理書。

[61] 浮屠,舊稱佛教徒爲浮屠氏,佛經爲浮屠經,佛塔爲浮屠。此處指佛經。

[62] 敭歷,謂仕宦所經歷。蔣伸《授李珏揚州節度使制》:"敭歷斯久,聲猷益光。"敭,古揚字。

[63] 昌言交拜,《尚書・大禹謨》:"禹拜昌言。"《孔傳》:"昌,當也,以益言爲當,故拜受而然之。"

[64] 文繡,美衣。《孟子・告子》:"令聞廣譽施於身,所以不願人之文繡也。"朱註:"文繡,衣之美者也。"

[65] 臺池鼓鍾,園林、音樂。

[66] 溘先逝者,先死者。《楚辭・九章・惜往日》:"寧溘死而流亡兮。"洪興祖補註:"溘,奄忽也。"後因稱人死曰溘逝。

[67] 塵,此處作"污"解。

[68] 形主司短長,暴露主考官的缺點。

[69] 騶兒,艾南英長子,名斯騶,生於明神宗萬曆四十三年(一六一五)。時,南英三十三歲。

[70] 司理,亦作司李,即推官。宋太祖開寶六年(九七三),設諸州司寇參軍,以新進士及選人擔任,後改爲司理,掌獄訟勘鞫。令尹,明清時對知縣的稱呼。司理、令尹,均指指派的鄉試房考官。擯,棄絶,排斥。

[71] 詭遇,《孟子・滕文公》:"吾爲之範我馳驅,終日不獲一;爲之詭遇,一朝而獲十。"此謂打獵時不按規矩,縱橫馳騁以追逐禽獸。後遂稱以不正當的方法追求功名富貴爲詭遇。白居易《適意》詩:"直道速我尤,詭遇非吾志。"

徐弘祖文

徐弘祖,字振之,別號霞客,江陰(今江蘇省江陰縣)人。生於公元一五八六年(明神宗萬曆十四年),卒於公元一六四一年(思宗崇禎十四年)。幼喜博覽古今史籍及輿地志、山海圖經等書。及壯,無意於仕進,遂漫遊各地,蒐訪奇山水。自二十二歲至逝世前,三十餘年間,足跡遍歷今華東、華北及西南等地。並將其經歷一一記述,後編爲《徐霞客遊記》。

《徐霞客遊記》有十卷、十二卷、二十卷本數種。爲作者按日記述三十年間旅途觀察所得。文筆生動,記載精詳,在攀奇涉勝的敍寫中,反映了祖國河山的壯麗和作者對大自然的熱愛。它不僅是一部著名的地理著作,而且也是一部文字簡潔活潑,內容豐富的文學作品。

遊黄山後記

【解題】 黄山是我國著名的風景區,在皖南歙縣境內。有三十六峯,其中以天都、蓮花二主峯景色最佳。本文着重描繪天都、蓮花千巖競秀、松濤雲海的動人景色。

戊午九月初三日[1] 出白岳榔梅菴[2],至桃源橋,從小橋右下,陡甚,即舊向黄山路也[3]。七十里,宿江邨[4]。

初四日 十五里,至湯口[5]。五里,至湯寺[6],浴於湯池[7]。扶杖望硃砂菴而登[8]。十里,上黄泥岡,向時雲裏諸峯,漸漸透出,亦漸漸落吾杖底。轉入石門[9],越天都之脅而下[10],則天都、蓮花二頂[11],俱秀出天半。路旁一岐東上,乃昔所未至者,遂前趨直上,幾達天都側。復北上,行石罅中,石峯片片夾起,路宛轉石間,塞者鑿之,陡者級之[12],斷者架木通之,懸者植梯接之。下瞰峭壑陰森,楓松相間,五色紛披,燦若圖繡。因念黄山當生平奇覽,而有奇若此,前未一探,兹遊快且愧矣。時夫僕俱阻險行後，余亦停弗上，乃一路奇景，不覺引余獨往。既登峯頭，一菴翼然，爲文殊院[13]，亦余昔年欲登未登者。左天都，右蓮花，背倚玉屏風[14]。兩峯秀色，俱可手擥。四顧奇峯錯列，衆壑縱橫，真黃山絕勝處！非再至，焉知其奇若此？遇遊僧澄源至[15]，興甚勇。時已過午，奴輩適至。立菴前，指點兩峯，菴僧謂："天都雖近而無路，蓮花可登而路遙，祇宜近盼天都，明日登蓮頂。"余不從，決意遊天都，挾澄源、奴子[16]，仍下峽路。至天都側，從流石蛇行而上，攀草牽棘，石塊叢起則歷塊，石崖側削則援崖，每至手足無可着處，澄源必先登垂接。每念上既如此，下何以堪？終亦不顧。歷險數次，遂達峯頂，惟一石頂，壁起猶數十丈，澄源尋視其側，得級，挾予以登[17]，萬峯無不下伏，獨蓮花與抗耳。時濃霧半作半止，每一陣至，則對面不見。眺蓮花諸峯，多在霧中。獨上天都，予至其前，則霧徙於後；予越其右，則霧出於左。其松猶有曲挺縱橫者，柏雖大幹如臂，無不平貼石上如苔蘚然。山高風鉅[18]，霧氣去來無定，下盼諸峯，時出爲碧嶠[19]，時没爲銀海[20]。再眺山下，則日光晶晶，別一區宇也。日漸暮，遂前其足，手向後據地，坐而下脱，至險絕處，澄源並肩手相接。度險下至山坳，暝色已合，復從峽度棧以上，止文殊院。

　　初五日　平明[21]，從天都峯坳中北下二里，石壁岈然[22]，其下蓮花洞[23]，正與前坑石笋對峙[24]，一塢幽然。別澄源下山，至前歧路側，向蓮花峯而趨。一路沿危壁西行，凡再降升，將下百步雲梯，有路可直躋蓮花峯[25]，既陟而磴絕，疑而復下。隔峯一僧高呼曰："此正蓮花道也！"乃從石坡側度石隙，徑小而峻，峯頂皆巨石鼎峙[26]，中空如室，從其中迭級直上，級窮洞轉，屈曲奇詭，如下上樓閣中，忘其峻出天表也[27]。一里，得茅廬，倚石罅中，方徘徊欲升，則前呼道之僧至矣。僧號凌虛，結茅於此者，遂與把臂陟頂[28]。頂上一石，懸隔二丈，僧取梯以度，其巔廓然。

四望空碧,即天都亦俯首矣。蓋是峯居黃山之中,獨出諸峯上,四面巖壁環聳,遇朝陽霽色,鮮映層發,令人狂叫欲舞。久之,返茅菴。凌虛出粥相餉[29],啜一盂。乃下至岐路側,過大悲頂[30],上天門[31]。三里,至煉丹臺[32],循臺嘴而下。觀玉屏風、三海門諸峯[33],悉從深塢中壁立起。其丹臺一岡中垂,頗無奇峻,惟瞰翠微之背[34],塢中峯巒錯聳,上下周映,非此不盡瞻眺之奇耳。還過平天矼[35],下後海[36],入智空菴,別焉。三里,下獅子林[37],趨石笋矼[38],至向年所登尖峯上,倚松而坐,瞰塢中峯石迴攢[39],藻繢滿眼[40],始覺匡廬[41]、石門[42],或具一體[43],或缺一面[44],不若此之閎博富麗也。久之,上接引崖,下眺塢中,陰陰覺有異。復至岡上尖峯側,踐流石,援棘草,隨坑而下,愈下愈深,諸峯自相掩蔽,不能一目盡也。日暮,返獅子林。

初六日 別霞光[45],從山坑向丞相原[46]。下七里,至白沙嶺[47],霞光復至,因余欲觀牌樓石[48],恐白沙菴無指者[49],追來爲導。遂同上嶺,指嶺右隔坡,有石叢立,下分上並,即牌樓石也。余欲逾坑溯澗,直造其下,僧謂:"棘迷路絕,必不能行,若從坑直下丞相原,不必復上此嶺,若欲從仙燈而往[50],不若即由此嶺東向。"余從之,循嶺脊行。嶺橫亙天都、蓮花之北,狹甚,旁不容足,南北皆崇峯夾映。嶺盡北下,仰瞻右峯羅漢石,圓頭禿頂,儼然二僧也。下至坑中,逾澗以上。共四里,登仙燈洞。洞南向,正對天都之陰,僧架閣連板於外,而內猶穹然[51],天趣未盡刊也[52]。復南下三里,過丞相原,山間一夾地耳。其菴頗整,四顧無奇,竟不入。復南向循山腰行五里,漸下,澗中泉聲沸然,從石間九級下瀉,每級一下,有潭淵碧,所謂九龍潭也[53]。黃山無懸流飛瀑,惟此耳。又下五里,過苦竹灘[54],轉循太平縣路[55],向東北行。

乾隆刻本《徐霞客遊記》第一冊上

【註釋】

[１] 戊午,明萬曆四十六年(一六一八)。

[２] 白岳,山名,在黃山西南。

[３] 即舊句:指萬曆四十四年(一六一六)作者初遊黃山時所走之路。

[４] 江邨,鎮名,在黃山東北。

[５] 湯口,鎮名,在黃山脚下,是上山必經之處。

[６] 湯寺,即祥符寺,因靠近湯泉,故俗稱湯寺。

[７] 湯池,即湯泉。

[８] 硃砂菴,在硃砂峯下,又名慈光寺。

[９] 石門,峯名。

[10] 天都,天都峯。

[11] 蓮花,蓮花峯。與天都並稱黃山兩大峯。

[12] 陡者級之,陡的地方就鑿出石級來。

[13] 文殊院,寺名,在天都、蓮花兩峯之間。

[14] 玉屏風,即玉屏峯。

[15] 遊僧,遊方和尚。

[16] 奴子,奴僕。

[17] 挾,此處作扶持解。

[18] 鉅,同巨。

[19] 碧嶠,因滿山松柏,青翠蔚然,故稱"碧嶠"。嶠,山銳而高。

[20] 銀海,因雲霧瀰漫似大海波濤,故稱銀海。

[21] 平明,天正明。《史記·留侯世家》:"平明,與我會此。"

[22] 岈(yā 呀)然,山谷深空貌。

[23] 蓮花洞,在蓮花峯下。

[24] 石笋,峯名。

[25] 躋,登。

[26] 鼎峙,如鼎之三足而立。

[27] 天表,天上。班固《西都賦》:"若遊目於天表,似無依而洋洋。"

[28] 把臂,挽臂。《後漢書·呂布傳》:"相待甚厚,臨別把臂言誓。"

234

[29] 相餉,指招待。

[30] 大悲頂,山峯名。

[31] 上天門,在天都峯脚。

[32] 煉丹臺,在煉丹峯上。相傳黃帝曾在此煉丹仙去,故名。

[33] 三海門,峯名,在石門峯與煉丹峯之間。

[34] 翠微,峯名,在清潭峯北。

[35] 平天矼,在煉丹峯。

[36] 後海,地名。

[37] 獅子林,在煉丹峯左。

[38] 石笋矼,在始信峯上。

[39] 迴攢,曲折簇聚。

[40] 藻繢,即藻繪,文采。《文心雕龍·原道》:"龍鳳以藻繪呈瑞。"此處指
山下的五光十色。

[41] 匡廬,指江西廬山。

[42] 石門,浙江青田縣的石門山。

[43] 具一體,具備黃山的某一體。

[44] 缺一面,缺少黃山的某一方面。

[45] 霞光,僧名。

[46] 丞相原,在石門峯、鉢盂峯之間。相傳宋理宗丞相程元鳳曾在此讀書,
故名。

[47] 白沙嶺,在皮篷嶺與丞相原之間。

[48] 牌樓石,即天牌石,俗稱"仙人榜"。

[49] 白沙菴,在白沙嶺下。

[50] 仙燈,洞名,在鉢盂峯下。

[51] 穹然,大且深也。

[52] 天趣句:天然之致沒有失掉。刊,削除。

[53] 九龍潭,在丞相原附近。

[54] 苦竹灘,即苦竹溪,在九龍潭下。

[55] 太平縣,今安徽省太平縣。

楚 遊 日 記

【解題】 本文是《楚遊日記》中探訪麻葉洞的一則日記。這則日記，不僅使我們看到湖南茶陵山水的險奇壯麗，而且也反映了作者不畏艱險，窮究奇境的毅力。

十七日[1]。

仍由新菴北下龍頭嶺[2]，共五里，至絡絲潭下。先是，予按志有秦人三洞[3]，上洞惟石門不可入，予既得東、西兩洞[4]，無從覓所謂上洞者。土人曰：“絡絲潭北有上清潭，洞門甚隘。水由中出，人不能入，入即有奇勝。此洞與麻葉洞，俱神龍蟄處，非惟難入，亦不敢入也。”予聞之益喜甚。既過絡絲潭，不渡澗，即依西麓下。蓋渡澗爲東麓，雲陽之西也，棗核故道[5]；不渡澗爲西麓，大嶺、洪碧之東也。

出把七道，北半里，至上清潭，洞即在路之下、澗之上。門東向，夾如合掌。水由洞出，有三派[6]：自洞後者，匯而不流；由洞左者，乃洞南旁竇出[7]，甚急。逾洞左急流，即當伏水入[8]。導者止供炬，無肯爲前驅者。予解衣，伏水蛇行以進。石隙低而隘，水没大半，必身伏水中，手擎炬[9]，平出水上，乃得入。西入二丈，隙始高裂丈餘，南北橫裂者亦三丈，然都無入處。惟直西一竇，闊一尺五寸，高二尺；水没其中者如所闊，隙餘水面，僅得尺之半。計匍匐水中，必口鼻俱濡水[10]。且以炬探之，貼隙頂入，猶半爲水漬。時顧僕守衣洞外，若洶水入，誰爲遞炬者？身可由水，炬豈能由水耶？況秦人洞水[11]，予雖没浸股膝，溫然可近；此水獨寒，而洞當風口，颼颼尤厲。風兼水逼，火復阻道，捨之出。熱火洞門久之[12]。復循西麓隨水北，已在棗核嶺西矣。

去上清三里，得麻葉洞，洞在麻葉灣；西大嶺，南洪碧，東即雲陽、棗核之支[13]，北則棗核西垂也[14]。大嶺東轉，正束澗下流,夾峙如門。當門一石峯聳突,曰將軍嶺。澗搗其西,而棗核一支,西至此盡。澗西有石崖,南向,東瞰澗中[15];大嶺一支,亦東至此盡。迴崖之下,開一隙,淺不能入。崖前有小溪,自西而東入大澗。循小溪至崖西亂石間,水窮於下,竅啓於上[16],即麻葉洞。

洞口南向,僅斗大,在石隙中轉折數級下。初覓導,亦俱以炬應,無敢導者,且曰:"此中有神龍奇鬼,非符術不能服。"最後以重資覓一人,將脫衣,問予乃儒,非法士,驚出曰:"予以爲大師[17],故縱膽入。豈能身狥汝耶[18]?"予乃寄行李前村,與顧僕各持數炬入。村民隨至洞口者數十人,皆莫能從。予兩人乃以足先入,歷級轉竇遞炬下。數轉達洞底,洞稍寬,可側身舒首,乃以炬前向,其東西裂隙,俱無入處。直北一穴,低僅尺,闊等,下甚平燥。先以炬,後蛇伏進,背腹摩貼[19],足後聳[20],乃度此内洞第一關。内,裂隙既高,東西橫亘,然亦無入處。又度第二關,低隘與前齊規[21],進法亦如之。既入,内層亦橫裂。西南裂者,不甚深;其東北裂處,上一石坳[22],忽又縱裂起,上穿下狹[23],高不見頂。至此,石幻殊形,膚理頓易[24],片竅俱欲生動。其西北之峽,漸入漸束,内夾一縫,不能容炬。轉從東南峽,仍下一坳。其底沙石平鋪,如澗底潔溜[25],乾燥鮮水,峽東南盡處,亂石轟駕[26],疊成樓臺。由其隙,皆可攀躋上[27]。其上石寶一縷,直徹洞頂;光由隙中下射,宛如鈎月。澗底南通;覆石低壓,高僅尺許,此必前通洞外,澗所從入者。由層石下,北循澗底入,隘低甚,與外二關相似。稍從其西,攀上一石隙,北轉而東,若度鞍歷嶠[28]。兩壁石色石質,光瑩欲滴,垂柱倒蓮,紋同雕刻。東下一級,復值澗底,已轉入隘關内。於是闢成一衖,闊二丈,高殺其五尺[29],覆石平如布幄。北馳坦底半里許,下有一石,庋出爲榻[30],榻邊明辨[31],上則蓮英下垂[32],連接成幨;四圍垂幔,大與榻並;中,圓透盤空,上穿爲頂;其後西壁,玉柱圓竪,大小不一,而色皆瑩素,紋絶刻鏤,衖中第一奇也。又直北半里,洞分上下兩層,澗底東北去,上洞登自西北。時所齎火炬[33],已去其七,恐歸途迷惘,遂割奇返[34]。抵透光處,炬裁盡[35]。洞外守視者,又增數十人,見余兩人,皆額禮稱異,且曰:"前久待不出,疑墮異吻[36]。"予各謝之。然此洞但入處多隘,其中美勝,予所見洞俱莫及,不知土人何畏入乃爾。

乃取行李於前村。隨澗北十里,抵大道。又西十里,宿黃石鋪,去茶陵西已四十里。鋪南即大嶺。北峙峯石,俱嶙峋插空[37];西南一峯尤甚,名五鳳樓。去十里而近[38],即安仁道。予早臥不及詢,明發登途,知已無及。黃石西北三十里爲高暑山,又有小暑山,俱在攸縣東[39],疑即司空山也。二山之西,高峯漸伏。茶陵江北曲,經高暑南麓而西;攸水在山北。是山,界茶、攸兩江云。

乾隆刻本《徐霞客遊記》第二冊下

【註釋】

[1]十七日,指明思宗崇禎十年(一六三七)正月十七日。在這以前,作者曾遊歷了湖南省茶陵以西的紫雲山、雲陽山、棗核嶺、龍頭嶺、絡絲潭等處。

[2]仍由新菴,作者在遊麻葉洞前兩日即已住宿新菴。

[3]予按句:志,指《大明一統志》。據《大明一統志》云:"秦人三洞,在茶陵縣南三十里。上洞有石門不可入。但聞有鐘磬聲,世傳秦人曾遯跡於此。"

[4]予既句:作者前一日(十六日)曾遊秦人洞的東、西兩洞。

[5]棗核故道,作者前兩日曾從雲陽山經棗核嶺到絡絲潭,故稱棗核故道。故道,曾經走過的路。

〔6〕派,支。

〔7〕竇,小洞。

〔8〕伏水入,彎腰涉水進去。

〔9〕擎(qíng晴),舉。

〔10〕濡(rú如)水,爲水所沾濕。

〔11〕秦人洞水,指秦人洞中之東洞。按作者十六日日記云:"又西一里,則西南谷中,四山環遶,亦成仰釜,釜底有澗,澗東西皆秦人洞也。灌莽中直下二里,至其處,澗由西洞出,入東洞。……洞内水匯成潭,深浸洞兩崖,旁無餘隙可入。循崖則路斷,從水則苦無浮槎,惟小門水入峽後,亦旁通大洞流,可揭厲入。"揭厲,《詩經·邶風·匏有苦葉》:"深則厲,淺則揭。"

〔12〕爇(rè熱)火,燒火。

〔13〕西大嶺三句:大嶺、洪碧、雲陽、棗核,俱麻葉洞附近山嶺名。

〔14〕西垂,西麓。

〔15〕瞰(kàn看),俯視。

〔16〕水窮於下二句:謂水流到崖下爲止,崖上有洞口張開。窮,盡。竅,洞。

〔17〕大師,大法師。

〔18〕徇,同"殉"。

〔19〕背腹摩貼,背部和腹部都貼住上下石壁,摩擦前進。

〔20〕聳,聳動。

〔21〕齊規,同等。

〔22〕石坳(ào傲),陷凹的石洞。

〔23〕穹(qióng窮),高。

〔24〕膚理頓易,石紋突然改變了。膚理,此處指石紋。

〔25〕潔溜,光滑。

〔26〕轟駕,重疊。

〔27〕躋,登。

〔28〕若度鞍歷嶠(jiào教),好像跨過馬鞍,越過尖峭的高山。鞍和嶠在這裏都是用來形容地形的。

〔29〕殺(shài晒),減。《周禮·地官·廩人》:"詔王殺邦用。"註:"猶減也。"

[30] 庋(guǐ 鬼)出爲榻,伸突出來像放着一張臥榻。庋,置。

[31] 櫺(líng 靈)邊明辨,榻邊上的格子花紋,清晰可辨。櫺,櫺牀,有欄檻的牀。

[32] 蓮英,蓮花。英,花。《詩經·鄭風·有女同車》:"顏如舜英。"傳:"英,猶華也。"

[33] 齎(jī 機),攜帶。

[34] 割奇,捨棄奇景。

[35] 裁,同"才"。

[36] 異吻,怪物的口。

[37] 嶙峋,山勢重疊的樣子。《漢書·揚雄傳》:"岭嶒嶙峋,洞亡涯兮。"註:"嶙峋,節級貌。"

[38] 去十里而近,距離不滿十里。

[39] 攸縣,今湖南省攸縣。

魏學洢文

魏學洢,字子敬,嘉善(今浙江省嘉善縣)人。生於公元一五九六年(明神宗萬曆二十四年),卒於公元一六二五年(明熹宗天啓五年)。父魏大中,因彈劾魏忠賢而遭誣害,他也因此受到閹黨威逼,悲憤至死。平生好學,善爲文,著作有《茅簷集》。

核 舟 記

【解題】　本文選自《虞初新志》。它寫出了我國古代工藝美術品所曾達到的藝術高度和民間藝人的卓越才能。而且對核舟的描繪,人物的刻畫都非常細致、生動。

明有奇巧人曰王叔遠,能以徑寸之木[1],爲宮室、器皿、人物,以至鳥獸、木石,罔不因勢象形,各具情態。嘗貽余核舟一,蓋大蘇泛赤壁云[2]。

舟首尾長約八分有奇,高可二黍許。中軒敞者爲艙,篛篷覆之[3]。旁開小窗,左右各四,共八扇。啓窗而觀,雕欄相望焉。閉之,則右刻"山高月小,水落石出"[4],左刻"清風徐來,水波不興"[5],石青糝之[6]。

船頭坐三人,中峨冠而多髯者爲東坡,佛印居右[7],魯直居左[8]。蘇、黄共閱一手卷[9]。東坡右手執卷端,左手撫魯直背。魯直左手執卷末,右手指卷,如有所語。東坡現右足,魯直現左足,各微側,其兩膝相比者,各隱卷底衣褶中。佛印絕類彌勒,袒胸露乳,矯首昂視,神情與蘇黄不屬。臥右膝,詘右臂支船,而豎其左膝,左臂掛念珠倚之,珠可歷歷數也。

舟尾橫臥一楫。楫左右舟子各一人。居右者椎髻仰面,左手倚一衡木,右手攀右趾,若嘯呼狀。居左者右手執蒲葵扇,左手撫爐，爐上有壺，其人視端容寂[10]，若聽茶聲然。

其船背稍夷，則題名其上，文曰"天啓壬戌秋日[11]，虞山王毅叔遠甫刻"[12]，細若蚊足，鈎畫了了[13]，其色墨。又用篆章一，文曰"初平山人"，其色丹。

通計一舟，爲人五；爲窗八；爲箬篷，爲楫，爲爐，爲壺，爲手卷，爲念珠各一；對聯、題名并篆文，爲字共三十有四。而計其長曾不盈寸。蓋簡桃核修狹者爲之。

魏子詳矚既畢[14]，詫曰：嘻，技亦靈怪矣哉！莊列所載，稱驚猶鬼神者良多[15]，然誰有遊削於不寸之質[16]，而須麋瞭然者[17]？假有人焉，舉我言以復於我，亦必疑其誑。今乃親睹之。繇斯以觀，棘刺之端，未必不可爲母猴也[18]。嘻，技亦靈怪矣哉！

文學古籍刊行社《虞初新志》卷十

【註釋】

[1] 徑寸之木，直徑一寸長的木頭。

[2] 大蘇泛赤壁，蘇軾泛舟遊赤壁。大蘇，蘇軾。

[3] 箬(ruò 弱)篷，箬竹葉作的船篷。

[4] "山高月小，水落石出"，蘇軾《後赤壁賦》句。

[5] "清風徐來，水波不興"，蘇軾《前赤壁賦》句。

[6] 石青糝之，以青色顏料塗在刻字上。

[7] 佛印，《續傳燈錄》云：佛印禪師名了元，字覺老，蘇東坡謫黃州，佛印住廬山，相與酬酢往還。宋哲宗元符元年(一〇九八)去世。

[8] 魯直，黃庭堅字魯直。

[9] 手卷，橫幅的書畫卷子。

[10] 視端容寂，眼睛正視(茶爐)，神色平靜。

[11] 天啓壬戌，明熹宗天啓二年(一六二二)。

[12] 虞山，在今江蘇省常熟縣西北，此處借指常熟。

[13] 了了，清楚。

[14] 詳矚,細看。

[15] 驚猶鬼神,驚奇得好像鬼神所造。

[16] 遊削於不寸之質,在不到一寸的材料上從事雕刻。

[17] 須麋,即鬚眉。《荀子·非相篇》:"伊尹之狀,面無須麋。"

[18] 棘刺二句:意謂在棘刺的尖端上未必不能刻成一個母猴。按,《韓非子·外儲説左上》云:有宋人在燕王面前誇説可以在棘刺之端刻一母猴。

張 岱 文

張岱,字宗子,又字石公,號陶庵,又號蝶庵,山陰(今浙江省紹興市)人。生於公元一五九七年(明神宗萬曆二十五年),卒於公元一六七九年(清聖祖康熙十八年)。少時,不求仕進,過着一種遊山玩水、讀書品藝的紈袴生活。明亡後避居山中,從事著述。於往昔繁華,多所追憶,所著《陶庵夢憶》、《西湖夢尋》,就是他對過去生活的片斷記錄,在緬懷明王朝的感嘆之中,也流露出不少消極思想。此外著有《瑯嬛文集》、《石匱書》等。

柳敬亭説書

【解題】 本篇寫柳敬亭説書的情況,寫得生動傳神。使人不僅見到柳敬亭的動作、語態,而且可以想見其爲人。

南京柳麻子[1],黧黑[2],滿面疤瘤[3],悠悠忽忽,土木形骸[4]。善説書。一日説書一回,定價一兩。十日前先送書帕下定[5],常不得空。南京一時有兩行情人[6],王月生[7]、柳麻子是也。

余聽其説景陽崗武松打虎白文[8],與本傳大異。其描寫刻畫,微入毫髮,然又找截乾净[9],並不嘮叨。哱夬聲如巨鐘[10]。説至筋節處[11],叱咤叫喊,洶洶崩屋[12]。武松到店沽酒,店内無人,驀地一吼[13],店中空缸空甓[14],皆甕甕有聲。閑中著色[15],細微至此。主人必屏息静坐,傾耳聽之,彼方掉舌[16],稍見下人咕嗶耳語[17],聽者欠伸有倦色,輒不言,故不得强。每至丙夜[18],拭桌剪燈,素瓷静遞[19],欵欵言之[20],其疾徐輕重,吞吐抑揚,入情入理,入筋入骨,摘世上説書之耳,而使之諦聽,不怕其齰舌死也[21]。

柳麻子貌奇醜,然其口角波俏[22],眼目流利,衣服恬静,直與王月生同其婉孌[23]，故其行情正等。

【註釋】

[1] 柳麻子，即柳敬亭。因他滿臉瘢疤，所以當時人都如此稱呼他。敬亭，
名逢春，泰州(今江蘇省泰縣)人。善説書，曾爲馬士英、阮大鋮的幕
客，因憎恨他們的奸邪，離去。繼入左良玉幕下，良玉死後，大部時間
在民間説書。當時很多著名文人都給他寫過傳記。

[2] 鱉(lí 梨)黑，面色黄黑。鱉，黑黄色。

[3] 皰，同“疤”。瘰(lěi 磊)，疙瘩。

[4] 悠悠忽忽二句：形容柳的爲人，隨隨便便，任意放蕩，不肯修飾。《世説
新語·容止》：“劉伶身長六尺，貌甚醜頸而悠悠忽忽，土木形骸。”註
云：“劉伶字伯倫，形貌醜陋，身長六尺，然肆意放蕩，悠焉獨暢，自得一
時，常以宇宙爲狹。”

[5] 送書帕，送去請柬和定金。

[6] 行情人，即非常行時的人。

[7] 王月生，當時南京名妓。《陶庵夢憶》卷八《王月生》條説：“南中勳戚大
老力致之，亦不能竟一席；富商權胥得其主席半晌，先一日送書帕，非
十金則五金，不敢褻訂。”

[8] 白文，南方説書分“大書”、“小書”。“大書”全是白文，不唱，重在説時
的語言、表情、聲勢。“小書”則唱白并重而尤在唱。

[9] 找截乾净，應補敍即補敍，應停止即停止，毫無拖沓鬆散之病。找，補
敍。截，停止。

[10] 嗙(bó 勃)夬(guài 怪)，似是吆喝的意思。

[11] 筋節處，即關鍵處。

[12] 洶洶崩屋，喊聲震屋。洶洶，迅猛的喧嘩聲。

[13] 謈(páo 袍)，大聲呼叫。

[14] 甓(pì 辟)，本意是磚，這裏作瓦器解。

[15] 閑中著色，在一般人不經意的地方，加以渲染。

[16] 掉舌,動舌,出詞發言。

[17] 呫(chè 徹)嗶(bì 畢)耳語,附耳小語。

[18] 丙夜,夜半時分,與"子夜"、"午夜"義同。

[19] 素甆,這裏指茶盌。素,白色。甆,同"瓷"。

[20] 欵欵,徐緩。

[21] 齰(zhà 乍)舌,咬舌。《漢書·灌夫傳》:"齰舌自殺。"這裏是羞愧欲死的意思。

[22] 波俏,流利有風致,此處指柳敬亭說書口齒伶俐。

[23] 婉孌,美好。《詩經·齊風·甫田》:"婉兮孌兮,總角丱兮。"

西 湖 香 市

【解題】 本文追記明亡以前西湖香市的熱鬧場面,並通過香市衰歇原因的敘述及杭州情況的描繪,暴露了當時社會的黑暗。

西湖香市,起於花朝[1],盡於端午。山東進香普陀者日至[2],嘉湖進香天竺者日至[3],至則與湖之人市焉,故曰香市。

然進香之人,市於三天竺,市於岳王墳,市於湖心亭,市於陸宣公祠[4],無不市,而獨湊集於昭慶寺,昭慶兩廊故無日不市者。三代八朝之骨董[5],蠻夷閩貊之珍異皆集焉[6]。至香市,則殿中甬道上下,池左右,山門內外,有屋則攤,無屋則廠[7],廠外又棚,棚外又攤,節節寸寸。凡枷柭篸珥[8],牙尺剪刀,以至經典木魚,孩兒嬉具之類,無不集。

此時春暖,桃柳明媚,鼓吹清和,岸無留船,寓無留客,肆無留釀。袁石公所謂[9]:"山色如娥,花光如頰,波紋如綾,溫風如酒[10]。"已畫出西湖三月,而此以香客雜來,光景又別。士女閒都[11],不勝其村粧野婦之喬畫[12];芳蘭薌澤,不勝其合香芫荽之薰蒸[13];絲竹管絃,不勝其搖鼓欱笙之聒帳[14];鼎彝光怪[15],不勝其泥人竹馬之行情;宋元明畫,不勝其湖景佛圖之紙貴[16]。如逃如逐，如奔如追，撩撲不開，牽挽不住。數百十萬男男女女，老老少少，日簇擁於寺之前後左右者，凡四閱月方罷，恐大江以東，斷無此二地矣。

崇禎庚辰三月[17]，昭慶寺火。是歲及辛巳壬午洊饑[18]，民強半餓死。壬午虜鯁山東[19]，香客斷絕，無有至者，市遂廢。辛巳夏，余在西湖，但見城中餓殍異出，扛挽相屬[20]。時杭州劉太守夢謙，汴梁人，鄉里抽豐者[21]，多寓西湖，日以民詞餽送[22]。有輕薄子改古詩誚之曰："山不青山樓不樓，西湖歌舞一時休，暖風吹得死人臭，還把杭州送汴州[23]。"可作西湖實錄。

《説庫》本《陶庵夢憶》卷七

【註釋】

[1] 花朝，俗傳陰曆二月十二日爲百花生日，稱爲花朝。但《翰墨記》云：洛陽風俗以二月二日爲花朝節。《熙朝樂事》等書則又以二月半爲花朝。其説不一。

[2] 普陀，山名，在浙江省舟山羣島中，是我國佛教聖地之一。

[3] 嘉湖，指今浙江省嘉興、湖州一帶。天竺，指杭州西湖之上、中、下三天竺寺。

[4] 市於岳王墳三句：岳王墳、湖心亭、陸宣公祠，三處均爲西湖遊覽勝地。岳王墳即宋岳飛墓地，在棲霞嶺下。湖心亭，在西湖中央。陸宣公祠，即唐陸贄的祠廟，在孤山麓。

[5] 三代，指夏、商、周。八朝，指漢、魏及六朝。骨董，即古董。《通俗編》引《霏雪録》云："骨董乃方言，初無定字，《晦庵語録》作汩董，今亦稱古董。"

[6] 蠻夷閩貊，指閩、粤及外洋。按，當時對外貿易主要在廣州、福州等處。

[7] 廠，屋無壁稱廠。

[8] 䪌赥，同"胭脂"。

[9] 袁石公，袁宏道號石公。

[10] 山色如娥等四句:此四句見《袁中郎全集》卷八《西湖一》。又,原文"溫
風如酒"句在"波紋如綾"句之上。

[11] 閒都,文雅美麗。《漢書·司馬相如傳》:"相如時從車騎,雍容閒雅,甚
都。"註云:"都,閒美之稱也。"

[12] 喬畫,指婦女塗脂抹粉,裝腔作勢。

[13] 芫(yuán 元)荽(suí 雖),一種有香味的植物,俗稱香菜。

[14] 欱(hā 哈)笙,以口吹笙。聒帳,吵鬧。

[15] 鼎彝,泛指古代的青銅器。

[16] 佛圖,佛像,佛畫。

[17] 崇禎庚辰,即明崇禎十三年(一六四〇)。

[18] 辛巳壬午,指崇禎十四、十五年(一六四一、一六四二)。洊(jiàn
薦),再。

[19] 虜鯁山東,《明史·詹兆衡傳》:"(崇禎)十四年夏,言燕齊二千里間,寇
盜縱橫,行旅阻絕。"鯁,同"梗",阻塞之意。

[20] 相屬,相接。

[21] 抽豐,舊社會中凡利用各種名義向親友之爲官吏者索取餽贈,稱爲抽
豐或打秋風。

[22] 以民詞餽送,遇有訴訟案件,從中關説,而獲得原被告中一方錢財,作
爲自己的餽送。

[23] 此詩乃改宋朝林升的《題臨安邸》:"山外青山樓外樓,西湖歌舞幾時
休。暖風熏得遊人醉,直把杭州作汴州。"

西湖七月半

【解題】 本文介紹了當時杭州人七月半遊西湖的盛況,而且生
動、形象地描繪了封建士大夫和所謂風雅之士的庸俗醜態。不過,作
者所自詡的那種高雅生活,也還是封建文人自命清高的情調。

西湖七月半,一無可看,只可看看七月半之人。看七月半之
人,以五類看之。其一,樓船簫鼓,峨冠盛筵[1],燈火優傒[2],聲

光相亂,明爲看月而實不見月者,看之;其一,亦船亦樓,名娃閨秀,攜及童變[3],笑啼雜之,還坐露臺[4],左右盼望,身在月下而實不看月者,看之;其一,亦船亦聲歌,名妓閑僧,淺斟低唱,弱管輕絲,竹肉相發[5],亦在月下,亦看月而欲人看其看月者,看之;其一,不舟不車,不衫不幘[6],酒醉飯飽,呼羣三五,躋入人叢,昭慶、斷橋[7],嚣呼嘈雜[8],裝假醉,唱無腔曲[9],月亦看,看月者亦看,不看月者亦看,而實無一看者,看之;其一,小船輕幌[10],淨几煖爐,茶鐺旋煮[11],素瓷静遞[12],好友佳人,邀月同坐,或匿影樹下,或逃囂裏湖[13],看月而人不見其看月之態,亦不作意看月者[14],看之。

杭人游湖,巳出西歸[15],避月如仇。是夕好名,逐隊爭出,多犒門軍酒錢,轎夫擎燎[16],列俟岸上。一入舟,速舟子急放斷橋[17],趕入勝會。以故二鼓以前人聲鼓吹[18],如沸如撼[19],如魘如囈[20],如聾如啞,大船小船一齊凑岸,一無所見,止見篙擊篙,舟觸舟,肩摩肩,面看面而已。少刻興盡,官府席散,皂隸喝道去[21]。轎夫叫船上人怖以關門[22],燈籠火把如列星,一一簇擁而去。岸上人亦逐隊趕門,漸稀漸薄,頃刻散盡矣。吾輩始艤舟近岸[23]。斷橋石磴始凉,席其上,呼客縱飲。此時月如鏡新磨,山復整妝,湖復頰面[24],向之淺斟低唱者出,匿影樹下者亦出,吾輩往通聲氣,拉與同坐。韻友來,名妓至,杯箸安,竹肉發。月色蒼涼,東方將白,客方散去。吾輩縱舟,酣睡於十里荷花之中,香氣拘人,清夢甚愜[25]。

《説庫》本《陶庵夢憶》卷七

【註釋】

［1］峨冠,高冠。峨冠博帶是封建士大夫的服裝,這裏用以代表這些人。
［2］優傒,倡優歌伎及奴僕。

[3] 童孌(luán 孌),亦作孌童,美童也。

[4] 露臺,指樓船上的平臺。

[5] 竹肉相發,簫笛聲和着歌聲。竹,簫笛等竹製樂器。肉,歌喉。

[6] 幘,古代男子包髮的頭巾。

[7] 昭慶、斷橋,昭慶寺、斷橋都是西湖名勝。

[8] 嗃(xiāo 驍)呼,高聲亂嚷。

[9] 無腔曲,不成腔調的歌曲。

[10] 輕幌,細薄幃幔。

[11] 茶鐺(chēng 撐),燒茶小鍋。

[12] 素瓷,精致雅潔的瓷杯。

[13] 裏湖,金沙堤與蘇堤東浦橋相接,北面是岳王廟,南面爲裏湖。

[14] 作意,故意做作。

[15] 巳出酉歸,巳時出城,酉時返城。巳時,約上午九時至十一時之間。酉時,約下午五時至七時之間。

[16] 擎燎,舉着火把。

[17] 速,催促。

[18] 鼓吹,音樂聲。

[19] 如沸如撼,如水沸聲,如物體震撼聲。

[20] 如魘如囈,如夢魘,如囈語。

[21] 皂隸,官署中的衙役。

[22] 怖以關門,以關城門來恐嚇遊人,使其早歸。

[23] 艤舟近岸,擺船靠岸。

[24] 頮(huì 會)面,洗面。指湖面重新呈現出明潔的樣子。

[25] 愜,適意。

張 溥 文

張溥,字天如,太倉(今江蘇省太倉縣)人。生於公元一六〇二年(明神宗萬曆三十年),卒於公元一六四一年(明思宗崇禎十四年)。崇禎四年進士。"復社"的發起人之一。著有《七録齋詩文合集》,輯有《漢魏六朝百三名家集》等書。

五人墓碑記

【解題】 本文通過對明熹宗天啓七年(一六二七)蘇州市民抗暴運動的敍述,歌頌了蘇州市民不畏強暴,不怕犧牲,敢於向惡勢力鬥爭的精神,表現了作者對被殺害者的敬仰與悼念。

五人者,蓋當蓼洲周公之被逮[1],激於義而死焉者也。至於今,郡之賢士大夫請於當道,即除逆閹廢祠之址以葬之[2],且立石於其墓之門以旌其所爲[3]。嗚呼,亦盛矣哉!

夫五人之死,去今之墓而葬焉,其爲時止十有一月耳。夫十有一月之中,凡富貴之子,慷慨得志之徒,其疾病而死,死而湮没不足道者亦已衆矣[4],況草野之無聞者歟[5]?獨五人之皦皦[6],何也?予猶記周公之被逮,在丁卯三月之望[7]。吾社之行爲士先者[8],爲之聲義,歛貲財以送其行[9],哭聲震動天地。緹騎按劍而前[10],問:"誰爲哀者?"衆不能堪,抶而仆之[11]。是時大中丞撫吳者爲魏之私人[12],周公之逮所由使也。吳之民方痛心焉,於是乘其厲聲以呵[13],則譟而相逐。中丞匿於溷藩以免[14]。既而以吳民之亂請於朝,按誅五人:曰顔佩韋、楊念如、馬杰、沈揚、周文元,即今之傫然在墓者也[15]。

然五人之當刑也,意氣揚揚,呼中丞之名而詈之,談笑以死。斷頭置城上,顔色不少變。有賢士大夫發五十金,買五人之脰而函之[16]，卒與屍合。故今之墓中，全乎爲五人也。嗟乎！大閹之亂，縉紳而能不易其志者[17]，四海之大，有幾人歟？而五人生於編伍之間[18]，素不聞詩書之訓，激昂大義，蹈死不顧，亦曷故哉？且矯詔紛出[19]，鈎黨之捕遍於天下[20]，卒以吾郡發憤一擊，不敢復有株治[21]，大閹亦逡巡畏義，非常之謀[22]，難於猝發，待聖人之出而投環道路[23]，不可謂非五人之力也。

由是觀之，則今之高爵顯位，一旦抵罪，或脫身以逃，不能容於遠近，而又有翦髮杜門[24]，佯狂不知所之者，其辱人賤行，視五人之死，輕重固何如哉！是以蓼洲周公忠義暴於朝廷[25]，贈諡美顯[26]，榮於身後，而五人亦得以加其土封[27]，列其姓名於大堤之上。凡四方之士，無有不過而拜且泣者，斯固百世之遇也。不然，令五人者保其首領，以老於户牖之下[28]，則盡其天年，人皆得以隸使之[29]，安能屈豪傑之流，扼腕墓道[30]，發其志士之悲哉！故予與同社諸君子，哀斯墓之徒有其石也，而爲之記，亦以明死生之大，匹夫之有重於社稷也。

賢士大夫者：冏卿因之吳公[31]，太史文起文公[32]、孟長姚公也[33]。

明刊本《七録齋詩文合集‧古文存稿》卷三

【註釋】

[1] 蓼洲周公，周順昌號蓼洲，江蘇吳縣人。熹宗時，被宦官魏忠賢陷害，死於獄中。

[2] 逆閹，指宦官魏忠賢。

[3] 旌，表揚。

[4] 湮沒，埋没。

[5] 草野之無聞者，民間不著名的人。草野原指鄉野，此處指民間。

[6] 皦（jiǎo 皎）皦，同"皎皎"，光明貌。

[7] 丁卯三月之望,明熹宗天啓七年(一六二七)三月十五日。按,《明史》
載周順昌被逮,在熹宗天啓六年(丙寅)三月,本文説是天啓七年三月。
查張溥作此文,距周順昌被逮爲時甚短,當較史載可靠。從之。

[8] 吾社,指作者和郡中名士所倡建的"復社"。

[9] 聲義,伸張正義。歛貲財,募集款項。貲,同"資"。

[10] 緹騎,本指古代貴官的侍從,此指明代專事偵查、逮捕人犯的差役。

[11] 抶(chì 赤)而仆之,把他們打倒在地。

[12] 大中丞,指巡撫毛一鷺。按,中丞爲漢御史臺的長官。明代制度,以副
都御史或僉都御史放到外省任巡撫,故稱巡撫爲中丞。

[13] 訶,責罵。

[14] 溷(hùn 混)藩,厠所。

[15] 儳然,相并相集貌。

[16] 脰,頸項,這裏指頭。函,以棺收斂。

[17] 縉紳,亦作搢紳。指搢笏(將笏插於腰帶)、垂紳(垂着帽帶)的人,即士
大夫。

[18] 編伍,指人民。古時編制平民户口,五家爲一伍。

[19] 矯詔,假託皇帝名義頒發的詔書。

[20] 鈎黨,牽引爲同黨。《後漢書·靈帝紀》:"皆爲鈎黨下獄。"按,明天啓
間魏忠賢大興黨獄,陷害東林黨人黃尊素、李應昇、繆昌期、高攀龍等
一百八十餘人。

[21] 株治,牽連治罪。

[22] 非常之謀,篡奪帝位的陰謀。

[23] 待聖人之出而投環道路,等到明思宗即位,(魏忠賢)就在路上自縊了。
按,崇禎元年,放逐魏忠賢於鳳陽,不久復召還,魏忠賢乃自縊於阜
城驛。

[24] 翦髮杜門,剃髮爲僧,閉門不出。

[25] 暴,表白。

[26] 贈謚美顯,指明思宗謚周順昌"忠介"而言。

[27] 加其土封,增修他們的墳墓。

[28] 户牖之下,家中。户,門户;牖,窗牖。

[29] 隸使,當奴僕加以驅使。

[30] 扼腕,用手握腕以示惋惜、悲憤。

[31] 冏(jiǒng 炯)卿因之吳公,冏卿,太僕寺卿。周穆王置太僕正,命伯冏
爲之,故以爲借代。因之吳公,吳默字因之,吳江人,萬曆時爲太僕
少卿。

[32] 太史文起文公,文震孟,字文起,天啓中殿試第一,授翰林院編修,故稱
太史,官至東閣大學士。

[33] 孟長姚公,姚希孟字孟長,萬曆進士,授翰林檢討,故亦稱太史。

夏完淳文

作者介紹見前詩歌部分。

獄中上母書

【解題】 清順治四年(一六四七)夏間,夏完淳因魯王(朱以海)遥授爲中書舍人而上表謝恩之事,爲清廷發覺,遭到逮捕,解往南京。此書乃作者在南京獄中,寫給其嫡母盛氏的絕筆。一面以瑣瑣家事,諄諄囑託,流露出對家人的依戀不捨之情;另一面卻又將恢復大志放在兒女私情之上,不以後嗣爲念,並表示要"報仇在來世",體現了作者視死如歸的氣概。但由於作者出身於封建士大夫的家庭,承受了系統的封建教養,也就使他的作品帶上了濃厚的封建色彩。

不孝完淳今日死矣! 以身殉父,不得以身報母矣!

痛自嚴君見背[1],兩易春秋[2]。冤酷日深[3],艱辛歷盡。本圖復見天日,以報大仇,邮死榮生[4],告成黄土[5];奈天不佑我,鍾虐先朝[6],一旅纔興,便成齏粉[7]。去年之舉[8],淳已自分必死[9],誰知不死,死於今日也。斤斤延此二年之命[10],菽水之養無一日焉[11]。致慈君託跡於空門[12],生母寄生於別姓[13]。一門漂泊,生不得相依,死不得相問。淳今日又溘然先從九京[14]。不孝之罪,上通於天。嗚呼! 雙慈在堂,下有妹女。門祚衰薄[15],終鮮兄弟[16]。淳一死不足惜,哀哀八口,何以爲生? 雖然,已矣,淳之身,父之所遺;淳之身,君之所用。爲父爲君,死亦何負於雙慈! 但慈君推乾就溼[17],教禮習詩,十五年如一日,嫡母慈惠[18],千古所難。大恩未酬,令人痛絕!

慈君託之義融女兄[19],生母託之昭南女弟[20]。淳死之後,新婦遺腹得雄[21],便以爲家門之幸。如其不然,萬勿置後[22]!

會稽大望[23]，至今而零極矣！節義文章，如我父子者幾人哉？立一不肖後如西銘先生[24]，爲人所詬笑，何如不立之爲愈耶？嗚呼！大造茫茫[25]，總歸無後。有一日中興再造，則廟食千秋[26]，豈止麥飯豚蹄，不爲餒鬼而已哉[27]！若有妄言立後者，淳且與先文忠在冥冥誅殛頑囂[28]，決不肯捨！兵戈天地，淳死後，亂且未有定期。雙慈善保玉體，無以淳爲念。二十年後，淳且與先文忠爲北塞之舉矣[29]！勿悲勿悲！相託之言，慎勿相負！武功甥將來大器[30]，家事盡以委之。寒食盂蘭[31]，一杯清酒，一盞寒燈，不至作若敖之鬼[32]，則吾願畢矣！新婦結褵二年[33]，賢孝素著，武功甥好爲我善待之，亦武功渭陽情也[34]。

語無倫次，將死言善[35]，痛哉痛哉！人生孰無死？貴得死所耳！父得爲忠臣，子得爲孝子。含笑歸太虛[36]，了我分內事。大道本無生[37]，視身若敝屣。但爲氣所激，緣悟天人理[38]。惡夢十七年，報仇在來世。神遊天地間，可以無愧矣！

中華書局排印本《夏完淳集》卷八

【註釋】

[1] 嚴君，《易·家人》："家人有嚴君焉，父母之謂也。"後專用以稱父。見背，下世，專指親死，謂離我而去也。夏完淳父名允彝，字彝仲，別號瑗公。與陳子龍、何剛、徐孚遠、王光承等七十二人結幾社於松江。崇禎十年（一六三七）進士，授福建長樂縣知縣，後丁母憂歸家。順治二年（一六四五），南都失，八月間，與沈猶龍、陳子龍等起兵松江，兵敗，自沉於松塘而死。

[2] 易，更換。兩易春秋，已經過了兩年。作者被捕在順治四年（一六四七）夏間，距離夏允彝死的時間，正當兩年。

[3] 酷，慘痛。此句謂冤仇與慘痛一天深似一天。

[4] 邮（xù 序），或作"卹"，本義賑救，這裏指朝廷對死難者贈官賜諡及賜葬

賜祭等。榮生,指朝廷對死者遺族的封蔭。

[5] 告成,《詩經·大雅·江漢》:"經營四方,告成於王。"疏:"告其成功於宣王也。"黃土,猶言地下。此句謂復明功成後,當祭告死去的父親。

[6] 鍾,聚集。虐,災難。先朝,指明朝。

[7] 齏(jī基)粉,比喻粉身碎骨。此處指軍隊潰散敗亡。

[8] 去年之舉,指順治三年(一六四六)作者和陳子龍、錢旃歃血爲盟,共謀倡義,上書魯王,魯王遥授中書舍人,參謀太湖吳易軍事。易敗被執,作者隻身流竄,隱匿民間。

[9] 自分(fèn忿),自料,自甘。《漢書·李廣蘇建傳》:"武曰:'自分已死久矣。'"

[10] 斤斤,明察貌。不必要的計較謂之斤斤較量,此處作多事、多餘解。

[11] 菽水之養,孝養父母。《禮記·檀弓》:"啜菽飲水盡其歡,斯之謂孝。"

[12] 慈君,即慈母。此處指作者的嫡母盛氏。空門,佛門。因佛教以空法爲入涅槃之門。《智度論》:"涅槃城有三門,所謂空、無相、無作。"

[13] 生母,指作者生身之母陸氏。

[14] 溘(kè刻)然,奄忽、忽然。九京,即九原,地下。《禮記·檀弓》:"是全要領以從先大夫於九京也。"鄭註:"晉卿大夫之墓地在九原。'京'蓋字之誤,當爲'原'。"

[15] 門祚,家運。

[16] 終鮮兄弟。言無兄弟。語出《詩經·鄭風·揚之水》。

[17] 推乾就溼,形容父母撫育子女之勞苦。《孝經援神契》:"母之於子也,鞠養殷勤,推燥居溼,絶少分甘。"

[18] 嫡母,《稱謂錄》引《埤說》:"妾生之子,稱父之正妻爲嫡母。"此處謂盛氏以嫡母而慈愛如此,實千古所難。

[19] 義融女兄,指夏完淳之姊夏淑吉。《太倉州志》:"夏淑吉,字美南,華亭夏允彝女,能詩。適嘉定侯岐曾仲子洵,年二十一而寡。生子檠(即武功),甫周歲,而岐曾、峒曾及子演、潔俱以守城死。改名荆隱,結廬曹溪、龍江間,兩家奔命,賴以棲止。"

[20] 昭南女弟,指作者之妹夏惠吉,字昭南,又號蘭隱,亦能詩。

[21] 新婦,指作者之妻錢秦篆,嘉善錢旃之女。時結婚剛兩年。遺腹,婦女

有孕以後夫死，稱腹中胎兒爲遺腹。雄，男孩。

[22] 置後，立嗣承繼。

[23] 會稽，古郡名，治所即今浙江省紹興市。大望，大族。案夏氏先世出於晉朝夏統。統字仲御，會稽人，見《晉書·隱逸傳》。

[24] 西銘先生，謂張溥(一六〇二——一六四一)。溥字天如，太倉人，崇禎四年(一六三一)進士。少與同里張采齊名，時稱"婁東二張"。倡立復社，四方之士爭走其門，影響甚大。卒時年僅四十，無子，死存遺腹，後生一女。嗣子名永錫。立嗣爲人所詬笑事不詳。

[25] 大造，指天地，即造物者的意思。

[26] 廟食，有功於國的人，死後爲之立廟祭祀。

[27] 餒(něi 腰)鬼，餓鬼。

[28] 文忠，謂作者之父夏允彝，順治二年死難，唐王稱號，贈諡文忠。頑嚚(yín 銀)，頑固不化。《尚書·堯典》："父頑母嚚。"《孔傳》："心不則德義之經爲頑，口不道忠信之言爲嚚。"

[29] 二十年後二句：佛家輪迴之説，人死於此，復轉生於彼，二十年後又已長大成人。此謂父子二人，來世還要重舉義軍，掃清塞北，完成復明大業。

[30] 武功甥，指作者外甥侯檠，字武功，爲夏淑吉所生。嘉定人，父玄洵早逝，祖侯岐曾與伯祖峒曾均死於堅守嘉定的抗清鬥爭中。大器，大才。此句是稱揚其甥將來必成大才。按：武功在順治十年(一六五三)十七歲時亦復夭折。

[31] 寒食，舊時節名。《荆楚歲時記》："冬至後一百五日，謂之寒食。"即清明節的前一天。舊俗於寒食清明祭掃先墓。盂蘭，即盂蘭盆。梵語亦作烏藍婆拏，意譯作倒懸之意。舊時迷信，於七月十五日(中元節)作盂蘭盆會，謂可救先亡倒懸之苦。

[32] 若敖之鬼，《左傳》宣公四年："鬼猶求食，若敖氏之鬼，不其餒而！"此爲楚令尹子文語。子文爲楚君若敖之後，憂兄之子越椒之將滅宗，故臨終時有此語。後越椒果然叛楚，楚王滅若敖氏之族。此處用作死後斷絕後嗣的意思。

[33] 結褵(lí 離)，褵，一作縭。《詩經·豳風·東山》："親結其縭。"馬瑞辰

《毛詩傳箋通釋》:"結褵,謂結其蔽膝之帶。"郝懿行《爾雅義疏》引《釋名》云:"'婦人蔽膝,齊人謂之巨巾。田家婦女,出至田野,以覆其頭,故因以爲名也。'今田家嫁女,母爲施妝,名曰上頭,即繫袡於首,與《釋名》之義合。"據此,結褵,猶舊時所謂上頭,即指結婚。

[34] 渭陽情,舅甥之間的情誼。渭陽,《詩經·秦風》篇名。內容寫晉公子重耳出亡在外,秦穆公納以爲晉君,時重耳之甥秦康公爲世子,送重耳歸國至於渭水之陽而作此詩。

[35] 將死言善,《論語·泰伯》:"曾子言曰:'鳥之將死,其鳴也哀;人之將死,其言也善。'"

[36] 太虛,指天。《昭明文選·孫綽遊天台山賦》註:"太虛,謂天也。"

[37] 大道,常理。無生,佛教術語,認爲涅槃之真理,無生滅,故云無生。借以破生滅之煩惱。

[38] 天人,天道和人事。

三、小　　説

馮 夢 龍 小 説

　　馮夢龍,明代著名的通俗文學家。字猶龍,號墨憨齋主人,別署姑蘇詞奴、顧曲散人等。長洲(今江蘇省吳縣)人。生於公元一五七四年(明神宗萬曆二年),卒於公元一六四六年(清世祖順治三年)。崇禎年間任福建壽寧縣知縣。清兵入關時,進行抗清宣傳,後憂憤而死。他很重視民間文學,做過大量的搜集、編訂和出版工作;也從事創作。所編訂的三部白話短篇小説集:《喻世明言》(初名《古今小説》)、《警世通言》、《醒世恆言》,合稱《三言》。

　　《三言》共有短篇小説一百二十篇,有的是宋元話本,有的是明代擬話本。《三言》在藝術上代表了我國古代白話短篇小説的成就。作品中主要反映了市民階層的生活狀況和思想感情,但也往往夾雜着封建倫理觀念、宿命論思想和色情描寫等糟粕。

沈小霞相會出師表

　　【解題】　本篇是以明代真人真事爲基礎寫成的作品。主要描寫以沈鍊、賈石爲代表的"忠臣""義士"和以嚴嵩、嚴世蕃父子爲代表的奸臣之間的鬥争。作品對嚴嵩父子及其黨羽的種種罪惡行徑,作了比較深刻的揭露,反映了當時整個封建社會的腐朽黑暗,具有重要的認識意義。當然,作者在揭露封建社會某些反動本質的同時,也美化了明世宗,宣揚了封建迷信、因果報應思想,這應加以分析。故事情節曲折完整,所塑造的沈氏父子和賈石等人物,頗爲形象、生動。

　　　　閒向書齋閱古今[1],偶逢奇事感人心。忠臣翻受
　　　奸臣制,骯髒英雄淚滿襟[2]。休解綬,慢投簪[3],從來

日月豈常陰？到頭禍福終須應，天道還分貞與淫[4]。

話說國朝嘉靖年間[5]，聖人在位[6]，風調雨順，國泰民安。只爲用錯了一個奸臣，濁亂了朝政，險些兒不得太平。那姦臣是誰？姓嚴名嵩[7]，號介溪，江西分宜人氏。以柔媚得幸，交通宦官，先意迎合，精勤齋醮[8]，供奉青詞[9]，由此驟致貴顯。爲人外裝曲謹，內實猜刻。讒害了大學士夏言[10]，自己代爲首相，權尊勢重，朝野側目[11]。兒子嚴世蕃，由官生直做到工部侍郎[12]。他爲人更狠，但有些小人之才，博聞強記，能思善算，介溪公最聽他的説話，凡疑難大事，必須與他商量。朝中有"大丞相"、"小丞相"之稱。

他父子濟惡[13]，招權納賄，賣官鬻爵[14]。官員求富貴者，以重賂獻之，拜他門下做乾兒子，即得超遷顯位。由是不肖之人，奔走如市，科道衙門[15]，皆其心腹牙爪。但有與他作對的，立見奇禍，輕則杖謫[16]，重則殺戮，好不利害！除非不要性命的，纔敢開口説句公道話兒；若不是真正關龍逢、比干十二分忠君愛國的[17]，寧可悞了朝廷，豈敢得罪宰相！其時有無名子感慨時事[18]，將《神童詩》改成四句云[19]：

少小休勤學，錢財可立身。
君看嚴宰相，必用有錢人。

又改四句道是：

天子重權豪，開言惹禍苗。
萬般皆下品，只有奉承高。

只爲嚴嵩父子恃寵貪虐，罪惡如山，引出一個忠臣來，做出一段奇奇怪怪的事蹟，留下一段轟轟烈烈的話柄[20]。一時身死，萬古名揚。正是：

家多孝子親安樂，國有忠臣世泰平。

那人姓沈，名鍊[21]，別號青霞，浙江紹興人氏。其人有文經武緯之才，濟世安民之志。從幼慕諸葛孔明之爲人。孔明文集上有《前出師表》、《後出師表》[22]，沈鍊平日愛誦之，手自抄録數百遍，室中到處粘壁。每逢酒後，便高聲背誦；念到"鞠躬盡瘁，死而後已"[23]，往往長嘆數聲，大哭而罷，以此爲常。人都叫他是狂生。嘉靖戊戌年中了進士，除授知縣之職[24]。他共做了三處知縣。那三處？溧陽，茌平[25]，清豐。這三任官做得好。真個是：

> 吏肅惟遵法，官清不愛錢。
> 豪強皆斂手，百姓盡安眠。

因他生性伉直[26]，不肯阿奉上官[27]，左遷錦衣衛經歷[28]。一到京師，看見嚴家賊穢狼藉，心中甚怒。忽一日值公宴，見嚴世蕃倨傲之狀，已自九分不像意。飲至中間，只見嚴世蕃狂呼亂叫，旁若無人，索巨觥飛酒[29]，飲不盡者罰之。這巨觥約容酒斗餘，兩坐客懼世蕃威勢，没人敢不喫。只有一個馬給事[30]，天性絶飲，世蕃固意將巨觥飛到他面前。馬給事再三告免，世蕃不依。馬給事略沾唇，面便發赤，眉頭打結，愁苦不勝。世蕃自去下席，親手揪了他的耳朵，將巨觥灌之。那給事出於無奈，悶着氣，一連幾口吸盡。不喫也罷，纔喫下時，覺得天在下，地在上，牆壁都團團轉動，頭重脚輕，站立不住。世蕃拍手呵呵大笑。

沈鍊一肚子不平之氣，忽然揎袖而起，搶那隻巨觥在手，斟得滿滿的，走到世蕃面前，説道："馬司諫承老先生賜酒，已沾醉不能爲禮，下官代他酬老先生一盃。"世蕃愕然。方欲舉手推辭，只見沈鍊聲色俱厲道："此盃別人喫得，你也喫得！別人怕着你，我沈鍊不怕你！"也揪了世蕃的耳朵灌去。世蕃一飲而盡。沈鍊擲盃於案，一般拍手呵呵大笑。唬得眾官員面如土色，一個個低着頭，不敢則聲。世蕃假醉，先辭去了。沈鍊也不送，坐在椅上，嘆道："咳！'漢賊不兩立！''漢賊不兩立！'"一連念了七八句。這句書也是《出師表》上的説話，他把嚴家比着曹操父子。眾人只怕世蕃聽見，到替他捏兩把汗。沈鍊全不爲意，又取酒連飲幾盃，盡醉方散。

睡到五更醒來，想道："嚴世蕃這廝，被我使氣，逼他飲酒，他必然記恨來暗算我。一不做，二不休，有心只是一怪，不如先下手爲強。我想嚴嵩父子之惡，神人怨怒。只因朝廷寵信甚固，我官卑職小，言而無益。欲待覷個機會，方纔下手。如今等不及了，只當做張子房在博浪沙中椎擊秦始皇[31]，雖然擊他不中，也好與眾人做個榜樣。"就枕頭上思想疏稿[32]，想到天明有了，起身焚香盥手，寫就表章。表上備説嚴嵩父子招權納賄，窮兇極惡，欺君悞國十大罪，乞誅之以謝天下。聖旨下道："沈鍊謗訕大臣，沽名釣譽，着錦衣衛重打一百，發去口外爲民[33]。"

嚴世蕃差人分付錦衣衛官校，定要將沈鍊打死。喜得堂上官是個有主意的人。那人姓陸名炳[34]，平時極敬重沈公的氣節；況且又是屬官，相處得好的。因此反加周全，好生打個出頭棍兒[35]，不甚利害。戶部注籍保安州爲民[36]。

沈鍊帶着棒瘡，即日收拾行李，帶領妻子，顧着一輛車兒，出了國門[37]，望保安進發。

原來沈公夫人徐氏，所生四個兒子：長子沈襄，本府廩膳秀才[38]，一向留家；次子沈袞、沈褒，隨任讀書；幼子沈裦[39]，年方週歲。嫡親五口兒上路。滿朝文武，懼怕嚴家，沒有一個敢來送行。有詩爲證：

> 一紙封章忤廟廊[40]，蕭然行李入遐荒[41]。
> 相知不敢攀鞍送，恐觸權奸惹禍殃。

一路上辛苦，自不必説，且喜到了保安州了。那保安州屬宣府[42]，是個邊遠地方，不比内地繁華。異鄉風景，舉目悽涼；況兼連日陰雨，天昏地黑，倍加慘戚。欲賃間民房居住[43]，又無相識指引，不知何處安身是好。

正在徬徨之際，只見一人打着小傘前來，看見路旁行李，又見沈鍊一表非俗，立住了脚，相了一回，問道："官人尊姓？何處來的？"沈鍊道："姓沈，從京師來。"那人道："小人聞得京中有個沈經歷，上本要殺嚴嵩父子，莫非官人就是他麽？"沈鍊道："正是。"那人道："仰慕多時，幸得相會。此非説話之處。寒家離此不遠[44]，便請攜寶眷同行[45]，到寒家權下，再作區處[46]。"沈鍊見他十分懇勤，只得從命，行不多路便到了。看那人家，雖不是個大大宅院，卻也精緻。那人揖沈鍊至於中堂，納頭便拜。沈鍊慌忙答禮，問道："足下是誰？何故如此相愛？"那人道："小人姓賈名石，是宣府衛一個舍人[47]。哥哥是本衛千户[48]，先年身故無子，小人應襲[49]。爲嚴賊當權，襲職者都要重賂，小人不願爲官，託賴祖蔭[50]，有數畝薄田，務農度日。數日前聞閣下彈劾嚴氏[51]，此乃天下忠臣義士也。又聞編管在此[52]，小人渴欲一見，不意天遣相遇，三生有幸[53]！"説罷又拜下去。沈公再三扶起，便教沈袞、沈褒與賈石相見。賈石教老婆迎接沈奶奶到内宅安置。交卸了行李，打發車夫等去了。分付莊客宰豬買酒，管待沈公一家。

賈石道："這等雨天，料閣下也無處去，只好在寒家安歇了。請安心多飲幾盃，以寬勞頓。"沈鍊謝道："萍水相逢[54]，便承款宿[55]，何以當此？"賈石道："農莊粗糲[56]，休嫌簡慢。"當日賓主酬酢[57]，無非説些感慨時事的説話。兩邊説得情投意合，只恨相見之晚。

過了一宿，次早，沈鍊起身，向賈石説道："我要尋所房子，安

頓老小,有煩舍人指引。"賈石道:"要什麼樣的房子?"沈鍊道:
"只像宅上這一所,十分足意了。租價但憑尊教。"賈石道:"不妨
事。"出去蹔了一回[58],轉來道:"賃房儘有,只是齷齪低窪,急切
難得中意的。閣下不若就在草舍權住幾時[59]。小人領着家小,
自到外家去住[60]。等閣下還朝,小人回來,可不穩便?"沈鍊道:
"雖承厚愛,豈敢占舍人之宅?此事決不可。"賈石道:"小人雖是
村農,頗識好歹。慕閣下忠義之士,想要執鞭隨鐙[61],尚且不能;
今日天幸降臨,權讓這幾間草房與閣下作寓,也表得我小人一點
敬賢之心,不須推遜。"話畢,慌忙分付莊客,推個車兒,牽個馬
兒,帶個驢兒,一夥子將細軟家私搬去[62],其餘家常動使家火都
留與沈公日用。

　　沈鍊見他慨爽,甚不過意,願與他結義爲兄弟。賈石道:"小
人是一介村農,怎敢僭扳貴宦[63]?"沈鍊道:"大丈夫意氣相許,那
有貴賤?"賈石小沈鍊五歲,就拜沈鍊爲兄。沈鍊教兩個兒子拜
賈石爲義叔。賈石也喚妻子出來,都相見了,做了一家兒親戚。
賈石陪過沈鍊喫飯已畢,便引着妻子到外舅李家去訖[64]。自此
沈鍊只在賈石宅子內居住。時人有詩嘆賈舍人借宅之事。
詩曰:

　　　　傾蓋相逢意氣真[65],移家借宅表情親。
　　　　世間多少親和友,競產爭財愧死人。

　　卻說保安州父老,聞知沈經歷爲上本參嚴閣老貶斥到此[66],
人人敬仰,都來拜望,爭識其面。也有運柴運米相助的,也有攜
酒餚來請沈公喫的,又有遣子弟拜於門下聽教的。沈鍊每日間
與地方人等講論忠孝大節,及古來忠臣義士的故事,說到關心
處,有時毛髮倒竪,拍案大叫;有時悲歌長嘆,涕淚交流。地方若
老若少[67],無不聳聽懽喜。或時唾罵嚴賊,地方人等齊聲附和,
其中若有不開口的,衆人就罵他是不仁不義。一時高興,以後率

以爲常。又聞得沈經歷文武全才，都來合他去射箭。

沈鍊教把稻草扎成三個偶人，用布包裹，一寫"唐奸相李林甫"[68]，一寫"宋奸相秦檜"[69]，一寫"明奸相嚴嵩"。把那三個偶人，做個射鵠[70]。假如要射李林甫的，便高聲罵道："李賊看箭！"秦賊、嚴賊，都是如此。北方人性直，被沈經歷哄得熱鬧了，全不慮及嚴家知道。

自古道："若要不知，除非莫爲。"世間只有權勢之家，報新聞的極多。早有人將此事報知嚴嵩父子。嚴嵩父子深以爲恨，商議要尋個事頭，殺卻沈鍊，方免其患。

適值宣大總督員缺[71]，嚴閣老分付吏部[72]，教把這缺與他門人乾兒子楊順做去。吏部依言，就將楊侍郎楊順差往宣大總督。楊順往嚴府拜辭，嚴世蕃置酒送行，席間屏人而語，託他要查沈鍊過失。楊順領命，唯唯而去。正是：

> 合成毒藥惟需酒，鑄就鋼刀待舉手。
>
> 可憐忠義沈經歷，還向偶人誇大口。

卻說楊順到任不多時，適遇大同韃虜俺答引衆入寇應州地方[73]，連破了四十餘堡，擄去男婦無算。楊順不敢出兵救援，直待韃虜去後，方纔遣兵調將，爲追襲之計。一般篩鑼擊鼓，揚旗放炮，都是鬼弄，那曾看見半個韃子的影兒？楊順情知失機，懼罪，密諭將士，搜獲避兵的平民，將他剮頭斬首[74]，充做韃虜首級，解往兵部報功[75]。那一時，不知殺死了多少無辜的百姓。

沈鍊聞知其事，心中大怒，寫書一封，教中軍官送與楊順。中軍官曉得沈經歷是個攬禍的太歲[76]，書中不知寫甚麼說話，那裏肯與他送。沈鍊就穿了青衣小帽[77]，在軍門伺候楊順出來，親自投遞。楊順接來看時，書中大略說道：一人功名事極小，百姓性命事極大。殺平民以冒功，於心何忍？況且遇韃賊止於擄掠，遇我兵反加殺戮，是將帥之惡，更甚於韃虜矣！書後又附詩一首。詩云：

> 殺生報主意何如[78]？解道功成萬骨枯[79]。
> 試聽沙場風雨夜[80]，冤魂相喚覓頭顱。

楊順見書大怒，扯得粉碎。

卻說沈鍊又做了一篇祭文，率領門下弟子，備了祭禮，望空祭奠那些冤死之鬼；又作《塞下吟》云[81]：

> 雲中一片虜烽高[82]，出塞將軍已著勞。
> 不斬單于誅百姓[83]，可憐冤血染霜刀！

又詩云：

> 本爲求生來避虜，誰知避虜反戕生[84]！
> 早知虜首將民假，悔不當時隨虜行！

楊總督標下有個心腹指揮[85]，姓羅，名鎧，抄得此詩並祭文，密獻於楊順。楊順看了，愈加怨恨，遂將第一首詩改竄數字。詩曰：

> 雲中一片虜烽高，出塞將軍枉著勞。
> 何似借他除佞賊[86]，不須奏請上方刀[87]。

寫就密書，連改詩封固，就差羅鎧送與嚴世蕃。書中説：沈鍊怨恨相國父子，陰結死士劍客，要乘機報仇。前番韃虜入寇，他吟詩四句，詩中有借虜除佞之語，意在不軌[88]。

世蕃見書大驚，即請心腹御史路楷商議。路楷曰：“不才若往按彼處[89]，當爲相國了當這件大事。”世蕃大喜，即分付都察院[90]，便差路楷巡按宣大。臨行，世蕃治酒款別，説道：“煩寄語楊公，同心協力；若能除卻這心腹之患，當以侯伯世爵相酬[91]，決不失信於二公也。”

路楷領諾。不一日，奉了欽差勅令[92]，來到宣府，到任與楊總督相見了。路楷遂將世蕃所託之語，一一對楊順説知。楊順道：“學生爲此事朝思暮想[93]，廢寢忘餐，恨無良策，以置此人於死地。”路楷道：“彼此留心，一來休負了嚴公父子的付託，二來自家富貴的機會，不可挫過。”楊順道：“説得是，倘有可下手處，彼此相報。”當日相別去了。

楊順思想路楷之言，一夜不睡；次早坐堂，只見中軍官報道：“今有蔚州衛拿獲妖賊二名[94]，解到轅門外，伏聽鈞旨[95]。”楊順道：“喚進來。”解官磕了頭，遞上文書。楊順拆開看了，呵呵大笑。這二名妖賊，叫做閭浩、楊胤夔，係妖人蕭芹之黨。

原來蕭芹是白蓮教的頭兒[96]，向來出入虜地，慣以燒香惑衆，哄騙虜酋俺答，説自家有奇術，能呪人使人立死，喝城使城立頹。虜酋愚甚，被他哄動，尊爲國師[97]。其黨數百人，自爲一營。俺答幾次入寇，都是蕭芹等爲之嚮導，中國屢受其害。

先前史侍郎做總督時[98]，遣通事重賂虜中頭目脱脱[99]，對他説道：“天朝情願與你通好[100]，將俺家布粟，換你家馬，名爲‘馬市’，兩下息兵罷戰，各享安樂，此是美事。只怕蕭芹等在内作梗，和好不終。那蕭芹原是中國一個無賴小人，全無術法，只是狡僞，哄誘你家搶掠地方，他於中取事。郎主若不信[101]，可要蕭芹試其術法。委的喝得城頹，呪得人死，那時合當重用；若呪人人不死，喝城城不頹，顯是欺詒，何不縛送天朝？天朝感郎主之德，必有重賞。‘馬市’一成，歲歲享無窮之利，煞強如搶掠的勾當。”

脱脱點頭道是，對郎主俺答説了。俺答大喜，約會蕭芹，要將千騎隨之，從右衛而入[102]，試其喝城之技。蕭芹自知必敗，改換服色，連夜脱身逃走，被居庸關守將盤詰[103]，並其黨喬源、張攀隆等拿住，解到史侍郎處。招稱妖黨甚衆，山陜畿南[104]，處處俱有。一向分頭緝捕。今日閻浩、楊胤夔亦是數內有名妖犯。楊總督看見獲解到來，一者也算他上任一功，二者要借這個題目，牽害沈鍊，如何不喜？當晚就請路御史來後堂商議道："別個題目擺布沈鍊不了，只有白蓮教通虜一事，聖上所最怒。如今將妖賊閻浩、楊胤夔招中，竄入沈鍊名字，只說浩等平日師事沈鍊，沈鍊因失職怨望，教浩等煽妖作幻，勾虜謀逆。天幸今日被擒，乞賜天誅，以絕後患。先用密稟，稟知嚴家，教他叮囑刑部[105]，作速覆本。料這番沈鍊之命，必無逃矣。"路楷拍手道："妙哉！妙哉！"

　　兩個當時就商量了本稿[106]，約齊了同時發本。嚴嵩先見了本稿及稟帖，便教嚴世蕃傳話刑部。那刑部尚書許論，是個罷軟没用的老兒[107]，聽見嚴府分付，不敢怠慢，連忙覆本，一依楊、路二人之議。聖旨倒下，妖犯着本處巡按御史即時斬決。楊順蔭一子錦衣衛千戶[108]，路楷紀功陞遷三級，俟京堂缺推用[109]。

　　話分兩頭。卻說楊順自發本之後，便差人密地裏拿沈鍊下於獄中。慌得徐夫人和沈袞、沈褒没做理會，急尋義叔賈石商議。賈石道："此必楊、路二賊爲嚴家報仇之意。既然下獄，必然誣陷以重罪。兩位公子及今逃竄遠方，待等嚴家勢敗，方可出頭。若住在此處，楊、路二賊，決不干休。"沈袞道："未曾看得父親下落，如何好去？"賈石道："尊大人犯了對頭，決無保全之理。公子以宗祀爲重[110]，豈可拘於小孝，自取滅絕之禍？可勸令堂老夫人，早爲遠害全身之計。尊大人處，賈某自當央人看覷[111]，不煩懸念。"

　　二沈便將賈石之言，對徐夫人說知。徐夫人道："你父親無罪陷獄，何忍棄之而去？賈叔叔雖然相厚，終是個外人。我料楊、路二賊，奉承嚴氏，亦不過與你爹爹作對，終不然累及妻子。你若畏罪而逃，父親倘然身死，骸骨無收，萬世罵你做不孝之子，何顏在世爲人乎！"說罷，大哭不止。沈袞、沈褒齊聲慟哭。賈石聞知徐夫人不允，嘆惜而去。

過了數日，賈石打聽的實，果然扭入白蓮教之黨，問成死罪。沈鍊在獄中大罵不止。楊順自知理虧，只恐臨時處決，怕他在眾人面前毒罵，不好看相，預先問獄官責取病狀，將沈鍊結果了性命。賈石將此話報與徐夫人知道。母子痛哭，自不必說。又虧賈石多有識熟人情，賈出屍首，囑付獄卒："若官府要梟示時[112]，把個假的答應。"卻瞞着沈袞兄弟，私下備棺盛殮，埋於隙地。事畢，方纔向沈袞說道："尊大人遺體已得保全，直待事平之後，方好指點與你知道，今猶未可洩漏。"

沈袞兄弟感謝不已。賈石又苦口勸他兄弟二人逃走。沈袞道："極知久佔叔叔高居，心上不安。奈家母之意，欲待是非稍定，搬回靈柩，以此遲延不決。"賈石怒道："我賈某生平，爲人謀而盡忠，今日之言，全是爲你家門户，豈因久佔住房，說發你們起身之理？既嫂嫂老夫人之意已定，我亦不敢相強。但我有一小事，即欲遠出，有一年半載不回，你母子自小心安住便了。"覷着壁上貼得有前後《出師表》各一張，乃是沈鍊親筆楷書，賈石道："這兩幅字可揭來送我，一路上做個記念。他日相逢，以此爲信。"沈袞就揭下兩紙，雙手摺疊，遞與賈石。賈石藏於袖中，流淚而別。

原來賈石算定楊、路二賊設心不善，雖然殺了沈鍊，未肯干休。自已與沈鍊相厚，必然累及，所以預先逃走，在河南地方宗族家權時居住，不在話下。

卻說路楷見刑部覆本，有了聖旨，便於獄中取出閻浩、楊胤夔斬訖，並要割沈鍊之首，一同梟示。誰知沈鍊真屍已被賈石買去了，官府也那裏辨驗得出，不在話下。

再說楊順看見止於蔭子，心中不滿，便向路楷說道："當初嚴東樓許我事成之日[113],以侯伯爵相酬,今日失言,不知何故?"路楷沉思半晌,答道:"沈鍊是嚴家緊對頭,今止誅其身,不曾波及其子。斬草不除根,萌芽復發。相國不足我們之意,想在於此。"楊順道:"若如此,何難之有?如今再上個本,説沈鍊雖誅,其子亦宜知情,還該坐罪[114],抄没家私,庶國法可伸,人心知懼。再訪他同射草人的幾個狂徒,並借屋與他住的,一齊拿來治罪,出了嚴家父子之氣。那時卻將前言取賞,看他有何推託?"路楷道:"此計大妙!事不宜遲,乘他家屬在此,一網打盡,豈不快哉!只怕他兒子知風逃避,卻又費力。"楊順道:"高見甚明。"一面寫表申奏朝廷,再寫稟帖到嚴府知會,自述孝順之意;一面預先行牌保安州知州[115],着用心看守犯屬,勿容逃逸,只等旨意批下,便去行事。詩曰:

> 破巢完卵從來少[116],削草除根勢或然。
> 可惜忠良遭屈死,又將家屬媚當權。

再過數日,聖旨下了。州裏奉着憲牌[117],差人來拿沈鍊家屬,並查平素往來諸人姓名,一一挨拿。只有賈石名字,先經出外,只得將在逃開報。此見賈石見幾之明也[118]。時人有詩贊云:

> 義氣能如賈石稀,全身遠避更知幾。
> 任他羅網空中布,争奈仙禽天外飛。

卻説楊順見拿到沈袞、沈褒,親自鞫問[119],要他招承通虜實迹。二沈高聲叫屈,那裏肯招?被楊總督嚴刑拷打,打得體無完膚,沈袞、沈褒熬鍊不過,雙雙死於杖下。可憐少年公子,都入枉死城中!其同時拿到犯人,都坐個同謀之罪,累死者何止數十人。幼子沈襄,尚在襁褓[120],免罪,隨着母徐氏,另徙在雲州極邊[121],不許在保安居住。

路楷又與楊順商議道："沈鍊長子沈襄,是紹興有名秀才,他時得地[122],必然銜恨於我輩,不若一並除之,永絕後患。亦要相國知我用心。"

楊順依言,便行文書到浙江,把做欽犯[123],嚴提沈襄來問罪;又分付心腹經歷金紹,擇取有才幹的差人,齎文前去[124],囑他中途伺便,便行謀害,就所在地方,討個病狀回繳。事成之日,差人重賞,金紹許他薦本超遷[125]。

金紹領了台旨,汲汲而回,着意的選兩名積年幹事的公差,無過是張千、李萬。金紹喚他到私衙,賞了他酒飯,取出私財二十兩相贈。張千、李萬道："小人安敢無功受賜?"金紹道："這銀兩不是我送你的,是總督楊爺賞你的,教你齎文到紹興去拿沈襄,一路不要放鬆他,須要如此如此,這般這般,回來還有重賞;若是怠慢,總督老爺衙門不是取笑的。你兩個自去回話。"張千、李萬道："莫說總督老爺鈞旨,就是老爺分付,小人怎敢有違?"收了銀兩,謝了金經歷,在本府領下公文,疾忙上路,往南進發。

卻說沈襄,號小霞,是紹興府學廩膳秀才。他在家久聞得父親以言事獲罪,發去口外為民,甚是掛懷,欲親到保安州一看。因家中無人主管,行止兩難。

忽一日,本府差人到來,不由分說,將沈襄鎖縛,解到府堂。知府教把文書與沈襄看了備細,就將回文和犯人交付原差,囑他一路小心。

沈襄此時方知父親及二弟俱已死於非命,母親又遠徙極邊,放聲大哭。哭出府門,只見一家老小都在那裏攢做一團的啼哭。原來文書上有"奉旨抄沒"的話,本府已差縣尉封鎖了家私,將人口盡皆逐出。

沈小霞聽説,真是苦上加苦,哭得咽喉無氣。霎時間,親戚都來與小霞話別,明知此去多兇少吉,少不得說幾句勸解的言語。小霞的丈人孟春元[126],取出一包銀子,送與二位公差,求他路上看顧女婿。公差嫌少不受。孟氏娘子又添上金簪子一對,方纔收了。

沈小霞帶着哭,分付孟氏道:"我此去死多生少,你休爲我憂念,只當我已死一般,在爺娘家過活。你是書禮之家,諒無再醮之事[127],我也放心得下。"指着小妻聞淑女說道:"只這女子年紀幼小,又無處着落,合該叫他改嫁。奈我三十無子,他卻有兩個半月的身孕,他日倘生得一男,也不絕了沈氏香煙。娘子,你看我平日夫妻面上,一發帶他到丈人家去住幾時,等待十月滿足,生下或男或女,那時憑你發遣他去便了。"

話聲未絕,只見聞氏淑英說道:"官人說那裏話!你去數千里之外,沒個親人朝夕看覷,怎生放下?大娘自到孟家去,奴家情願蓬首垢面,一路伏侍官人前行。一來官人免致寂寞,二來也替大娘分得些憂念。"沈小霞道:"得個親人做伴,我非不欲;但此去多分不幸,累你同死他鄉何益?"聞氏道:"老爺在朝爲官,官人一向在家,誰人不知?便誣陷老爺有些不是的勾當,家鄉隔絕,豈是同謀?妾幫着官人到官申辨,決然罪不至死。就使官人下獄,還留賤妾在外,尚好照管。"

孟氏也放丈夫不下,聽得聞氏說得有理,極力攛掇丈夫帶淑女同去[128]。沈小霞平日素愛淑女有才有智;又見孟氏苦勸,只得依允。當夜衆人齊到孟春元家歇了一夜。次早,張千、李萬催趲上路。聞氏換了一身布衣,將青布裹頭,別了孟氏,背着行李,跟着沈小霞便走。那時分別之苦,自不必說。

一路行來,聞氏與沈小霞寸步不離,茶湯飯食都親自搬取。張千、李萬初時還好言好語,過了揚子江,到徐州起旱[129],料得家鄉已遠,就做出嘴臉來,呼么喝六,漸漸難爲他夫妻兩個來了。

聞氏看在眼裏,私對丈夫說道:"看那兩個潑差人,不懷好意。奴家女流之輩,不識路徑,若前途有荒僻曠野的所在,須是用心隄防。"沈小霞雖然點頭,心中還只是半疑不信。

又行了幾日,看見兩個差人不住的交頭接耳,私下商量說話。又見他包裹中有倭刀一口[130],其白如霜,忽然心動,害怕起來,對聞氏說道:"你說這潑差人其心不善,我也覺得有七八分了。明日是濟寧府界上,過了府去,便是大行山、梁山濼[131]。一路荒野,都是響馬出入之所[132],倘到彼處他們行兇起來,你也救不得我,我也救不得你,如何是好?"聞氏道:"既然如此,官人有何脫身之計,請自方便。留奴家在此,不怕那兩個潑差人生吞了我。"沈小霞道:"濟寧府東門內有個馮主事[133],丁憂在家[134],此人最有俠氣,是我父親極相厚的同年,我明日去投奔他,他必然相納。只怕你婦人家,没志量打發這兩個潑差人,累你受苦,於心何安? 你若有力量支持他,我去也放膽。不然,與你同生同死,也是天命當然,死而無怨。"聞氏道:"官人有路儘走,奴家自會擺佈,不勞掛念。"

這裏夫妻暗地商量。那張千、李萬辛苦了一日,喫了一肚酒,齁齁的熟睡,全然不覺。次日早起上路,沈小霞問張千道:"前去濟寧還有多少路?"張千道:"只四十里,半日就到了。"沈小霞道:"濟寧東門內馮主事是我年伯,他先前在京師時,借過我父親二百兩銀子,有文契在此。他管過北新關[135],正有銀子在家。我若去取討前欠,他見我是落難之人,必然慨付。取得這項銀兩,一路上盤纏也得寬裕,免致喫苦。"張千意思有些作難。李萬隨口應承了,向張千耳邊說道:"我看這沈公子是忠厚之人,况愛妾行李都在此處,料無他故。放他去走一遭,取得銀兩,都是你我二人的造化,有何不可?"張千道:"雖然如此,到飯店安歇行李,我守住小娘子在店上,你緊跟着同去,萬無一失。"

話休絮煩。看看巳牌時分[136]，早到濟寧城外，揀個潔净店兒，安放了行李。沈小霞便道："你二位同我到東門走遭，轉來喫飯未遲。"李萬道："我同你去，或者他家留酒飯也不見得。"聞氏故意對丈夫道："常言道：'人面逐高低，世情看冷暖。'馮主事雖然欠下老爺銀兩，見老爺死了，你又在難中，誰肯唾手交還[137]？枉自討個厭賤。不如喫了飯趕路爲上。"沈小霞道："這裏進城到東門不多路，好歹去走一遭，不折了什麼便宜[138]。"

　　李萬貪了這二百兩銀子，一力攛掇該去。沈小霞分付聞氏道："耐心坐坐，若轉得快時，便是没想頭了。他若好意留款，必然有些賚發。明日僱個轎兒攙你去。這幾日在牲口上坐，看你好生不慣。"聞氏覷個空，向丈夫丟個眼色，又道："官人早回，休教奴久待則個。"李萬笑道："去多少時，有許多説話，好不老氣！"

　　聞氏見丈夫去了，故意招李萬轉來囑咐道："若馮家留飯，坐得久時，千萬勞你催促一聲。"李萬答應道："不消分付。"比及李萬下階時[139]，沈小霞已走去一段路了。李萬托着大意，又且濟寧是他慣走的熟路，東門馮主事家，他也認得，全不疑惑；走了幾步，又裏急起來[140]，覷個毛坑上，自在方便了，慢慢的望東門而去。

　　卻説沈小霞回頭看時，不見了李萬，做一口氣急急的跑到馮主事家。也是小霞合當有救；正值馮主事獨自在廳。兩人京中舊時識熟，此時相見，喫了一驚。沈襄也不作揖，扯住馮主事衣袂道："借一步説話[141]。"馮主事已會意了，便引到書房裏面。沈小霞放聲大哭。馮主事道："年姪有話快説，休得悲傷，悮其大事。"沈小霞哭訴道："父親被嚴賊屈陷，已不必説了。兩個舍弟隨任的，都被楊順、路楷殺害，只有小姪在家，又行文本府提去問罪，一家宗祀，眼見滅絶！又兩個差人心懷不善，只怕他受了楊、路二賊之囑，到前邊大行、梁山等處暗算了性命，尋思一計脱身，來投老年伯。老年伯若有計相庇，我亡父在天之靈，必然感激！若老年伯不能遮護，小姪便就此觸階而死。死在老年伯面前，強似死於奸賊之手！」馮主事道：「賢姪不妨。我家臥室之後，有一層複壁，儘可藏身，他人搜檢不到之處，今送你在內權住數日。我自有道理。」沈襄拜謝道：「老年伯便是重生父母！」

馮主事親執沈襄之手，引入臥房之後，揭開地板一塊，有個地道，從此鑽下，約走五六十步，便有亮光，有小小廊屋三間，四面皆樓牆圍裹，果是人迹不到之處。每日茶飯，都是馮主事親自送入。他家法極嚴，誰人敢洩漏半個字！正是：

> 深山堪隱豹，密柳可藏鴉。
> 不須愁漢吏，自有魯朱家[142]。

且説這一日，李萬上了毛坑，望東門馮家而來，到於門首，問老門公道：「主事老爺在家麼？」老門公道：「在家裏。」又問道：「有個穿白的官人來見你老爺，曾相見否？」老門公道：「正在書房裏喫飯哩。」李萬聽説，一發放心。看看等到未牌，果然廳上走一個穿白的官人出來。李萬急上前看時，不是沈襄。那官人逕自出門去了。

李萬等得不耐煩，肚裏又饑，不免問老門公道：「你説老爺留飯的官人，如何只管坐了去，不見出來？」老門公道：「方纔出去的不是？」李萬道：「老爺書房中還有客沒有？」老門公道：「這到不知。」李萬道：「方纔那穿白的是甚人？」老門公道：「是老爺的小舅，常常來的。」李萬道：「老爺如今在那裏？」老門公道：「老爺每常飯後，定要睡一覺；此時正好睡哩。」

李萬聽得話不投機，心下早有二分慌了，便道：「不瞞大伯説，在下是宣大總督老爺差來的[143]。今有紹興沈公子，名喚沈襄，號沈小霞，係欽提人犯，小人提押到於貴府。他説與你老爺有同年叔姪之誼，要來拜望。在下同他到宅，他進宅去了。在下等候多時，不見出來，想必還在書房中。大伯，你還不知道。煩你去催促一聲，教他快快出來，要趕路走。"老門公故意道："你說的是甚麼說話？我一些不懂。"李萬耐了氣，又細細的說一徧。老門公當面的一啐，罵道："見鬼！何嘗有什麼沈公子到來！老爺在喪中，一概不接外客。這門上是我的干紀[144]，出入都是我通稟。你卻說這等鬼話！你莫非是白日撞麼[145]？強裝什麼公差名色，掏摸東西的！快快請退，休纏你爺的帳！"

李萬聽說，愈加着急，便發作起來道："這沈襄是朝廷要緊的人犯，不是當耍的。請你老爺出來，我自有話說！"老門公道："老爺正瞌睡，沒甚事，誰敢去稟！你這獠子好不達時務[146]。"說罷，洋洋的自去了。李萬道："這個門上老兒好不知事！央他傳一句話，甚作難。想沈襄定然在內。我奉軍門鈞帖[147]，不是私事，便闖進去，怕怎的？"

李萬一時粗莽，直撞入廳來，將照壁拍了又拍[148]，大叫道："沈公子，好走動了。"不見答應。一連叫喚了數聲，只見裏頭走出一個年少的家童，出來問道："管門的在那裏？放誰在廳上喧嚷！"

李萬正要叫住他說話，那家童在照壁後張了張兒，向西邊走去了。李萬道："莫非書房在那西邊？我且自去看看，怕怎的？"從廳後轉西走去。原來是一帶長廊。李萬看見無人，只顧望前而行。只見屋宇深邃，門戶錯雜，頗有婦人走動。李萬不敢縱步，依舊退回廳上，聽得外面亂嚷。

李萬到門首看時，卻是張千來尋李萬不見，正和門公在那裏鬮口。張千一見李萬，不由分說，便罵道："好夥計，只貪圖酒食，不幹正事！已牌時分進城，如今申牌將盡，還在此閒蕩，不催趲犯人出城去[149]，待怎麼？"李萬道："呸！那有什麼酒食，連人也不見個影兒！"張千道："是你同他進城的！"李萬道："我只登了個東[150]，被蠻子上前了幾步，跟他不上，一直趕到這裏，門上說有個穿白的官人，在書房中留飯，我說定是他了，等到如今，不見出來，門上人又不肯通報，清水也討不得一盃喫。老哥，煩你在此等候等候，等我到下處醫了肚皮再來。”張千道：“有你這樣不幹事的人！是甚麼樣犯人，卻放他獨自行走！就是在書房中，少不得也隨他進去。如今知他在裏頭不在裏頭，還虧你放慢綫兒講話！這是你的干紀，不關我事！”說罷便走。

李萬趕上扯住道：“人是在裏頭，料沒處去。大家在此幫說句話兒，催他出來，也是個道理。你是喫飽的人，如何去得這等要緊？”張千道：“他的小老婆在下處，方纔雖然囑付店主人看守，只是放心不下。這是沈襄穿鼻的索兒，有他在，不怕沈襄不來。”李萬道：“老哥說得是。”

當下張千先去了。李萬忍住肚飢，守到晚，並無消息。看看日沒黃昏，李萬腹中餓極了，看見間壁有個點心店兒，不免脫下布衫，抵當幾文錢的火燒來喫[151]。去不多時，只聽得扛門聲響，急跑來看，馮家大門已閉上了。李萬道：“我做了一世的公人，不曾受這般嘔氣。主事是多大的官兒，門上直恁作威作勢[152]？也有那沈公子好笑：老婆行李都在下處，既然這裏留宿，信也該寄一個出來。事已如此，只得在房簷下胡亂過一夜，天明等個知事的管家出來，與他說話。”

此時十月天氣，雖不甚冷，半夜裏起一陣風，簌簌的下幾點微雨，衣服都沾濕了，好生淒楚。捱到天明，雨止，只見張千又來了。卻是閭氏再三再四催逼他來的。張千身邊帶了公文解批[153]，和李萬商議，只等開門，一擁而入，在廳上大驚小怪，高聲發話。老門公攔阻不住。一時間家中大小都聚集來，七嘴八張，好不熱鬧。街上人聽得宅裏鬧炒[154]，也聚攏來圍住大門外閑看。驚動了那有仁有義守孝在家的馮主事，從裏面踱將出來。

且説馮主事怎生模樣：

> 頭帶梔子花匾摺孝頭巾[155]，身穿反摺縫稀眼粗蘇衫，
> 腰繫蘇繩，足着草履。

衆家人聽得咳嗽響，道一聲："老爺來了。"都分立在兩邊。主事出廳問道："爲甚事在此喧嚷？"張千、李萬上前施禮道："馮爺在上，小的是奉宣大總督爺公文來的，到紹興拿得欽犯沈襄，經由貴府。他説是馮爺的年姪，要來拜望。小的不敢阻攔，容他進見，自昨日上午到宅，至今不見出來，有誤程限。管家們又不肯代稟。伏乞老爺天恩，快些打發上路。"張千便在胸前取出解批和官文呈上。

馮主事看了，問道："那沈襄可是沈經歷沈鍊的兒子麼？"李萬道："正是。"馮主事掩着兩耳，把舌頭一伸，說道："你這班配軍[156]，好不知利害！那沈襄是朝廷欽犯，尚猶自可；他是嚴相國的仇人，那個敢容納他在家？他昨日何曾到我家來？你卻亂話！官府聞知，傳說到嚴府去，我是當得起他怪的！你兩個配軍自不小心，不知得了多少錢財，買放了要緊人犯，卻來圖賴我！"叫家童與他亂打那配軍出去，把大門閉了；不要惹這閑是非，嚴府知道不是當耍！馮主事一頭罵、一頭走進宅去了。大小家人奉了主人之命，推的推、攙的攙[157]，霎時間被衆人擁出大門之外，閉了門，兀自聽得嘈嘈的亂罵[158]。

張千、李萬面面相覷，開了口，合不得；伸了舌，縮不進。張千埋怨李萬道："昨日是你一力攛掇，教放他進城，如今你自去尋他！"李萬道："且不要埋怨，和你去問他老婆，或者曉得他的路數[159]，再來抓尋便了。"張千道："說得是。他是恩愛的夫妻，昨夜漢子不回，那婆娘暗地流淚，巴巴的獨坐了兩三個更次。他漢子的行藏[160]，老婆豈有不知？"兩個一頭說話，飛奔出城，復到飯店中來。

卻說閏氏在店房裏面，聽得差人聲音，慌忙移步出來，問道：
"我官人如何不來？"張千指李萬道："你只問他就是。"李萬將昨
日往毛廁出恭[161]，走慢了一步，到馮主事家，起先如此如此，以
後這般這般，備細説了。張千道："今早空肚皮進城就喫了這一
肚寡氣。你丈夫想是真個不在他家了，必然還有個去處，難道不
對小娘子説的？小娘子趁早説來，我們好去抓尋。"

　　説猶未了，只見閏氏噙着眼淚，一雙手扯住兩個公人，叫道：
"好，好，還我丈夫來！"張千、李萬道："你丈夫自要去拜什麼年
伯，我們好意容他去走走，不知走向那裏去了，連累我們在此着
急，沒處抓尋，你到問我要丈夫！難道我們藏過了他？説得好
笑！"將衣袂掣開，氣忿忿地對虎一般坐下[162]。

　　閏氏到走在外面，攔住出路，雙足頓地，放聲大哭，叫起屈
來。老店主聽得，忙來解勸。閏氏道："公公有所不知，我丈夫三
十無子，娶奴爲妾。奴家跟了他二年了，幸有三個多月身孕，我
丈夫割捨不下，因此奴家千里相從，一路上寸步不離。昨日爲盤
纏缺少，要去見那年伯，是李牌頭同去的[163]。昨晚一夜不回，奴
家已自疑心；今他兩個自回，一定將我丈夫謀害了。你老人家
替我做主，還我丈夫便罷休！"老店主道："小娘子休得急性。那
排長與你丈夫前日無怨，往日無仇，着甚來由要壞他性命？"

　　閏氏哭聲轉哀道："公公，你不知道，我丈夫是嚴閣老的仇
人，他兩個必定受了嚴府的囑托來的，或是他要去嚴府請功。公
公，你詳情[164]，他千鄉萬里，帶着奴家到此，豈有沒半句説話，突
然去了？就是他要走時，那同去的李牌頭怎肯放他？你要奉承
嚴府，害了我丈夫不打緊，教奴家孤身婦女，看着何人？公公，這
兩個殺人的賊徒，煩公公帶着，奴家同他去官府處叫冤。"

　　張千、李萬被這婦人一哭一訴，就要分析幾句，沒處插嘴。
老店主聽見閏氏説得有理，也不免有些疑心，到可憐那婦人起

來,只得勸道:"小娘子,説便是這般説,你丈夫未曾死也不見得,好歹再等候他一日。"聞氏道:"依公公等候一日不打緊,那兩個殺人的兇身,乘機走脱了,這干係卻是誰當?"張千道:"若果然謀害了你丈夫要走脱時,我弟兄兩個又到這裏則其?"聞氏道:"你欺負我婦人家沒張智[165],又要指望姦騙我。好好的説,我丈夫的屍首在那裏,少不得當官也要還我個明白!"

老店官見婦人口嘴利害,再不敢言語。店中閒看的,一時間聚了四五十人。聞説婦人如此苦切,人人惱恨那兩個差人,都道:"小娘子要去叫冤,我們引你到兵備道去[166]。"聞氏向着衆人深深拜福,哭道:"多承列位路見不平,可憐我落難孤身,指引則個! 這兩個兇徒,相煩列位替奴家拿他同去,莫放他走了。"衆人道:"不妨事,在我們身上!"張千、李萬欲向衆人分剖時,未説得一言半字,衆人便道:"兩個排長不消辨得,虛則虛,實則實,若是沒有此情,隨着小娘子到官,怕他則其!"婦人一頭哭,一頭走,衆人擁着張千、李萬,攪做一陣的,都到兵備道前,道裏尚未開門。

那一日正是放告日期[167],聞氏束了一條白布裙,逕搶進柵門,看見大門上架着那大鼓,鼓架上懸着個槌兒,聞氏搶槌在手,向鼓上亂搥[168],搥得那鼓振天的響[169]。唬得中軍官失了三魂,把門吏喪了七魄,一齊跑來,將繩縛住,喝道:"這婦人好大膽!"聞氏哭倒在地,口稱"潑天冤枉!"只見門內么喝之聲,開了大門,王兵備坐堂,問擊鼓者何人。中軍官將婦人帶進。聞氏且哭且訴,將家門不幸遭變,一家父子三口死於非命,只剩得丈夫沈襄,昨日又被公差中途謀害,有枝有葉的細説了一遍。

王兵備喚張千、李萬上來,問其緣故。張千、李萬説一句,婦人就剪一句[170]。婦人説得句句有理,張千、李萬抵搪不過。王兵備思想道:"那嚴府勢大,私謀殺人之事,往往有之,此情難保其無。"便差中軍官,押了三人,發去本州勘審。

那知州姓賀，奉了這項公事，不敢怠慢，即時扣了店主人到來，聽四人的口詞。婦人一口咬定二人謀害他丈夫。李萬招稱爲出恭慢了一步，因而相失。張千、店主人都據實説了一遍。知州委決不下。那婦人又十分哀切，像個真情；張千、李萬又不肯招認。想了一回，將四人閉於空房，打轎去拜馮主事，看他口氣若何。

馮主事見知州來拜，急忙迎接歸廳。茶罷，賀知州提起沈襄之事；纔説得"沈襄"二字，馮主事便掩着雙耳道："此乃嚴相公仇家。學生雖有年誼，平素實無交情，老公祖休得下問[171]，恐嚴府知道，有累學生。"説罷，站起身來道："老公祖既有公事，不敢留坐了。"

賀知州一場没趣，只得作別。在轎上想道："據馮公如此懼怕嚴府，沈襄必然不在他家。或者被公人所害也不見得；或者去投馮公，見拒不納，別走個相識人家去了，亦未可知。"回到州中，又取出四人來，問聞氏道："你丈夫除了馮主事，州中還認得有何人？"聞氏道："此地並無相識。"知州道："你丈夫是甚麼時候去的？那張千、李萬幾時來回復你的説話？"聞氏道："丈夫是昨日未喫午飯前就去的，卻是李萬同出店門。到申牌時分，張千假説催趲上路，也到城中去了，天晚方回來。張千兀自向小婦人説道：'我李家兄弟，跟着你丈夫馮主事家歇了。明日我早去催他出城。'今早張千去了一個早晨，兩人雙雙而回，單不見了丈夫，不是他謀害了是誰？若是我丈夫不在馮家，昨日李萬就該追尋了，張千也該着忙，如何將好言語穩住小婦人？其情可知：一定張千、李萬兩個在路上預先約定，卻教李萬乘夜下手，今早張千進城，兩個乘早將屍首埋藏停當，卻來回復我小婦人。望青天爺爺明鑑！"

賀知州道："説得是。"張千、李萬正要分辨，知州相公喝道：

"你做公差,所幹何事?若非用計謀死,必然得財買放。有何理說?"喝教手下將那張、李重責三十。打得皮開肉綻,鮮血迸流,張千、李萬只是不招。婦人在旁,只顧哀哀的痛哭。知州相公不忍,便討夾棍,將兩個公差夾起。那公差其實不曾謀死,雖然負痛,怎生招得?一連上了兩夾,只是不招。知州相公再要夾時,張、李受苦不過,再三哀求道:"沈襄實未曾死,乞爺爺立個限期,差人押小的捱尋沈襄[172],還那聞氏便了。"

知州也沒有定見,只得勉從其言,聞氏且發尼姑庵住下。差四名民壯鎖押張千、李萬二人追尋沈襄,五日一比[173];店主釋放寧家[174];將情具由,申詳兵備道,道裏依繳了[175]。

張千、李萬一條鐵鍊鎖着,四名民壯,輪番監押,帶得幾兩盤纏都被民壯搜去爲酒食之費,一把倭刀也當酒喫了。那臨清去處又大,茫茫蕩蕩,來千去萬,哪裏去尋沈公子?也不過一時脫身之法。

聞氏在尼姑庵住下,剛到五日,准准的又到州裏去啼哭,要生要死。州守相公沒奈何,只苦得批較差人張千、李萬。一連比了十數限,不知打了多少竹批[176],打得爬走不動。張千得病身死,單單剩得李萬,只得到尼姑庵來拜求聞氏道:"小的情極[177],不得不說了;其實奉差來時,有經歷金紹口傳楊總督鈞旨,教我中途害你丈夫,就所在地方,討個結狀回報[178]。我等口雖應承,怎肯行此不仁之事?不知你丈夫何故忽然逃走,與我們實實無涉。青天在上,若半字虛情,全家禍滅!如今官府五日一比,兄弟張千已自打死,小的又累死也是冤枉。你丈夫的確未死,小娘子他日夫婦相逢有日。只求小娘子休去州裏啼啼哭哭,寬小的比限,完全狗命,便是陰德。"

聞氏道:"據你說不曾謀害我丈夫,也難准信。既然如此說,奴家且不去稟官,容你從容查訪;只是你們自家要上緊用心,休得怠慢。"李萬喏喏連聲而退。有詩爲證：

> 白金廿兩釀兇謀，誰料中途已失囚。
> 鎖打禁持熬不得，尼庵苦向婦人求。

官府立限緝獲沈襄，一來爲他是總督衙門的緊犯，二來爲婦人日日哀求，所以上緊嚴比。今日也是那李萬不該命絕，恰好有個機會。

卻説總督楊順，御史路楷，兩個日夜商量，奉承嚴府，指望旦夕封侯拜爵。誰知朝中有個兵科給事中吳時來，風聞楊順橫殺平民冒功之事，把他盡情劾奏一本，並劾路楷朋奸助惡。嘉靖爺正當設醮祝釐[179]，見説殺害平民，大傷和氣，龍顏大怒，着錦衣衛扭解來京問罪。嚴嵩見聖怒不測，一時不及救護，到底虧他於中調停，止於削爵爲民。可笑楊順、路楷殺人媚人，至此徒爲人笑，有何益哉！

再説賀知州聽得楊總督去任，已自把這公事看得冷了；又聞氏連次不來哭稟，兩個差人又死了一個，只剩得李萬，又苦苦哀求不已，賀知州分付打開鐵鏈，與他個廣捕文書[180]，只教他用心緝訪，明是放鬆之意。李萬得了廣捕文書，猶如捧了一道赦書，連連磕了幾個頭，出得府門，一道煙走了，身邊又無盤纏，只得求乞而歸，不在話下。

卻説沈小霞在馮主事家複壁之中，住了數月，外邊消息，無有不知，都是馮主事打聽將來，説與小霞知道。曉得聞氏在尼姑庵寄居，暗暗歡喜。過了年餘，已知張千、李萬都逃了，這公事漸漸懶散。馮主事特地收拾內書房三間，安放沈襄在內讀書，只不許出外，外人亦無有知者。

馮主事三年孝滿，爲有沈公子在家，也不去起復做官[181]。光陰似箭，一住八年。值嚴嵩一品夫人歐陽氏卒，嚴世蕃不肯扶柩還鄉，唆父親上本留己侍養，卻於喪中簇擁姬妾，日夜飲酒作樂。嘉靖爺天性至孝,訪知其事,心中甚是不悦。

時有方士藍道行,善扶鸞之術[182],天子召見,教他請仙,問以輔臣賢否。藍道行奏道:"臣所召乃是上界真仙,正直無阿,萬一箕下判斷,有忤聖心,乞恕微臣之罪。"嘉靖爺道:"朕正願聞天心正論,與卿何涉,豈有罪卿之理?"藍道行書符唸呪,神箕自動,寫出十六個字來,道是:

> 高山番草,父子閣老;
> 日月無光,天地顛倒。

嘉靖爺爺看了,問藍道行道:"卿可解之。"藍道行奏道:"微臣愚昧未解。"嘉靖爺道:"朕知其説。'高山'者,'山'字連'高',乃是'嵩'字,'番草'者,'番'字'草'頭,乃是'蕃'字。此指嚴嵩、嚴世蕃父子二人也。朕久聞其專權誤國,今仙機示朕,朕當即爲處分。卿不可洩於外人。"藍道行叩頭,口稱不敢,受賜而出。從此嘉靖爺漸漸疏了嚴嵩。

有御史鄒應龍,看見機會可乘,遂劾奏嚴世蕃憑藉父勢,賣官鬻爵,許多惡迹,宜加顯戮;其父嚴嵩溺愛惡子,植黨蔽賢,宜亟賜休退,以清政本。嘉靖爺見疏大喜,即升應龍爲通政右參議[183],嚴世蕃下法司[184],擬成充軍之罪,嚴嵩回籍。

未幾,又有江西巡按御史林潤,復奏嚴世蕃不赴軍伍[185],居家愈加暴橫,強佔民間田產,畜養奸人,私通倭虜[186],謀爲不軌。得旨三法司提問。問官勘實覆奏。嚴世蕃即時處斬,抄没家財,嚴嵩發養濟院終老[187]。被害諸臣,盡行昭雪。

馮主事得此喜信,慌忙報與沈襄知道,放他出來,到尼姑庵訪問那聞淑女。夫婦相見,抱頭而哭。聞氏離家時懷孕三月,今在庵中生下一孩子,已十歲了。聞氏親自教他念書,五經皆已成誦[188],沈襄歡喜無限。馮主事方上京補官,教沈襄同去訟理父冤。聞氏暫迎歸本家園上居住。

沈襄從其言，到了北京。馮主事先去拜了通政司鄒參議，將沈鍊父子冤情説了，然後將沈襄訟冤本稿送與他看。鄒應龍一力擔當。

次日，沈襄將奏本往通政司挂號投遞。聖旨下，沈鍊忠而獲罪，准復原官，仍進一級，以旌其直；妻子召還原籍；所没入財產，府縣官照數給還。沈襄食廩年久，准貢[189]，勅受知縣之職[190]。沈襄復上疏謝恩，疏中奏道：

> "臣父鍊向在保安，因目擊宣大總督楊順殺戮平民冒功，吟詩感嘆；適值御史路楷陰受嚴世蕃之囑，巡按宣大與楊順合謀，陷臣父於極刑，並殺臣弟二人，臣亦幾於不免。冤屍未葬，危宗幾絕，受禍之慘，莫如臣家。今嚴世蕃正法，而楊順、路楷，安然保首領於鄉，使邊廷萬家之怨骨，銜恨無伸；臣家三命之冤魂，含悲莫控，恐非所以肅刑典而慰人心也。"

聖旨准奏，復提楊順、路楷到京，問成死罪，監禁刑部牢中待決。沈襄來別馮主事，要親到雲州迎接母親和弟弟沈褒到京，依傍馮主事寓所相近居住，然後往保安州訪求父親骸骨，負歸埋葬。馮主事道："老年嫂處，適纔已打聽個消息，在雲州康健無恙。令弟沈褒已在彼游庠了[191]，下官當遣人迎之。尊公遺體要緊，賢姪速往訪問，到此相會令堂可也。"

沈襄領命，逕往保安，一連訪尋兩日，並無踪跡。第三日，因倦借坐人家門首。有老者從內而出，延進草堂喫茶。見堂中掛一軸子，乃楷書諸葛孔明兩次《出師表》也。表後但寫年月，不着姓名。沈小霞看了又看，目不轉睛。老者道："客官爲何看之？"沈襄道："動問老丈，此字是何人所書？"老者道："此乃吾亡友沈青霞之筆也。"沈小霞道："爲何留在老丈處？"老者道："老夫姓賈，名石。當初沈青霞編管此地，就在舍下作寓，老夫與他八拜之交[192]，最相契厚。不料後遭奇禍，老夫懼怕連累，也往河南逃避，帶得這二幅《出師表》，裱成一軸，時常展視，如見吾兄之面。楊總督去任後，老夫方敢還鄉。嫂嫂徐夫人和幼子沈襄，徙居雲州，老夫時常去看他。近日聞得嚴家勢敗，吾兄必當昭雪，已曾遣人去雲州報信。恐沈小官人要來移取父親靈柩，老夫將此軸懸挂在中堂，好教他認認父親遺筆。"沈小霞聽罷，連忙拜倒在地，口稱"恩叔"。賈石慌忙扶起道："足下果是何人?"沈小霞道："小姪沈襄。此軸乃亡父之筆也。"賈石道："聞得楊順這廝，差人到貴府來提賢姪，要行一網打盡之計，老夫只道也遭其毒手，不知賢姪何以得全?"沈小霞將臨清事情備細說了一遍。賈石口稱難得，便分付家童治飯款待。

沈小霞問道："父親靈柩，恩叔必知，乞煩指引一拜。"賈石道："你父親屈死獄中，是老夫偷屍埋葬，一向不敢對人說知。今日賢姪來此搬回故土，也不枉老夫一片用心。"說罷，剛欲出門，只見外面一位小官人騎馬而來。賈石指道："遇巧，遇巧! 恰好令弟來也。"那小官便是沈襄，下馬相見。賈石指沈小霞道："此位乃大令兄諱襄的便是。"

此日弟兄方纔識面，恍如夢中相會，抱頭而哭。賈石領路，三人同到沈青霞墓所，但見亂草迷離，土堆隱起。賈石引二沈拜了，二沈俱哭倒在地。賈石勸了一回道："正要商議大事，休得過傷。"二沈方纔收淚。賈石道："二哥、三哥，當時死於非命，也虧了獄卒毛公存仁義之心，可憐他無辜被害，將他屍藁葬於城西三里之外[193]。毛公雖然已故，老夫亦知其處，若扶令先尊靈柩回去，一起帶回，使他父子魂魄相依。二位意下何如?"二沈道："恩叔所言，正合愚弟兄之意。"當日又同賈石到城西看了，不勝悲感。次日另備棺木，擇吉破土，重新殯殮。二人面色如生，毫不朽敗，此乃忠義之氣所致也。

二沈悲哭，自不必説。當時備下車仗，擡了三個靈柩，別了賈石起身。臨別，沈襄對賈石道："這一軸《出師表》，小姪欲問恩叔取去供養祠堂，幸勿見拒。"賈石慨然許了，取下挂軸相贈。二沈就草堂拜謝，垂淚而別。沈襄先奉靈柩到張家灣覓船裝載[194]。沈襄復身又到北京，見了母親徐夫人，回復了説話，拜謝了馮主事起身。

此時京中官員，無不追念沈青霞忠義，憐小霞母子扶柩遠歸，也有送勘合的[195]，也有贈賻金的[196]，也有餽賟儀的[197]。沈小霞只受勘合一張，餘俱不受。到了張家灣，另换了官座船，驛遞起人夫一百名牽纜[198]，走得好不快！

不一日，來到臨清，沈襄吩付座船，暫泊河下，單身入城，到馮主事家，投了主事平安書信，園上領了聞氏淑女並十歲兒子下船。先參了靈柩，後見了徐夫人。那徐氏見了孫兒如此長大，喜不可言；當初只道滅門絶户，如今依舊有子有孫，昔日冤家皆惡死見報[199]。天理昭然，可見做惡人的到底喫虧，做好人的到底便宜。

閒話休題。到了浙江紹興府，孟春元領了女兒孟氏，在二十里外迎接，一家骨肉重逢，悲喜交集，將喪船停泊馬頭，府縣官員都在弔孝，舊時家産已自清查給還。二沈扶柩葬於祖塋，重守三年之制。無人不稱大孝。撫按又替沈鍊建造表忠祠堂[200]，春秋祭祀。親筆《出師表》一軸，至今供奉在祠堂之中。

服滿之日，沈襄到京受職，做了知縣，爲官清正，直升到黄堂知府[201]。聞氏所生之子，少年登科[202]，與叔叔沈襄同年進士，子孫世世書香不絶。馮主事爲救沈襄一事，京中重其義氣，累官至吏部尚書。忽一日，夢見沈青霞來拜候道："上帝憐某忠直，已授北京城隍之職，屈年兄爲南京城隍，明日午時上任。"馮主事覺來甚以爲疑，至日午，忽見轎馬來迎，無疾而逝。二公俱已爲神矣。有詩爲證。詩曰：

生前忠義骨猶香，精魄爲神萬古揚。
料得奸魂沉地獄，皇天果報自昭彰。

人民文學出版社本《古今小説》並參考《今古奇觀》

【註釋】

[1]閱古今，意謂閱讀記述古今事蹟的書籍。

[2]骯髒，同"抗髒"，爲人高亢剛直。

[3]綬，印綬，繫官印的絲帶。簪，官員用以連冠於髮的簪子。解綬、投簪，意謂辭去官職。

[4]貞與淫，此處指正與邪，忠與奸。

[5]國朝，本朝，此處指明朝。嘉靖，明世宗朱厚熜(zǒng 總)的年號(一五二二——一五六六)。

[6]聖人，古人對皇帝的尊稱。此處指明世宗。

[7]嚴嵩(一四八〇——一五六九)，字惟中，一字介溪。分宜(今江西省分宜縣)人。進士出身，官至太子太師，與子世蕃，均爲貪贓枉法、作惡多端的奸臣。晚年漸爲世宗疏遠，御史鄒應龍乘機彈劾世蕃，世蕃被殺，嵩被革職抄家，不久病死。

[8]齋醮(jiào 叫)，道士設壇祈禱。

[9]青詞，唐李肇《翰林志》："凡太清宮道觀薦告詞文，用青籐紙朱字，謂之青詞。"即道士打醮時燒化的祈禱文詞。明世宗崇奉道教，一般詞臣往往以善作青詞得幸。

[10]讒(chán 蟬)害，説壞話誣害。夏言(一四八二——一五四八)，字公瑾，明貴溪(今江西省貴溪縣)人。進士出身，嘉靖初年爲諫官，曾任武英殿大學士，後爲嚴嵩誣害，被殺。

[11]朝野，指在朝的官吏和在野的民衆。側目，猶怒目而視，形容怒恨。

[12]官生，高級官員的子弟應鄉試，稱官生。工部，明代中央政府六部之一，掌管營建、工役等事。侍郎是部的副長官，位次於尚書。

［13］濟惡,同惡相濟,共同做壞事。

［14］鬻(yù 育)爵,出賣官職。

［15］科道,指六科給事中和十三道御史。給事中和御史都是官名;後者掌
管監察、規諫,前者分派六部,掌管鈔發章疏,並稽察違誤。

［16］杖謫(zhé 折),受杖刑並降職。

［17］關龍逢(péng 蓬),夏朝的忠臣,夏桀爲酒池糟丘,作長夜之飲,龍逢
諫,不聽,被殺。比干,商紂的叔父,商紂淫虐,不受諫,比干曰:"爲人
臣者,不得不以死爭。"乃連諫三日不去,遂被商紂剖腹觀心而死。

［18］無名子,即無名氏。

［19］神童詩,封建時代兒童的啓蒙讀物,據説是宋代汪洙所作。原詩是:
"少小須勤學,文章可立身。滿朝朱紫貴,盡是讀書人。""天子重英
豪,文章教爾曹。萬般皆下品,唯有讀書高。"

［20］話柄,談論的資料,此處猶言故事。

［21］沈鍊(一五〇七——一五五七),字純甫,明嘉靖進士。性剛直,不滿
嚴嵩父子專權,曾上疏劾嚴嵩十大罪,爲嚴嵩陷害而死。

［22］《出師表》,諸葛亮將出兵攻魏時呈給蜀漢後主劉禪的奏章。《後出師
表》爲後人摹仿《出師表》所作。

［23］鞠躬盡瘁,死而後已,見《出師表》。意思是,爲了完成艱巨的事業,要
盡心竭力,到死方休。

［24］除授,任命。

［25］原作"莊平",誤。當作"茌(chí 池)平",地名,在今山東省聊城縣東
北,附近有茌山,故稱。

［26］伉直,剛直。

［27］阿奉,阿諛奉承。

［28］左遷,降職。錦衣衛,明朝禁衛軍,保衛皇帝,專管巡察、緝捕、審訊等
工作,實際上是皇帝的特務組織。它的主管官是指揮使,經歷是掌管
文書出納的官。

［29］巨觥(gōng 肱),大酒盃。飛酒,送酒勸人喝。

［30］給事,官名,即給事中的省稱,又稱司諫。參考注[15]。

［31］張子房句:張良,字子房,韓國人,韓被秦滅,他爲了報仇,曾求得力士

在博浪沙(今河南省原陽縣東南)用鐵椎襲擊秦始皇,未中。

[32] 疏稿,奏章的底稿。

[33] 口外,關外。

[34] 陸炳,明平湖(今浙江省平湖縣)人。他的母親是世宗的乳娘,因此得常進宮,後來他做了錦衣衛指揮使,很得世宗寵幸。上句堂上官,指主任長官,即指陸炳。

[35] 打個出頭棍兒,打屁股時,不讓棍頭着身,只讓棍棒的比較中間的一段着身,叫打出頭棍兒。這種打法因爲受刑者受棍打的力量較小,所以受傷較輕。

[36] 户部,封建時代六部之一,掌管户口、財務等事。注籍,登記户口。保安州,今河北省涿鹿縣。

[37] 國門,京城的門。

[38] 廩(lǐn 凛)膳秀才,年资較深、考試成績較好的秀才,每月可以領到一些伙食津貼費,叫做廩生。

[39] 袠(zhì 質),同"帙"。

[40] 封章,奏章。廟廊,朝廷。一紙封章忤廟廊,意謂一本奏章得罪了朝廷。

[41] 遐荒,荒遠的邊區。

[42] 宣府,即宣府鎮,明代九個邊防重鎮之一,包括今河北省延慶縣至山西省大同市一帶,駐所在今河北省宣化縣。

[43] 賃(rèn 認,又 lìn 吝),租。

[44] 寒家,猶寒舍,是對自己的家的謙稱。

[45] 寶眷,對別人家屬的尊稱。

[46] 區處,打算,安排。

[47] 宣府衛,衛爲明代軍隊編制;駐防地區,大的稱衛,小的稱所。舍人,此處指軍衛應襲職的武官子弟。

[48] 千户,京師和各地皆設衛、所,一府設所,數府設衛。所有千户所(一千一百十二人)、百户所(一百十二人),長官稱千户、百户。

[49] 襲,繼承。千户、百户的職位是世襲的。

[50] 託賴祖蔭,依靠祖宗的庇佑。

291

[51] 彈劾(hé 和),揭發罪狀。

[52] 編管,古時把發配出去的官員,編置在一定地區,由當地的地方官加以管束,叫編管。

[53] 三生有幸,舊時迷信説法,認爲每個人都有過去、現在、未來三世。三生有幸,極言非常幸運。

[54] 萍水相逢,浮萍在水上漂泊無定,偶爾相逢。此以比喻人的偶然相遇。

[55] 款,留。俗稱留客爲款客。款宿,留宿。此句連上句,意謂偶爾相逢,即承蒙優厚的接待。

[56] 粗糲,粗糙的飯食。

[57] 酬酢,勸酒,應酬。

[58] 趱(xué 穴),來回亂轉。

[59] 草舍,對自己的家的謙稱。

[60] 外家,外祖父家和岳父家都稱外家,此處指後者。

[61] 鐙(dèng 鄧),馬鞍兩旁的鐵腳踏。執鞭隨鐙,表示敬仰追隨之意。

[62] 細軟家私,指衣服、首飾等物。

[63] 僭(jiàn 件)扳,越份高攀。僭,僭越,越份。指在封建社會裏越出本人身份地位的行爲。扳,攀附。

[64] 外舅,岳丈。

[65] 傾蓋相逢,兩人坐車在路上相遇,停車談話,因車子靠在一起,車蓋相交,擠得有些傾斜。這是比喻偶然相逢,但卻十分親熱的意思。《孔子家語·致思》:"孔子之郯,遭程子於塗,傾蓋而語,終日甚相親。"

[66] 參,彈劾。閣老,明以後稱宰輔爲閣老;因爲在内閣辦事,故有此稱。此處指嚴嵩。

[67] 若,或。若老若少,猶言無論長幼。

[68] 李林甫(? ——七五二),小字哥奴。唐玄宗時宰相。他專權達十九年,作惡多端。爲了久居相位,主張重用番將,使安禄山等掌握邊疆重兵,他死後不久,即發生安史之亂。

[69] 秦檜(一〇九〇———一五五),宋高宗時宰相,執政十九年,他對金實行投降政策,陷害了抗敵將領岳飛。

[70] 射鵠(gǔ 穀),也稱鵠,箭靶。《禮記·射義》:"故射者各射己之鵠。"

[71] 宣大,指宣府和大同(今山西省大同市)一帶。總督,官名。明初遇有
軍事,皇帝指派去某地總督軍務;後來成爲固定的官職。

[72] 吏部,六部之一,掌管文職官員的任免、升降等事,長官爲吏部尚書。

[73] 韃虜,明時對韃靼族的貶稱。俺答,亦作阿爾坦,當時韃靼族的酋長。嘉
靖年間,時常侵擾邊地,後來爲王尚文所擊敗。應州,今山西省應縣。

[74] 劗(chán 纏)頭,剪去頭髮。

[75] 兵部,六部之一,掌管軍事及武職官員的任免等。

[76] 太歲,俗傳每年有值年的神祇,稱爲太歲,觸犯太歲者必死。此處攬
禍的太歲,是比喻專惹事端的人。

[77] 青衣小帽,明代普通老百姓日常穿戴的衣帽。

[78] 殺生句:意思是,屠殺了人民去向主子報功,問你於心何忍?

[79] 解道句:意思是,你也懂得"一將功成萬骨枯"的道理嗎? 按,唐詩人
曹松《己亥歲》(二首之一):"澤國江山入戰圖,生民何計樂樵蘇。憑
君莫話封侯事,一將功成萬骨枯。"

[80] 沙場,戰場。王翰《涼州詞》:"醉臥沙場君莫笑,古來征戰幾人回!"

[81] 塞(sài 賽)下吟,舊時常用詩題,意思是在邊境上吟咏的詩。塞,原意
是邊境險要之處。

[82] 雲中,今山西省大同市一帶。虜,敵人。烽,示警的烽火、烽煙。

[83] 單(chán 蟬)于,匈奴的首領稱單于,此處指韃靼族的首領俺答。

[84] 戕(qiāng 槍),殺害。

[85] 標下,部下。心腹,親信之人。指揮,明時在外置都指揮使司,有指揮
使、指揮同知、指揮僉事等官,掌軍政。

[86] 佞(nìng 濘)賊,奸賊。

[87] 上方,尚方,漢代官名,主製宮禁中御用的刀劍及玩好器物。此處上方刀
即皇帝御用的刀。皇帝如果把它賜給誰,誰就有專制斬殺的威權。

[88] 不軌,不遵守法度,此處意爲造反。

[89] 不才,自己的謙稱。按,巡按,此處作動詞解。皇帝派御史到各地巡
察政治、考查官吏,叫巡按。

[90] 都察院,御史所屬的衙門,專門負責稽察、彈劾官吏的工作。

［91］侯伯世爵，封建時代，規定公、侯、伯、子、男五等爵位，授給貴族及有功官僚，可以世代承襲，故稱世爵。

［92］勅令，封建帝王的命令。

［93］學生，明代科甲出身的官員在前輩或同僚前的謙稱。

［94］蔚州，今河北省蔚縣。

［95］鈞旨，上級的命令、指示。

［96］白蓮教，也叫白蓮社，混合有佛教和其他宗教成分的秘密宗教組織。起源於宋代，至元代逐漸流行，一度被禁止，但參加者不斷增加。元、明、清三代常被農民利用來發動農民起義，所以有一定的進步性，但宗教迷信很濃厚，也易爲破壞份子所利用而起消極作用。

［97］國師，古時君主尊崇某些僧道，待以師禮，稱爲國師。

［98］史侍郎，指史道。下文的"馬市"是明王朝向仇鸞的計策，在大同開設馬市，讓他們用馬匹來換取粟帛以取得一些利益；明王朝企圖藉此妥協政策免去俺答的再來侵擾，但並沒有什麼實際效果。當時關於馬市這項工作是由史道負責的。

［99］通事，翻譯官。

［100］天朝，朝廷的尊稱。《晉書·鄭默傳》："默上書言宮臣皆受命天朝。"此處指中國封建皇朝。

［101］郎主，對外國君主或外族酋長的尊稱。此處是稱俺答。

［102］右衛，地名，指大同右衛，在山西省右玉縣西面。

［103］居庸關，長城的一個重要關口，在北京市昌平縣西北。

［104］山，山西。陝，陝西。畿南，指河北省南部。

［105］刑部，六部之一，掌管刑法、審判等事。

［106］本稿，奏章的底稿。

［107］罷軟，疲輭，疲憊軟弱。罷，同"疲"。

［108］蔭，封建時代子孫因先世的官爵而受封，稱爲蔭。

［109］俟，等候。京堂，指都察院、通政司和其他等級略相等的衙門的長官。缺，員額。推，推升。

［110］宗祀(sì 巳)，祖宗的香煙，指嗣續。

［111］央，請求，拜託。

[112] 梟(xiāo 蕭)示,即梟首示衆:把人頭割下來掛在木桿子上示衆。

[113] 嚴東樓,即嚴嵩的兒子嚴世蕃,東樓是他的表字。

[114] 坐罪,定罪。

[115] 行牌,發出指令。牌,上級給下級的指令。

[116] 破巢句:意謂烏巢被搗毀,鳥卵也就難保全了。

[117] 憲牌,指宣大總督的指示。憲,上憲,上官。

[118] 見幾,與下文"知幾",意思是事前有預見。

[119] 鞫問,審問。鞫(jú 菊),審。

[120] 襁褓,包裹嬰兒的包被。尚在襁褓,意謂還是嬰兒。

[121] 雲州,在今河北省赤城縣北面。

[122] 得地,同"得第",指考中進士。

[123] 欽犯,皇帝下令逮捕的罪犯。

[124] 齎(jī 機)文,送公文。

[125] 超遷,越級提升。

[126] 春元,明朝人對舉人的尊稱,不是名字。

[127] 再醮(jiào 叫),再嫁。在舊社會,婦女再嫁一般被認爲是不名譽
的事。

[128] 賙掇,慫恿。

[129] 起旱,走陸路。

[130] 倭刀,日本製造的一種鋒利的短刀。

[131] 大行山,即太行山。太行山在山西高原與河北平原間。梁山濼,即梁
山泊。濼,同"泊"。

[132] 響馬,北方的馬賊,他們在劫掠時往往先放出響箭示威,所以稱爲
響馬。

[133] 主事,六部中的官名,位次於員外郎。

[134] 丁憂,我國古代禮制,遭遇父母喪事,三年之內,停職停考,並謝絕一
切宴會,稱爲丁憂。

[135] 北新關,在今浙江省杭州市北武林門外,明朝設有稅關。

[136] 巳牌時分,上午九時至十一時。下文未牌是下午一時至三時,申牌是
下午三時至五時。

[137] 唾手,形容很容易辦到。《後漢書·公孫瓚傳》注引《九州春秋》:"瓚曰:'始天下兵起,我謂唾手可決。'"

[138] 不折了什麼便宜,不會喫什麼虧。

[139] 比及,等到。

[140] 裏急,意謂要拉屎。

[141] 借,此處是請求時的謙詞。

[142] 魯朱家,魯人朱家,是著名的游俠。漢高祖打敗項羽後,要捕項羽的大將季布,季布逃匿在朱家家裏(事見《史記·游俠列傳》)。此處用來比喻馮主事的藏匿沈小霞。

[143] 在下,自己的謙稱。

[144] 干紀,干係,責任。

[145] 白日撞,白天裏闖入人家偷東西的賊。

[146] 獠(lǎo 勞)子,是封建時代對少數民族的一種侮辱性的稱呼,用作罵人語。

[147] 軍門鈞帖,總督衙門的公文。

[148] 照壁,廳前的牆,也叫照牆。

[149] 催趲,催着快走。

[150] 登了個東,上了一次毛坑(廁所)。

[151] 火燒,一種燒餅。

[152] 直恁(rèn 任),居然這樣地。

[153] 解批,押解犯人的公文。

[154] 鬧炒,即吵鬧。炒,通"吵"。

[155] 梔(zhī 支)子花,夏天開放,花白色。孝頭巾,帶孝時用白色頭巾。此幾句寫馮主事穿着喪服的樣子。

[156] 配軍,發配充軍的罪犯。此處借作罵人語。

[157] 攛(sǒng 聳),推。

[158] 兀(wù 悟)自,還在,仍然。

[159] 路數,路子,着落。

[160] 行藏,行蹤,底細。

[161] 出恭,拉屎。明時考試,設有出恭入敬牌,防閑士子擅離坐位,士子離

296

位外出大便時,須領此牌,俗因稱大便爲出恭。

[162] 對虎,一種小孩的遊戲:兩人撐眉怒目對視、誰先發笑就算誰輸。這
裏是形容兩個公差又氣又慌、不知如何是好的醜態。

[163] 李牌頭,指李萬。舊時稱軍士爲牌子,小軍官稱爲牌子頭,用小軍官
的名稱來稱呼軍士,表示尊敬。下文排長,與牌頭相仿,即排軍之長,
也是一種對於軍士的敬稱。

[164] 詳情,照情理推詳。

[165] 沒張智,猶說沒主張,沒見識。

[166] 兵備道,明代設有按察司使,主管一省的法政。按察司下設按察分
司,以按察副使、按察僉事等任按察分司之職,分察府州縣,謂之分巡
道;其兼管兵備者,稱兵備道,兼管司法和軍事。

[167] 放告,官府在一定日期掛牌放告,受理控訴的案件。

[168] 撾(zhuā 抓),擊,敲打。

[169] 振,通“震”。

[170] 剪,截斷、反駁的意思。

[171] 老公祖,舊時紳士對當地長官的稱呼。

[172] 捱尋,追尋、尋訪。

[173] 比,官廳限期令差役完成某項公事,到期查考有否完成,叫“比”,又叫
“比較”。下文“批較”即“比較”。比有一定的期限,叫比期;比期到了
而任務沒有完成,是要打板子的。

[174] 寧家,安家。

[175] 依繳,即上級批准下級繳文所述對事件的處理。繳,下級向上級繳差
的覆文。

[176] 竹批,竹板子。

[177] 情極,情急、發急。

[178] 結狀,證明事情已經了結的文書。

[179] 設醮祝釐(xǐ 喜),設壇禱告,求神賜福。釐,同“禧”。

[180] 廣捕文書,不受地區限制,可以隨地緝捕逃犯的公文。

[181] 起復,丁憂期滿,重新出去做官叫起復。

[182] 扶鸞,也稱扶乩,舊時迷信行爲,用木桿架着柴筆在沙盤上寫出字來,

假託是鬼神賜示。下文"箕下"、"神箕"的"箕"同"乩"。

[183] 通政右參議,明朝設通政司,是掌內外奏章的官署。設左右參議各一人,都是通政司的次官。

[184] 法司,即三法司,指刑部、都察院、大理寺。它們是中央的三個平行的機關,重大的案子,皇帝交給三法司會同審理。

[185] 不赴軍伍,嚴世蕃定了充軍的罪,並未報到,所以說他不赴軍伍。

[186] 倭虜,十四至十六世紀劫掠我國和朝鮮沿海地區的日本海盜集團。嘉靖三十一年(一五五二)以後的三四年間,江浙軍民被其殺害的達數十萬人,經名將譚綸、戚繼光、俞大猷等領導軍民血戰多年,到十六世紀六十年代中,才逐漸解決。

[187] 養濟院,也稱孤老院,是明代收容貧苦無依和殘疾者的慈善機關。

[188] 五經,指《易》、《詩》、《書》、《禮》、《春秋》。

[189] 准貢,准作貢生。科舉時代,做了貢生,就有做小官的資格。

[190] 勑,同"勅"。

[191] 游庠(xiáng 祥),進學,考取秀才。

[192] 八拜之交,俗稱結義兄弟為八拜之交。

[193] 藁(gǎo 稿)葬,同"槁葬"。不歸舊塋,暫時草草埋葬。

[194] 張家灣,在北京市通縣南十五里,盧溝與白河會流處,為南北水陸要會。

[195] 勘合,明代調遣軍隊的符契,中蓋印信,剖而為二,印信適當騎縫處,雙方各持一半,用作核對的憑證。後來也指通行證。勘合不記姓名,不限年月,因此可以作為禮品贈送。

[196] 賻(fù 父)金,幫人治喪的禮金。

[197] 餽(kuì 愧)贐(jìn 近)儀,贈送人遠行的禮金。

[198] 驛遞,驛站。我國古代官府所設的運送招待站。

[199] 見報,現報。

[200] 撫按,巡撫及巡按御史。

[201] 黃堂,古代州郡太守的衙署的正廳上塗飾雌黃以驅除災殃,所以叫黃堂,後來一般用作知府的代稱。

[202] 登科,中了進士。

杜十娘怒沉百寶箱

【解題】 杜十娘爲了擺脫七年來屈辱的妓女生活,選擇李甲作爲從良的對象,可是紈袴公子李甲,卻在她從良後的旅途中出賣了她。絶望之餘,杜十娘便抱着"百寶箱"投江自盡。杜十娘的不幸遭遇是對當時黑暗社會的控訴,作品對杜十娘的同情和對李甲、孫富的揭露,表現了作者的愛憎。這個故事在形式上表現出來的是李甲與杜十娘的矛盾,而實質上卻是杜十娘美好的生活願望與當時社會制度的矛盾。因爲怯懦、自私的李甲,決不敢毅然打破在封建制度維護下的虛偽的階級體面,而維持他與杜十娘的共同生活。這篇作品在當時白話短篇小説中,是藝術性較高的一篇,所塑造的主人公形象,相當真實生動。

話中單表萬曆二十年間[1],有户部官奏准:目今兵興之際,糧餉未充,暫開納粟入監之例[2]。原來納粟入監的有幾般便宜:好讀書,好科舉,好中,結末來又有個小小前程結果。以此宦家公子,富室子弟,到不願做秀才,都去援例做太學生。自開了這例,兩京太學生,各添至千人之外。

内中有一人,姓李,名甲,字干先,浙江紹興府人氏。父親李布政[3],所生三兒,惟甲居長。自幼讀書在庠[4],未得登科[5],援例入於北雍[6]。因在京坐監[7],與同鄉柳遇春監生同遊教坊司院内[8],與一個名姬相遇。那名姬姓杜,名媺,排行第十,院中都稱爲杜十娘,生得:

> 渾身雅艷,遍體嬌香,兩彎眉畫遠山青,一對眼明秋水潤。臉如蓮萼,分明卓氏文君[9];唇似櫻桃,何減白家樊素[10]。可憐一片無瑕玉,誤落風塵花柳中。

那杜十娘自十三歲破瓜[11],今一十九歲,七年之内,不知歷過了多少公子王孫;一個個情迷意蕩,破家蕩産而不惜。院中傳出四句口號來,道是:

坐中若有杜十娘，斗筲之量飲千觴[12]；
院中若識杜老媺，千家粉面都如鬼！

卻説李公子風流年少，未逢美色，自遇了杜十娘，喜出望外，把花柳情懷，一擔兒挑在他身上。那公子俊俏龐兒，溫存性兒，又是撒漫的手兒[13]，幫襯的勤兒[14]，與十娘一雙兩好，情投意合。十娘因見鴇兒貪財無義[15]，久有從良之志[16]；又見李公子忠厚志誠，甚有心向他。奈李公子懼怕老爺，不敢應承。雖則如此，兩下情好愈密，朝歡暮樂，終日相守，如夫婦一般，海誓山盟，各無他志。真個：

恩深似海恩無底，義重如山義更高。

再説杜媽媽，女兒被李公子占住，別的富家巨室，聞名上門，求一見而不可得。初時李公子撒漫用錢，大差大使，媽媽脅肩諂笑[17]，奉承不暇。日往月來，不覺一年有餘，李公子囊篋漸漸空虛，手不應心，媽媽也就怠慢了。老布政在家聞知兒子闖院[18]，幾遍寫字來喚他回去。他迷戀十娘顏色，終日延捱。後來聞知老爺在家發怒，越不敢回。

古人云："以利相交者，利盡而疏。"那杜十娘與李公子，真情相好，見他手頭愈短[19]，心頭愈熱。媽媽也幾遍教女兒打發李甲出院，見女兒不統口[20]；又幾遍將言語觸突李公子，要激怒他起身。公子性本溫克[21]，詞氣愈和。媽媽沒奈何，日逐只將十娘叱罵道："我們行户人家[22]，喫客穿客，前門送舊，後門迎新，門庭鬧如火，錢帛堆成垛。自從那李甲在此，混帳一年有餘[23]，莫説新客，連舊主顧都斷了。分明接了個鍾馗老[24]，連小鬼也沒得上門。弄得老娘一家人家，有氣無煙，成什麽模樣！"

杜十娘被罵，耐性不住，便回答道："那李公子不是空手上門的，也曾費過大錢來。"媽媽道："彼一時，此一時。你只教他今日費些小錢兒，把與老娘，辦些柴米，養你兩口也好。別人家養的女兒，便是搖錢樹，千生萬活；偏我家晦氣，養了個退財白虎[25]。開了大門七件事[26]，般般都在老身心上。到替你這小賤人白白養着窮漢，教我衣食從何處來？你對那窮漢説，有本事出幾兩銀子與我，到得你跟了他去，我別討個丫頭過活卻不好？」

十娘道：「媽媽，這話是真是假？」媽媽曉得李甲囊無一錢，衣衫都典盡了，料他没處設法，便應道：「老娘從不説謊，當真哩！」十娘道：「娘，你要他許多銀子？」媽媽道：「若是別人，千把銀子也討了，可憐那窮漢出不起，只要他三百兩，我自去討一個粉頭代替[27]。只一件，須是三日内交付與我，左手交銀，右手交人。若三日没有銀時，老身也不管三七二十一，公子不公子，一頓孤拐打那光棍出去[28]，那時莫怪老身！」十娘道：「公子雖在客邊乏鈔，諒三百金還措辦得來。只是三日忒近，限他十日便好。」媽媽想道：「這窮漢一雙赤手，便限他一百日，他那裏來銀子？没有銀子，便鐵皮包臉，料也無顏上門。那時重整家風，媺兒也没得話講。」答應道：「看你面，便寬到十日。第十日没有銀子，不干老娘之事。」十娘道：「若十日内無銀，料他也無顏再見了。只怕有了三百兩銀子，媽媽又翻悔起來。」媽媽道：「老身年五十一歲了，又奉十齋[29]，怎敢説謊？不信時與你拍掌爲定。若翻悔時，做豬做狗。」

從來海水斗難量，可笑虔婆意不良[30]；
料定窮儒囊底竭，故將財禮難嬌娘。

是夜，十娘與公子在枕邊，議及終身之事。公子道：「我非無此心，但教坊落籍[31]，其費甚多，非千金不可。我囊空如洗，如之奈何！」十娘道：「妾已與媽媽議定，只要三百金，但須十日内措辦。郎君游資雖罄，然都中豈無親友，可以借貸。倘得如數，妾身遂爲君之所有，省受虔婆之氣。」公子道：「親友中爲我留戀行院,都不相顧。明日只做束裝起身,各家告辭,就開口假貸路費,湊聚將來,或可滿得此數。"起身梳洗,別了十娘出門。十娘道:"用心作速,專聽佳音。"公子道:"不須分付。"

公子出了院門,來到三親四友處,假説起身告別,衆人到也歡喜。後來敍到路費欠缺,意欲借貸。常言道:"説着錢,便無緣。"親友們就不招架[32]。他們也見得是,道李公子是風流浪子,迷戀煙花[33],年許不歸,父親都爲他氣壞在家。他今日抖然要回,未知真假。倘或説騙盤纏到手,又去還脂粉錢,父親知道,將好意翻成惡意,始終只是一怪,不如辭了乾凈。便回道:"目今正值空乏,不能相濟,慚愧!慚愧!"人人如此,個個皆然,並没有個慷慨丈夫,肯統口許他一十二十兩。

李公子一連奔走了三日,分毫無獲,又不敢回決十娘,權且含糊答應。到第四日又没想頭,就羞回院中。平日間有了杜家,連下處也没有了,今日就無處投宿,只得往同鄉柳監生寓所借歇。柳遇春見公子愁容可掬,問其來歷。公子將杜十娘願嫁之情,備細説了。遇春摇首道:"未必,未必!那杜媺曲中第一名姬[34],要從良時,怕没有十斛明珠,千金聘禮!那鴇兒如何只要三百兩?想鴇兒怪你無錢使用,白白占住他的女兒,設計打發你出門;那婦人與你相處已久,又礙卻面皮,不好明言,明知你手内空虛,故意將三百兩賣個人情,限你十日。若十日没有,你也不好上門。便上門時,他會説你笑你,落得一場褻瀆[35],自然安身不牢,此乃煙花逐客之計,足下三思,休被其惑。據弟愚意,不如早早開交爲上[36]。"

公子聽説,半晌無言,心中疑惑不定。遇春又道:"足下莫要錯了主意。你若真個還鄉,不多幾兩盤費,還有人搭救;若是要三百兩時,莫説十日,就是十個月也難。如今的世情,那肯顧'緩急'二字的?那煙花也算定你没處告債,故意設法難你。"公子道："仁兄所見良是。"口裏雖如此說，心中割捨不下，依舊又往外邊東央西告，只是夜裏不進院門了。

公子在柳監生寓中，一連住了三日，共是六日了。杜十娘連日不見公子進院，十分着緊，就教小廝四兒街上去尋。四兒尋到大街，恰好遇見公子。四兒叫道："李姐夫，娘在家裏望你。"公子自覺無顏，回復道："今日不得工夫，明日來罷。"四兒奉了十娘之命，一把扯住，死也不放。道："娘叫噷尋你。是必同去走一遭。"李公子心上也牽掛着婊子，沒奈何，只得隨四兒進院。見了十娘，嘿嘿無言。十娘問道："所謀之事如何？"公子眼中流下淚來。十娘道："莫非人情淡薄，不能足三百之數麼？"公子含淚而言，道出二句：

"不信上山擒虎易，果然開口告人難。

一連奔走六日，並無銖兩[37]，一雙空手，羞見芳卿。故此這幾日不敢進院。今日承命呼喚，忍恥而來，非某不用心，實是世情如此。"十娘道："此言休使虔婆知道。郎君今夜且住，妾別有商議。"

十娘自備酒肴，與公子懽飲。睡至半夜，十娘對公子道："郎君果不能辦一錢耶？妾終身之事，當如何也？"公子只是流涕，不能答一語。漸漸五更天曉，十娘道："妾所臥絮褥內，藏有碎銀一百五十兩，此妾私蓄，郎君可持去。三百金，妾任其半，郎君亦謀其半，庶易為力。限只四日，萬勿遲誤！"

十娘起身將褥付公子，公子驚喜過望，喚童兒持褥而去。逕到柳遇春寓中，又把夜來之情與遇春說了。將褥拆開看時，絮中都裹着零碎銀子；取出兌時，果是一百五十兩。遇春大驚道："此婦真有心人也！既係真情，不可相負。吾當代為足下謀之。"公子道："倘得玉成，決不有負！"當下柳遇春留李公子在寓，自出頭各處去借貸。兩日之內，湊足一百五十兩，交付公子道："吾代為足下告債，非爲足下，實憐杜十娘之情也。”李甲拿了三百兩銀子，喜從天降，笑逐顏開，欣欣然來見十娘。剛是第九日，還不足十日。十娘問道：“前日分毫難借，今日如何就有一百五十兩？”公子將柳監生事情，又述了一遍。十娘以手加額道：“使吾二人得遂其願者，柳君之力也！”兩個歡天喜地，又在院中過了一晚。

次日，十娘早起，對李甲道：“此銀一交，便當隨郎君去矣！舟車之類，合當預備。妾昨日於姊妹中借得白銀二十兩，郎君可收下爲行資也。”公子正愁路費無出，但不敢開口，得銀甚喜。說猶未了，鴇兒恰來敲門，叫道：“媺兒，今日是第十日了！”公子聞叫，啓戶相延道：“承媽媽厚意，正欲相請。”便將銀三百兩放在桌上。鴇兒不料公子有銀，嘿然變色，似有悔意。十娘道：“兒在媽媽家中八年，所致金帛不下數千金矣。今日從良美事，又媽媽親口所訂，三百金不欠分毫，又不曾過期。倘若媽媽失信不許，郎君持銀去，兒即刻自盡。恐那時人財兩失，悔之無及也！”鴇兒無詞以對。腹內籌畫了半晌，只得取天平兌準了銀子，說道：“事已如此，料留你不住了。只是你要去時，即今就去。平時穿戴衣飾之類，毫釐休想！”說罷，將公子和十娘推出房門，討鎖來就落了鎖。此時九月天氣。十娘纔下床，尚未梳洗，隨身舊衣，就拜了媽媽兩拜。李公子也作了一揖。一夫一婦，離了虔婆大門。

鯉魚脫卻金鈎去，擺尾搖頭再不來。

公子教十娘且住片時：“我去喚個小轎擡你，權往柳榮卿寓所去，再作道理。”十娘道：“院中諸姊妹平昔相厚，理宜話別。況前日又承他借貸路費，不可不一謝也。”乃同公子到各姊妹處謝別。姊妹中惟謝月朗、徐素素與杜家相近，尤與十娘親厚。十娘先到謝月朗家。月朗見十娘禿髻舊衫，驚問其故。十娘備述來因，又引李甲相見。十娘指月朗道：“前日路資，是此位姐姐所貸，郎君可致謝。”李甲連連作揖。月朗便教十娘梳洗，一面去請徐素素來家相會。十娘梳洗已畢，謝、徐二美人各出所有，翠鈿金釧，瑤簪寶珥，錦袖花裙，鸞帶繡履，把杜十娘裝扮得煥然一新，備酒作慶賀筵席。月朗讓臥房與李甲、杜媺二人過宿。次日，又大排筵席，遍請院中姊妹。凡十娘相厚者，無不畢集。都與他夫婦把盞稱喜。吹彈歌舞，各逞其長，務要盡歡，直飲至夜分。十娘向衆姊妹，一一稱謝。衆姊妹道："十姊爲風流領袖，今從郎君去，我等相見無日。何日長行[38]，姊妹們尚當奉送。"月朗道："候有定期，小妹當來相報。但阿姊千里間關[39]，同郎君遠去，囊篋蕭條，曾無約束[40]，此乃吾等之事。當相與共謀之，勿令姊有窮途之慮也。"衆姊妹各唯唯而散。是晚，公子和十娘仍宿謝家。至五鼓，十娘對公子道："吾等此去，何處安身？郎君亦曾計議有定着否？"公子道："老父盛怒之下，若知娶妓而歸，必然加以不堪，反致相累。展轉尋思，尚未有萬全之策。"十娘道："父子天性，豈能終絕。既然倉卒難犯，不若與郎君於蘇、杭勝地，權作浮居[41]。郎君先回，求親友於尊大人面前勸解和順，然後攜妾于歸[42]，彼此安妥。"公子道："此言甚當。"次日，二人起身辭了謝月朗，暫往柳監生寓中，整頓行裝。杜十娘見了柳遇春，倒身下拜，謝其周全之德："異日我夫婦必當重報。"遇春慌忙答禮道："十娘鍾情所歡，不以貧窶易心[43]，此乃女中豪桀。僕因風吹火，諒區區何足掛齒！"三人又飲了一日酒。次早，擇了出行吉日，僱倩轎馬停當。十娘又遣童兒寄信，別謝月朗。臨行之際，只見肩輿紛紛而至，乃謝月朗與徐素素拉衆姊妹來送行。月朗道："十姊從郎君千里間關，囊中消索，吾等甚不能忘情。今合具薄賵[44]，十姊可檢收，或長途空乏，亦可少助。"說罷，命從人挈一描金文具至前[45]，封鎖甚固，正不知什麼東西在裏面。十娘也不開看，也不推辭，但殷勤作謝而已。須臾，輿馬齊集，僕夫催促起身。柳監生三盃別酒，和衆美人送出崇文門外，各各垂淚而別。正是：

他日重逢難預必，此時分手最堪憐。

再説李公子同杜十娘行至潞河[46]，舍陸從舟，卻好有瓜洲差使船轉回之便[47]，講定船錢，包了艙口。比及下船時，李公子囊中，並無分文餘剩。

你道杜十娘把二十兩銀子與公子，如何就没了？公子在院中閫得衣衫藍縷，銀子到手，未免在解庫中取贖幾件穿着[48]，又製辦了鋪蓋，剩來只勾轎馬之費。

公子正當愁悶，十娘道："郎君勿憂，衆姊妹合贈，必有所濟。"乃取鑰開箱。公子在傍，自覺慚愧，也不敢窺覰箱中虚實。只見十娘在箱裏取出一個紅絹袋來，擲於桌上道："郎君可開看之。"公子提在手中，覺得沉重，啓而觀之，皆是白銀，計數整五十兩。十娘仍將箱子下鎖，亦不言箱中更有何物。但對公子道："承衆姊妹高情，不惟途路不乏，即他日浮寓吳越間，亦可稍佐吾夫妻山水之費矣。"公子且驚且喜道："若不遇恩卿，我李甲流落他鄉，死無葬身之地矣！此情此德，白頭不敢忘也！"自此每談及往事，公子必感激流涕，十娘亦曲意撫慰。一路無話。

不一日，行至瓜洲，大船停泊岸口。公子別僱了民船，安放行李，約明日侵晨，剪江而渡。其時仲冬中旬，月明如水，公子和十娘坐於舟首。公子道："自出都門，困守一艙之中，四顧有人，未得暢語。今日獨據一舟，更無避忌。且已離塞北，初近江南，宜開懷暢飲，以舒向來抑鬱之氣，恩卿以爲何如？"十娘道："妾久疏談笑，亦有此心。郎君言及，足見同志耳。"

公子乃攜酒具於船首，與十娘舖氈並坐，傳盃交盞。飲至半酣，公子執卮對十娘道："恩卿妙音，六院推首[49]，某相遇之初，每聞絶調[50]，輒不禁神魂之飛動。心事多違，彼此鬱鬱，鸞鳴鳳奏，久矣不聞。今清江明月，深夜無人，肯爲我一歌否？"十娘興亦勃發，遂開喉頓嗓，取扇按拍，嗚嗚咽咽，歌出元人施君美《拜月亭》

雜劇上"狀元執盞與嬋娟"一曲,名《小桃紅》[51]。真個:

> 聲飛霄漢雲皆駐,響入深泉魚出遊。

卻説他舟有一少年,姓孫,名富,字善賚,徽州新安人氏。家資巨萬,積祖揚州種鹽[52]。年方二十,也是南雍中朋友。生性風流,慣向青樓買笑,紅粉追歡,若嘲風弄月,到是個輕薄的頭兒。事有偶然,其夜亦泊舟瓜洲渡口,獨酌無聊。忽聽得歌聲嘹喨,鳳吟鸞吹,不足喻其美。起立船頭,佇聽半晌,方知聲出鄰舟。正欲相訪,音響倏已寂然。乃遣僕者潛窺蹤跡,訪於舟人,但曉得是李相公僱的船,並不知歌者來歷。孫富想道:"此歌者必非良家,怎生得他一見?"展轉尋思,通宵不寐。捱至五更,忽聞江風大作,及曉,彤雲密布,狂雪飛舞。怎見得,有詩爲證:

> 千山雲樹滅,萬徑人蹤絕。
>
> 扁舟蓑笠翁,獨釣寒江雪[53]。

因這風雪阻渡,舟不得開,孫富命艄公移船,泊於李家舟之傍。孫富貂帽狐裘,推窗假作看雪。值十娘梳洗方畢。纖纖玉手,揭起舟傍短簾,自潑盂中殘水,粉容微露,卻被孫富窺見了,果是國色天香,魂搖心蕩,迎眸注目,等候再見一面,杳不可得。沉思久之,乃倚窗高吟高學士《梅花詩》二句道[54]:

> 雪滿山中高士臥,月明林下美人來。

李甲聽得鄰舟吟詩,舒頭出艙,看是何人。只因這一看,正中了孫富之計。孫富吟詩,正要引李公子出頭,他好乘機攀話。當下慌忙舉手,就問:"老兄尊姓何諱?"李公子敍了姓名鄉貫,少不得也問那孫富。孫富也敍過了,又敍了些太學中的閒話,漸漸親熱。孫富便道:"風雪阻舟,乃天遣與尊兄相會,實小弟之幸也。舟次無聊,欲同尊兄上岸,就酒肆中一酌,少領清誨,萬望不拒。"公子道："萍水相逢，何當厚擾？"孫富道："説那裏話！'四海之内，皆兄弟也'。"喝教艄公打跳[55]，童兒張傘，迎接公子過船，就於船頭作揖，然後讓公子先行，自己隨後，各各登跳上涯。

行不數步，就有個酒樓。二人上樓，揀一副潔净座頭，靠窗而坐。酒保列上酒肴。孫富舉盃相勸，二人賞雪飲酒。先説些斯文中套話，漸漸引入花柳之事。二人都是過來之人，志同道合，説得入港[56]，一發成相知了。

孫富屏去左右，低低問道："昨夜尊舟清歌者何人也？"李甲正要賣弄在行，遂實説道："此乃北京名姬杜十娘也。"孫富道："既係曲中姊妹，何以歸兄？"公子遂將初遇杜十娘，如何相好，後來如何要嫁，如何借銀討他，始末根由，備細述了一遍。孫富道："兄攜麗人而歸，固是快事，但不知尊府中能相容否？"公子道："賤室不足慮。所慮者老父性嚴，尚費躊躇耳！"孫富將機就機，便問道："既是尊大人未必相容，兄所攜麗人，何處安頓？亦曾通知麗人，共作計較否？"公子攢眉而答道："此事曾與小妾議之。"孫富欣然問道："尊寵必有妙策。"公子道："他意欲僑居蘇杭，流連山水，使小弟先回，求親友宛轉於家君之前，俟家君回嗔作喜，然後圖歸。高明以爲何如？"孫富沉吟半晌，故作愀然之色道："小弟乍會之間，交淺言深，誠恐見怪。"公子道："正賴高明指教，何必謙遜？"孫富道："尊大人位居方面[57]，必嚴帷薄之嫌[58]，平時既怪兄遊非禮之地，今日豈容兄娶不節之人。況且賢親貴友，誰不迎合尊大人之意者？兄枉去求他，必然相拒。就有個不識時務的進言於尊大人之前，見尊大人意思不允，他就轉口了。兄進不能和睦家庭，退無詞以回復尊寵，即使流連山水，亦非長久之計。萬一資斧困竭[59]，豈不進退兩難！"

公子自知手中只有五十金，此時費去大半，説到資斧困竭，進退兩難，不覺點頭道是。孫富又道："小弟還有句心腹之談，兄肯俯聽否？”公子道：“承兄過愛，更求盡言。”孫富道：“疏不間親，還是莫說罷。”公子道：“但說何妨？”孫富道：“自古道，‘婦人水性無常’，況煙花之輩，少真多假。他既係六院名姝，相識定滿天下；或者南邊原有舊約，借兄之力，挈帶而來，以爲他適之地。”公子道：“這個恐未必然。”孫富道：“即不然，江南子弟，最工輕薄，兄留麗人獨居，難保無踰牆鑽穴之事[60]，若挈之同歸，愈增尊大人之怒。爲兄之計，未有善策。況父子天倫，必不可絶。若爲妾而觸父，因妓而棄家，海内必以兄爲浮浪不經之人。異日妻不以爲夫，弟不以爲兄，同袍不以爲友[61]，兄何以立於天地之間？兄今日不可不熟思也！”

公子聞言，茫然自失，移席問計：“據高明之見，何以教我？”孫富道：“僕有一計，於兄甚便；只恐兄溺枕席之愛[62]，未必能行，使僕空費詞説耳！”公子道：“兄誠有良策，使弟再覩家園之樂，乃弟之恩人也，又何憚而不言耶？”孫富道：“兄飄零歲餘，嚴親懷怒，閨閣離心，設身以處兄之地，誠寢食不安之時也。然尊大人所以怒兄者，不過爲迷花戀柳，揮金如土，異日必爲棄家蕩產之人，不堪繼承家業耳！兄今日空手而歸，正觸其怒。兄倘能割衽席之愛，見機而作，僕願以千金相贈。兄得千金，以報尊大人，只説在京授館，並不曾浪費分毫，尊大人必然相信。從此家庭和睦，當無間言[63]，須臾之間，轉禍爲福。兄請三思。僕非貪麗人之色，實爲兄效忠於萬一也。”

李甲原是没主意的人，本心懼怕老子，被孫富一席話，説透胸中之疑，起身作揖道：“聞兄大教，頓開茅塞。但小妾千里相從，義難頓絶，容歸與商之。得其心肯，當奉復耳。”孫富道：“説話之間，宜放婉曲。彼既忠心爲兄，必不忍使兄父子分離，定然玉成兄還鄉之事矣。”二人飲了一回酒，風停雪止，天色已晚。孫富教家僮算還了酒錢，與公子攜手下船。正是：

逢人且説三分話，未可全抛一片心。

卻説杜十娘在舟中，擺設酒果，欲與公子小酌，竟日未回，挑燈以待。公子下船，十娘起迎。見公子顏色匆匆，似有不樂之意，乃滿斟熱酒勸之。公子搖首不飲，一言不發，竟自上床睡了。

十娘心中不悦，乃收拾盃盤，爲公子解衣就枕，問道：“今日有何見聞，而懷抱鬱鬱如此？”公子嘆息而已，終不啓口。問了三四次，公子已睡去了。十娘委決不下，坐於床頭而不能寐。

到夜半，公子醒來，又嘆一口氣。十娘道：“郎君有何難言之事，頻頻嘆息？”公子擁被而起，欲言不語者幾次，撲簌簌掉下淚來。

十娘抱持公子於懷間，軟言撫慰道：“妾與郎君情好已及二載，千辛萬苦，歷盡艱難，得有今日。然相從數千里，未曾哀戚；今將渡江，方圖百年歡笑，如何反起悲傷？必有其故。夫婦之間，死生相共，有事盡可商量，萬勿諱也！”

公子再四被逼不過，只得含淚而言道：“僕天涯窮困，蒙恩卿不棄，委曲相從，誠乃莫大之德也。但反覆思之，老父位居方面，拘於禮法，況素性方嚴，恐添嗔怒，必加黜逐，你我流蕩，將何底止？夫婦之歡難保，父子之倫又絶。日間蒙新安孫友邀飲，爲我籌及此事，寸心如割！”

十娘大驚道：“郎君意將如何？”公子道：“僕事內之人，當局而迷。孫友爲我畫一計頗善，但恐恩卿不從耳！”十娘道：“孫友者何人？計如果善，何不可從？”公子道：“孫友名富，新安鹽商，少年風流之士也。夜間聞子清歌，因而問及。僕告以來歷，並談及難歸之故。渠意欲以千金聘汝，我得千金，可藉口以見吾父母；而恩卿亦得所天[64]。但情不能捨，是以悲泣。”説罷，淚如雨下。

十娘放開兩手，冷笑一聲道：“爲郎君畫此計者，此人乃大英雄也！郎君千金之資，既得恢復，而妾歸他姓，又不致爲行李之累，發乎情，止乎禮，誠兩便之策也。那千金在哪裏？"公子收淚道："未得恩卿之諾，金尚留彼處，未曾過手。"十娘道："明早快快應承了他，不可挫過機會。但千金重事，須得兑足，交付郎君之手，妾始過舟，勿爲賈豎子所欺[65]。"

時已四鼓，十娘即起身挑燈梳洗道："今日之妝，乃迎新送舊，非比尋常。"於是脂粉香澤，用意修飾，花鈿繡襖，極其華艷，香風拂拂，光采照人。

裝束方完，天色已曉。孫富差家僮到船頭候信。十娘微窺公子，欣欣似有喜色，乃催公子快去回話，及早兑足銀子。公子親到孫富船中，回復依允。孫富道："兑銀易事，須得麗人妝臺爲信。"公子又回復了十娘。十娘即指描金文具道："可便擡去。"孫富喜甚，即將白銀一千兩，送到公子船中。

十娘親自檢看，足色足數，分毫無爽。乃手把船舷，以手招孫富。孫富一見，魂不附體。十娘啓朱唇，開皓齒道："方纔箱子可暫發來，內有李郎路引一紙[66]，可檢還之也。"

孫富視十娘已爲"甕中之鱉"，即命家僮送那描金文具，安放船頭之上。十娘取鑰開鎖，內皆抽替小箱[67]。十娘叫公子抽第一層來看，只見翠羽明璫，瑶簪寶珥，充牣於中[68]，約值數百金。十娘遽投之江中。李甲與孫富及兩船之人，無不驚詫。又命公子再抽一箱，乃玉簫金管；又抽一箱，盡古玉紫金玩器，約值數千金。十娘盡投之於大江中。岸上之人，觀者如堵，齊聲道："可惜，可惜！"正不知什麼緣故。最後又抽一箱，箱中復有一匣。開匣視之，夜明之珠，約有盈把。其他祖母綠、貓兒眼[69]，諸般異寶，目所未睹，莫能定其價之多少。衆人齊聲喝采，喧聲如雷。十娘又欲投之於江。李甲不覺大悔，抱持十娘慟哭。那孫富也來勸解。

十娘推開公子在一邊，向孫富駡道："我與李郎備嘗艱苦，不是容易到此；汝以姦淫之意，巧爲讒說，一旦破人姻緣，斷人恩愛，乃我之仇人。我死而有知，必當訴之神明，尚妄想枕席之歡乎！"又對李甲道："妾風塵數年[70]，私有所積，本爲終身之計。自遇郎君，山盟海誓，白首不渝。前出都之際，假託衆姊妹相贈，箱中韞藏百寶，不下萬金。將潤色郎君之裝，歸見父母，或憐妾有心，收佐中饋[71]，得終委托，生死無憾。誰知郎君相信不深，惑於浮議[72]，中道見棄，負妾一片真心。今日當衆目之前，開箱出視，使郎君知區區千金，未爲難事。妾櫝中有玉[73]，恨郎眼内無珠。命之不辰[74]，風塵困瘁，甫得脫離，又遭棄捐，今衆人各有耳目，共作證明，妾不負郎君，郎君自負妾耳！"

於是衆人聚觀者，無不流涕，都唾駡李公子負心薄倖。公子又羞又苦，且悔且泣。方欲向十娘謝罪，十娘抱持寶匣，向江心一跳。衆人急呼撈救。但見雲暗江心，波濤滾滾，杳無蹤影。可惜一個如花似玉的名姬，一旦葬於江魚之腹！

三魂渺渺歸水府，七魄悠悠入冥途。

當時旁觀之人，皆咬牙切齒，爭欲拳毆李甲和那孫富。慌得李、孫二人，手足無措，急叫開船，分途遁去。李甲在舟中，看了千金，轉憶十娘，終日愧悔，鬱成狂疾，終身不痊。孫富自那日受驚得病，臥床月餘，終日見杜十娘在傍詬駡，奄奄而逝。人以爲江中之報也。

卻說柳遇春在京坐監完滿，束裝回鄉，停舟瓜步[75]。偶臨江淨臉，失墜銅盆於水，覓漁人找撈。及至撈起，乃是個小匣兒。遇春啓匣觀看，内皆明珠異寶，無價之珍。遇春厚賞漁人，留於床頭把玩。是夜夢中見江中一女子，凌波而來，視之，乃杜十娘也。近前萬福，訴以李郎薄倖之事。又道："向承君家慷慨，以一百五十金相助，本意息肩之後[76]，徐圖報答。不意事無終始；然

312

每懷盛情,悒悒未忘。早間曾以小匣托漁人奉致,聊表寸心,從此不復相見矣。"言訖,猛然驚醒,方知十娘已死,嘆息累日。

後人評論此事,以爲孫富謀奪美色,輕擲千金,固非良士;李甲不識杜十娘一片苦心,碌碌蠢才,無足道者。獨謂十娘千古女俠,豈不能覓一佳侶,共跨秦樓之鳳^[77],乃錯認李公子,明珠美玉,投於盲人,以致恩變爲仇,萬種恩情,化爲流水,深可惜也!

人民文學出版社《警世通言》卷三十二,略有刪節

【註釋】

[1] 萬曆,明神宗朱翊鈞的年號(一五七三————一六一九)。按,此句以前,有入話一段,刪去。

[2] 納粟入監,捐納粟米(或銀子)取得進入國子監的權利。監,國子監,當時最高學府。有了監生的資格,就可以去考舉人。

[3] 布政,即布政使。明初分全國爲十三個承宣布政使司,相當於十三個省,每司設一布政使,作爲最高的行政長官。

[4] 在庠(xiáng 祥),已經進了學。

[5] 登科,這裏指中舉。

[6] 北雍,周代太學有五,中曰"辟雍",後世因以爲國學的代稱。明代北京和南京均設有國子監,因稱在北京的爲北雍,在南京的爲南雍。

[7] 坐監,正式在國子監裏讀書的叫坐監。

[8] 監生,國子監生員的簡稱,又稱太學生。教坊司,原爲古代主管音樂歌舞的機關,唐代設左右教坊,掌俳優雜技。明代的教坊司專管樂舞承應,屬於禮部,娼妓也屬教坊司管。此處的院内,即指妓院。

[9] 卓氏文君,即卓文君,漢臨邛(qióng 窮)(今四川省邛崍縣)人,卓王孫之女,有文才,通音樂。司馬相如在卓王孫家,時文君新寡,相如以琴挑之,文君夜奔相如。《西京雜記》:"文君姣好,眉色如望遠山,臉際常若芙蓉。"

[10] 白家樊素,唐白居易的姬妾。孟棨《本事詩·事感》:"白尚書姬人樊

• 313 •

素,善歌;妓人小蠻,善舞。嘗爲詩曰:'櫻桃樊素口,楊柳小蠻腰。'"

[11] 破瓜,指女子破身。

[12] 斗筲(shāo 燒),斗,量器;筲,竹製容器。容量都很小。斗筲之量,喻酒量很小。

[13] 撒漫,揮霍,用錢闊綽。

[14] 幫襯,此處作巴結、獻殷勤解。

[15] 鴇(bǎo 保),年老的妓女。俗因稱妓母爲鴇兒,又稱老鴇。此處鴇兒指下文的杜媽媽。

[16] 從良,妓女脫離樂籍,嫁作良家妻妾,叫從良。

[17] 脅肩諂笑,聳着肩架,裝出媚笑。此處形容鴇兒巴結人的醜態。《孟子·滕文公》:"脅肩諂笑,病於夏畦。"

[18] 闞,同"嫖"。

[19] 手頭,手裏的錢。短,少。

[20] 不統口,不答理。

[21] 溫克,猶言溫恭自持。溫,溫和;克,克制。《詩經·小雅·小宛》:"人之齊聖,飲酒溫克。"

[22] 行户,與下文行院,都是妓院的隱稱。

[23] 混帳,胡鬧。此處指糊里糊塗過日子。

[24] 鍾馗(kuí 葵)老,即鍾馗。民間傳説鍾馗是管鬼的。

[25] 退財白虎,意謂不讓錢財上門的兇神。白虎,兇神。

[26] 開了大門七件事,指每日最基本的七種生活開支:柴、米、油、鹽、醬、醋、茶。

[27] 粉頭,妓女。

[28] 孤拐,指腳踝骨。《西遊記》第十五回,行者道:"伸過孤拐來,各打五棍見面,與老孫散散心!"

[29] 十齋,信佛的人於夏曆每月初一、初八、十四、十五、十八、廿三、廿四、廿八、廿九、三十日不喫葷腥,稱爲十齋。

[30] 虔(qián 前)婆,猶言賊婆,罵人語。此處指鴇母。

[31] 教坊落籍,從教坊除去名籍。古代妓女必須先從教坊除去名籍後,方得從良。教坊,教坊司,參見本文注[8]。

[32] 招架,與招攬同,有招呼承應之意,此處謂應酬,接口。

[33] 煙花,妓女的代稱。

[34] 曲中,曲本是里内的小巷。孫棨《北里志》:"平康里入北門東回三曲,即諸妓所居之聚也。妓中有錚錚者,多居南曲、中曲,其循牆一曲者,卑屑妓所居也。"後因以曲中稱妓女所居之處。

[35] 褻(xiè 屑)瀆(dú 讀),輕慢,侮蔑。

[36] 開交,猶言放手,丟開。

[37] 銖兩,二十四銖爲一兩,銖兩是説極少的一點銀子。

[38] 長行,遠行。

[39] 間關,形容道路的艱險。《漢書·王莽傳》:"間關至漸臺。"千里間關,意謂行程又遥遠又艱難。

[40] 約束,此處作準備解。曾無約束,意謂物質上全無準備,也即上句囊篋蕭條之意。

[41] 浮居,暫住。

[42] 于歸,古代稱女子出嫁爲于歸。《詩經·周南·桃夭》:"之子于歸,宜其室家。"此處作歸家解。

[43] 貧窶(jù 據),貧窮。

[44] 贐(jìn 近),送給人的路費。

[45] 文具,此處指文具箱子或首飾箱子。

[46] 潞河,一稱白河,爲北運河上游。

[47] 瓜洲,鎮名,在今江蘇省邗江縣南。差使船,給官府臨時當差的船。

[48] 解庫,典當舖。

[49] 六院,明初南京的妓院。或説是教坊司所屬的官妓集聚處。其後六院便成爲妓院的代稱。

[50] 絶調,卓絶的音調。

[51] 《拜月亭》雜劇,明人相傳爲元代施惠(字君美)所撰。寫蔣世隆與王瑞蘭,陀滿興福與蔣世隆之妹瑞蓮的婚姻故事。《小桃紅》曲見世德堂刊本《拜月亭記》第四十三折《成親團圓》齣内。"狀元執盞與嬋娟"是該曲大意,不是曲中原句。

[52] 種鹽,製鹽。鹽出自鹽田,故稱種製。

[53] 此爲唐柳宗元《江雪》詩，但文字有出入。

[54] 高學士，指明初詩人高啓，字季迪，自號青丘子。

[55] 跳，船上跳板。打跳，把跳板鋪起來。

[56] 入港，指言語投合。

[57] 位居方面，古時封疆大臣，獨當一面稱爲方面官。李甲的父親是布政使，在明代是一省最高的官，所以説位居方面。

[58] 必嚴帷薄之嫌，意謂必定嚴肅地維持男女之間的封建禮防。帷，幔；薄，簾。均爲障隔内外之具。封建時代，女子住内室，不與外界男子接觸。賈誼《新書·階級》："古者大臣有坐……男女無別者，不謂污穢，曰帷薄不修。"

[59] 資斧，盤纏，旅費。

[60] 踰牆鑽穴，指偷情、幽會之類的事情。《孟子·滕文公》："不待父母之命，媒妁之言，鑽穴隙相窺，踰牆相從，則父母國人皆賤之。"

[61] 同袍，《詩經·秦風·無衣》："豈曰無衣，與子同袍。"後世軍人因以同袍相稱。此處指朋友。袍，衣服。

[62] 枕席之愛，與下文衽席之愛，皆指夫妻之愛。

[63] 間(jiàn 漸)言，嫌隙之言。間的本義是罅隙，因此挑撥離間之言稱間言。

[64] 所天，丈夫。《文選》潘岳《寡婦賦》："適人而所天又殞。"按，古也有稱君上或稱父親爲所天者，惟近世多用以稱丈夫。

[65] 買豎子，猶市儈。

[66] 路引，出行時所領的執照，此處指國子監所發給的回籍證。

[67] 抽替，即抽屜、抽斗。

[68] 充牣(rèn 刃)，充滿。

[69] 祖母綠，又名綠柱玉，一種純色的綠寶石，通體透明似玻璃。貓兒眼，又名貓睛石，因其光彩變化似貓睛而得名。兩者都是名貴的寶石。

[70] 風塵，此處指妓女艱苦屈辱的生活。

[71] 中饋(kuì 愧)，進食於尊長叫饋，舊時婦女多在家料理飲食之事，故稱婦職爲主持中饋，於是中饋便引申爲妻子的代稱。佐中饋，便是爲妾。

[72] 浮議，没有根據的議論。

[73] 櫝(dú 獨)中有玉,箱裏藏有珍珠寶物。下句眼内無珠,猶言没長眼睛。

[74] 命之不辰,猶言命不好。不辰,生不逢時。

[75] 瓜步,瓜步鎮,在今江蘇省六合縣東南瓜步山下。

[76] 息肩,放下擔子,此處指獲得安定的生活。

[77] 共跨句:神話傳説,春秋時,蕭史擅長吹簫,秦穆公把女兒弄玉嫁給他,夫妻住一樓上,蕭史常教弄玉吹簫,感情很好,一日,正吹簫間,招來了赤龍、紫鳳,於是,蕭史騎龍、弄玉跨鳳,一同飛昇。

灌園叟晚逢仙女

【解題】　本篇通過灌園叟的遭遇,揭露了封建社會的黑暗和勞動人民所受的種種迫害。主題鮮明,形象生動。篇中宣揚因果報應的描寫是它的局限性。

　　連宵風雨閉柴門,落盡深紅只柳存。
　　欲掃蒼苔且停帚,階前點點是花痕。

　　這首詩爲惜花而作。昔唐時有一處士姓崔[1],名玄微,平昔好道,不娶妻室,隱於洛東。所居庭院寬敞,徧植花卉竹木,構一室在萬花之中,獨處於内。童僕都居花外,無故不得輒入。如此三十餘年,足跡不出園門。時值春日,院中花木盛開,玄微日夕徜徉其間[2]。一夜,風清月朗,不忍捨花而睡,乘着月色,獨步花叢中。忽見月影下,一青衣冉冉而來[3],玄微驚訝道:“這時節那得有女子到此行動?”心下雖然怪異,又説道:“且看她到何處去?”那青衣不往東,不往西,徑至玄微面前,深深道個萬福[4]。玄微還了禮,問道:“女郎是誰家宅眷? 因何深夜至此?”那青衣啓一點朱唇,露兩行碎玉道[5]:“兒家與處士相近。今與女伴過上東門[6],訪表姨,欲借處士院中暫憩,不知可否?”玄微見來得奇異,欣然許之。青衣稱謝,原從舊路轉去。不一時,引一隊女子,分花約柳而來,與玄微一一相見。玄微就月下仔細看時,一個個姿容媚麗,體態輕盈,或濃或淡,妝束不一。隨從女郎,盡皆妖艷。正不知從那裏來的。相見畢,玄微邀進室中,分賓主坐下。開言道:"請問諸位女娘姓氏。今訪何姻戚,乃得光降鄙園?"一衣綠裳者答道:"妾乃楊氏。"指一穿白的道:"此位李氏。"又指一衣絳服的道:"此位陶氏。"遂逐一指示。最後到一緋衣小女,乃道:"此位姓石,名阿措。我等雖則異姓,俱是同行姊妹。因封家十八姨,數日云欲來相看,不見其至。今夕月色甚佳,故與姊妹們同往候之。二來素蒙處士愛重,妾等順便相謝。"玄微方待酬答,青衣報道:"封家姨至。"衆皆驚喜出迎。玄微閃過半邊觀看。衆女子相見畢,説道:"正要來看十八姨,爲主人留坐,不意姨至;足見同心。"各向前致禮。十八姨道:"屢欲來看卿等,俱爲使命所阻。今乘間至此[7]。"衆女道:"如此良夜,請姨寬坐,當以一尊爲壽。"遂授旨青衣去取。十八姨問道:"此地可坐否?"楊氏道:"主人甚賢,地極清雅。"十八姨道:"主人安在?"玄微趨出相見。舉目看十八姨,體態飄逸,言詞冷冷有林下風氣[8]。近其傍,不覺寒氣侵肌,毛骨竦然。遜入堂中[9],侍女將桌椅已是安排停當。請十八姨居於上席。衆女挨次而坐。玄微末位相陪。不一時,衆青衣取到酒餚,擺設上來,佳餚異果,羅列滿案。酒味醇美,其甘如飴,俱非人世所有。此時月色倍明,室中照耀,如同白日,滿坐芳香,馥馥襲人[10]。賓主酬酢[11],盃觥交雜。酒至半酣,一紅裳女子滿斟大觥,送與十八姨道:"兒有一歌,請爲歌之。"歌云:

> 絳衣披拂露盈盈,淡染胭脂一朵輕。
> 自恨紅顏留不住,莫怨春風道薄情。

歌聲清婉,聞者皆淒然。又一白衣女子送酒道:"兒亦有一歌。"歌云:

皎潔玉顔勝白雪，況乃當年對芳月。

沉吟不敢怨春風，自嘆容華暗消歇。

其音更覺慘切。那十八姨性頗輕佻，卻又好酒。多了幾盃，漸漸狂放。聽了二歌，乃道："值此芳辰美景，賓主正歡，何遽作傷心語。歌旨又深刺干[12]，殊爲慢客。須各罰以大觥，當另歌之。"遂手斟一盃遞來。酒醉手軟，持不甚牢，盃纔舉起，不想袖在箸上一兜，撲碌的連盃打翻。這酒若翻在別個身上，卻也罷了，恰恰裏盡潑在阿措身上。阿措年嬌貌美，性愛整齊，穿的卻是一件大紅簇花緋衣。那紅衣最忌的是酒，纔沾滴點，其色便敗，怎經得這一大盃酒！況且阿措也有七八分酒意，見污了衣服，作色道[13]："諸姊妹有所求，吾不畏爾！"即起身往外就走。十八姨也怒道："小女弄酒[14]，敢與吾爲抗耶？"亦拂衣而起[15]。衆女子留之不住，齊勸道："阿措年幼，醉後無狀[16]，望勿記懷。明日當率來請罪。"相送下階。十八姨忿忿向東而去。衆女子與玄微作別，向花叢中四散而走。玄微欲觀其踪跡，隨後送之。步急苔滑，一交跌倒。挣起身來看時，衆女子俱不見了。心中想道："是夢卻又未曾睡臥；若是鬼，又衣裳楚楚，言語歷歷；是人，如何又倏然無影[17]？"胡猜亂想，驚疑不定。回入堂中，桌椅依然，擺設盃盤，一毫已無；惟覺餘馨滿室。雖異其事，料非禍祟，卻也無懼。

到次晚，又往花中步玩。見諸女子已在，正勸阿措往十八姨處請罪。阿措怒道："何必更懇此老嫗？有事只求處士足矣。"衆皆喜道："妹言甚善。"齊向玄微道："吾姊妹皆住處士苑中，每歲多被惡風所撓，居止不安。常求十八姨相庇。昨阿措誤觸之，此後應難取力。處士倘肯庇護，當有微報耳。"玄微道："某有何力，得庇諸女？"阿措道："只求處士每歲元旦，作一朱幡[18]，上圖日月五星之文，立於苑東，吾輩則安然無恙矣。今歲已過，請於此月二十一日平旦[19]，微有東風，即立之，可免本日之難。"玄微道："此乃易事，敢不如命。"齊聲謝道："得蒙處士慨允，必不忘德。"言訖而別，其行甚疾。玄微隨之不及。忽一陣香風過處，各失所在。玄微欲驗其事，次日即製辦朱幡。候至二十一日，清早起來，果然東風微拂。急將幡樹立苑東。少頃，狂風振地，飛沙走石，自洛南一路，摧林折樹；苑中繁花不動。玄微方曉諸女者，衆花之精也。緋衣名阿措，即安石榴也。封十八姨，乃風神也。到次晚，衆女各裹桃杏花數斗來謝道："承處士脱某等大難，無以爲報。餌此花英，可延年卻老。願長如此衛護，某等亦可收長生。"玄微依其言服之，果然容顔轉少，如三十許人。後得道仙去。有詩爲證：

> 洛中處士愛栽花，歲歲朱幡繪採茶。
> 學得餐英堪不老，何須更覓棗如瓜[20]。

　　列位莫道小子説風神與花精往來，乃是荒唐之語。那九州四海之中，目所未見，耳所未聞，不載史册，不見經傳，奇奇怪怪，蹺蹺蹊蹊的事，不知有多多少少。就是張華的《博物志》[21]，也不過志其一二；虞世南的行書橱[22]，也包藏不得許多。此等事甚是平常，不足爲異。然雖如此，又道是子不語怪[23]，且閣過一邊。只那惜花致福，損花折壽，乃現在功德，須不是亂道。列位若不信時，還有一段灌園叟晚逢仙女的故事，待小子説與列位看官們聽。若平日愛花的，聽了自然將花分外珍重；内中或有不惜花的，小子就將這話勸他，惜花起來；雖不能得道成仙，亦可以消閑遣悶。

　　你道這段話文出在那個朝代？何處地方？就在大宋仁宗年間，江南平江府東門外長樂村中[24]。這村離城只去三里之遠。村上有個老者，姓秋名先，原是莊家出身，有數畝田地，一所草房。媽媽水氏已故，別無兒女。那秋先從幼酷好栽花種果，把田業都撤棄了，專於其事。若偶覓得種異花，就是拾着珍寶，也没有這般歡喜。隨你極緊要的事出外，路上逢着人家有樹花兒，不管他家容不容，便陪着笑臉，捱進去求玩，若平常花木，或家裏也在正開，還轉身得快；倘然是一種名花，家中没有的，雖或有，已開過了，便將正事撇在半邊，依依不捨，永日忘歸[25]。人都叫他是花癡。或遇見賣花的有株好花，不論身邊有錢無錢，一定要買。無錢時便脱身上衣服去解當。也有賣花的知他僻性，故高其價，也只得忍貴買回。又有那破落户曉得他是愛花的，各處尋覓好花折來，把泥假捏個根兒哄他，少不得也買。有恁般奇事！將來種下[26]，依然肯活。日積月累，遂成了一個大園。那園周圍編竹爲籬，籬上交纏薔薇、荼蘼、木香、刺梅、木槿、棣棠、金雀，籬邊撒下蜀葵、鳳仙、雞冠、秋葵、鶯粟等種。更有那金萱、百合、剪春羅、剪秋羅、滿地嬌、十樣錦、美人蕘、山躑躅、高良姜、白蛺蝶、夜落金錢、纏枝牡丹等類，不可枚舉。遇開放之時，爛如錦屏。遠離數步，盡植名花異卉。一花未謝，一花又開。向陽設兩扇柴門，門内一條竹徑，兩邊都結柏屏遮護，轉過柏屏，便是三間草堂。房雖草覆，卻高爽寬敞，窗槅明亮。堂中掛一幅無名小畫，設一張白木臥榻。桌凳之類，色色潔净。打掃得地下無纖毫塵垢。堂後精舍數間，臥室在内。那花卉無所不有，十分繁茂。真個四時不謝，八節長春，但見：

> 梅標清骨，蘭挺幽芳。茶呈雅韻，李謝濃妝。杏嬌疏雨，菊傲嚴霜。水仙冰肌玉骨，牡丹國色天香。玉樹亭亭階砌，金蓮冉冉池塘。芍藥芳姿少比，石榴麗質無雙。丹桂飄香月窟，芙蓉冷艷寒江。梨花溶溶夜月，桃花灼灼朝陽。山茶花寶珠稱貴，蠟梅花磬口方香[27]。海棠花西府爲上[28]，瑞香花金邊最良。玫瑰、杜鵑，爛如雲錦，繡球、郁李，點綴風光。説不盡千般花卉，數不了萬種芬芳。

籬門外，正對着一個大湖，名爲朝天湖，俗名荷花蕩。這湖東連吳淞江，西通震澤，南接龐山湖。湖中景致，四時晴雨皆宜。秋先於岸旁堆土作堤，廣植桃柳。每至春時，紅綠間發，宛似西湖勝景。沿湖徧插芙蓉，湖中種五色蓮花。盛開之日，滿湖錦雲爛熳，香氣襲人，小舟蕩槳採菱，歌聲泠泠。遇斜風微起，偎船競渡，縱橫如飛。柳下漁人，艤船曬網[29]。也有戲魚的，結網的，醉臥船頭的，没水賭勝的，歡笑之音不絕。那賞蓮游人，畫船簫管鱗集，至黃昏回棹，燈火萬點，間以星影螢光，錯落難辨[30]。深秋時，霜風初起，楓林漸染黃碧，野岸衰柳芙蓉，雜間白蘋紅蓼，掩映水際；蘆葦中鴻雁羣集，嘹嚦干雲，哀聲動人，隆冬天氣，彤雲密布，六花飛舞[31]，上下一色。那四時景致，言之不盡。有詩爲證：

> 朝天湖畔水連天，不唱漁歌即採蓮。
> 小小茅堂花萬種，主人日日對花眠。

按下散言，且説秋先每日清晨起來，掃盡花底落葉，汲水逐一灌溉。到晚上又澆一番。若有一花將開，不勝歡躍。或暖壺酒兒，或烹甌茶兒，向花深深作揖，先行澆奠，口稱"花萬歲"三聲，然後坐於其下，淺斟細嚼。酒酣興到，隨意歌嘯。身子倦時，就以石爲枕，臥在根旁，自半含至盛開，未嘗暫離。如見日色烘烈[32]，乃把棕拂蘸水沃之。遇着月夜，便連宵不寐。倘值了狂風暴雨，即披蓑頂笠，周行花間檢視。遇有欹枝，以竹扶之。雖夜間還起來巡看幾次。若花到謝時，則累日嘆息，常至墮淚。又不捨得那些落花，以棕拂輕輕拂來，置於盤中，時常觀玩。直至乾枯，裝入净甕。滿甕之日，再用茶酒澆奠，慘然若不忍釋。然後親捧其甕，深埋長堤之下，謂之"葬花"。倘有花片被雨打泥污的，必以清水再四滌净，然後送入湖中，謂之"浴花"。

平昔最恨的是攀枝折朵。他也有一段議論，道："凡花一年只開得一度,四時中只占得一時,一時中又只占得數日。他熬過了三時的冷淡,才討得這數日的風光。看他隨風而舞,迎人而笑,如人正當得意之境,忽被摧殘,巴此數日甚難[33],一朝折損甚易。花若能言,豈不嗟嘆。況就此數日間,先猶含蕊,後復零殘。盛開之時,更無多了。又有蜂採鳥啄蟲鑽,日炙風吹,霧迷雨打,全仗人去護惜他,卻反恣意拗折,於心何忍!且説此花自芽生根,自根生本,強者爲幹,弱者爲枝,一幹一枝,不知養成了多少年月。及候至花開,供人清玩,有何不美,定要折他!花一離枝,再不能上枝,枝一去幹,再不能附幹,如人死不可復生,刑不可復贖,花若能言,豈不悲泣!又想他折花的,不過擇其巧幹,愛其繁枝,插之瓶中,置之席上,或供賓客片時侑酒之歡,或助婢妾一日梳妝之飾。不思客觴可飽玩於花下,閨妝可借巧於人工!手中折了一枝,鮮花就少了一枝。今年伐了此幹,明年便少了此幹。何如延其性命,年年歲歲,玩之無窮乎?還有未開之蕊,隨花而去,此蕊竟槁滅枝頭,與人之童殀何異。又有原非愛玩,趁興攀折,既折之後,揀擇好歹,逢人取討,即便與之。或隨路棄擲,略不顧惜。如人橫禍枉死,無處申冤。花若能言,豈不痛恨!"他有了這段議論,所以生平不折一枝,不傷一蕊。就是別人家園上,他心愛着那一種花兒,寧可終日看玩。假饒那花主人要取一枝一朵來贈他[34],他連稱罪過,決然不要。若有傍人要來折花者,只除他看不見罷了;他若見時,就把言語再三勸止。人若不從其言,他情願低頭下拜,代花乞命。人雖叫他是花癡,多有可憐他一片誠心,因而住手者。他又深深作揖稱謝,又有小廝們要折花賣錢的,他便將錢與之,不教折損。或他不在時,被人折損,他來見有損處,必凄然傷感,取泥封之,謂之"醫花"。爲這件上,所以自己園中不輕易放人游玩。偶有親戚鄰友要看,難好回時,先將此話講過,纔放進去。又恐穢氣觸花,只許遠觀,不容親近。倘有不達時務的,捉空摘了一花一蕊,那老兒便要面紅頸赤,大發喉急[35]。下次就打罵他,也不容進去看了。後來人都曉得了他的性子,就一葉兒也不敢摘動。

大凡茂林深樹,便是禽鳥的巢穴。有花果處,越發千百爲羣。如單食果實,倒還是小事。偏偏只揀花蕊啄傷。惟有秋先卻將米穀置於空處飼之,又向禽鳥祈祝。那禽鳥卻也有知覺,每日食飽,在花間低飛輕舞,宛轉嬌啼,並不損一朵花蕊,也不食一個果實。故此產的果品最多,卻又大而甘美。每熟時,就先望空祭了花神,然後敢嘗,又遍送左近鄰家試新,餘下的方鬻。一年倒有若干利息。那老者因得了花中之趣,自少至老,五十餘年,略無倦意。筋骨愈覺強健。粗衣淡飯,悠悠自得。有得贏餘,就把來周濟村中貧乏。自此合村無不敬仰,又呼爲秋公。他自稱爲灌園叟。有詩爲證:

> 朝灌園兮暮灌園,灌成園上百花鮮。
> 花開每恨看不足,爲愛看園不肯眠。

話分兩頭。卻說城中有一人姓張,名委,原是個宦家子弟,爲人奸狡詭譎,殘忍刻薄。恃了勢力,專一欺鄰嚇舍,縶害良善[36]。觸着他的,風波立至,必要弄得那人破家蕩產,方才罷手。手下用一班如狼似虎的奴僕,又有幾個助惡的無賴子弟,日夜合做一塊,到處闖禍生災,受其害者無數。不想卻遇了一個又狠似他的,輕輕捉去,打得個臭死。及至告到官司,又被那人弄了些手脚,反問輸了。因粧了幌子[37],自覺無顏,帶了四五個家人,同那一班惡少,暫在莊上遣悶。那莊正在長樂村中,離秋公家不遠。一日早飯後,喫得半酣光景,向村中閒走,不覺來到秋公門首。只見籬上花枝鮮媚,四圍樹木繁翳,齊道:"這所在倒也幽雅! 是那家的?"家人道:"此是種花秋公園上,有名叫做花癡。"張委道:"我常聞得說莊邊有什麼秋老兒,種得異樣好花。原來

· 324 ·

就住在此。我們何不進去看看?"家人道:"這老兒有些古怪,不許人看的。"張委道:"別人或者不肯,難道我也是這般?快去敲門!"那時園中牡丹盛開,秋公剛剛澆灌完了,正將着一壺酒兒,兩碟果品,在花下獨酌,自取其樂。飲不上三盃,只聽得砰砰的敲門響,放下酒盃,走出來開門一看,見站着五六個人,酒氣直衝。秋公料到必是要看花的,便攔住門口,問道:"列位有甚事到此?"張委道:"你這老兒不認得我麼?我乃城裏有名的張衙内。那邊張家莊便是我家的,聞得你園中好花甚多,特來游玩。"秋公道:"告衙内,老漢也没種甚好花,不過是桃杏之類,都已謝了。如今並没別樣花卉。"張委睜起雙眼道:"這老兒恁般可惡!看看花兒打甚緊,卻便回我没有。難道喫了你的!"秋公道:"不是老漢説謊,果然没有。"張委那裏肯聽,向前叉開手,當胸一攙[38],秋公站立不牢,踉踉蹌蹌,直撞過半邊。衆人一齊擁進。秋公見勢頭兇惡,只得讓他進去。把籬門掩上,隨着進來,向花下取過酒果,站在旁邊。衆人看那四邊花草甚多,惟有牡丹最盛。那花不是尋常玉樓春之類[39],乃五種有名異品。那五種?

　　黄樓子　　綠蝴蝶　　西瓜穰　　舞青猊　　大紅獅頭

　　這牡丹乃花中之王,惟洛陽爲天下第一。有姚黄、魏紫名色,一本價值五千。你道因何獨盛於洛陽?只爲昔日唐朝有個武則天皇後,淫亂無道,寵幸兩個官兒,名唤張易之、張昌宗,於冬月之間,要游後苑,寫出四句詔來,道:

　　　　來朝游上苑,火速報春知。
　　　　百花連夜發,莫待曉風吹。

　　不想武則天原是應運之主,百花不敢違旨,一夜發蕊開花。次日駕幸後苑,只見千紅萬紫,芳菲滿目,單有牡丹花有些志氣,不肯奉承女主倖臣[40],要一根葉兒也没有。則天大怒,遂貶於洛陽。故此洛陽牡丹冠於天下。有一隻《玉樓春》詞，單贊牡丹花的好處。詞云：

名花綽約東風裏，佔斷韶華都□化。芳心一片可人憐，春色三分愁雨洗。　玉人盡日懨懨地[41]，猛被笙歌驚破睡。起臨妝鏡似嬌羞，近日傷春輸與你。

那花正種在草堂對面，周圍以湖石攔之，四邊豎個木架子，上覆布幔，遮蔽日色。花本高有丈許，最低亦有六七尺，其花大如丹盤，五色燦爛，光華奪目。眾人齊贊：“好花！”張委便踏上湖石去嗅那香氣。秋先極怪的是這節。乃道：“衙內站遠些看，莫要上去。”張委惱他不容進來，心下正要尋事，又聽了這話，喝道：“你那老兒住在我莊邊，難道不曉得張衙內名頭麼？有恁樣好花，故意回說沒有。不計較就勾了[42]，還要多言，那見得聞一聞就壞了花？你便這般說，我偏要聞。”遂把花逐朵攀下來，一個鼻子湊在花上去嗅。那秋老在旁，氣得敢怒而不敢言。也還道略看一回就去；誰知這廝故意賣弄道：“有恁樣好花，如何空過？須把酒來賞玩。”吩咐家人快去取。秋公見要取酒來賞，更加煩惱，向前道：“所在蝸窄[43]，沒有坐處。衙內止看看花兒，酒還到貴莊上去喫。”張委指着地上道：“這地下盡好坐。”秋公道：“地上齷齪，衙內如何坐得？”張委道：“不打緊，少不得有氈條遮襯。”不一時，酒看取到，鋪下氈條，眾人團團圍坐，猜拳行令，大呼小叫，十分得意。只有秋公骨篤了嘴[44]，坐在一邊。

那張委看見花木茂盛，就起個不良之念，思想要吞佔他的。斜着醉眼，向秋公道：“看你這蠢老兒不出，到會種花，卻也可取。賞你一盃。”秋公那裏有好氣答他，氣忿忿的道：“老漢天性不會飲酒。不敢從命。”張委又道：“你這園可賣麼？”秋公見口聲來得不好，老大驚訝，答道：“這園是老漢的性命，如何捨得賣？”張委道：“什麼性命不性命，賣與我罷了。你若沒去處，一發連身歸在我家。又不要做別事，單單替我種些花木，可不好麼?"衆人齊道:"你這老兒好造化，難得衙內恁般看顧。還不快些謝恩?"秋公看見逐步欺負上來，一發氣得手足麻軟，也不去睬他。張委道:"這老兒可惡! 肯不肯，如何不答應我?"秋公道:"説過不賣了，怎的只管問?"張委道:"放屁! 你若再説句不賣，就寫帖兒，送到縣裏去。"秋公氣不過，欲要搶白幾句[45]，又想一想:他是有勢力的人，卻又醉了，怎與他一般樣見識? 且哄了去再處。忍着氣答道:"衙內縱要買，必須從容一日，豈是一時急驟的事。"衆人道:"這話也説得是。就在明日罷。"此時都已爛醉，齊立起身。家人收拾家伙先去。秋公恐怕折花，預先在花邊防護。那張委真個走向前，便要踹上湖石去採。秋先扯住道:"衙內，這花雖是微物，但一年間不知費多少工夫，纔開得這幾朵。不爭折損了，深爲可惜。況折去不過二三日就謝了，何苦作這樣罪過!"張委喝道:"胡説! 有甚罪過! 你明日賣了，便是我家之物。就都折盡，與你何干!"把手去推開。秋公揪住死也不放，道:"衙內便殺了老漢，這花決不與你摘的。"衆人道:"這老兒其實可惡! 衙內采朵花兒，值什麼大事，妝出許多模樣! 難道怕你就不摘了?"遂齊走上前亂摘。把那老兒急得叫屈連天，捨了張委，拚命去攔阻。扯了東邊，顧不得西首，頃刻間摘下許多。秋老心疼肉痛，罵道:"你這班賊男女，無事登門，將我欺負，要這性命何用!"趕向張委身邊，撞個滿懷。去得勢猛，張委又多了幾盃酒，把脚不住，翻勼斗跌倒。衆人都道:"不好了! 衙內打壞也!"齊將花撇下，便趕過來，要打秋公。內中有一個老成些的，見秋公年紀已老，恐打出事來，勸住衆人，扶起張委。張委因跌了這交，心中轉惱，趕上前打得個隻蕊不留，撒作遍地，意猶未足，又向花中踐踏一回。可惜好花，正是:

　　老拳毒手交加下，翠葉嬌花一旦休。

好似一番風雨惡，亂紅零落沒人收。

當下只氣得個秋公搶地呼天，滿地亂滾。鄰家聽得秋公園中喧嚷，齊跑進來，看見花枝滿地狼藉，眾人正在行兇，鄰里盡喫一驚，上前勸住。問知其故，內中到有兩三個是張委的租戶，齊替秋公陪個不是，虛心冷氣，送出籬門。張委道：“你們對那老賊說，好好把園送我，便饒了他。若說半個不字，須教他仔細着。”恨恨而去。鄰里們見張委醉了，只道酒話，不在心上。覆身轉來，將秋公扶起，坐在階沿上。那老兒放聲號慟。眾鄰里勸慰了一番，作別出去，與他帶上籬門，一路行走。內中也有怪秋公平日不容看花的，便道：“這老官兒真個忒煞古怪[46]，所以有這樣事，也得他經一遭兒，警戒下次。”內中又有直道的道[47]：“莫說這沒天理的話！自古道：‘種花一年，看花十日。’那看的但覺好看，贊聲好花罷了，怎得知種花的煩難。只這幾朵花，正不知費了許多辛苦，才培植得恁般茂盛。如何怪得他愛惜！”

不題眾人，且說秋公不捨得這些殘花，走向前將手去檢起來看，見踐踏得凋殘零落，塵垢沾污，心中凄慘，又哭道：“花阿！我一生愛護，從不曾損壞一瓣一葉，那知今日遭此大難！”正哭之間，只聽得背後有人叫道：“秋公爲何恁般痛哭？”秋公回頭看時，乃是一個女子，年約二八，姿容美麗，雅淡梳妝，卻不認得是誰家之女。乃收淚問道：“小娘子是那家？至此何幹？”那女子道：“我家住在左近。因聞你園中牡丹花茂盛，特來游玩，不想都已謝了。”秋公題起牡丹二字，不覺又哭起來。女子道：“你且說有甚苦情，如此啼哭？”秋公將張委打花之事說出。那女子笑道：“原來爲此緣故。你可要這花原上枝頭麽[48]？”秋公道：“小娘子休得取笑！那有落花返枝的理？”女子道：“我祖上傳得個落花返枝的法術，屢試屢驗。”秋公聽說，化悲爲喜道：“小娘子真個有這法術麽？”女子道：“怎的不真？”秋公倒身下拜道：“若得小娘子施此妙術,老漢無以爲報,但每一種花開,便來相請賞玩。"女子道:"你且莫拜,去取一碗水來。"秋公慌忙跳起去取水,心下又轉道:"如何有這樣妙法? 莫不是見我哭泣,故意取笑?"又想道:"這小娘子從不相認,豈有耍我之理。還是真的。"急舀了一碗清水出來。擡頭不見了女子,只見那花都已在枝頭,地下並無一瓣遺存。起初每本一色,如今卻變做紅中間紫,淡內添濃,一本五色俱全,比先更覺鮮妍。有詩爲證:

> 曾聞湘子將花染[49],又見仙姬會返枝。
> 信是至誠能動物[50],愚夫猶自笑花癡。

當下秋公又驚又喜道:"不想這小娘子果然有此妙法。"只道還在花叢中,放下水,前來作謝。園中團團尋遍,並不見影。乃道:"這小娘子如何就去了?"又想道:"必定還在門口。須上去求他,傳了這個法兒。"一徑趕至門邊,那門卻又掩着。拽開看時,門首坐着兩個老者,就是左右鄰家,一個喚做虞公,一個叫做單老,在那裏看漁人曬網。見秋公出來,齊立起身拱手道:"聞得張衙內在此無理,我們恰往田頭,沒有來問得。"秋公道:"不要説起,受了這班潑男女的嘔氣。虧着一位小娘子走來,用個妙法,救起許多花朵,不曾謝得他一聲,徑出來了。二位可看見往那一邊去的?"二老聞言,驚訝道:"花壞了,有甚法兒救得? 這女子去幾時了?"秋公道:"剛方出來。"二老道:"我們坐在此好一回,並沒個人走動,那見什麼女子?"秋公聽説,心下恍悟道:"恁般説,莫不這位小娘子是神仙下降?"二老問道:"你且説怎的救起花兒?"秋公將女子之事敘了一遍。二老道:"有如此奇事! 待我們去看看。"秋公將門拴上,一齊走至花下,看了連聲稱異道:"這定然是個神仙。凡人那有此法力!"秋公即焚起一爐好香,對天叩謝。二老道:"這也是你平日愛花心誠,所以感動神仙下降。明日索性倒教張衙內這幾個潑男女看看,羞殺了他。"秋公道:"莫要! 莫要! 此等人即如惡犬,遠遠見了就該避之,豈可還引他來。"二老道:"這話也有理。"秋公此時非常歡喜,將先前那瓶酒熱將起來,留二老在花下玩賞,至晚而別。二老回去,即傳合村人都曉得,明日俱要來看,還恐秋公不許。誰知秋公原是有意思的人,因見神仙下降,遂有出世之念,一夜不寐,坐在花下存想。想至張委這事,忽地開悟道:"此皆是我平日心胸褊窄,故外侮得至。若神仙汪洋度量,無所不容,安得有此!"至次早,將園門大開,任人來看。先有幾個進來打探,見秋公對花而坐,但吩咐道:"任憑列位觀看,切莫要採便了。"衆人得了這話,互相傳開。那村中男子婦女,無有不至。

按下此處,且說張委至次早,對衆人說:"昨日反被那老賊撞了一交,難道輕恕了不成?如今再去要他這園。不肯時,多教些人從,將花木盡打個稀爛,方出這氣。"衆人道:"這園在衙內莊邊,不怕他不肯。只是昨日不該把花都打壞,還留幾朵,後日看看便是。"張委道:"這也罷了。少不得來年又發。我們快去,莫要使他停留長智。"衆人一齊起身,出得莊門,就有人說:"秋公園上神仙下降,落下的花,原都上了枝頭,卻又變做五色。"張委不信道:"這老賊有何好處,能感神仙下降?況且不前不後,剛剛我們打壞,神仙就來?難道這神仙是養家的不成?一定是怕我們又去,故此謅這話來央人傳說。見得他有神仙護衛,使我們不擺佈他。"衆人道:"衙內之言極是。"頃刻,到了園門口,見兩扇柴門大開,往來男女絡繹不絕,都是一般說話。衆人道:"原來真有這等事!"張委道:"莫管他,就是神仙見坐着[51],這園少不得要的。"灣灣曲曲轉到草堂前,看時,果然話不虛傳。這花卻也奇怪,見人來看,姿態愈艷,光采倍生,如對人笑的一般。張委心中雖十分驚訝,那吞佔念頭,全然不改。看了一回,忽地又起一個惡念,對衆人道:"我們且去。"齊出了園門。衆人問道:"衙內如何不與他要園?"張委道:"我想得個好策在此,不消與他說得,這園明日就歸於我。"衆人道:"衙內有何妙算?"張委道:"見今貝州王則謀反[52],專行妖術。樞密府行下文書來[53],天下軍州嚴禁左道[54],捕緝妖人。本府見出三千貫賞錢,募人出首。我明日就將落花上枝爲由,教張霸到府,首他以妖術惑人。這個老兒熬刑不過,自然招承下獄。這園必定官賣。那時誰個敢買他的? 少不得讓與我。還有三千貫賞錢哩。"衆人道:"衙內好計! 事不宜遲,就去打點起來[55]。"當時即進城,寫下首狀。次早,教張霸到平江府出首。這張霸是張委手下第一出尖的人,衙門情熟,故此用他。大尹正在緝訪妖人,聽說此事,合村男女都見的,不繇不信。即差緝捕使臣帶領幾個做公的[56],押張霸作眼[57],前去捕獲。張委將銀佈置停當,讓張霸與緝捕使臣先行,自己與衆子弟隨後也來。緝捕使臣一徑到秋公園上。那老兒還道是看花的,不以爲意。衆人發一聲喊,趕上前一索捆翻。秋公喫這一嚇不小。問道:"老漢有何罪犯? 望列位說個明白。"衆人口口聲聲,罵做妖人反賊,不繇分訴,擁出門來。鄰里看見,無不失驚,齊上前詢問。緝捕使臣道:"你們還要問麼? 他所犯的事也不小,只怕連村上人都有分哩。"那些愚民,被這大話一嚇,心中害怕,盡皆洋洋走開[58],惟恐累及。只有虞公、單老,同幾個平日與秋公相厚的,遠遠跟來觀看。

且說張委俟秋公去後,便與衆子弟來鎖園門。恐還有人在內,又檢點一過,將門鎖上。隨後趕上府前。緝捕使臣已將秋公解進,跪在月臺上[59],見傍邊又跪着一人,卻不認得是誰。那些獄卒都得了張委銀子,已備下諸般刑具伺候。大尹喝道:"你是何處妖人,敢在此地方上將妖術煽惑百姓? 有幾多黨羽? 從實招來!"秋公聞言,恰如黑暗中聞個火炮,正不知從何處起的。稟道:"小人家世住於長樂村中,並非別處妖人,也不曉得什麼妖術。"大尹道:"前日你用妖術使落花上枝,還敢抵賴!"秋公見說到花上，情知是張委的緣故。即將張委要佔園打花，并仙女下降之事，細訴一徧。不想那大尹性是偏執的，那裏肯信，乃笑道："多少慕仙的，修行至老，尚不能得遇神仙；豈有因你哭，花仙就肯來？既來了，必定也留個名兒，使人曉得，如何又不別而去？這樣話哄那個！不消説得，定然是個妖人。快夾起來！"獄卒們齊聲答應，如狼虎一般，蜂擁上來，揪翻秋公，扯腿拽腳，剛要上刑，不想大尹忽然一個頭暈，險些兒跌下公座。自覺頭目森森[60]，坐身不住。吩咐上了枷扭，發下獄中監禁，明日再審。獄卒押着秋公一路哭泣出來。看見張委，道："張衙內，我與你前日無怨，往日無仇，如何下此毒手，害我性命！"張委也不答應，同了張霸，和那一班惡少，轉身就走。虞公、單老，接着秋公，問知其細，乃道："有這等冤枉的事！不打緊，明日同合村人，具張連名保結，管你無事。"秋公哭道："但願得如此，便好。"獄卒喝道："這死囚還不走！只管哭什麼？"秋公含着眼淚進獄。鄰里又尋些酒食送至門上。那獄卒誰個拿與他喫，竟接來自去受用。到夜間，將他上了囚牀，就如活死人一般，手足不能少展。心中苦楚，想道："不知那位神仙救了這花，卻又被那廝借此陷害。神仙呵！你若憐我秋先，亦來救拔性命，情願棄家入道。"一頭正想，只見前日那仙女，冉冉而至。秋公急叫道："大仙救拔弟子秋先則個[61]！"仙女笑道："汝欲脱離苦厄麼？"上前把手一指，那枷扭紛紛自落。秋先爬起來，向前叩頭道："請問大仙姓氏。"仙女道："吾乃瑤池王母座下司花女，憐汝惜花志誠，故令諸花返本。不意反資姦人讒口。然亦汝命中合有此災，明日當脱。張委損花害人，花神奏聞上帝，已奪其算[62]。助惡黨羽，俱降大災。汝宜篤志修行，數年之後，吾當度汝。"秋先又叩首道："請問上仙修行之道。"仙女道："修仙徑路甚多，須認本源。汝原以惜花有功，今亦當以花成道。汝但餌百花，自能身輕飛舉。"遂教其服食之法。秋先稽首叩謝起來,便不見了仙子,擡頭觀看,卻在獄牆之上,以手招道:"汝亦上來,隨我出去。"秋先便向前攀援了一大回,還只到得半牆,甚覺喫力。漸漸至頂,忽聽得下邊一棒鑼聲,喊道:"妖人走了,快拿下!"秋公心下驚慌,手酥脚軟,倒撞下來,撒然驚覺,元在囚牀之上。想起夢中言語,歷歷分明,料必無事,心中稍寬。正是:

　　　但存方寸無私曲,料得神明有主張。

　　且說張委見大尹已認做妖人,不勝歡喜。乃道:"這老兒許多清奇古怪,今夜且請在囚牀上受用一夜,讓這園兒與我們樂罷。"衆人都道:"前日還是那老兒之物,未曾盡興。今日是大爺的了,須要盡情歡賞。"張委道:"言之有理。"遂一齊出城,教家人整備酒肴,徑至秋公園上,開門進去。那鄰里看見是張委,心下雖然不平,卻又懼怕,誰敢多口。且說張委同衆子弟走至草堂前,只見牡丹枝頭一朵不存,原如前日打下時一般,縱橫滿地。衆人都稱奇怪。張委道:"看起來,這老賊果係有妖法的。不然,如何半日上倏爾又變了[63]?難道也是神仙打的?"有一個子弟道:"他曉得衙內要賞花,故意弄這法兒來嚇我們。"張委道:"他便弄這法兒,我們就賞落花。"當下依原鋪設氈條,席地而坐,放開懷抱恣飲。也把兩瓶酒賞張霸到一邊去喫。看看飲至月色挫西,俱有半酣之意,忽地起一陣大風。那風好利害!

　　　善聚庭前草,能開水上萍。
　　　腥聞羣虎嘯,響合萬松聲。

　　那陣風卻把地下這些花朵吹得都直豎起來,眨眼間俱變做一尺來長的女子。衆人大驚,齊叫道:"怪哉!"言還未畢,那些女子迎風一幌,盡已長大,一個個姿容美麗,衣服華艷,團團立做一大堆。衆人因見恁般標致,通看呆了。內中一個紅衣女子卻又說起話來,道:"吾姊妹居此數十餘年,深蒙秋公珍重護惜。何意蓦遭狂奴俗氣熏熾[64]，毒手摧殘，復又誣陷秋公，謀吞此地。今仇在目前，吾姊妹曷不戮力擊之！上報知己之恩，下雪摧殘之恥，不亦可乎？"衆女郎齊聲道："阿妹之言有理！須速下手，毋使潛遁！"説罷，一齊舉袖撲來。那袖似有數尺之長，如風翻亂飄，冷氣入骨。衆人齊叫有鬼，撇了家伙，望外亂跑。彼此各不相顧。也有被石塊打脚的，也有被樹枝抓翻的，也有跌而復起，起而復跌的，亂了多時，方才收脚。點檢人數都在，單不見了張委、張霸二人。此時風已定了，天色已昏。這班子弟各自回家，恰像檢得性命一般，抱頭鼠竄而去。家人喘息定了，方喚幾個生力莊客，打起火把，覆身去找尋。直到園上，只聽得大梅樹下有呻吟之聲，舉火看時，卻是張霸被梅根絆倒，跌破了頭，挣扎不起。莊客着兩個先扶張霸歸去。衆人周圍走了一徧，但見靜悄悄的萬籟無聲。牡丹棚下，繁花如故，並無零落。草堂中盃盤狼藉，殘羹淋漓。衆人莫不吐舌稱奇。一面收拾家伙，一面重復照看。這園子又不多大，三回五轉，毫無踪影。——難道是大風吹去了？女鬼喫去了？正不知躲在那裏。延捱了一會，無可奈何，只索回去過夜[65]，再作計較。方欲出門，只見門外又有一夥人，提着行燈進來。不是別人，卻是虞公、單老，聞知衆人見鬼之事，又聞説不見了張委，在園上找尋，不知是真是假，合着三鄰四舍，進園觀看。問明了衆莊客，方知此事果真。二老驚詫不已，教衆莊客："且莫回去，老漢們同列位還去找尋一徧。"衆人又細細照看了一下，正是興盡而歸，嘆了口氣，齊出園門。二老道："列位今晚不來了麼？老漢們告過，要把園門落鎖。没人看守得，也是我們鄰里的干係。"此時莊客們蛇無頭而不行，已不似先前聲勢了，答應道："但憑[66]，但憑。"兩邊人猶未散，只見一個莊客在東邊牆角下叫道："大爺有了！"衆人蜂擁而前。莊客指道："那槐枝上掛的，不是大爺的軟翅紗巾麼？"衆人道："既有了巾兒，人也只在左近。"沿牆照去，不多幾步，只叫得聲："苦也！"原來東角轉灣處，有個糞窖，窖中一人，兩腳朝天，不歪不斜，剛剛倒插在内。莊客認得鞋襪衣服，正是張委。顧不得臭穢，只得上前打撈起來。虞、單二老暗暗念佛，和鄰舍們自回。衆莊客擡了張委，在湖邊洗净。先有人報去莊上。合家大大小小，哭哭啼啼，置備棺衣入殮，不在話下。其夜，張霸破頭傷重，五更時亦死。此乃作惡的見報。正是：

> 兩個兇人離世界，一雙惡鬼赴陰司。

次日，大尹病愈陞堂，正欲弔審秋公之事，只見公差稟道："原告張霸同家長張委，昨晚都死了。"如此如此，這般這般。大尹大驚，不信有此異事。須臾間，又見里老鄉民共有百十人，連名具呈前事。訴説秋公平日惜花行善，并非妖人。張委設謀陷害，神道報應，前後事情，細細分剖。大尹因咋日頭暈一事，亦疑其枉。到便心下豁然。還喜得不曾用刑。即於獄中弔出秋公，立時釋放。又給印信告示，與他園門張掛，不許閑人損壞他花木。衆人叩謝出府。秋公向鄰里作謝，一路同了虞、單二老，開了園門，同秋公進去。秋公見牡丹茂盛如初，傷感不已。衆人治酒，與秋公壓驚。秋公便同衆人連喫了數日酒席。閑話休題。自此之後，秋公日餌百花，漸漸習慣，遂謝絶了煙火之物。所鬻果實之資，悉皆佈施。不數年間，髮白更黑，顏色轉如童子。一日正值八月十五，麗日當天，萬里無瑕。秋公正在房中趺坐[67]，忽然祥風微拂，彩雲如蒸，空中音樂嘹亮，異香撲鼻，青鸞白鶴，盤旋翔舞，漸至庭前。雲中正立着司花女，兩邊幢幡寶蓋，仙女數人，各奏樂器。秋公一見，撲翻身便拜。司花女道："秋先，汝功行圓滿，吾已申奏上帝，有旨封汝爲護花使者，專管人間百花，令汝拔宅上陞[68]。但有愛花惜花的，加之以福，殘花毀花的，降之以災。"秋公向空叩首謝恩訖，隨着衆仙，登時帶了花木，一齊冉冉陞起，向南而去。虞公、單老和那鄰里之人都看見的，一齊下拜。還見秋公在雲端延頭望着衆人，良久方没。此地遂改名陞仙里，又謂之惜花村。

> 園公一片惜花心，道感仙姬下界臨。
> 草木同陞隨拔宅，淮南不用煉黄金[69]。

人民文學出版社《醒世恆言》

【註釋】

[1]　處士，古時稱有才德而隱居不仕的人。《史記・魏公子列傳》：“趙有處士毛公藏於博徒，薛公藏於賣漿家。”

[2]　徜(cháng 常)徉(yáng 羊)，自由自在地活動。

[3]　青衣，古時地位低下者所穿的服裝。婢女多穿青衣，故用爲婢女的代稱。此處即指婢女。冉冉，慢慢地。

[4]　萬福，古時婦女相見行禮，多口稱“萬福”。

[5]　碎玉，指潔白的牙齒。

[6]　上東門，洛陽外郭城東面三門之一。《唐兩京城坊考》卷五：上東門：“西對東城之宣仁門，隋曰上春，唐初改。”

[7]　乘間，趁空，趁機會。

[8]　言詞泠(líng 零)泠，講話聲音清越。

[9]　遜，讓。

[10]　馥馥，香氣。

[11]　酬酢，來往應酬。

[12]　刺干，譏刺冒犯。

[13]　作色，變了臉色。

[14]　弄酒，使酒性。

[15]　拂衣，猶拂袖，表示憤怒。

[16]　無狀，没有禮貌。

[17]　倏(shū 叔)然，忽然。

[18] 朱幡,紅色長方形旗幟。

[19] 平旦,天大亮的時候。

[20] 棗如瓜,《神仙傳》:李少君者,齊人也。上書漢武帝云:"臣常遊海上,見安期先生食棗大如瓜。"

[21] 張華的《博物志》,西晉文學家張華所著的《博物志》,是一部筆記性質的書。

[22] 虞世南的行書櫥,《潛確類書》:唐太宗嘗行,有司請載副書以從。上曰:不須,虞世南在,行秘書也。按,虞世南學識淵博,被人稱爲"行書櫥"。

[23] 子不語怪,《論語·述而》:"子不語怪力亂神。"

[24] 平江府,今江蘇省蘇州市。

[25] 永日,整天。

[26] 將來,拿來。

[27] 磐口,河南省出產的一種名貴臘梅。花五瓣,盛開時也常常半含,色、香、形都屬第一。

[28] 西府,安徽和縣出產的一種名貴海棠。樹略高,葉茂枝柔,花色淺絳。

[29] 艤船,停船靠岸。

[30] 錯落,零零落落地交雜在一起。

[31] 六花,雪花六瓣,故名六出花。六花乃六出花簡稱。

[32] 日色,日光。

[33] 巴,盼望。

[34] 假饒,假使。

[35] 喉急,着急,生氣。

[36] 絮害,陷害。

[37] 粧了幌子,丟了臉。

[38] 搡(sǒng 聳),推。

[39] 玉樓春,和下列的"黃樓子"、"綠蝴蝶"、"西瓜穰"、"舞青猊"、"大紅獅頭"等都是不同品種的牡丹花名。

[40] 倖臣,得到皇帝寵愛的臣子。

[41] 懨懨地,没精打采地。

[42] 勾,通"够"。

[43] 蝸窄,房屋狹窄得像蝸牛角一樣。

[44] 骨篤了嘴,撅着嘴生氣。

[45] 搶白,責備。

[46] 忒煞,太,過甚。

[47] 直道,公正,耿直。

[48] 原,再。

[49] 湘子將花染,《太平廣記·染青蓮花》云:"唐韓文公愈之姪(湘子),有種花之異,聞其説於杜給事孺體,湖州有染户家,池生青蓮花,刺史命收蓮子歸京,種於池沼,或變爲紅蓮,因異之,乃致書問染工,染工曰:'我家有公,世治靛甕,嘗以蓮子浸於甕底,俟經歲年,然後種之。若以所種青蓮花子爲種,即其紅焉。'"

[50] 信是,真是。

[51] 見,同"現"。

[52] 貝州王則,王則,涿州人,於宋仁宗慶曆七年(一〇四七)冬,據貝州(今河北省清河縣)起義,自稱東平郡王,建國號爲"安陽",年號"得勝"。後失敗被俘,英勇就義。

[53] 樞密府,宋朝的最高軍事機關。

[54] 左道,邪道。

[55] 打點,準備。

[56] 緝捕使臣,搜捕盜賊的武官。

[57] 作眼,差役捕捉罪犯時的指證人。

[58] 洋洋,緩慢。

[59] 月臺,露天的平臺。

[60] 森森,寒氣逼人。

[61] 則個,語助詞。表示希望。

[62] 已奪其算,已經減少了他的壽命。

[63] 條爾,忽然。

[64] 驀(mò 默),突然。熏熾,氣味濃烈逼人。

[65] 只索,只得。

[66] 但憑,聽便。

[67] 趺(fū 夫)坐,"結跏趺坐"的略稱。佛教中修禪者的坐法,即兩腳背放在兩膝上盤坐。

[68] 拔宅上陞,全家成仙陞天。

[69] 淮南,漢代淮南王劉安。相傳他好服食求仙,白日全家飛陞。煉黃金,道家燒煉丹藥。

四、戲　　曲

湯顯祖傳奇

湯顯祖，字義仍，號若士，又號海若，別署清遠道人。臨川(今江西省臨川縣)人。生於公元一五五〇年(明世宗嘉靖二十九年)，卒於公元一六一六年(明神宗萬曆四十四年)。明代傑出的戲劇家。政治上，他支持代表中小地主和工商業主利益的東林黨人；哲學上，他受王學左派和李卓吾的影響，反對程朱理學；文藝思想上，他反對前後七子的復古主義，提倡抒寫性靈，不拘格套。總的說來，湯顯祖的思想在當時是傾向進步的。仕途中，他潔身自好，不貪緣附會。在南京禮部祠祭司任內，因上《論輔臣科臣疏》被貶廣東徐聞。不久，量移浙江遂昌知縣，三年後被劾免職，歸鄉家居。其著作有《玉茗堂集》等數種，主要成就是戲曲創作。所作《牡丹亭》、《紫釵記》、《邯鄲記》和《南柯記》合稱"臨川四夢"，在明代傳奇中都佔有重要位置。

牡　丹　亭

《牡丹亭》是湯顯祖的代表作。全劇共五十五齣。它描寫南安太守的女兒杜麗娘，不滿於封建禮教，遊園後在夢中與理想的情人柳夢梅相會，因情思成疾而逝；後托夢於夢梅並經夢梅調護，以情之所至，麗娘又得以死而復生，終於結爲夫婦。作品對封建禮教作了有力的抨擊，對年輕姑娘爲掙脫封建教條的束縛、爭取正當的幸福生活作了熱情的讚美。全劇構思奇特，富於浪漫主義色彩；語言絢麗多彩，主要人物個性鮮明，是明代傳奇中最優秀的劇作。這裏選了第七齣《閨塾》和第十齣《驚夢》中"遊園"一段。

閨　塾

【解題】 這一齣敍寫了杜麗娘心靈的初步覺醒。她雖然出於禮節上的尊重,不像春香那樣公然嘲弄那個宣揚封建禮教的塾師陳最良,卻同樣嚮往着高牆大院外面的自由天地,表現了她對封建教育的抵制以及對個性解放的追求。春香的形象機智、勇敢,和杜麗娘相比,更富有反抗性。

(末上)吟餘改抹前春句,飯後尋思午晌茶。蟻上案頭沿硯水,蜂穿窗眼咂瓶花。我陳最良杜衙設帳[1],杜小姐家傳毛詩,極承老夫人管待。今日早膳已過,我且把毛註潛玩一遍[2]。(念介)"關關雎鳩,在河之洲。窈窕淑女,君子好逑[3]。"好者好也,逑者求也。(看介)這早晚了,還不見女學生進館,卻也嬌養的兇;待我敲三聲雲板[4]。(敲雲板介)春香,請小姐解書。

【遶池遊】　(旦引貼捧書上)素妝纔罷[5],緩步書堂下[6]。對净几明窗瀟灑。(貼)昔氏賢文[7],把人禁殺。恁時節則好教鸚哥喚茶。

(見介)(旦)先生萬福[8]。(貼)先生少怪。(末)凡爲女子,雞初鳴,咸盥、漱、櫛、笄[9],問安於父母;日出之後,各供其事。如今女學生以讀書爲事,須要早起。(旦)以後不敢了。(貼)知道了。今夜不睡,三更時分,請先生上書。(末)昨日上的毛詩,可溫習?(旦)溫習了,則待講解。(末)你念來。(旦念書介)"關關雎鳩,在河之洲。窈窕淑女,君子好逑。"(末)聽講:"關關雎鳩",雎鳩是個鳥;關關,鳥聲也。(貼)怎樣聲兒?(末作鳩聲)(貼學鳩聲諢介[10])(末)此鳥性喜幽静,在河之洲。(貼)是了。不是昨日是前日,不是今年是去年,俺衙内關著個斑鳩兒,被小姐放去,一去去在何知州家。(末)胡説,這是興[11]。(貼)興個甚的那?(末)興者起也,起那下頭。窈窕淑女,是幽閒女子,有那等君子好好的來求他。(貼)爲甚好好的求他?(末)多嘴哩。(旦)師父,依註解書,學生自會。但把《詩經》大意,敷演一番[12]。

【掉角兒】　(末)論六經,《詩經》最葩[13],閨門内許多風雅。有指證,姜嫄產哇[14];不嫉妒,后妃賢達[15]。更有那詠雞鳴,傷燕羽,泣江皋,思漢廣[16],洗净鉛華[17]。有風有化[18],宜室宜家[19]。(旦)這經文偌多[20]?(末)"《詩》三百[21],一言以蔽之,"没多些,只"無邪"兩字,付與兒家。

　　書講了。春香,取文房四寶來模字[22]。(貼下取上)紙、墨、筆、硯在此。(末)這甚麼墨?(旦)丫頭錯拏了,這是螺子黛[23],畫眉的。(末)這甚麼筆?(旦作笑介)這便是畫眉細筆。(末)俺從不曾見。拏去,拏去!這是甚麼紙?(旦)薛濤箋[24]。(末)拏去,拏去。只拏那蔡倫造的來[25]。這是甚麼硯?是一個?是兩個?(旦)鴛鴦硯。(末)許多眼[26]?(旦)淚眼[27]。(末)哭甚麼子?一發換了來。(貼背介)好個標老兒[28]!待換去。(下換上)這可好?(末看介)著。(旦)學生自會臨書。春香還勞把筆[29]。(末)看你臨。(旦寫字介)(末看驚介)我從不曾見這樣好字。這甚麼格[30]?(旦)是衛夫人傳下美女簪花之格[31]。(貼)待俺寫個奴婢學夫人[32]。(旦)還早哩。(貼)先生,學生領出恭牌。(下)(旦)敢問師母尊年?(末)目下平頭六十。(旦)學生待繡對鞋兒上壽,請個樣兒。(末)生受了[33],依《孟子》上樣兒,做個不知足而爲屨罷了[34]。(旦)還不見春香來。(末)要唤他麼?(末叫三度介)(貼上)害淋的。(旦作惱介)劣丫頭那裏去?(貼笑介)溺尿去來。原來有座大花園,花明柳绿,好耍子哩。(末)哎也,不攻書,花園去。待俺取荊條來。(貼)荊條做甚麼?

【前腔】　女郎行[35],那裏應文科判衙[36]?止不過識字兒書塗嫩鴉[37]。(起介)(末)古人讀書,有囊螢的[38],趁月亮的[39]。(貼)待映月,耀蟾蜍眼花[40],待囊螢,把蟲蟻兒活支煞[41]。(末)懸梁刺股呢[42]?(貼)比似你懸了梁,損頭髮;刺了股,添疤痞[43]。有甚光華!(内叫賣花介)(貼)小姐,你聽一聲聲賣花,把讀書聲差[44]。(末)又引逗小姐哩。待俺當真打一下。(末作打介)(貼閃介)你待打,打這哇哇,桃李門牆[45],嶮把負荊人諕煞[46]。

　　(貼搶荊條投地介)(旦)死丫頭,唐突了師父[47],快跪下。(貼跪介)(旦)師父看他初犯,容學生責認一遭兒。

【前腔】 手不許把鞦韆索拏,脚不許把花園路踏。(貼)則瞧罷。(旦)還嘴,這招風嘴[48],把香頭來綽疤[49];招花眼[50],把繡鍼兒簽瞎[51]。(貼)瞎了中甚用?(旦)則要你守硯臺,跟書案,伴詩云,陪子曰,沒的爭差[52]。(貼)爭差些罷。(旦搯貼髮介[53])則問你幾絲兒頭髮,幾條背花[54]?敢也怕些些,夫人堂上那些家法。

(貼)再不敢了。(旦)可知道?(末)也罷,鬆這一遭兒。起來。(貼起介)

【尾聲】 (末)女弟子則爭個不求聞達[55],和男學生一般兒教法。你們工課完了,方可回衙。咱和公相陪話去。(合)怎辜負的這一弄明窗新絳紗[56]。(末下)

(貼作背後指末罵介)村老牛,癡老狗! 一些趣也不知。(旦作扯介)死丫頭,"一日爲師,終身爲父",他打不的你? 俺且問你:那花園在那裏?(貼做不説)(旦做笑問介)(貼指介)兀那不是[57]! (旦)可有什麼景致?(貼)景致麼! 有亭臺六七座,鞦韆一兩架。遠的流觴曲水[58],面着太湖山石。名花異草,委實華麗。(旦)原來有這等一個所在,且回衙去。

也曾飛絮謝家庭,欲化西園蝶未成。
無限春愁莫相問,綠陰終借暫時行。

【註釋】

[1] 設帳,意爲教書。漢馬融講學時,設絳紗帳,此後即常稱坐館教書爲"設帳"。
[2] 潛玩,意指暗中細細加以玩味。
[3] 關關雎鳩四句:見《詩經·周南·關雎》。
[4] 雲板,一種鐵製的敲打樂器,外形如雲狀,故名。官署用它來向後堂通報事情。
[5] 素妝,家常簡樸的打扮。遶池遊,原作遶地遊,據別本改。下齣同。
[6] 緩步,意爲輕盈徐緩而行。

[7] 昔氏賢文,指古代聖賢的文章。一説是書名,指一種编輯古代聖賢言論、教訓童蒙的啓蒙讀物。

[8] 萬福,古時婦女相見行禮請安,多口稱"萬福"。

[9] 盥(guàn 慣),净手。漱,盪口。櫛(zhì 質),梳頭髮。笄(jī 機),髮簪。這裏指安好髮簪。"雞初鳴,咸盥、漱、櫛、笄,問安於父母",成了封建時代婦女的生活守則。見《禮記·内則》。

[10] 諢(hùn 混),插科打諢。舊時戲曲演員在表演中即興添加詼諧逗趣、引人發笑的語言、動作。

[11] 興,是詩歌創作中常用的一種表現手法。朱熹《詩集傳》:"先言他物,以引起所詠之辭。"也就是假託某一事物,引起關聯性的觸發,導入正題。這種手法,多用於歌謡的開端。

[12] 敷演,即講解的意思。

[13] 六經,指《詩》、《書》、《禮》、《樂》、《易》、《春秋》六部儒家經典。其中《樂》現已不傳。葩(pā 趴),花。這裏有華麗和富於文采的意思。韓愈《進學解》:"《詩》正而葩",故有稱《詩經》爲《葩經》的。這句意思是,六經中以《詩經》最有文采。

[14] 有指證二句:傳説,姜嫄是有邰之女,黄帝曾孫帝嚳之妃。據《列女傳》説,她嘗行於野,履天帝大脚趾印,因而有孕,遂生后稷。《詩經·大雅·生民》寫了這個故事。哇,通"娃"。

[15] 不嫉妒二句:《詩經·周南》中的《樛木》和《螽斯》兩首詩,舊註以爲是寫后妃賢達、不妒忌的。

[16] 更有那四句:詠雞鳴,指《詩經·齊風·雞鳴》。傷燕羽,指《詩經·邶風·燕燕》。泣江皋,指《詩經·召南·江有汜》。思漢廣,指《詩經·周南·漢廣》。舊説這四篇詩都是寫女子美德的。

[17] 鉛華,鉛粉,女子的化妝用品。

[18] 有風有化,有關於風化。指有教育意義。

[19] 宜室宜家,語出《詩經·周南·桃夭》。意思是,女子在夫家調理得一家和順。室,夫妻的住房。家,整個家庭。

[20] 偌(ruò 若)多,這麽多。

[21] 《詩》三百,語本《論語·爲政》。《詩經》共有詩三百零五篇,概而言之

稱爲三百篇。

[22] 文房四寶,指紙、墨、筆、硯。模字,即臨帖。

[23] 螺子黛,即螺黛,女子畫眉用的顏料,其色青黑而帶綠。

[24] 薛濤箋,薛濤,唐末四川名妓,有才情,善詩,工小楷。曾自製紅色的彩箋自用,世稱爲薛濤箋。後人通稱的薛濤箋,即泛指女子用的漂亮的彩色信箋。

[25] 蔡倫,後漢和帝時人,傳稱是紙的發明者。《後漢書》有傳。

[26] 眼,廣東省高要縣端溪出產的端硯,帶有天然的斑點,稱爲眼;也有在硯側精工雕琢以資裝飾的,亦稱爲眼。數目多少不等,並有白、赤、黃等不同顏色。

[27] 淚眼,端硯上的眼,有活眼、淚眼、死眼之分,眼不甚清澈的叫淚眼。淚眼次於活眼,優於死眼。見棟亭本《硯箋》。

[28] 標老兒,即執拗的人。至今北方還流行"要標勁"的方言。

[29] 把筆,指初習字時,指導者在旁扶着執筆者的手練習運筆。

[30] 格,法式。

[31] 衛夫人,亦稱李夫人,名鑠,字茂漪。晉衛恆從女(一說衛瓘女,恆之妹),李矩妻。工書,師事鍾繇,擅隸書及正書。相傳王羲之、王獻之的書法,皆她所傳。美女簪花,形容書法娟秀。見《金石萃編·楊震碑跋》。

[32] 奴婢學夫人,學不像的意思。《古今書評》:"羊欣書如大家婢作夫人,不堪位置,舉止羞澀,終不似真。"

[33] 生受,難爲、有勞的意思。

[34] 不知足而爲屨,語出《孟子·告子》,這裏用來諷刺陳最良的迂腐和書獃子氣。

[35] 女郎行,猶言女兒家。行(háng 杭),有輩、家的意思。

[36] 應文科,即應科舉考試。判衙,指官員坐堂辦事。這句意思是,女孩兒家那裏會去應考做官、坐堂辦事呢?

[37] 書塗嫩鴉,即塗鴉,比喻書法拙劣或胡亂寫作,這裏指隨便寫幾個字兒。

[38] 囊螢,晉代車胤,家貧買不起燈油,夏日他盛螢火蟲於練囊之内,就其

光而讀書。事見《晉書·車胤傳》。

[39] 趁月亮,南齊江泌,家貧不能點燈,常在月下借月光讀書。見《南齊書·江泌傳》。

[40] 蟾蜍,指月亮。傳說月亮裏有蟾蜍,故古人常以蟾蜍代指月亮。

[41] 活支煞,活活地弄殺。

[42] 懸梁刺股,指蘇秦、孫敬刻苦讀書的故事。《國策·秦策一》:"(蘇秦)讀書欲睡,引錐自刺其股。"《楚國先賢傳》:"孫敬,字文寶,常閉户讀書,睡則以繩繫頸,懸之梁上。"故後人以"懸梁刺股"來形容刻苦自學。

[43] 疤(nà 納),傷疤。

[44] 差,同"岔",打攪。

[45] 桃李門牆,指賢德之士任教的地方。門牆,指師門,語出《論語·子張》。

[46] 嶮,同"險"。負荆人,請罪的人,語出《史記·廉頗藺相如列傳》。這裏指犯了過錯的人。諕(hǔ 虎)煞,嚇殺。

[47] 唐突,冒犯、衝撞的意思。

[48] 招風嘴,招惹是非的嘴。

[49] 綽(chuò 啜),通"戳"。

[50] 招花眼,招惹是非的眼睛。這裏有愛瞧熱鬧的意思。

[51] 簽,刺。

[52] 爭差,差錯。

[53] 撏(xún 尋),扯的意思。

[54] 背花,背上挨打後留下的傷痕。

[55] 不求聞達,語出諸葛亮《出師表》,意謂不想名譽著聞,職位顯達。這裏指不要爲官作宰,在外揚名。

[56] 一弄,一派。

[57] 兀那,指示詞,猶云那,但語氣要强調一些。

[58] 流觴曲水,古人於三月三日上巳節修禊聚會,與會者在上游列於曲水之旁,投下盛有酒的盃子(觴)於水上,任其循流而下,止則取而飲之,稱爲流觴曲水之飲。王羲之《蘭亭集序》描寫一次修禊事云:"清流激湍,映帶左右,引以爲流觴曲水。"此即指環曲的小渠。

驚　夢

【解題】《驚夢》由〔遶池遊〕和〔山坡羊〕兩套組成,這裏只選了〔遶池遊〕一套。

在春香的鼓舞下,杜麗娘違背父母、塾師的訓戒,走出深閨,看到了一個美麗的新天地。她痛惜自己的青春埋没在小庭院中,而引起了她的自我覺醒。這裏有對禮教的不滿,有對自然和青春的熱愛,有對春色的驚嘆和對命運的感傷。從這幾支曲子裏,可以看到封建社會婦女内心的痛苦和對自由的嚮往。

【遶池遊】　(旦上)夢回鶯囀,亂煞年光遍[1]。人立小庭深院。(貼)炷盡沉煙[2],抛殘繡線,恁今春關情似去年[3]?

【烏夜啼】　(旦)曉來望斷梅關[4],宿妝殘。(貼)你側着宜春髻子[5],恰憑闌。(旦)翦不斷,理還亂[6],悶無端。(貼)已分付催花鶯燕借春看。(旦)春香,可曾叫人掃除花徑?(貼)分付了。(旦)取鏡臺衣服來。(貼取鏡臺衣服上)"雲髻罷梳還對鏡,羅衣欲換更添香[7]。"鏡臺衣服在此。

【步步嬌】　(旦)裊晴絲[8],吹來閒庭院,摇漾春如線。停半餉,整花鈿[9]。没揣菱花[10],偷人半面,迤逗的彩雲偏[11]。(行介)步香閨怎便把全身現!

(貼)今日穿插的好。

【醉扶歸】　(旦)你道翠生生出落的裙衫兒茜[12],艷晶晶花簪八寶填[13],可知我常一生兒愛好是天然[14]。恰三春好處無人見[15]。不隄防沉魚落雁鳥驚諠[16],則怕的羞花閉月花愁顫[17]。

(貼)早茶時了,請行。(行介)你看:畫廊金粉半零星,池館蒼苔一片青。踏草怕泥新繡襪[18],惜花疼煞小金鈴[19]。(旦)不到園林,怎知春色如許?

【皂羅袍】　原來姹紫嫣紅開遍[20]，似這般都付與斷井頹垣。良辰美景奈何天，賞心樂事誰家院[21]！恁般景致，我老爺和奶奶，再不提起。(合)朝飛暮捲[22]，雲霞翠軒；雨絲風片，煙波畫船[23]。錦屏人忒看的這韶光賤[24]！

(貼)是花都放了，那牡丹還早。

【好姐姐】　(旦)徧青山啼紅了杜鵑[25]，荼蘼外煙絲醉軟[26]。春香呵，牡丹雖好，他春歸怎占的先[27]！(貼)成對兒鶯燕呵！(合)閒凝眄，生生燕語明如翦[28]，嚦嚦鶯歌溜的圓。

(旦)去罷。(貼)這園子委是觀之不足也。(旦)提他怎的！(行介)

【隔尾】　觀之不足由他繾[29]，便賞徧了十二亭臺是枉然[30]。到不如興盡回家閒過遣。

(作到介)(貼)開我西閣門，展我東閣牀。瓶插映山紫[31]，鑪添沉水香[32]。小姐，你歇息片時，俺瞧老夫人去也。(下)

徐朔方、楊笑梅校注《牡丹亭》

【註釋】

[1] 亂煞年光遍，意謂使人眼花繚亂的春光到處都是。

[2] 炷(zhù 柱)，蒸燒。沉煙，沉香燃燒的煙，這裏借指沉香。沉香是名貴的香料。

[3] 恁(rèn 任)，恁麼的省文，即為什麼。似，比擬之詞，有深似的意思。這句意思是，為什麼今年的春情，比去年來得濃呢？

[4] 梅關，在大庾嶺上，宋代蔡挺置。這裏是虛指。

[5] 宜春髻子，飾有宜春綵燕的髮髻。古代婦女於立春日，剪綵為燕形，貼宜春字戴之。見《荊楚歲時記》。

[6] 翦不斷，理還亂，李煜詞《烏夜啼》中的句子，這裏譬喻杜麗娘無法擺脫由於長期禁錮而產生的苦悶。

348

［7］雲髻二句，引自薛逢《宫詞》，見《全唐詩》卷五百四十八。

［8］晴絲，在春天晴朗的日子飄盪在空中的遊絲。

［9］花鈿，泛指婦女戴的、嵌有金花珠寶的首飾。

［10］没揣，不料。菱花，鏡子。

［11］迤（yǐ乙）逗，牽引，引惹。彩雲，指式樣美好的鬟髻。

［12］翠生生，色彩艷麗、鮮明。出落的，顯得。茜（qiàn欠），同“蒨”，鮮明。

［13］艷晶晶，極言光彩絢麗燦爛。花簪，用珍寶嵌飾成的簪子。八寶，泛指各種珍寶。填，嵌飾。這句意思是，戴着嵌有各種珍寶的、光彩燦爛的簪子。

［14］愛好，愛美。

［15］三春好處，譬喻自己的美麗。

［16］沉魚落雁，形容女子的美麗。莊子《齊物論》：“毛嬙、麗姬，人之所美者，魚見之深入，鳥見之高飛。”諠（xuān宣），同“喧”，聲音嘩噪。

［17］羞花閉月，形容女子的美麗。李白《西施》：“秀色掩今古，荷花羞玉顏。”曹植《洛神賦》：“髣髴兮若輕雲之蔽月。”蔽月，即閉月。顫，抖動。

［18］泥，沾污。

［19］惜花句：《開元天寶遺事》記：“天寶初，寧王……於後園中刼紅絲爲繩，密綴金鈴，繫於花梢之上。每有鳥鵲翔集，則令園吏掣鈴索以驚之。蓋惜花之故也。”疼煞，言爲惜花驅鵲而勤於掣鈴，致小金鈴被拉得疼煞。

［20］姹紫嫣紅，形容花的鮮艷、美麗。此句描寫百花盛開之狀。

［21］誰家，哪一家。此句與上句同出自謝靈運《擬魏太子鄴中集詩序》：“天下良辰美景、賞心樂事，四者難併。”

［22］朝飛暮捲，是王勃《滕王閣詩》“畫棟朝飛南浦雲，珠簾暮捲西山雨”的省文。

［23］煙波，水氣瀰漫的情狀。

［24］錦屏人，泛指幽居深閨、不能領略自然美景的人。忒（tè特），太的同義詞，過於的意思。韶光，即春光。

［25］嘔紅了杜鵑，到處開遍了艷麗的花。寇準詩：“杜鵑啼處血成花。”或以爲指開遍了杜鵑花，語亦可通。

[26] 荼蘼,花名,屬薔薇科。羽狀複葉,新枝及葉柄有刺,夏日開花,白色,
重瓣。這裏指荼蘼架。煙絲,即遊絲。

[27] 牡丹雖好二句:皮日休咏牡丹詩有"獨占人間第一春"句。牡丹當春盡
纔開花,故有此反問。整句意爲,牡丹雖美,但它開花太遲了,怎能占
春花中第一呢?這裏寓有杜麗娘對美麗的青春被耽誤了的幽怨和
傷感。

[28] 生生燕語明如翦,形容燕語明快如剪。

[29] 繾(qiǎn 遣),留戀不舍。

[30] 十二,虛指,猶言所有。

[31] 映山紫,映山紅的一種。

[32] 沉水香,沉香的別稱。

李 玉 傳 奇

李玉,字玄玉,號蘇門嘯侶,又號一笠庵主人,吳縣(今江蘇省蘇州市)人。約生於公元一五九〇年(明神宗萬曆十八年),卒於公元一六七〇年(清聖祖康熙九年)。崇禎間舉人。吳偉業稱:"其才足以上下千載,其學足以囊括藝林,而連厄於有司。"明亡後絕意仕進,專心編寫傳奇,計共編寫劇本四十餘種,傳世者約二十種,總稱《一笠庵傳奇》。其最知名者爲《清忠譜》和"一(《一捧雪》)、人(《人獸關》)、永(《永團圓》)、占(《占花魁》)"。此外還著有《北詞廣正譜》。

清 忠 譜

作品取材於明熹宗時在蘇州爆發的一場政治鬥爭。明末政治異常黑暗,以魏忠賢閹黨爲代表的大官僚地主集團,在對人民進行暴力鎮壓和殘酷剥削的同時,也加強了對中小地主、工商業主及其利益的代表東林黨人的壓迫,從而激起人民的強烈反抗,統治階級内部矛盾也日益尖銳。這部傳奇,以東林黨人周順昌和蘇州人民反抗魏忠賢黑暗統治的歷史事件爲内容,在一定程度上揭露了反動統治階級專橫殘暴、禍國殃民的罪惡,歌頌了東林黨人反抗特務政治的鬥爭,同時也熱情地贊美了以顏佩韋爲首的人民羣衆不怕犧牲、支持和援救東林黨人的正義行動,有鮮明的時代特點。但是,由於作者未能擺脱時代與階級的局限,作品中不免夾有大量對封建倫理道德的宣揚。在藝術處理上有一些值得肯定的創造,如大膽描寫氣氛熾烈的羣衆鬥爭和羣衆合唱的場面,爲以前的傳奇劇作所罕見。參與編寫的劇作家除李玉外,尚有畢魏、葉時章和朱確。

駡　像

【解題】　這是《清忠譜》的第六齣,寫魏忠賢將從人民身上剝削來的金錢,爲自己建造"生祠"的罪惡行爲,表現了周順昌不畏強暴、嫉惡如仇的鬥爭精神。周順昌的唱辭,寫得激昂慷慨,錚錚有聲。

(末黲髩、羅帽、員領上)威勢炎炎天地昏,人人孝敬效兒孫。未識祠堂崇奉後,更將何事報親恩。自家堂長陸萬齡的便是[1],蒙本衙門老爺[2],與毛軍門老爺[3],委造魏千歲祠堂[4],已經完工。今日各位老爺親往虎丘,迎接新塑的神像入祠。我這裏掛紅結綵,上膳進香,各項俱已完備,特特在此伺候。若説起祠堂的好處,真個世間少有,天上無雙。金銀錢鈔,輸將萬萬,一似塵土泥沙;木石磚灰,堆積千千,恰像峯巒山谷。日則鳴鑼,鑼響處,千工動手,一個個鬼運神輪;夜則敲梆,梆打時,萬椿齊下,一聲聲天搖地動。做匠的如狼如虎,好似羅刹臨空[5];督工的喝雨呼風,賽過似哪吒降世。觀看的閉口無言,還怕死臨頭上;過路的低頭疾走,尚愁禍到當身。費盡了百萬錢糧,纔得個一朝齊整。雕龍插漢,縷鳳飛雲。畫棟流霞,碧甍耀日[6]。城牆堅固,賽過石頭城[7]、紫禁城,萬年基業;殿宇巍峩,一似皇極殿[8]、凌霄殿[9],千丈輝煌。頭門上,高題着:三朝捧日[10],一柱擎天;兩坊中,明寫的:力保封疆,功留社稷。威儀雄壯,渾似五鳳樓前[11],行走的誰不欽欽敬敬;氣象尊嚴,出入的如在建章宮裏[12],那敢嚷嚷喧喧! 少頃的沉香像迎入祠堂,隊隊行行,盡擁着一人有慶;今日裏普惠祠均瞻聖貌,挨挨擠擠,堪比着萬國來朝。真是千載齊心來仰聖,百官何必去朝天。道猶未已,你聽鼓樂聲喧,想是神像迎將來了,不免進去整備登座則個[13]。正是: 平日但知天子貴,今朝纔識廠公尊[14]。(下)(外、小生、旦、貼扮執事、吹手,丑扮小監,付紗帽紅員領,老旦監帽蟒服前行。三雜擡轎、擡魏像盤龍、監帽、蟒玉,一雜撑黃傘行上)

【正宮過曲】【玉芙蓉】(合)勳名貫斗杓,功業凌蒼昊[15]。洵千秋間氣[16],天挺人豪[17]。今朝德望踰周、召[18],他日經綸翊舜、堯[19]。神容肖,勝龍姿鳳表。遍街衢[20],萬人瞻仰擁如潮。(作到介)

（末暗上，扶像上座介）（付）廠爺登殿，禮應加冠。（老）有御賜的七曲纓冠在此，進上千歲爺。（丑遞冠與老介）（老捧冠同付跪介）（老高聲介）奉旨進上千歲爺七曲纓冠！（丑立櫈上，除像監帽，作戴冠不上介）（丑）頭大冠小戴不得。（老、付立起介）喚陸萬齡！怎麼爺的頭塑大了？（末跪介）遵爺鈞旨，頭塑九寸九，這是宮中賜來冠小了，與小的何干？（付）如今怎麼處？（老）這冠兒是上位賜的[21]，又不好動他。（末）不難。塑像的在此，分付他將爺的頭兒，收一收便了。（老）有理。（末向淨介）你把爺的頭兒，收這一分兒。（淨）曉得。（作上櫈取像頭，安膝上鏟小介）（付、老跪介）（老哭介）咱的爺爺阿，頭疼阿，了不得！了不得！（淨作鏟小加冠介）（付）好得緊，好得緊！（老）如今儼然是一位太廟中神像了[22]。（末）請爺上香進爵。（付）如今我們都行五拜三叩頭的禮了。（老）不消，不消，別的要行這大禮，如今咱們兩個都是爺的親生骨肉一般，不須行這大禮，也不用禮生虛文，竟自多磕幾個頭兒就是了。（付）有理。（雜眾奏樂介，老、付進香、進酒介）（磕頭跪介）

【前腔】　（合）金樽玉液澆，寶鼎沉煙裊。着食前方丈，山海珍瑤。筵前禱祝祈三島[23]，雲際嵩呼徹九霄[24]。（老、付又叩頭介）（合）兒純孝，舞斑衣拜禱[25]。望親恩，天聰昭鑒孝思遙。（作拜獻完介）

（末）請二位老爺偏殿進宴。（老）爺賜咱們的宴麼？（末）正是。（老）毛哥，咱們去喫爺的賜宴，再來上午膳罷。（付）有理。（老）歌樂奏來三殿合。（付）酒盃連進萬年歡。（老）分付孩子們，用心看守外邊柵門，不許閑人闖入！千歲見了，要惱哩。（外）曉得。（共下）（生方巾、白衣上）

【北正宮】【端正好】　首陽巔，常山嶠[26]，蔿生來正氣昭昭。俺只是冷清清堅守着冰霜操，要砥柱狂瀾倒。俺周順昌[27]，孤介性成，忠貞夙秉。血淋淋一點赤心，衹是忠君爲國。鐵錚錚千尋勁節，不肯貪位求榮。如今閹賊專權，羣奸附勢，俺自削籍家居[28]，恨不奮身殺賊。近來趨承諂附之輩，各處徧造逆祠，吾郡亦創祠於半塘。那些黨羽，輸金恐後。昨有傳帖到來，説今日塑像入祠，公往叩賀。俺一時怒髮衝冠，毀帖大罵。如今不免步到半塘，看他們恁般樣光景[29]？（行介）

【滾繡毬】　恨奸邪，善類誅，逞兇圖，國祚搖[30]。數不盡拜門牆，一羣狼豹,驀忽地[31],聳生祠虎阜東郊。那一個貢沉香塑着頭,那一個獻玉帶束着腰,那一個進珍珠纓冠光耀,那一個奉金爐降速香燒[32]。紛紛的輸金餽餉晨昏納,擠擠的稽首投誠早晚朝,總是兒曹[33]。來此已是半塘了。果然是地侵阡陌,祠插雲霄,直恁奢侈僭擬也[34]!

【叨叨令】 見參差樓兒和殿兒,直恁的巍巍峩峩的造。看多少門兒和柵兒,直個是重重疊疊的奧[35]。遙望着燈兒和炬兒,閃的人輝輝煌煌的耀。猛望着身兒和首兒,活現出猙猙獰獰的貌。(指介)咦,兀的不恨殺人也麼哥,兀的不恨殺人也麼哥!(外、小生扮家丁持紅棍趕上)什麼人在這裏窺探?(生)又只見牙兒和爪兒,向咱行喧喧磕磕的鬧。(外、小生見生立住介)

　　(老、付、末同丑衆上)千年桃進呈仙品,三祝聲傳效華封[36]。(老)此時該上午膳了。(付)承應的樂人梨園,隊舞撮弄的,都齊備在這裏麼?(末)都伺候久了。(老、付望介)什麼人在外邊窺望?孩子們快些打阿!(二雜低稟介)是吏部周老爺。(老)什麼周老爺?(付)一定是周順昌了。(生直入介)老公祖奉揖了!(與付揖介)(老)先拜了廠爺,然後作揖。(生)要俺周順昌拜麼?(冷笑介)

【脫布衫】 (生)俺生平勁節清操,怎肯向貂璫屈膝低腰[37]!(老)叩拜的也頗多,你怎地獨自崛強[38]?(生)一任那吠村莊趨承權要[39],俺只是守孤忠,心存廊廟[40]。

　　(付)廠公功德巍巍,也是合當欽敬的。(生怒介)咳!那魏忠賢麼?

【小梁州】 (生)他逞着産、祿兇殘勝趙高[41],比璜、瑗倍肆貪饕[42]。(老怒介)嘎,這等放肆!(生)他待學守澄、全誨恣咆哮[43],兇謀狡,件件犯科條[44]。

　　(老)廠爺有什麼不好處來?(生)他的罪案多得緊哩!

【幺篇】 (換頭)[45](生)他誅夷妃后[46],把皇儲勦[47]。殺忠良,擅

· 354 ·

置宫操[48]。結乾兒,通奸媪[49],兀亂把公侯冒濫。他待要神器一身叨[50]。

(老)哇哇,一派多是胡言!(付)想多飲了幾盃酒兒,敢是醉了麼?(生)俺幾曾醉來!

【中吕】【快活三】(生)俺待學陽球伏闕號,效張鈞請劍梟[51]。恨不把奸皮冒鼓任人敲[52],倩禰衡撾出漁陽調[53]。

(老怒介)孩子們,把棍兒亂打這廝!(衆應介)(生)誰敢!誰敢!(付勸介)不要動手。且慢且慢!(向生介)老先生請回罷,不要招災惹禍了。(生大笑介)

【朝天子】(生)任奸祠鬱岧[54],任奸容鵟鷲[55]。枉費了萬民脂、千官鈔。羞題着一柱擎天,封疆力保。少不得倒冰山,陽光照,逆像煙銷,奸祠火燎,舊郊原兀自的生荒草[56]。怪豺狼滿朝,恨鴟鴞滿巢[57],只貽着臭名兒千秋笑。(作拂衣下)

(老)可惱,可惱!今日是神像進祠吉日,撞着這狗弟子孩兒[58],鬧薅這一場[59]。咱家方纔叫孩子們毒打這廝一頓,又被毛哥勸止,胸中惱不過,怎麼處?(付)凡事不可性急,方纔就打他一頓,也幹不得正經。如今連夜寫成一疏[60],送到廠爺處,差着校尉拿他上去[61],了他的性命便了。(老)就把辱駡神像爲題麼?(付)不中用。他前日與魏大中結姻[62],我已具一密揭,報知廠爺了。如今就在周起元背違明旨[63],擲減袍價疏内,説與東林周順昌等,干請説事,婪贓部分,一網打盡便了。(老)有理,有理。就寫,就寫。多謝毛哥指教!(付)俺們事關一體,自該同心合膽,畫出惡策的。何須謝得!(老)周順昌,周順昌,我此本一上,教你渾身是口不能言,偏體排牙説不得了!陸萬齡過來!咱老爺心上惱,也等不得上膳了,你們掩了神廚,好好在此看守。咱老爺和毛老爺,明日來候千歲爺的安罷。(末)曉得。(付)外厢去上轎了。(老)自然。(付)恨小非君子,無毒不丈夫。(老)縱使人如鐵,難當法似爐。(俱下)

【註釋】

[1]堂長,祠堂主管。陸萬齡,明熹宗時監生,諂附魏忠賢,以魏比孔子,倡議爲魏建立生祠。

[2]本衙門老爺,指掌蘇州織造太監李實,《明史》之《周順昌傳》、《魏忠賢傳》均曾提及。劇中説他是魏的乾兒子,未見史書。

[3]毛軍門老爺,即毛一鷺。熹宗時應天巡撫,於蘇州虎丘建魏忠賢生祠。

[4]魏千歲,即魏忠賢,當時稱爲九千歲。

[5]羅刹,梵語稱惡鬼爲羅刹。慧琳:《一切經音義》云:"羅刹,此云惡鬼也,食人血肉,或飛空或地行,捷疾可畏也。"這裏是對勞動人民的誣蔑。

[6]雕龍插漢四句:都是形容祠堂的巍峨和華麗。

[7]石頭城,故址今江蘇省南京市清涼山,三國時孫權所建。

[8]皇極殿,在北京故宫寧壽門内。

[9]凌霄殿,相傳爲玉皇所居。

[10]三朝捧日,言魏忠賢歷事神宗、光宗、熹宗三朝。

[11]渾似,就好像。五鳳樓,見《名義考》:"梁太祖建五鳳樓,去地百丈,高入天空,有五鳳翹翼。"

[12]建章宫,漢武帝太初元年建。

[13]則個,表示動作進行時的語助詞,戲曲中常用,作用與"者"類似。巾箱本《琵琶記》十:"待奴家着些道理,勸解則個。"

[14]廠公,與後文中的"廠爺",都是魏忠賢的代稱,因爲當時他掌管特務機關東廠。

[15]勳名二句:斗杓、蒼昊,都是稱頌魏忠賢的"功德"的諛詞。斗杓,北斗七星中的五、六、七三星的總稱。蒼昊,即蒼天。

[16]洵千秋間(jiàn 見)氣,意爲確實是千古傑出的人物。間氣,舊時認爲英雄豪傑稟天地間殊絶之氣,間世而出,故曰間氣。

[17]天挺人豪,天生爲人中之傑。

[18]德望踰周、召,道德、聲望更勝似周成王時的賢臣周公旦、召公奭。

[19]經綸翊舜、堯,意謂在政治上輔助着"聖明"的皇帝。經綸,即政治規

畫。翊,輔助。

[20] 衢,四達之路。

[21] 上位,天子。

[22] 太廟,天子的祖廟。

[23] 三島,道家以蓬萊、方丈、瀛洲爲神仙所住之處,總稱三島。祈三島,是
祝他長生不老的意思。

[24] 嵩呼,封建時代在皇帝前高呼"萬歲、萬歲、萬萬歲",稱爲嵩呼。《漢
書·武帝紀》:"翌日親登嵩高,御史乘屬在廟旁,吏卒咸聞呼萬歲者
三。"即此稱之由來。

[25] 舞斑衣,春秋楚人老萊子,年七十常著五色斑衣,作嬰兒戲,以娛其親。

[26] 首陽巘二句:首陽巘,指商末伯夷、叔齊恥食周粟,餓死首陽山之事。
常山嶠,指唐常山太守顏杲卿罵安祿山而死之事。這裏都是周順昌自
況之詞。

[27] 周順昌,江蘇省吳縣人,官至吏部文選司員外郎,乞假歸。以忤魏忠
賢,爲閹黨所誣陷,死獄中。

[28] 削籍,削去官籍,即解職。

[29] 恁般樣,甚麼樣的意思。

[30] 國祚,國家的根本命脈。

[31] 驀忽地,突然。

[32] 降速香,又稱降香、降真香,香木名。

[33] 兒曹,兒輩。

[34] 僭擬,冒用上級的名義、禮義或器物,超越了本身的名位。

[35] 奧,深邃之意。

[36] 三祝聲傳效華封,華封人祝堯曰:"使聖人壽,使聖人富,使聖人多男
子。"見《莊子·天地》。華,地名。封人,守封疆的官吏。

[37] 貂璫,貂、璫本是冠上的兩種裝飾物,漢光武以後用爲宦官的冠飾,後
即用爲宦官的代稱。這裏借指魏忠賢。

[38] 怎地,怎麼。

[39] 吠村莊,指宋趙師睪(yì 亦)。光宗時,趙官至司農卿知臨安府,諂事韓
侂胄。侂胄過山莊,謂師睪曰:"此真田舍間氣象,但少雞鳴犬吠耳。"

俄聞犬吠叢樹間，視之，乃師舞也。侂胄大笑。

[40] 廊廟，朝廷的代稱。心存廊廟，即忠於朝廷，忠於天子。

[41] 産、禄，指漢初呂后的兄弟呂産、呂禄。《漢書·高后紀》："將軍禄，相國産，顓兵秉政。"

[42] 璜、瑗，即徐璜、具瑗，都是漢桓帝時中常侍。權橫一時，被稱爲"徐臥虎"、"具獨坐"。

[43] 守澄、全誨，就是王守澄、韓全誨，都是唐代的宦官。

[44] 科條，即法令。《國策》："科條既備。"

[45] 換頭，填詞過拍後另起，謂之"換頭"。

[46] 誅夷妃后，殺害后妃。《明史·魏忠賢傳》："矯詔賜光宗選侍趙氏死。裕妃張氏有娠，客氏譖殺之。"

[47] 把皇儲勦，皇儲即太子，同上書引："皇后張氏娠，客氏以計墮其胎，帝由是乏嗣。"

[48] 宮操，同上書引："忠賢乃勸帝選武閹鍊火器爲内操。"後"增置内操萬人，衷甲出入，恣爲威虐"。

[49] 奸媪，指明熹宗的乳母客氏。其人被封爲奉聖夫人，與魏忠賢私通，魏以此權勢更盛。毅宗立，客氏被誅。

[50] 神器一身叨，一身佔有皇位。

[51] 俺待二句：陽球，官至司隸校尉，因奏收王甫、曹節等奸宦，爲曹節等所害。張鈞，官至郎中，因請誅專權的張讓，爲張讓陷死獄中。事均見《後漢書》本傳。

[52] 把奸皮冒鼓，意謂把奸賊的皮剥下來蒙鼓。冒，蒙。

[53] 倩禰(nǐ 你)衡撾出漁陽調，曹操召名士禰衡，令其擊鼓以娱賓客。禰衡當衆擊漁陽三撾，痛罵曹操。見《後漢書·禰衡傳》。撾，擊。

[54] 鬱(yù 郁)岧(tiáo 條)，鬱是聚積在一起的意思，岧是山高的樣子。這是形容祠宇的巍峨。

[55] 鴛鷔，同"桀鷔"，驕橫不馴之狀。鷔字當作桀，特立的意思。

[56] 兀自，還自或猶自的意思。

[57] 鴟鴞，貓頭鷹的另一名稱，舊時以爲惡鳥。此處所謂豺狼、鴟鴞，都是比喻魏黨爪牙。

[58] 弟子孩兒,曲文中常見的罵人的話。元時稱妓女爲弟子,妓女的子女
　　　爲弟子孩兒。狗弟子孩兒,更是雙重的謾罵。

[59] 鬧嚷(hāo 蒿),攪亂。

[60] 疏,呈給皇帝的奏章。

[61] 校尉,這裏指明代的錦衣衛軍人,專事緝捕工作。

[62] 魏大中,與周順昌同時的東林黨人,官至吏科都給事中,疏劾魏忠賢,
　　　爲忠賢所陷,死獄中。

[63] 周起元,官至右僉都御史應天巡撫,忤魏忠賢,爲李實特疏所陷,死
　　　獄中。

鬧　　詔

　　　【解題】 這是《清忠譜》第十一齣,內容描寫蘇州市民羣衆反對魏
閹集團緝拿周順昌,因而與差官衙役發生衝突的場面。其中雖包含着
對統治階級的幻想,但卻突出地表現了顏佩韋等下層人民痛打毛一鷺
和京官的英勇行爲,反映了人民羣衆對明代腐敗政治的痛恨。

　　　(貼青衣、小帽上)苦差合縣有,惟我獨充當。自家吳縣青帶便是[1]。北
京校尉來捉周鄉宦,該應吳縣承值。校尉坐在西察院,本縣老爺要撥
人去聽差,這些大阿哥,都叮囑了書房裏,不開名字進去。竟拿我新着
役、苦惱子公人[2],點去承值,關在西察院內。那些校尉動不動叫差
人,叫差人要長要短,偶然遲了,輕則靴尖亂踢,重則皮鞭亂打。一個
錢也沒處去賺,倒受了無數的打罵! 方才攮了一肚子燒酒[3],如今在
裏邊吆吆喝喝,又走出來了。不免躲在廂房,聽他說些什麼。(暗下)
(付扮差官,丑、小生扮二校喝上)

【梨花兒】　(付)駕上差來天也塌。推托窮官沒錢刮,惱得咱家心
性發,喋! 拿到京中活打殺。李老爺呢?

　　　(小生)李老爺睡在那裏。(付)快請出來。(校向內介)張老爺請李老爺。(淨
內應介)來了! (淨扮差官上)

【前腔】　(淨)久慣拿人手段滑,這番差使差了瞎[4]。自家乾兒不

設法,嗏! 一把松香便決撒[5]。

(付)李老爺,噲們奉了駕帖,差千差萬,到處拿人,不知賺了多少銀子。如今差到蘇州,又拿一個吏部[6]。自古道:上說天堂,下說蘇杭。豈不曉得蘇州是個富饒的所在,況且吏部是個美官,值不得拿萬把銀子,送與噲們? 開口說是個窮官,一個錢也沒有,你道惱也不惱? 難道噲們三千七百里路來到這裏,白白回去了不成?(淨)可笑那毛一鷺,做了噲家的官兒,噲們到來,他也該竭力設法,怎麼丟噲們住在冷屋裏邊,自己來也不來。哥阿! 若是周順昌弄不出,噲們一定要倒毛一鷺的包哩!(付)李老爺說的是! 差人那裏?(連叫介)(丑)差人! 差人!(貼走出,跪介)老爺有何分付?(付)差你在這裏伺候,臉面子也不見,不知躲在那裏?(淨)連連叫喚,纔走出來,要你這裏做什麼!(付)李老爺不要與他說,只是打便了。(淨)拿皮鞭來!(貼磕頭介)小的在這裏伺候,求老爺饒打。(付)你快去與毛一鷺說: 俺老爺們,奉了皇爺的聖旨、廠爺的鈞旨,到此拿人,你做那一家的官兒,不值得在犯官身上弄萬把銀子送俺們! 若有銀子,快快擡來,若沒有銀子,噲們也不要周順昌了。噲們自上去,教他自己送周順昌到京便了。快去說! 就來回覆。(貼)小的是個縣差,怎敢去見都老爺[7]? 怎敢把許多言語去稟?(淨、付大怒介)嗻! 你這狗頭,不走麼?(貼拜介)小的委實不敢說。(付)要你這狗頭何用?(將皮鞭亂打介)(淨亂踢介)(貼在地亂滾,叫痛哀求介)(付)這樣狗攘的,不中用。(貼爬下)(付向丑介)你照方纔的言語,快去與毛一鷺說! 俺們立等回話。(內眾聲喧喊介)(丑望介)呀! 門外人山人海,想是來看鬧讀的。這般挨擠,如何走得?(付又與小生說介)你把皮鞭打開了路,送他出去便了。(向淨介)噲家到裏邊喝盃涼酒。少不得毛一鷺定然自來回覆。(淨)有理。(付)只等飛廉傳信去[8],(淨)管教貫索就擒來[9]。(同下)(小生)咄! 百姓們閃開,閃開! 噲家奉旨來拿犯官,什麼好看! 什麼好看!(丑)閃開,閃開! 讓噲走路!(將皮鞭亂打下)(旦、貼扮二皂唱上。外黑三髯、冠帶,扮寇太守上)

【西地錦】 (外)民憤雷呼轅下,淚飛血灑塵沙。(內眾亂喊介)周吏部第一清廉鄉官,地方仰賴,衆百姓專候太老爺做主,鼎言救援哩[10]!(大哭介)(末短鬚髯、冠帶、扮陳知縣急上）（向內搖手介）衆百姓休得啼哭，休得啼哭！上司自有公平話。且從容，莫用喧譁。

（內衆又喊介）陳老爺是周鄉宦第一門生，益發坐視不得的呢！爺爺嗄！（又哭介）（末見外介）老大人，衆百姓執香號泣者，塞巷填街，哀聲震地，這卻怎麼處？（外）足見周老先生平日深得人心，所以致此。貴縣且去分付士民中一二老成的上前講話。（末）是！（向內介）衆百姓聽着！寇太爺分付：士民中老成的，止喚一二人上前講話。（小生、老旦扮生員上）（作倉惶狀介）（小生）生、生、生員王節。（老旦）生、生員劉羽儀。（小生、老旦）老、老、老公祖，老、老、老父母在上。周、周、周銓部居官侃侃[11]，居鄉表表。如此品行，卓然千古。驀罹奇寃[12]，實實萬姓怨恫[13]。老公祖，老父母，在地方親炙高風[14]，若無一言主持公道，何以安慰民心？（淨急上跪介）青天爺爺阿！周鄉宦若果得罪朝廷，小的們情願入京代死。（丑喊上）不是這樣講，不是這樣講！讓我來說。青天爺爺阿！今日若是真正聖旨來拿周鄉宦，就寃枉了周鄉宦，小的們也不敢說了。今日是魏太監假傳聖旨，殺害忠良，衆百姓其實不服。就殺盡了滿城百姓，再不放周鄉宦去的！（大哭介）（內齊聲號哭介）（外）衆百姓聽着！這樁事，非府縣所能主張。少刻都老爺到了，你百姓齊聲叩求，本府與吳縣自然極力周旋。（內齊聲應介）太爺是真正青天了。（內敲鑼、喝道聲介）（淨、丑）都老爺來了！列位，大家上前號哭去！（喊介）（小生、老旦）全賴老公祖、老父母鼎力挽回[15]。（外、末）自然，自然！（小生、老下）（外、末在場角伺候，打恭迎接介）（內喊介）（付鬚髯、冠帶，扮毛撫臺，歪戴紗帽，脫帶撤袍，衆百姓亂擁上）（衆喊介）求憲天爺爺做主[16]，出疏保留周鄉宦呢！（外、末喝退衆下介）（付作大怒，亂喘亂喘大叫介）反了，反了！有這等事！皇上拿人，百姓抗拒，地方大變了，大變了！罷了，罷了！做官不成了！（外、末跪介）老大人請息怒。周宦深得民心，也是平日正氣所感。或者有一線可生之路，還望老大人挽回。（付大怒介）咳！逆黨聚衆，抗提欽犯[17]，叛逆顯然了，有什麽挽回？有什麽挽回？（作怒狀，冷笑介）

【風入松】呼羣鼓噪鬧官衙，聖旨公然不怕。你府縣有地方干係，可曉得官旗是那一家差來的[18]？天家緹騎魂驚諕[19]，（作手勢介）若抗拒，一齊搯咤[20]。（外、末拱介）是！（付低説介）且住了！逆了朝廷，還好繾綣。今日逆了廠公，（皺眉介）咦！比着抗聖旨，題目倍加。頭顱上，怎好戴烏紗！

（内衆又亂喊介）憲天爺爺，若不題疏力救周鄉宦，衆百姓情願一個個死在憲天臺下。（外、末又跪介）老大人，卑職不敢多言，民情洶洶如此，還求老大人一言撫慰纔是。（付）撫慰些什麼來？撫慰些什麼來？拿幾個進來打罷了！（外、末又跪介）老大人息怒。衆百姓呵，

【前腔】 （外、末）哭聲震地慘嗟呀！卑職呵！不敢施威喝打。倘一言激變，難禁架，定弄出禍來天大。（末又跪介）老大人若無一言撫慰，就是周宦在外，卑職也不敢解進帳門。（付）爲何？（末）人兒擁，紛如亂麻，就有幾皂隸[21]，也難拿。（付沉思介）嗄，也罷！既如此，快去傳諭百姓且散。若要保留周宦，且具一公呈進來，或者另有商量。（外、末起介）是！領命！（即下）

（付）哈哈哈！好個駭官兒[22]，苦苦要本院保留，這本兒怎麼樣寫？怎麼樣寫？且待犯官進來，再作道理。（向内叫介）張爺那裏？李爺那裏？（叫下）（小生扮校尉上，扯住付立定介）毛老爺，不要亂叫。我們的心事，怎麼樣了？到京去，還要咱們在廠爺面前講些好話的哩！（付）知道了，知道了！自然從厚。（攜手下）（生青衣小帽，旦、貼扮皂押上）（生）平生盡忠孝，今日任風波。（淨、丑、末擁上）周老爺且慢。我們衆百姓已稟過都爺，出疏保留了。（生拱謝介）列位素昧平生，多蒙過愛。我周順昌自矢無他[23]，料到京師，決不殞命。列位請回。（淨、丑、末）當今魏太監弄權，有天無日，決不放周爺去的。（哭，唱）

【前腔】 （淨、丑、末）權璫勢燄把人搣，到口便成肉鮓[24]。周老爺呵，死生交界應非要，怎容向鬼門占卦[25]？（老、小生急上）周老先生，好了，好了！晚生輩三學朋友[26]，已具公呈保留，臺駕且回尊府。晚生輩靜候撫公批允便了。（生）多謝諸兄盛情。咳！諸兄，小弟與兄俱讀聖書，君命召，駕且不俟[27]。今日奉旨來提，敢不趨赴？順昌此去，有日還蘇，再與諸兄相聚，萬分有幸了。（小生、老旦）老先生説出此言，晚生輩愈覺心痛了。（大哭介）（淨、丑、末各抱生哭介）（小生、老旦）老先生，你

看被逮諸君,那一個保全的? 還是不去的是。投坑阱都成浪花,見那個得還家。(生)列位休得悲哀,我周順昌呵!

【前腔】 (生)打成草稿在唇牙,指佞庭前拚罵[28]。疊成滿腹東林話[29],苦挣着正人聲價。諸兄日後將我周順昌呵,姑蘇誌休教謬誇[30]。我只是完臣節,死非差。

(外扮中軍上)都老爺分付開讀且緩,傳請周爺快進商議。(淨、丑、小生、老旦、末)有何商量? (外)列位且具公呈,自然要議妥出本的。(衆)出本保留,是士民公事,何消周爺自議? 不要聽他! (生)列位還是放學生進去的是。(衆)不妨,料無後門走了。(外扶生入介)(內)分付掩門。(內、付掩門介)(衆)奇怪! 爲何掩門起來? 列位,大家守定大門,聽着裏邊聲息便了。(作互相窺聽介)(內念詔介)跪聽開讀。(衆驚介)列位,不是了! 爲何開讀起來? (又聽介)(內高聲喊介)犯官上刑具。(衆怒介)益發不是了! 列位,拚着性命,大家打進去! (打門介)(付扮差官執械上)咄! 砍頭的,皇帝也不怕! 敢來搶犯人麽? 叫手下拿幾個來,一併解京去砍頭!

【前腔】 (付)妖民結黨起波查[31],倡亂蘇城獨霸。搶咱欽犯思逆駕,擒將去千刀萬剮。(衆)咳! 你傳假旨,思量嚇咱! (拍胸介)我衆好漢,怎饒他!

(付)嘎! 你這般狗頭,這等放肆,都拿來砍! 都拿來砍! (作拔刀介)(淨)你這狗頭,不知死活! 可曉得蘇州第一個好漢顔佩韋麽? (末)可曉得真正楊家將楊念如麽? (丑、旦、貼)可曉得十三太保周老男、馬杰、沈揚麽? (付)真正是一班強盜! 殺! 殺! 殺! (將刀砍介)(淨)衆兄弟,大家動手! (打倒付介)(付奔進介)(衆趕入打介)天花板上還有一個。(衆趕進打出三次介)(二旦扛一死屍上)打得好快活! 這樣不經打的,把屍骸拋在城腳下喂狗便了。(下)(外扮寇太守扶生上)(生)老公祖,此番大鬧,我周順昌倒無生路了。怎麼處? 怎麼處? (外)老先生休慮。且到本府衙內,再有商量。(扶生下)(末扮陳知縣扶付上)(付)這等放肆! 快走,快走! 各執事不知那裏了,怎麼處? (末)執事都在前面,只得步行前去。知縣護送老大人。(付)走,走,走! (同末下)

(净、丑、旦、贴内大喊。衆復上)還有幾個狗頭,再去打,再去打! (作趕入介) (即出介)一個人也不見了,官府也去了,連周鄉宦也不知那裏去了! 怎麽處? 快尋,快尋! (各奔介)

【前腔】 (合)兇徒打得盡成相[32],倒地翻天無那[33]。逋逃没影真奇詫[34],空察院止堪養馬。周鄉宦,深藏那家? 細詳察,覓根芽。(共奔下)

【註釋】

[1] 青帶,青色腰帶是舊時衙役的用物,故借以稱衙役。

[2] 苦惱子,蘇州話,辛苦的意思。"子"乃語助辭,無義。

[3] 攮(nǎng 曩),灌、嚐的意思。

[4] 差了瞎,落空的意思。

[5] 決撒,完蛋的意思。王實甫《西廂記》第三本第二本折:"呀,決撒了也!"

[6] 吏部,周順昌原任吏部員外郎。

[7] 都老爺,指毛一鷺。明代巡撫皆由都察院副都御史或僉都御史外放,故稱都老爺。

[8] 飛廉,風神,又是傳説中的神鳥,故借指急使。

[9] 貫索,星座名,一名天牢,見《晉書·天文志》。

[10] 鼎言,恭維之詞,謂寇太守説話有份量,和鼎一樣重。

[11] 銓部,吏部。侃侃,正直不阿。

[12] 驀穙,突然遭受的意思。驀,突然。

[13] 怨恫(tōng 通),怨痛。

[14] 親炙高風,意謂陳知縣自己就很瞭解周順昌高尚的品德和人格。

[15] 鼎力,大力。亦恭維之辭。

[16] 憲天爺爺,明代對都察院官員的尊稱。

[17] 欽犯,奉旨逮捕的犯人。

[18] 官旗,官方的武士。

[19] 天家緹騎,朝廷派來捕人的錦衣衛軍人。

[20] 搉咤,殺頭的聲音,此處用作殺頭的代語。

[21] 皂隸,喝道執刑杖的衙役。

[22] 駭,癡。

[23] 自矢,自誓。

[24] 肉鮓,肉醬。

[25] 鬼門占卦,在死路上占卜吉凶。極言死亡已定,不須懷疑。

[26] 三學朋友,指當時蘇州府學及吳縣、長洲二縣學的秀才們。

[27] 君命召,駕且不俟,《論語·鄉黨》:"君命召,不俟駕行矣。"意思説,國君召唤,等不及車子駕好馬,就立刻動身。

[28] 指佞,草名,又稱屈軼草。相傳黄帝時有屈軼草,奸臣入朝,草就指向他。這裏周順昌以屈軼草自比,要與魏忠賢進行堅決的鬥争。

[29] 東林,即東林黨。宋代楊時建東林書院於無錫,明代顧憲成、高攀龍等人又重新修葺,並在那裏講學,激烈地批評以魏忠賢爲首的大官僚、大地主集團,得到比較進步的知識分子和部分士大夫的支持,遂稱東林黨。

[30] 姑蘇誌,蘇州的地方志書。

[31] 波查,口舌糾紛。

[32] 柤(zhā 渣),果名,這裏是渣滓的意思。

[33] 無那,奈何不得。《通俗編·語辭》:"那與奈何一也。直言曰那,長言曰奈何。"

[34] 逋,即逃。

五、散　　曲

王　磐　散　曲

　　王磐,字鴻漸,號西樓,高郵(今江蘇省高郵縣)人。約生活於公元一四七〇年至一五三〇年之間(明成化至嘉靖初)。不樂仕進,雅好詞曲,精通音律,著有散曲集《西樓樂府》。集中有些作品反映了明代不合理的社會現象和悲慘的現實生活。

古　調　蟾　宮
元　宵

　　【解題】　這支散曲,以記敍元宵情景爲題,運用對比的手法,反映了當時每況愈下的社會現實。

　　聽元宵,往歲喧嘩,歌也千家,舞也千家。聽元宵,今歲嗟呀,愁也千家,怨也千家。那裏有鬧紅塵香車寶馬?祇不過送黃昏古木寒鴉。詩也消乏[1],酒也消乏,冷落了春風,憔悴了梅花[2]。

任訥輯《散曲叢刊·王西樓樂府》

【註釋】

[1] 消乏,沒有興致,沒有氣力。

[2] 春風、梅花都是元宵時節的景物。這兩句意指人們失去過節的興致,使春風與梅花都感到寂寞。

朝 天 子

詠喇叭

【解題】 蔣一葵《堯山堂外紀》："正德間閹寺當權，往來河下無虛日，每到輒吹號頭，齊丁夫，民不堪命，西樓乃作《詠喇叭》以嘲之。"作者以幽默的語言，借喇叭爲題，對作威作福的宦官給予辛辣的諷刺，反映了明代宦官弄權給人民帶來深重的災難。

喇叭，鎖哪，曲兒小，腔兒大[1]；官船來往亂如麻，全仗你擡聲價。軍聽了軍愁，民聽了民怕，那里去辨甚麼真共假？眼見的吹翻了這家，吹傷了那家，只吹的水盡鵝飛罷！

任訥輯《散曲叢刊·王西樓樂府》

【註釋】

[1] 曲兒小二句：諷刺宦官原屬宮廷中供使喚的奴才，地位本來低下，卻倚仗帝王的寵幸大擺威風。

陳鐸散曲

陳鐸,字大聲,號秋碧,下邳(今江蘇省邳縣)人。約生於公元一四八八年(明孝宗弘治元年),卒於公元一五二一年(明武宗正德十六年)。家居南京,世襲指揮。他能詩會畫,精通音律,擅長製曲,有"樂王"之稱。所著散曲集有《滑稽餘韻》、《月香亭稿》、《可雪齋稿》、《秋碧軒稿》和《梨雲寄傲》。另有戲曲多種。他的散曲,題材廣泛,描寫了當時社會上各行各業以及各種不同生活方式的人,對那些過着寄生生活的人們,進行了尖銳的諷刺。

水仙子
瓦匠

【解題】 陳鐸的散曲裏有不少手工藝人的形象,作者對他們的勞動作了熱情贊揚。這首散曲,就對瓦匠的勤勞給予很高評價。

東家壁土恰塗交,西舍廳堂初窚了[1],南鄰屋宇重修造。弄泥漿直到老,數十年用盡勤勞。金張第遊麋鹿[2],王謝宅長野蒿[3],都不如手鏝堅牢[4]。

路工編《明代歌曲選》

【註釋】

[1] 窚(wǎ 瓦),修整的意思。

[2] 金張,漢宣帝時金日磾、張安世並爲顯宦,後世言貴族者,輒並舉金張。這句是說,像金、張那樣的豪門貴族,早就不存在了,他們的華麗府第都已倒塌,成爲麋鹿居遊之地。

[3] 王謝,六朝時代的王導、王湛和謝安,世代簪纓,並稱望族,舊因以"王謝"爲高門世族的代稱。這句意謂,王、謝早已衰敗,他們豪華的宅第

也都長滿了野草。

[4]手鏝(màn 曼),泥瓦匠塗泥的工具。

醉 太 平
挑 擔

【解題】 這支散曲,作者以樸素的語言提出了一個深刻的社會問題:爲什麼勞動人民成年累月地辛勤勞動,卻仍然無法維持生活呢?從這裏可以看出作者對勞動人民的關心和同情。

麻繩是知己,匾擔是相識,一年三百六十回,不曾閑一日。擔頭上討了些兒利[1],酒房中買了一場醉[2],肩頭上去了幾層皮,常少柴沒米。

路工編《明代歌曲選》

【註釋】

[1]利,勞動報酬。
[2]酒房,酒坊,酒店。

沉 醉 東 風
閑 情

【解題】 這支小曲以通俗的語言,生動地描繪了大自然的美,也表現了作者閑適、放逸的生活。

舖水面輝輝晚霞[1],點船頭細細蘆花[2]。缸中酒似繩[3],天外山如畫,占秋江一片鷗沙[4]。若問誰家是俺家,紅樹裏柴門那搭[5]。

《飲虹簃所刻曲・梨雲寄傲》

【註釋】

［１］輝輝,光彩。

［２］點,稍著即起。

［３］酒似繩,繩當作澠。澠音繩,水名,在山東省臨淄縣西北。語出《左傳》
　　　　"有酒如澠"。謂酒極多。

［４］鷗沙,鷗鳥棲息的沙渚。

［５］那搭(dā 答),猶言那裏。

馮惟敏散曲

馮惟敏,字汝行,號海浮,臨朐(今山東省臨朐縣)人。約生於公元一五一一年(明武宗正德六年),卒於公元一五八○年(明神宗萬曆八年)。嘉靖時舉人,官至保定府通判,後辭官歸田。是明代傑出的散曲家。著有散曲集《海浮山堂詞稿》,雜劇《梁狀元不伏老》和詩文集《石門集》。他的散曲,題材廣泛,風格爽朗,語言活潑自然,在一定程度上暴露了統治階級敲詐和掠奪農民的罪惡,對處於水深火熱中的農民寄予深切的同情。

胡 十 八
刈麥有感

【解題】 該題共有四首,這裏選了一首。它揭露了賦稅的繁重和官府對勞動人民勒索的殘酷,反映了農民典兒賣女的悲慘情景。

穿和喫不索愁,愁的是遭官棒。五月半間便開倉[1],里正哥過堂[2]。花户每比糧[3],賣田宅無買的,典兒女陪不上。

任訥輯《散曲叢刊·海浮山堂詞稿》

【註釋】

[1] 開倉,這裏指開始徵收賦稅。
[2] 里正,明代也稱里長,與後來的地保相似。過堂,在縣官公堂呈報催徵賦稅情況。
[3] 花户,登錄户口時,稱户爲花户。比糧,交納賦稅,限期收足,稱爲比糧,不足時受杖責。

玉 芙 蓉
喜 雨

【解題】 作者以樸素、形象的語言,寫出了久旱之後喜逢降雨的喜悦心情,表達了作者與農民息息相通的思想情感。

初添野水涯[1],細滴茅簷下,喜芃芃徧地桑麻[2]。消災不數千金價,救苦重生八口家。都開罷:蕎花,豆花,眼見的葫蘆棚結了個赤金瓜。

任訥輯《散曲叢刊·海浮山堂詞稿》

【註釋】

[1] 野水,指地上的積水。
[2] 芃(péng 朋)芃,茂盛貌。

薛論道散曲

薛論道,字談德,號蓮溪居士,定興(今河北省易縣)人。約生於公元一五三一年(明世宗嘉靖十年),卒於公元一六〇〇年(明神宗萬曆二十八年)。少能文,喜談兵,輒學從軍三十年,官至神樞參將加副將。其散曲集《林石逸興》十卷,多描寫邊疆風光、抒發個人感慨及諷時嫉俗之作。作品風格較爲豪放,時也失於淺率。

黄 鶯 兒
塞上重陽

【解題】 這是一首反映邊塞軍旅生活的作品,表現了作者熱愛祖國山河的情懷。

苒苒又重陽[1],擁旌旄倚太行[2],登臨疑是青霄上[3]。天長地長,雲茫水茫,胡塵静掃山河壯。望遐荒,王庭何處[4]? 萬里盡秋霜。

路工編《明代歌曲選》

【註釋】

[1]苒(rěn 忍)苒(rǎn 染),時間漸漸過去。
[2]旌(jīng 京)旄(máo 毛),軍中的大旗。太行,山名,在山西省境内,主峯在晉城縣南。
[3]青霄上,天上,極言其高。
[4]王庭,指敵人的中央機構。

桂 枝 香

慳 吝

【解題】 這是一首諷世小品,作者以風趣的筆觸鞭撻了守財奴卑污的靈魂。

錙銖毫末[1],一針不挫。雖有些夾細名聲[2],卻無那奢華罪過。説一聲客來,魂驚膽破。一身無主,兩脚如梭。慌忙躲入積錢囤,説與渾家蓋飯鍋[3]。

路工編《明代歌曲選》

【註釋】

[1] 錙(zī 咨)銖(zhū 朱),六兩爲錙,二十銖爲一兩,都是細微的意思。此處謂錢的數目極少。連同下句意思是,分毫必較,不讓有細微的損折。

[2] 夾細,猶言細小。

[3] 渾家,俗呼妻子爲渾家。

朝 天 子

不 平

【解題】 這首散曲,作者以憤憤不平的心情,對鄙陋猥瑣之輩竊踞高位,作了辛辣的嘲笑,揭露了當時官僚機構的腐敗。

軟膿包氣豪[1],矮漢子位高,惡少年活神道[2]。爺羹娘飰小兒曹[3],廣有些鴉青鈔[4]。銀鑄冰山[5],金垂牿釣[6],今日車明朝轎。村頭腦紫貂[7],瘦身軀綠袍[8],説起來教人笑。

路工編《明代歌曲選》

【註釋】

[1] 軟膿包,懦弱無能的人。

[2] 活神道,非常神氣,含有趾高氣揚、橫蠻無忌的意思。

[3] 飰(fàn 犯),飯的俗字。曹,輩。

[4] 鴉青鈔,印得墨迹鮮明的紙幣。

[5] 銀鑄冰山,喻言銀子極多。

[6] 犗(jiè 介)鈎,《莊子·外物》:"任公子爲大鈎巨緇,五十犗以爲餌。"
犗,犍牛。以犍牛垂釣,極言其大。

[7] 村,鄙陋粗俗的意思。

[8] 绿袍,明代六品以下官員着绿袍。

朱載堉小曲

朱載堉,字伯勤,號句曲山人,自號狂生,生於公元一五三六年(明世宗嘉靖十五年),卒年不詳。是宗室鄭恭王朱厚烷的長子。其父因王族内部傾軋,被禁錮鳳陽十九年。死後,朱載堉不願承襲王位,專心研究律學與曆學,發現了"十二平均音律",並寫成了有相當參考價值的《樂律全書》和《律呂融通》等書。朱載堉的小曲,大多感嘆世情冷暖、榮辱無常,對他所屬的那個階級有所諷刺。而且語言通俗,風格清新,民間多有流傳。其作品見於清賀汝田收集的《醒世詞》中。

山坡羊
十不足

【解題】 這支小曲暴露了統治階級貪婪的本性,嘲笑他們對功名利祿的無恥追求。

逐日奔忙只爲饑,才得有食又思衣。置下綾羅身上穿,擡頭又嫌房屋低。蓋下高樓并大厦,床前缺少美貌妻。嬌妻美妾都娶下,又慮出門没馬騎。將錢買下高頭馬,馬前馬後少跟隨。家人招下十數個,有錢没勢被人欺。一銓銓到知縣位[1],又説官小勢位卑。一攀攀到閣老位[2],每日思想要登基[3]。一日南面坐天下,又想神仙下象棋。洞賓與他把棋下,又問那是上天梯?上天梯子未做下,閻王發牌鬼來催。若非此人大限到[4],上到天上還嫌低!

路工編《明代歌曲選》

【註釋】

[1] 銓(quán 全),封建時代量才授官曰銓,明時吏部有銓選司。

［2］閣老,明代以來有大學士,以其入閣辦事,尊稱閣老,職權相當於古代的丞相。

［3］登基,做皇帝。

［4］大限,壽數,亦指死期。

圖書在版編目(CIP)數據

中國歷代文學作品選.下編.第1冊 / 朱東潤主編.
上海：上海古籍出版社, 2002.6(2014.3重印)
高等學校文科教材
ISBN 978-7-5325-3034-2

Ⅰ.中... Ⅱ.朱... Ⅲ.文學-作品綜合集-中國-
高等學校-教材 Ⅳ.I211

中國版本圖書館 CIP 數據核字(2001)第 069582 號

高等學校文科教材

中國歷代文學作品選

下編 第一册

朱東潤 主編

上海世紀出版股份有限公司
上海古籍出版社 出版、發行
(上海瑞金二路 272 號 郵政編碼 200020)

(1) 網址：www. guji. com. cn

(2) E-mail：guji1@guji. com. cn

(3) 易文網網址：www. ewen. cc

新華書店上海發行所發行經銷 崇明裕安印刷有限公司印刷
開本 850×1168 1/32 印張 12.125 字數 331,000
2002 年 6 月新 1 版 2014 年 3 月第 29 次印刷
印數：679,801-711,900

ISBN 978-7-5325-3034-2

Ⅰ·1487(課) 定價：23.00 元